MINGUO TONGSU XIAOSHUO
DIANCANG WENKU

民国通俗小说典藏文库·张恨水卷

小西天

张恨水 ◎ 著

中国文史出版社

小说大家张恨水（代序）

张赣生

民国通俗小说家中最享盛名者就是张恨水。在抗日战争前后的二十多年间，他的名字真是家喻户晓、妇孺皆知，即使不识字、没读过他的作品的人，也大都知道有位张恨水，就像从来不看戏的人也知道有位梅兰芳一样。

张恨水（1895—1967），本名心远，安徽潜山人。他的祖、父两辈均为清代武官。其父光绪年间供职江西，张恨水便是诞生于江西广信。他七岁入塾读书，十一岁时随父由南昌赴新城，在船上发现了一本《残唐演义》，感到很有趣，由此开始读小说，同时又对《千家诗》十分喜爱，读得"莫名其妙的有味"。十三岁时在江西新淦，恰逢塾师赴省城考拔贡，临行给学生们出了十个论文题，张氏后来回忆起这件事时说："我用小铜炉焚好一炉香，就做起斗方小名士来。这个毒是《聊斋》和《红楼梦》给我的。《野叟曝言》也给了我一些影响。那时，我桌上就有一本残本《聊斋》，是套色木版精印的，批注很多。我在这批注上懂了许多典故，又懂了许多形容笔法。例如形容一个很健美的女子，我知道'荷粉露垂，杏花烟润'是绝好的笔法。我那书桌上，除了这部残本《聊斋》外，还有《唐诗别裁》《袁王纲鉴》《东莱博议》。上两部是我自选的，下两部是父亲要我看的。这几部书，看起来很简单，现在我仔细一想，简直就代表了我所取的文学路径。"

宣统年间，张恨水转入学堂，接受新式教育，并从上海出版的报纸上获得了一些新知识，开阔了眼界。随后又转入甲种农业学校，除了学习英文、数、理、化之外，他在假期又读了许多林琴南译的小说，懂得了不少描写手法，特别是西方小说的那种心理描写。民国元年，张氏的

1

父亲患急症去世，家庭经济状况随之陷入困境，转年他在亲友资助下考入陈其美主持的蒙藏垦殖学校，到苏州就读。民国二年，讨袁失败，垦殖学校解散，张恨水又返回原籍。当时一般乡间人功利心重，对这样一个无所成就的青年很看不起，甚至当面嘲讽，这对他的自尊心是很大的刺激。因之，张氏在二十岁时又离家外出投奔亲友，先到南昌，不久又到汉口投奔一位搞文明戏的族兄，并开始为一个本家办的小报义务写些小稿，就在此时他取了"恨水"为笔名。过了几个月，经他的族兄介绍加入文明进化团。初始不会演戏，帮着写写说明书之类，后随剧团到各处巡回演出，日久自通，居然也能演小生，还演过《卖油郎独占花魁》的主角。剧团的工作不足以维持生活，脱离剧团后又经几度坎坷，经朋友介绍去芜湖担任《皖江报》总编辑。那年他二十四岁，正是雄心勃勃的年纪，一面自撰长篇《南国相思谱》在《皖江报》连载，一面又为上海的《民国日报》撰中篇章回小说《小说迷魂游地府记》，后为姚民哀收入《小说之霸王》。

1919年，五四运动吸引了张恨水。他按捺不住"野马尘埃的心"，终于辞去《皖江报》的职务，变卖了行李，又借了十元钱，动身赴京。初到北京，帮一位驻京记者处理新闻稿，赚些钱维持生活，后又到《益世报》当助理编辑。待到1923年，局面渐渐打开，除担任"世界通讯社"总编辑外，还为上海的《申报》和《新闻报》写北京通讯。1924年，张氏应成舍我之邀加入《世界晚报》，并撰写长篇连载小说《春明外史》。这部小说博得了读者的欢迎，张氏也由此成名。1926年，张氏又发表了他的另一部更重要的作品《金粉世家》，从而进一步扩大了他的影响。但真正把张氏声望推至高峰的是《啼笑因缘》。1929年，上海的新闻记者团到北京访问，经钱芥尘介绍，张恨水得与严独鹤相识，严即约张撰写长篇小说。后来张氏回忆这件事的过程时说："友人钱芥尘先生，介绍我认识《新闻报》的严独鹤先生，他并在独鹤先生面前极力推许我的小说。那时，《上海画报》（三日刊）曾转载了我的《天上人间》，独鹤先生若对我有认识，也就是这篇小说而已。他倒是没有什么考虑，就约我写一篇，而且愿意带一部分稿子走。……在那几年间，上海洋场章回小说走着两条路子，一条是肉感的，一条是武侠而神怪的。《啼笑因缘》完全和这两种不同。又除了新文艺外，那些长篇运用的对话并不是纯粹白话。而《啼笑因缘》是以国语姿态出现的，这也不同。在这小说发表起初的几天，有人看了很觉眼生，也有人觉得描写过于琐碎，但并没有人主张不向下看。载过两回之后，所有读《新闻报》的人都感到了兴趣。独鹤先生特意写信告诉我，请我加油。不过报社方面根据一贯的作风，怕我这里面没有豪侠人物，会对读者减少吸引力，再三请我写两位侠客。我对于技击这类事本来也有祖传的家话（我祖父和父亲，都有极高的技击能力），但我自己不懂，而且也觉得是当时的一种滥调，我只是勉强地将关寿峰、关秀姑两人写了一些近乎传说的武侠行动……对于该书的批评，有的认为还是章回旧套，还是加以否定。有的认为章回小说到这里有些变了，还可以注意。大致地说，主张文艺革新的人，对此还认为不值一笑。温和一点的人，对该书只是就文论文，褒贬都有。至于爱好章回小说的人，自是予以同情的多。但不管怎么样，这书惹起了文坛上很大的注意，那却是事实。并有人说，如果《啼笑因缘》可以存在，那是被扬弃了的章回小说又要返魂。我真没有料到这书会引起这样大的反应……不过这些批评无论好坏，全给该书做了义务广告。《啼笑因缘》的销数，直到现在，还超过我其他作品的销数。除了国内、南洋各处私人盗印翻版的不算，我所能估计的，该书前后已超过二十版。第一版是一万部，第二版是一万五千部。以后各版有四五千部的，也有两三千部的。因为书销得这样多，所以人家说起张恨水，就联想到《啼笑因缘》。"

不论张氏本人怎样看，《啼笑因缘》是他最有影响的作品，这一点毫无疑问，可以随便举出几件事来证明。《啼笑因缘》发表后，被上海明星公司拍成六集影片，由当时最著名的电影明星胡蝶主演，同时还被改编为戏剧和曲艺，在各地广泛流传；再有《啼笑因缘》被许多人续写，迫使张氏不得不改变初衷，于1933年又续写了十回，张氏在《我的写作生涯》中说："在我结束该书的时候，主角虽都没有大团圆，也没有完全告诉戏已终场，但在文字上是看得出来的。我写着每个人都让读者有点儿有余不尽之意，这正是一个处理适当的办法，我绝没有续写下去的意思。可是上海方面，出版商人讲生意经，已经有好几种《啼笑因缘》的尾巴出现，尤其是一种《反啼笑因缘》，自始至终，将我那故事整个地翻案。执笔的又全是南方人，根本没过过黄河。写出的北平社会真是也让人又啼又笑。许多朋友看不下去，而原来出版的书社，见大批后半截买卖被别人抢了去，也分外眼红。无论如何，非让我写一篇续集不可。"这种由别人代庖的续作，出书者至少有四种：惜红馆主《续啼笑因缘》、青萍室主《啼笑因缘三集》、康尊容《新啼笑因缘》和徐哲身《反啼笑因缘》。虽然远不如《红楼梦》续作之多，但在民国通俗小说中已经是首屈一指了。张氏在《我的小说过程》一文中还说："我这次南来，上至党国名流，下至风尘少女，一见着面便问《啼笑因缘》。这不能不使我受宠若惊了。"

《啼笑因缘》使张氏名声大振，约他写稿的报刊和出版家蜂拥而至，有的小报甚至谣传张氏在十几分钟内收到几万元稿费，并用这笔钱在北平买下了一所王府，自备一部汽车。这自然不是事实，但张氏当时收到的稿酬也有六七千元，的确不能算少。这样，他就可以去搜集一些古旧木版小说，想要作一部《中国小说史》。就在此时，日寇侵华的"九一八事变"爆发，张氏的希望随之化为泡影。作为一位爱国的作家，在国难当头的状况下自不会沉默，张恨水在1931至1937的几年间，先后写了《热血之花》《弯弓集》《水浒别传》《东北四连长》《啼笑因缘续集》《风之夜》等涉及抗敌御侮内容的作品。

1934年，张恨水到陕西和甘肃走了一遭，此行使他的思想发生了很大的变化。张氏在《我的写作生涯》中说："陕甘人的苦不是华南人所能想象，也不是华北、东北人所能想象。更切实一点地说，我所经过的那条路，可说大部分的同胞还不够人类起码的生活。……人总是有人性的，这一些事实，引着我的思想起了极大的变迁。文字是生活和思想的反映，所以在西北之行以后，我不讳言我的思想完全变了，文字自然也变了。"此后，他写了《燕归来》，以描写西北人民生活的惨状。

抗日战争全面爆发后，张恨水取道汉口，转赴重庆，于1938年初抵达，即应邀在《新民报》任职。抗战八年间，他除去写了一些战争题材的小说外，还有两种较重要的作品，即《八十一梦》和《魍魉世界》（原名《牛马走》），均先于《新民报》连载，后出单行本。抗战胜利，张氏重返北平，担任《新民报》经理，此后几年他写了《五子登科》等十来部小说，但均未产生重大影响。1948年底，张氏辞去《新民报》职务。1949年夏，他患脑溢血，经过几年调治，病情好转，张氏便又到江南和西北去旅行。1959 年，张氏病情转重，至 1967 年初于北京去世，终年七十三岁。

张恨水一生写了九十多部小说，印成单行本的也在五十种左右。说到张氏作品的总特色，一般常感到不易把握，因为他总在不断地变。其实，这"变"就正是张恨水作品最鲜明的总特色。

张恨水是一个不甘心墨守成规的人，他好动不好静，敢于否定自己，这正是作为开创者必须具备的素质。读一读张氏的《我的写作生涯》，就会发现他总是在讲自己的变，那变的频繁、动因的多样，在民国通俗小说作家中实属仅见。……待到《金粉世家》《啼笑因缘》相继问世，张恨水的名声已如日中天，他在思想上的求新仍未稍解，他说："我又不能光写而不加油，因之，登床以后，我又必拥被看一两点钟书。看的书很拉杂，文艺的、哲学的、社会科学的，我都翻翻。还有几本长期订的杂志，也都看看。我所以不被时代抛得太远，就是这点儿加油的工作不错。"

追求入时，可说是张恨水的一贯作风，不仅小说的内容、思想随时而变，在文字风格上也不断应时变化。仅就内容、思想方面的变化而言，在民国通俗小说作家中也很常见，说不上是张氏独具的特色，但在文字风格上也不断变化，就不同于一般了。张氏在《我的写作生涯》中经常提到这方面的事例，譬如他曾提及回目格式的变化，他说："《春明外史》除了材料为人所注意而外，另有一件事为人所喜于讨论的，就是小说回目的构制。因为我自小就是个弄辞章的人，对中国许多旧小说回目的随便安顿向来就不同意。即到了我自己写小说，我一定要把它写得美善工整些。所以每回的回目都很经一番研究。我自己削足适履地定了好几个原则。一、两个回目，要能包括本回小说的最高潮。二、尽量地求其辞藻华丽。三、取的字句和典故一定要是浑成的，如以'夕阳无限好'，对'高处不胜寒'之类。四、每回的回目，字数一样多，求其一律。五、下联必定以平声落韵。这样，每个回目的写出，倒是能博得读者推敲的。可是我自己就太苦了……这完全是'包三寸金莲求好看'的念头，后来很不愿意向下做。不过创格在前，一时又收不回来。……在我放弃回目制以后，很多朋友反对，我解释我吃力不讨好的缘故，朋友也就笑而释之，谓不讨好云者，这种藻丽的回目，成为礼拜六派的口实。其实礼拜六派多是散体文言小说,堆砌的辞藻见于文内而不在回目内。礼拜六派也有作章回小说的,但他们的回目也很随便。"再譬如他在谈及《金粉世家》时说:"以我的生活环境不同和我思想的变迁,加上笔路的修检,以后大概不会再写这样一部书。"诸如此类的变化不胜列举。

张氏的多变还体现在题材的多样化。他说:"当年我写小说写得高兴的时候,哪一类的题材我都愿意试试。类似伶人反串的行为,我写过几篇侦探小说,在《世界日报》的旬刊上发表,我是一时兴到之作,现在是连题目都忘记了。其次是我写过两篇武侠小说,最先一篇叫《剑胆琴心》,在北平的《新晨报》上发表的,后来《南京晚报》转载,改名《世外群龙传》。最后上海《金刚钻小报》拿去出版,又叫《剑胆琴心》了。"第二篇叫《中原豪侠传》,是张氏自办《南京人报》时所作。此外,张氏还写过仿古的《水浒别传》和《水浒新传》,他说:"《水浒别传》这书是我研究《水浒》后一时高兴之作,写的是打渔杀家那段故事。文字也学《水浒》口气。这原是试试的性质,终于这篇《水浒别传》有点儿成就,引着我在抗战期间写了一篇六七十万字的《水浒新传》。""《水浒新传》当时在上海很叫座。……书里写着水浒人物受了招安,跟随张叔夜和金人打仗。汴梁的陷落,他们一百零八人大多数是战死了。尤其是时迁这路小兄弟,我着力地去写。我的意思,是以愧士大夫阶级。汪精卫和日本人对此书都非常地不满,但说的是宋代故事,他们也无可奈何。这书里的官职地名,我都有相当的考据。文字我也极力模仿老《水浒》,以免看过《水浒》的人说是不像。"再有就是张氏还仿照《斩鬼传》写过一篇讽刺小说《新斩鬼传》。张恨水的一生都在不停地尝试,探寻着各色各样的内容及表达方式,他甚至也写过完全以实事为根据、类似报告文学的《虎贲万岁》,也写过全属虚幻的、抽象的或象征性的小说《秘密谷》,他的作风颇有些像那位既不愿重复前人也不愿重复自己的现代大画家毕加索。

张恨水写过一篇《我的小说过程》,的确,我们也只有称他的小说为"过程"才最名副其实。从一般意义上讲,任何人由始至终做的事都是一个过程,但有些始终一个模子印出来的过程是乏味的过程,而张氏的小说过程却是千变万化、丰富多彩的过程。有的评论者说张氏"鄙视自己的创作", 我认为这是误解了张氏的所为。张恨水对这一问题的态度, 又和白羽、郑证因等人有所不同。张氏说: "一面工作, 一面也就是学习。世间什么事都是这样。" 他对自己作品的批评, 是为了写得越来越完善, 而不是为了表示鄙视自己的创作道路。张氏对自己所从事的通俗小说创作是颇引以自豪的, 并不认为自己低人一等。他说: "众所周知, 我一贯主张, 写章回小说, 向通俗路上走, 绝不写人家看不懂的文字。" 又说: "中国的小说, 还很难脱掉消闲的作用。对于此, 作小说的人, 如能有所领悟, 他就利用这个机会, 以尽他应尽的天职。" 这段话不仅是对通俗小说而言, 实际也是对新文艺作家们说的。读者看小说, 本来就有一层消遣的意思, 用一个更适当的说法, 是或者要寻求审美愉悦, 看通俗小说和看新文艺小说都一样。张氏的意思不是很明显吗? 这便是他的态度! 张氏是很清醒、很明智的, 他一方面承认自己的作品有消闲作用, 并不因此灰心, 另一方面又不满足于仅供人消遣, 而力求把消遣和更重大的社会使命统一起来, 以尽其应尽的天职。他能以面对现实、实事求是的态度对待自己的工作, 在局限中努力求施展, 在必然中努力争自由, 这正是他见识高人一筹之处, 也正是最明智的选择。当然, 我不是说除张氏之外别人都没有做到这一步, 事实上民国最杰出的几位通俗小说名家大都能收到这样的效果, 但他们往往不像张氏这样表现出鲜明的理论上的自觉。

张恨水在民国通俗小说史上是一位名副其实的大作家, 他不仅留下了许多优秀的作品, 他一生的探索也为后人留下了许多可贵的经验。

目　录

第一回

鬼载一车关中来远客
家徒四壁渡口吊秦人

潼西公路，由潼关县的西关外开始向西发展。在平原上，远远看到一丛黄雾，卷起两三丈高，滚滚向西而去，这便是在路上飞跑的汽车卷起来的路面浮土。路上的尘土，终日地卷着黄雾飞腾起来，那便是暗暗地告诉我们，由东方来的汽车，一天比一天加多。这些车子，有美国来的，有德国来的，也有法国或其他国中来的。车子上所载的人，虽然百分之九十九是同胞，但都是载进口的货。国货差不多和人成了反比例，是百分之一二。那些货大概是日本来的，英国来的，或者美国、俄国来的。总而言之，十分之八九是外国来的。这种趋势，和潼西公路展长了那段西兰公路，将来还要展长一段兰迪公路一样，是有加无已的。

这公路上，有辆德国车子，开着每小时三十个迈尔的速度，卷起黄土，向前飞奔。这车子和公路上其他车子一样，是人货两用的。司机座位上，坐了一个司机和两个德国人，那是特等包厢。后身是载货车身，车上堆了几十箱汽油，汽油箱上堆了箱子、网篮、行军床，甚至乎装上几百瓶啤酒的大木板箱子，层层叠起，堆成了个小山。

这货物堆上坐着四个人都是同胞，两个是天津人，是和前面那两个德国人当伙计的。他们很热心他们的职务，帮着德国人发展商业，一个叫赵国富，一个叫王老五。还有两个人，一位是浙江人，到陕西来找工作的，却没有指定要干何事，他叫张介夫。一个是江苏人，说一口上海话，是来想办税务捐局一类差事的，他叫李士廉。

这是德国商人自用的车子，本来是不搭客的。那汽车夫在潼关对德国人说："这两个人是公路上的。你既然是到西北来做汽车生意，怎好不联络他们？"德国人一想，带两个人到西安去，车子也不会多消耗一斤油，有的是地位，就答应了做个顺水人情。汽车夫又对张、李二人说："你们若是打票搭客车去的话，每人要六块钱，搭这车子去，每人三块钱得了。公路上有人查问，我们这里有外国人，我说一声一家公司的就过去了。"这二位为了可省半价，也就跟了这货车，坐着这最高级的座位前去。

这位李士廉先生，虽然在江苏内地包办过印花税，当过警佐，但是在上海的日子为多，生平哪里吃过这样的苦？人坐在木箱子缝里一卷铺盖上，车子飞跑，人是前后左右乱晃，这若摔下车子去的话，不死也要去三分之二的命。自己不敢伸直腰，两手抓住前面一只网篮，死也不放。上面一点儿遮盖没有，那三月里太阳，已相当地猛烈，头上虽戴了毡帽，只遮得住半边脸。这还罢了，只要车子偶然停一停，或者由快略微变慢些，那四个车轮子卷起来的黄土，随着风势，不分耳目鼻口、袖口领圈，如撒网倒水一般，向人身上扑来。他也知道西北是重朴实的，在绸夹袍子外，罩了一件蓝布大褂。可是在撒过黄土之后，蓝布大褂立刻就变成灰布大褂了。他正惹了一身灰，在衣袋里抽出一条白手绢，满身掸灰。那个天津人王老五看到，就向他道："你何必掸灰？汽车不到站，这土总是要刮的。"

李士廉道："这样的公路真是好笑，比我们江苏的土路都不如。"王老五道："这就很好了。以前公路没有修好，火车又只通到观音堂，你假如要到西安去，在观音堂就要改坐骡车。天晴呢，也得走七八上十天。若是不巧碰到了雨，那可了不得，你就走一个月，也许还不能够走到。你看，那大车是怎样走法？"

他们在这里说着话的时候，那公路外面的大车路上，正有两辆大车走着。每辆车是两头骡子同拉，在那车辙排列着几十条的路面上，歪歪倒倒，牲口耷了耳朵钻着头拉了走，赶车子的人拿了一根四五尺长的鞭子，在车边慢慢地跟着，口里嘟哇嘟哇不住乱叫。

张介夫道："若是坐这种车子走长路，急也会把人急煞。我一到潼关，看到电灯也没有，我就大为扫兴。我到西安去看看，若是住不惯，我就不要找差事了，回家吃老米饭去。"赵国富在旁边插言道："巧啦！西安城里就没有电灯。要想图舒服，到西边来，那是不行的。你看人家外国人，真肯干，叫咱们不能不佩服。汽车路还没有通，人家先就来了。"

李士廉道："外国人到了西安，住在哪里？城里也有洋式的旅馆吗？"王老五笑道："西安城里，哪儿找洋式旅馆去？"张介夫道："听说有家小西天，是最好的旅馆，那里究竟怎么样？"王老五操着天津话道："好嘛！要吃吗都有。"李士廉道："西天是极乐世界，叫仔小西天，总也应该吮啥。"他听说有好旅馆可住，心里比较踏实一点儿，把他的蓝青官话忽然忘却，高兴之下，将上海话也说出来了。

只有张介夫懂了，他答道："随便怎样好，没有电灯，总是一个缺点。"王老五道："下半年火车也就通了。到了那个时候，自然会有电灯。"李士廉听了这话，忽然兴奋起来，也忘了他身上有土了，便向张介夫道："我在潼关就想到了一件买卖可做。若是如今就动手，一定可以发财。"张介夫听到说有发财买卖，也就随着注意起来，问道："你说是什么生意呢？"李士廉道："我在潼关的时候，听到那里人说，火车站旁边原来是一片空地，自从火车到了，那里立刻变成了一条街了。这不用说，现在地皮的价钱要比以前贵上好几倍。现在趁着火车没有通，我们赶快在西安火车站附近买上几块地皮搁下个周年半载，火车到了，那就可以对本对利，我想这个生意最靠得住了。"张介夫道："这件事哪个想不到？我有一个朋友，在去年他就买下了好几千块钱地皮。"李士廉道："在去年就买了，你这朋友眼光真远。"

张介夫还不曾答话呢，那王老五突然插嘴喊着道："低头低头，快些低头！"张、李虽然已经听到他在喊，依然还有些莫名其妙。也不容他们再向什么地方观察，这车子早已钻到一丛柳树下面。张介夫坐得矮一点儿，不过是柳树叶子拂着脸。李士廉大半截身子都在柳树枝里面，所幸他是倒坐着的，将脸躲开了树枝，除掉背上让树枝重重地刮了一下而外，便是那顶由上海戴着不远千里而来的毡帽，却让树枝挑出去好几十丈远。李士廉顷刻之间几下受伤，倒有些张皇失措，头上的帽子虽是挑到很远去了，自己并不知道。

等到自己回味过来，偏是一大截路，正是又直又平，五分钟的工夫，早跑出了六七里路。他叫道："哦哟！我帽子丢了，把车子停一停吧。"赵国富道："外国人坐在前面，哪个叫得住停车子？"李士廉道："外国人怕什么！我在上海，整天看见外国人。在租界上，也只有对英国人、美国人、法国人，外交不大好办。若是白俄，就可以和他开玩笑。德国人现在没有势力了，怕他做什么?"赵、王二人都是和德国人做伙计的，听了这话，很是不服气，但是自欧战而后，德国人在中国实在没有什么势力了，这又如何能否认他的话? 于是王老五由侧面进攻，问道:"假如遇到日本人，也敢和他开玩笑吗?"李士廉道:"除非是在上海虹口遇到他们，由他猖狂。若是在法租界遇到他们，谅他也不敢怎样!"

这一篇外交通论畅谈而后，车子是走得越远，他那一顶帽子也就只好白白牺牲，不去管了。但是他被王老五这样暗损了几句，知道他是捧德国人，心想这两个人的思想，充其量真可以做汉奸，活活两个势利鬼。王老五也想着，这样的冒失鬼，也要到陕西来找差事，假如他真在陕西弄到了差事的话，那个地方一定是天高三尺。于是彼此互相用冷眼看上一下，都静肃起来。

张介夫两手枕了木头箱子，也兀自出神。却听到网篮里咔嚓一声响，不知道是什么玻璃瓷器之类的东西打破了，接着便有一阵酒味向鼻子里送来。他生平所好的就是一口酒，有个绰号，就叫酒鬼张三。在这风吹、土撒、日晒的车子上，正不知如何是好。

有了这种酒香，聊可以减少胸中的苦闷，所以把一颗头假装了打瞌睡，只管向网篮边上就了去。他不闻尚可，一闻之后，他立刻辨白出来，这是三星白兰地。漫说到了西北，这种酒不容易得着，就是在江浙的时候，也不能毫无缘故地开一瓶白兰地喝，所以在他这种情形之下，竟是越闻越有味，舍不得再离开这网篮了。

车子正走着，忽然停住了。张介夫猛然惊悟，抬头看时，车子刚走过了一座平桥。这桥平平地横在一条黄沙河上，约莫有四五十丈长。桥是不窄，宽到一丈二三，在桥的两边，就用长石条卧倒当了栏杆。桥面离着水面，至高不过是三尺。河面虽宽，水流却小，仅仅是在黄沙滩上，屈曲两道丈来阔的水道。这种桥和这种河，都是在东方所不容易看到的。桥的两头，都有一座牌坊，现在这汽车就停在桥西的牌坊下。牌坊正中有两个大字:灞桥。

"啊! 这是灞桥。"张介夫究竟是在外面混差事的人，肚子里有些鼓儿词，他看到这两个字，就失声叫了出来。李士廉道:"这是个名胜地方吗? 也吭啥好看!"张介夫将头摇摆了两下道:"这是很有名的地

4

方。古来在长安建都的时候送大官出京，大概都送到这里。"

他们说着话，那两个德国人可下了车，有一个手上拿了一卷皮尺，在桥上由西向东走，量这个桥的长度。另一个人却捧了照相机，上下照了几张相。张介夫道："他们真有这闲工夫。"赵国富道："人家是研究中国的桥工。德国人的工业最好，连走一步路都要研究。要不然，他们打败了的国家，怎么还能够强得起来？"

李士廉听了，真觉得讨厌：他又恭维洋鬼子。不过自己坐了他们的便宜车子，可不好意思驳他，就掉转脸来向张介夫道："这个地方，自然是到西安去的咽喉路径。东边来的货物，只要是用车子装的，我想无论如何也离不开这个地方。若是在这桥头上，设个征收落地税的局子，一定是很好的收入。"张介夫笑道："那么，你到省城里以后，向主席上个条陈吧。"李士廉却也不知道他是真话呢，或者是俏皮话，只得报之一笑。于是大家都感到无话，倒静默了几分钟。

那两个德国人，量了一会子桥工，就也回来了。他们且不回座位，在手提篮里取出两个玻璃杯子、两瓶啤酒。他们也带有开酒瓶的夹子，噗的一声拔了塞子。两人靠了车门站定，各捧了一只玻璃杯，各翻转瓶口，呛啷啷向杯子里倒着酒响，只见白沫上涌，酒气顺风吹了过来。张介夫真不忍看，掉过脸去，向灞桥河里看着，心想，今天到了西安，什么先不忙办，且买两瓶啤酒喝了再说。心里想着，便咽下两口吐沫。

好容易两个德国人过了啤酒瘾，这车子才继续前进。远远望见大平原上，有一道离地而起的黑圈影子，那就是长安城了。再继续地前进，在半空里现出两个亭亭黑影来，这便是城墙上的箭楼。李士廉道："据这个样子看来，大概长安城还不算坏。"张介夫道："且不问它坏不坏，连电灯也没有的地方，恐怕也好不到哪里去。"李士廉道："我到了潼关，我就后悔不该来。但是既然来了，马上就回去，人家不会说我们怕吃苦，倒会说我们找不着事。"

张介夫道："其实我们并不怎样年老，只要找得着好一点儿的事呢，弄一二年就走，吃点儿苦，也算不了什么。"李士廉没有什么话说，却叹了一口气。在他两人异常委屈的情形之下，车子便开到了西安城下。照规矩城门口有一番检查，然后放行。张、李二人都是初次到西安的，进门之后立刻就注意起来。这里所最容易感到和东方不同的，便是一切都是淡黄色。人家的墙都是黄土筑的，绝对不涂一点儿颜色。街道上的土，并不像东方那样漆黑，也带点儿灰黄。便是人家屋顶上的瓦，似乎也有些黄，那大概是浮尘吹在上面，掩盖着一层黄色了。

汽车在这样的大街上，转了两个弯，奔上一条大街。这街道虽也有七八丈宽，但完全是土路。有几处带木板楼的店面，也七歪八倒。大部分店家，还是四五十年前东方乡镇上的老样子。有的在门口支着一方木摊，有的在屋檐下挂几串纸穗子，有的在门口挂几方蓝布牌子，中间贴了红字条。

他二人正在赏玩着，汽车已是停住。抬头看时，路旁一堵土库高墙，门下有个一字门框，在门上横了一方匾额，大书三个字：小西天。看那门里面，左边一个柜台，右边木壁上挂了一方大水牌，是旅客题名之处，看这情形，颇有些像扬子江内地的小客栈。因问王老五道："这就是西安城里最好的旅馆吗？"王老五道："你要找比这便宜些的旅馆，那也很多，你叫辆洋车把你拉去好了。"张介夫道："比这还要小的旅馆，那我们怎么住？好，也就住在小西天吧"。

他这样地说着，跳下车来，早有两个茶房上前，替他搬运行李。张、李二人跟了进去看时，乃是一所两进的四合楼房，这楼下面还有几间砖房，楼上却完全是木柱与木壁，楼上有人走路时，楼板楼壁一齐都震动得咚咚作响。依着茶房的意思，就要把他的行李搬到楼下两间房里去。李士廉连连摇着手道："这个吃不消。"茶房道："那么，就搬到后院平房里去吧，不过价钱要费一点儿。"张介夫道："五块钱一天吗？"茶房笑道："哪要许多？一块几毛钱就是了。"张介夫道："一块几毛钱，这有什么了不得？"茶房听说，又看看他们这情形，分明是政界人物，也许是真的不在乎，于是就搬着行李，引他们到后面院子里去。

这院子里有一列砖墙盖的平房，前后开了两个长方形的玻璃窗户，又有一扇半截玻璃门，这勉强也算是洋式房子了。李士廉先伸头看了看木壁挂的旅馆规则，本房间却是一元二角。他立刻在心里计划着，我在这里至少也要住一个月，长期地住，不打个七折，也可以打个八折，一七得七，二七一角四，共起来不过是八角四分钱。看看屋子里，有一张黑木桌子、两把椅子、两个方凳，还有一张七成旧的铁床，比较地说，总还可以安身，于是就叫茶房安顿了行李，和张介夫比屋而居。

茶房因他已经住下了，第一件事便是送上一根蓝布掸子来。李士廉始而还不知道做何用的，还是看到张介夫站在院子里用了这个掸子，周身掸着尘土，这才明白过来。果然地，在西北这地方，进门来第一件事，就是要掸灰。

　　他拿着掸柄，周身上下乱扑了一阵，扑得身上烟雾腾腾，白光里一片灰尘。这时那房子廊檐下面，有个穿西服的人，只向他们看，见茶房端了脸水向这边房间里送，他便笑道："你们生意真好，这后面一排房子，今天又住满了。"李士廉听他说话，也是南方人口音，分明也是个作客的。他这次来，觉得身到异地，以"逢到菩萨就拜"的主义，最为适用。做官的人，只要多认得朋友，总有办法。于是他趁了这个机会，也就插言道："西安这个地方，旅馆生意倒是这样好。"说着，向那人笑着点了个头。那人自也不便坦然受之，随着也就点头还礼。李士廉这就跟着向前逼进一步，哈着腰笑道："这位先生也是南边口音，贵姓是？"那人见他如此客气，却也不便过于拒绝，便笑着说是江苏人，叫程志前，是到这里来考察教育的，自己是个中学校的教员。李士廉听他说是个来考察教育的，这种人和他联络与否，倒并没有什么关系，所以说话到这里为止，他自向房间里去收拾行李，不再和程志前谈交情了。

　　这时，已到下午四点多钟，洗洗脸，向旅馆里要点儿东西吃，天色也就昏暗了。可是这里第一件事让他不快的，就是茶房在这昏暗的空气中，捧了一盏高脚煤油灯进来，灯放在桌上，这屋子里白色的板壁，似乎都带些昏黄的颜色。李士廉今年三十六岁，从二十岁起，就没有度过点油灯的生活，现在猛然看到，说不出来心里有一种怎样的烦闷，正感到十分无聊。

　　忽听得屋外面有人喊道："吴厅长来了。"他听到之后，心里就是一跳。什么厅长？是财政厅长呢，是民政厅长呢？自己并没有去拜会厅长的资格，厅长当然不能先来探望，必是拜访别个房间的人了。果然，这就听到隔壁屋子里的人迎了出去，笑道："请进来吧，我已经等候你老哥三小时了。"李士廉听那口音，正是先前打招呼的那位程志前。他称厅长为你老哥却是有相当的身份，不能不向下听，于是摒去一切胡乱的思想，静静向下听。听了许久，才知道这位厅长是管学生的，并不能派税局给人去做。后来又听到那吴厅长问："今天见过主席没有？"程志前答："主席对于文人，那是太客气，今天上午又请了我吃饭。"

李士廉想着：哦啊！主席都请他吃饭，这位程先生，必有相当的身份，还是和他联络些的好！继续着又听到那吴厅长道："你还有什么地方要去看看的吗？"程志前道："我想到周陵去看看，不知道有车子没有？"吴厅长笑道："你老哥是多年老朋友，这点儿事还成什么问题？明天把我自己的车子送你去吧。我那车子，总可以坐四个人，假如你有朋友的话，可以同去。明天是礼拜，说不定我陪你走一趟。"程志前谦逊了两句，这事就决定了。李士廉听到程志前送客向院子外走，自己也就抢了出来。真是莫道君行早，更有早行人。那位张介夫先生，早是在廊檐下等着。大概程志前和吴厅长所谈的话，他也完全听到了，这也不去管他，等到程志前回来，就迎上前问道："程先生晚饭用过了？"

他说着这话时，还不住点头。程志前道："吃过了。西安城里人，都是吃两餐，四点钟就吃下午这餐饭的。我是在朋友家里吃饭的。"张介夫插言道："西安城里的东西真贵，啤酒要卖一块七八角一瓶。"程志前道："这里由东方来的东西，那总是贵的。向这里来的人，总要抱定吃苦主义，这些东方东西只好不用了。"张介夫得了和那人说话的机会，也就趁机而入，先请教过了一会儿，然后就插言道："刚才听说程先生要去游周陵，这实在是我们到西北来首当瞻仰的一个地方，有汽车通到那里吗？"程志前道："这个我没有打听，我倒是决定了去。"李士廉道："不是坐汽车去吗？"程志前道："刚才来的一位朋友，答应借车子我用用。"

李士廉道："程先生真风雅得很，对于考古一层，一定大有研究。西北这地方的文化，在历史上大有价值，那是有调查之必要的。程先生抱定了吃苦的宗旨前来，我们佩服得很。"张介夫道："程先生，请到我屋子里坐坐不好？难得的，在这地方遇到。"程志前觉着二人十分客气，只好随进了张介夫的屋子。张介夫请他坐下，立刻将网篮里的饼干搬出来请他。李士廉想起带来的罐头，还有一罐糖梨不曾吃，也叫茶房开了，送来给程志前吃。谈了许久，还是程志前动议："明天去游周陵，假使二位愿去，可以同去。"李士廉道："我们十分愿去。只是有吴厅长陪了程先生去，我们同了去，有些不大方便吧？"程志前笑道："那不要紧，我给二位介绍一下好了。"张、李二人一听，同时站了起来向程志前作了几个揖，连说"感谢感谢"。

程志前以为他们是感谢带他们出去游历因而感谢的，也连道"这不算什么"。当时说得高兴，尽欢而散。因为程志前约好了次日七时出发，所以张、李二人到了早上五点钟，就跳下床来。照着他二人的意思，以为这个时候必定是很早的。殊不知他们下床以后，旅馆里人已经是来往不绝。张、李二人倒吓了一跳，恐怕是起来晚了，程先生已走开。赶紧走到程志前窗外向里面张望着，见他侧了身子，在床上鼾睡未醒，这才算是放了心，于是两个人静心静意地在屋子里等候着。始而是听到程志前醒了，后来听到他洗脸喝茶了，后来又听到有茶房引了个人进去回话。一会儿工夫，他来喊道："张先生、李先生起来了吗？现在我们可以动身了，吴厅长没有来，只派了车子来。我们这车子是要宽松得多。"

李士廉听到，心想，我们第一天到，第二天就去游周陵，哪有这些闲情逸致？老实说，完全就为的是会会吴厅长。既是他不去，我也不要去了。他如此想着，推诿的话还不曾说出来。张介夫道："好极，好极，我们就去吧。"士廉听介夫已经答应了，自己却也是推诿不得，因为程志前和吴厅长兄弟相称，主席又请过他吃饭，总以不得罪他为宜，于是也就委委屈屈地跟着张、程二人上了车子。及至出了大门的时候，才知道教育厅已经派了一名常秘书奉陪，坐在车上，兀自未下来。程志前介绍之下，总算又认识了个官场中人，心里才安慰一点儿。汽车开出了西门，顺着一条很宽平的公路，向西而行。

程志前道："由潼关到西安来，始终是坐在汽车上。自己是走过了不少的农村，农村究竟是怎么一个样子，可是没有看到。"常秘书道："这很容易。周陵来回，不到二百里路，假使程先生愿意参观农村的话，随时都可以下车。"这里到咸阳，路很平正，汽车可以快跑。程志前向大路两边看看，都是莽莽平原，只有麦地里长出来的麦苗，长约六七寸长，这算是青色，有不种麦的所在，便露出整块的黄土地来，光秃秃地直达到老远的地方。志前便道："这个地方到西安省城很近，怎么一棵树也没有？"常秘书道："原先也不是这样荒凉的。只因民国十八年起，那一场大旱灾，老百姓把树都砍光了。就是不砍，请问两年不见雨水，这树木是不是有个半死？"程志前道："连树都砍光了，这真是农村破产。"常秘书道："比这惨的事，那也就太多了。要举例的话，举也不胜举。你看，这些人家是个什么样子？"

志前看时，路边一排人家，约莫有二三十户。在远处看了，很像是人家，到了近处，这些人家没有大门，没有窗子，也没有屋顶，只是四周断断续续的几堵黄土墙。那黄土墙所圈的地皮，原来自然是房屋，现在却在这墙圈子里，照样地种了麦。墙空缝里吹来的风，拂着那麦苗乱摆，越显得这个地方很是荒凉。在汽车上，对于二三十户人家，自然一瞥就过去了，不能看得十分清楚。志前道："看到这里，我倒有些疑心。大旱只管是地里长不出东西来，与房屋并没有什么关系。何以这个村子，都把屋顶给弄掉了呢？"

常秘书道："老百姓在地里找不出东西来，不能白白饿死，自然还要由别的方面把东西去换钱，买了粮食来吃。若论到变钱，乡下人除了衣服农具，还有什么？农具是都市里人不要的，乡下不能种地，大家穷，也没有谁买农具。衣服呢，这里人一件衣服可以穿半辈子，卖也无衣可卖。所以他们只有两条竭泽而渔的路，其一是把牲口卖了，其二是拆下窗户门板以及屋顶上的屋梁，用车子推了，送到城里去卖。拆屋梁卖，那是乡下人最后的一着棋，卖了就逃荒去了。村子里走一家就拆一家。有的人来不及拆，早走了，事后也有人代办，所以村子里常常变成只有墙没有屋的怪现象。为了这件事，陕西人对于古书上形容穷人穷到家徒四壁这句话，来了一个莫大的证明。真正家里只有四堵光壁子了。"程志前道："真有这样苦！现在离十八年大旱，也有六七年了，怎么还没有恢复过来？"常秘书道："谈何容易？"说着，又摇了两下头道："这也不是三两句话说得尽的。"

张介夫听了，心想，若是这种情形，还是在省城里找一个位置吧，外县恐怕太苦。李士廉也心想，地方这样穷，老百姓绝不吃荤，抽烟吃酒，大概也随便，屠宰税、烟酒税，大概都没有什么出息。程志前听说农村这样苦，格外注意沿路情形，张、李二人也各因触景生情，各有各的心事。那位奉陪的常秘书，也不便多言。在大家默然无语的当儿，汽车穿过了一个寨子，在这寨子里也有几家是家徒四壁的。

但是在李士廉眼里，却有一件特别感兴趣的，就是两处拆了屋顶的人家中间，还存留着黄土墙带木板门的屋子，那木板门上挂了一块牌，正是某省某县某区烟酒征收分处的一块木牌子。他情不自禁地咦了一声。他心想，烟酒税尚是大有可为。可是他这个"咦"字，已经惊动了全车的人。程志前道："李先生有什么感想？"李士廉道："我觉得在比较热闹的地方，还有这样的人家，他处可知了。"常秘书道："别看这里荒凉，据说是秦国的都城附近，几千年前，秦始皇会在这里统一了中国，筑下了万里长城。说句今不如古，倒也真不是开倒车。"程志前道："秦都咸阳。这就到了咸阳了吗？"常秘书道："你看，那不是咸阳古渡？"说话时，汽车翻过了一个小坡，走上了黄泥滩上。

前面果然有条河，水色黄黄的。在河那边西南角上，有半圈子黄土城，在临河的这一面，土墙上撑出两个瘦小的箭亭，一高一矮，一远一近，相映成趣。汽车一直开到河边，看水流倒是很急。河岸上泊了四五只渡船，样子很古怪，没有篷是平面，上面可以渡车辆骡马。头和艄都是方的，若不是船艄稍微高一点儿，正像一只加大的方头鞋子。

有只较大的渡船，由那边过来，已靠了岸，船面上停了两辆轿车，还有四五副担子，其中有个十六七岁的姑娘，穿了件直条子蓝布短夹袄，耳上挂了两个银质圈圈，分明是乡下女子，却又剪了头发。她看到这边这辆汽车是轿式的，和大路上跑的货客车不同，只管张望，偶然看到程志前也在打量她，这才低头走了。

这边的汽车，在两条跳板上，另外开上了一只渡船，大家也跟了上去。船艄上高悬着一棵弯木料做的催艄橹，当了尾舵，一个老者扶了。此外三个人，各拿了一根弯弯曲曲的木料在那其长三尺的艄上，来回走着撑。此外有两个人，脱得赤条条，跳在水里，扶了船头进行。那二人有时上船，对了大众，却也并不介意。

常秘书笑道："这里就是渭水了，姜子牙钓鱼就在上流。对面岸上，有块木牌坊，写了'咸阳古渡'四个字。"程志前笑道："我想这渡船，由秦始皇的时候起，直到现在，也许还保持着那种作风。对于这个古字，是可当之无愧的。汽车坐了这渡船过河，这极新的还得仰仗了这极旧的，想一想，真有趣。"大家都笑了。人在船面上说笑着，看看咸阳古城、渭河古水，望两岸平原无边，只是那无古今的太阳照着，却也让人生出一番感慨。这渡船在水上是麻烦了四十分钟，才到了彼岸。

汽车登了岸，绕过了咸阳北边半角土城，向北飞跑。这里已慢慢地到了高原，向前看看，只觉平地远远高上去，常是在平原中间涌起几个大土堆。据常秘书说，那都是周、汉以来的古坟。坟前不但没一棵树，连一片青草也没有。程志前不觉叹一声道："莫谓秦无人，天实为之，谓之何哉？"常秘书就是本省人，听他这话，和陕西人表示同情，而且用成句，又非常浑成，便拱拱手道："我这里替陕西人谢谢了。"程志前道："并非我胡乱恭维陕西人，我想到大自然的力量不容易抵抗，越觉得秦国人以前真有魄力，怎么会以这里为基础，并吞六国了呢？"

除了李士廉，对周、秦故事，连汽车夫都懂一点儿，同时玩味起来，都觉秦始皇虽是暴君，魄力可真大，于是一致地赞叹着。说时，车轮子忽然泄了气，汽车夫下车打气，大家也下车散散步。路边上正有个堡子，有个白须老人，靠了堡门坐在地上。常秘书走向前道："老汉，这叫啥地方？"那老人道："这里是个空寨子，没有水喝。"说着，他扶了壁子战战兢兢站起来，大概他耳聋，所答非所问。程志前正因为是个空堡子，倒要进去看看，于是先在前面走，探进这堡门去。

这堡子土墙倒整齐，可是这门就剩了个土圆洞，半片木头没有。进得堡子去，倒有一条直路，两边尽是人家，然而这人家全是家徒四壁的，胡乱在墙中间圈地里种了些粮食。走到堡子中间，乃是个十字路，四周一看，东西南北全是横七竖八的土墙，不但没人影，连人声也听不到。那矮墙缝里，整丛的青草，两个黄毛长耳兔子，听了生人说话乱窜着走了。常秘书道："没有这两个小生物，倒还罢了，有了这两个小生物，更觉凄凉了。说起来，这是秦始皇的故都，我们这后人真惭愧。"说着，扭着头四处看。程志前道："这是那话，天实为之，谓之何哉了。"

李士廉这时也不觉有动于中，便问道："常秘书，这堡子里虽没人家，地还是种的，老百姓分明还在附近，有没有区长堡长吗？"常秘书道："大概有的吧？"李士廉道："有堡长那也罢，堡子再荒凉些，也不相干。"程志前道："李先生这话怎讲？有堡长就可以救荒吗？"李士廉道："不是。你看，整个村庄无人，官厅摊起捐税来，怎办？有了堡长，那不要紧，找到堡长，唯他是问，捐税自然有法可收了。"他这个发明，大家听着，都愕然起来。

这一行游历周陵的人，不曾见到先民伟大的规模，首先所见到的，就是这废墟似的村庄，大家都觉得有几分不快。不过张介夫、李士廉二人的目的，和其他的游历家不同。他们因为这辆汽车是教育厅的，而且还有一个秘书同路，假使因为秘书的关系，认识了教育厅长，又因为教育厅长的关系，认识了财政厅长和民政厅长，就是一条找差事的路子。做官的人，讲个有机会就进行，等到进行的路子扩大了，谁都会来钻营，那就晚了。所以他二人虽是满心懊丧着，可也不肯在口里说出来，跟着别人在这个荒墟里走了一个圈子，然后出庄去。

李士廉究竟老实一点儿，他觉得这个秃墙林立的庄子，没有什么好看，走到汽车边，手扶了汽车门，就打算一脚踏上车去。不想回头来看表，其余三个人都是走一步，回头向庄子里看上一眼，倒好像有些留恋似的。李士廉以为同行中还有一个秘书呢，自己不应该这般大模大样就先行坐上车去，于是也闪到一边，向庄子里看看。张介夫恐怕他会感到无聊，就故意向他谈话道："李先生，你对于这样荒芜的情形，有什么感想？"李士廉恰是不曾领悟到一般人的意思，最后还应当和老百姓叹惜两声的，就率然地答道："我很佩服这里的征收人员，在这种不毛之地，怎么还能够征收各种税款呢？"

张介夫首先觉得他的话有些不妥当，便道："我的意思，是说这地方人民这样的苦，你的感想怎样呢？"李士廉道："俗言道得好：民情似铁，官法如炉，天下没有榨不出油的豆子。以前我不大相信这话，现在我明白了。"那常秘书听他说来说去，总不外乎征收机关里面的事情，便笑道："李先生一向都办税务吧？真可以说是三句话不离本行的了。"李士廉这才发现了自己说话不留神，已是被人看出破绽来，脸上红着一阵，也就强笑了一声，不敢再说什么了。有了这一点趣谈，这就不便将这个破庄子再行讨论，汽车夫上好了水，也把车子修理好了，大家坐上去，继续地开着向前走。

在没有到过此地前，大家心里都不免想着，周文王筑坟到现在已是二千多年了。照理，这里的树木森森，应该赛过那些汉柏唐槐才是。再说，这样伟大的帝王，他的陵墓一定也是山川明媚的所在，都眼巴巴地向车子外望着，对那古代的胜迹以要先睹为快。不想车子跑上了一片高原，在白日头底下，只见茫茫的黄土地皮，渐渐地向上，直至老远，与天相接。在这中间，有些其高如屋的土堆，或者孤零零的一个，或者三五个挤在一处，显然是人工堆砌起来的，却猜不着这有什么用途。张介夫道："这是坟墓吗？怎么这样子大呢？"李士廉自己曾失言了，不敢再答话，怕是又弄出了笑话。车子里另外两个人，好像另成了个组织，他们只向着张、李二人望着，好像脸上还带了微笑。

这叫张介夫倒有些难为情，继续着向下说不好，把这话停了不说也不好，也就只好偏了头向窗子外看着，做一种赏鉴风景的样子。车子似乎到了高原的顶上了，因此向前看去，高原变了平原，一望无边。在远远的地方，现出了个红圈子，带了两个屋脊，前面座上的汽车夫，就叫起来道："啰！这就是周陵。"

大家看去，那红圈子倒是新建筑的红墙，但是看不到有一枝绿树的影子来陪衬这个建筑。在这周陵左方，有七八户黄土屋子，算是近景。在周陵右方，平地上堆了有几十堆大黄土疙瘩，大概是古墓，这算是远景。大家在来到这里以前，所梦想的周陵景致，这里是完全没有，所梦想不到的景致，这里倒完全是有了。汽车在大家心里打着哑谜的时候，继续地向前飞驰，就到了周陵围墙的大门口。

门口倒是有一片平地，约莫栽了四五百株的柏树秧子，似乎在不久以前，这里做过植林运动。然而所可认为奇怪的，就是这柏树秧子，不是苍绿的，乃是焦黄的。在这苗圃面前，树立着木牌子，还是白而且新的。牌上写得有字，乃是"中华民国二十三年植树节民族扫墓纪念。某某院长，某某部长立"。植树节到现在，总不及两个月，树秧子就是这个样了。不过来瞻仰文王陵墓的人，却也无须先注意到门外的树秧，大家所要知道的，就是这里有没有古代的建筑。殊不料走进陵门之后，却是在一个大围墙之中，上面有三间类似殿宇的屋子，虽不见怎样伟大，从外表看来，却也油漆一新。

这分明是为了有院长、部长来办民族扫墓，新近赶造起来的，说不到是什么建筑，更说不到那个古字了。两旁和正殿对过，都有几间房子，仿佛是北方都市里一个极大的四合院，却也另外看不出别的来。这院子里倒新栽有几棵矮小的花木，又七颠八倒的，并不整齐。李士廉忍不住了，便道："这是文王陵啦，若不是事先说明，我真不相信。"那开汽车的车夫，也跟了大家进来，瞻仰圣贤的遗迹，远远地随在身后，这时就实在忍不住要发言了，便道："那就只怪周文王出世也不是地方，生在西北，葬在西北，假使……"他话没有说完，看看常秘书的颜色，正对了他板着脸，他想着，这话也许不妙，说到这里就顿住了。大家也把议论停止了，还是赶快地去陵墓。

由那三间正殿墙角边，顺了一条石板小道，弯曲着走了去，在那屋后墙，不到两丈远的所在，便是一个楼高的大土堆。张介夫道："这就是陵吗？怎么面前一些点缀也没有？做皇帝也是要做近代的，做古代的皇帝，死后这样没有意思，生前也就可想而知。"

程志前自从上汽车以后，听张、李二人说话，才看破了他们是一对俗物，就不愿和他们说话。不过他们坐汽车同来，是自己介绍的，也未便让他胡说到底，先前是李士廉一个人说，如今却是两个人都说，实在有些扎耳，便向他道："张先生这意思完全错了。我们崇拜周文王，只是发扬他的精神，尊重他的人格，陵墓里是他的尸骸，外面何必铺张？我觉得这样，才可以显得出古代皇帝茅茨土阶，卑宫室而尽力乎沟洫的本旨，而且这才是平民化！"张介夫道："这话自然是有理，不过孔子是个平民，他那陵墓就伟大极了。还有近代……"

程志前很觉得这个人不知趣，把脸绷了起来，向陵上看去。张介夫这才把话停止，不曾向下说。这陵约莫高有五六丈，长七八丈，倒像是个小山堆。因陵的前面是那个正殿背，并没有什么空场可以回旋。陵前立了一块高大的碑，大书"周文王陵"。在这陵后面，约莫四五十丈远，另有一个陵由一条石板路前去，在路两旁立了十几幢小碑，这算是多一点儿的点缀品。陵墓前也是一块大碑，上写"周武王陵"。陵的四周，空场很大，并没有什么，只栽了些椿树芽子。椿树有两种，一种是香椿，那树叶芽子可以当菜吃。一种是臭椿，树枝最是脆弱，一摘就断，而且那树汁还有一股不好嗅的气味，就是现在所种的这些了。那些椿芽子，高不到二尺，在乱草里伸出指头粗的树干，四五步路才有一棵，临风摇曳着，很是孤单。就是在程志前眼里，也觉得这里简陋到所以然。这还是院长来过、部长来过，重新修理过以后的事。假如不曾修理以前，就到这里来，那么，所看到的恐怕就只有这两个荒草土堆了。

那常秘书见他们都默然了，便笑问道："程先生，你到了这里以后，感想怎么样？"程志前道："到西北来游历的人，我想大家的感想都差不多吧？无非是觉得这里寒苦。我倒也主张这里的名胜，都不要太华丽了，过了华丽，就会令人联想到，活人没有饭吃，怎么倒有钱替死人装外表？"常秘书连拍了两下掌道："好极好极！若是到西北来的人，都带了这副眼光，我们就二十四分地欢迎了。"

程志前笑道："在我这儿也算不得什么至理名言，不过我个人的感想，以为到了西北来无论看什么事情，都要换过一副眼光的。"常秘书听说，却把眼睛射到张、李二人身上。张、李二人大概也有些明白，就把脸偏到一边去。张介夫道："正殿上我们还没有去呢，我们到正殿上去看看吧。"他说时，搭讪着先走，大家也就跟到大殿上来。

到了这里，大家一看大殿上的荒寒，正不下于殿外，中间一个神龛子只是外面垂了一副画龙的黄幔帐，里面除了一个牌位，是什么也没有。殿上在平常应该是空空的，现在却因为这周陵办了个小学校，一部分学生挤到正殿上来，横七竖八架了几副床铺板。在床板上，便铺了芦席，叠下蓝布被条，地上放了些水罐洋铁壶之类，甚至还有在床铺上放着饭碗筷子的。

程志前一想，这副情形多少与教育行政机关有点儿关系，这就不必向下指观了。偏是那位李士廉先生，不住地耸了鼻子尖，似乎要探嗅屋子里一股什么气味。程志前可怕闹出什么笑话来，于是抢先两步，走出了大殿。常秘书走出来问道："若是不看什么，我们就回去了？"程志前很后悔带了这两位宝贝来，就赞成回去。张、李前来游历，又是其志不在周陵的，也不持异议，于是立刻上汽车重回西安。

到了小西天，李士廉回到自己的房间，却看到桌上放了一张名片，是同乡贾多才。名片上还注了两行字，乃是"弟住本饭店十七号"。

第二回

做贾人民间路回永寿
别家来天上人到长安

李士廉不想在此地能够会到一个熟人，洗过了脸，立刻到前院十七号来拜访。在门外他就喊道："多才兄，你怎么知道我住在这里，太巧了，太巧了。"口里说着，一路拱手拱了进门来。这位贾多才先生，是一张尖脸，高鼻子，鼻子边，有四五颗白麻子。口里镶了一粒金牙，光灿灿地露在外面。他买了一大堆报纸，躺在床上看，手上拿了报，就踏着鞋下床，将手乱拱一阵，笑道："我看到旅客牌子上，有你的名字，又向账房里借了旅客簿子看看，知道是你。你怎么来了？请坐请坐！"李士廉笑道："在南方混得烦厌了想到西北来换换口胃。"

贾多才在桌上烟筒子里取了根烟卷递给他，自己也取了一根点着，深深地吸了一口，好像借此提起他的精神来似的，然后喷出满口的烟来，摇了两摇头道："在南方烦厌了，打算到这里来换换口胃吗？哈！你这个计划，或者有点儿错误。这个地方，干脆是没有口胃，从何换起？"李士廉道："你说这话，我不相信，既然是没有口胃的地方，你又跑来做什么？"贾多才道："我不是自己愿意来的，我是受了东家的命令，被迫而来的。"李士廉道："是了，我说你在郑州银行里，干得好好的，为什么调到这个地方来呢？你来有什么公干？"贾多才道："我还没有吃饭，出去一同吃个小馆子，一面吃，一面谈，你看好不好？"李士廉道："现在不过四点多钟，吃饭不太早吗？"贾多才道："这里请客吃饭，至迟是五点半，平常吃饭，大概都是四点，我们去吃饭，正是时候呢。走吧。"贾多才说着话，就拔起了鞋子，戴帽子，在前面引路。

过去小西天不远就是一家饭馆。他们还适用着那老法，进了店门便是厨房，穿过这个厨房，才到饭座上来。在一所很大的天棚底下摆了十来副座头，却也干净。二人坐下，李士廉道："我不大吃油腻的东西，找点儿清淡的吃吃吧。"贾多才笑道："我先声明，这里吃菜，鱼鸭两样休提，只有鸡和猪肉，十分清淡的大概还是没有。"李士廉搔搔头发道："那么，你包办点儿菜吧，我不过问了。"贾多才倒也不客气，自把菜单子开了。

店伙送上茶壶茶杯两份，贾多才向杯子里斟着茶，笑道："喝到这茶，就让人不想在西北谋生了。"李士廉接过茶杯，问道："那为什么？"说着，端起杯子呷了一口尝尝，嘴唇皮搭着响了几下，因道，"这水不好吗？我尝不出什么味道来。"说着，又端起来呷了一口。

贾多才道："这水是最好的水了，这里并没有什么异味，你不用尝。你哪里知道，西安城里共有十二万人，都喝西门里面一口井的水，用小桶子盛着，用小车子推着分头去送给用户喝。路近也罢了，路远呢，每桶要两三毛钱。"李士廉道："难道全城就只这一口井吗？"贾多才道："井虽然有，但是打出来的水，都是泥汤，不但不能喝，连洗衣服都要澄清了才能用。我们南方人出门就是水，到了这把水当宝贝用的西北来，这可就老大地感到痛苦。你是只到西安，还不知道这无水的痛苦，假如像我一样，往西走个几百里，这就不想到西北来换什么口胃了。"李士廉道："我倒要问你，你为什么往西走呢？"贾多才笑道："这就是到民间去了。"

说着这话时，店伙送上酒壶杯筷，和一大盘冷荤来。看时，里面有猪心、猪耳朵、猪舌、猪肠子，却不杂些别的。贾多才斟了酒先端了杯子，喝着唰地一下响，然后放下杯子，做了用力按下来的神气，将胸襟挺了挺道："我们银行界，现在眼光变换了，知道要挽回经济不景气的情形，就当先挽救农村。所以我就在这种情形下，由银行里派我到陕西来，实行到民间去，调查农村情形，好来办合作社。我顺着大路走，一直到了永寿。我在民间住了一些时间，我觉得这苦我吃不消，不敢向前走，立刻就回来了。"

李士廉喝着酒，夹了几丁卤猪耳朵在口里咀嚼着，笑道："你在永寿住了多久？"贾多才道："三天。虽然是三天，我一切都够了，决不想再住一点钟了。"李士廉放下了筷子，用手一按筷子头，问道："为什么一点钟都不能住了？"贾多才道："我说一说，你就明白了。原来这一个县城，是土匪闹过多次的地方，虽然现在是太平很久了，可是在土匪闹得最凶的时候，县长不敢继续地住在城里，把衙门搬到监军镇去。由东往西，到永寿县去，本来要经过监军镇的，但是我在乾州，调查完了的时候只道地图上过去有个永寿，我就搭了过路汽车直接上永寿县。那里有个汽车站，在东门城外，附设着有客店，我由汽车上下来，心就凉了半截。"

李士廉将酒杯端起来，正待要饮，于是立刻放下来，瞪眼望了他道："遇见土匪了？"贾多才道："那倒不是。原来这城外一条街上，统共只有十几户人家，找不出第二家客店。所谓汽车站，你会好笑，原来是把店门放宽一点儿，可以让汽车开了进来。在院子里将几间土屋子打通了向外的墙壁，汽车就可以开到屋子下去。屋子既没有了，院子后面，乃是壁立的土坡，开了几个半椭圆的窟窿，这窟窿里就是窑洞。不用得说进去安歇，就是在外面站着，里面黑洞洞的，也送了一种难闻的气味出来。但是不进去，却又没有第二个地方可以歇脚。没有法子，只好硬了心肠，把行李搬将进去。好在我带有行军床，在土炕上支起来睡，总算四面不沾土。到了吃饭，可又发生问题，在乾州一带，猪肉鸡蛋两样东西总可以买到的。可是这两样，这里全没有。所幸这店里还剩有一二十个黑面馍，可以让给我吃。我就说没有菜也不要紧，买点白糖来蘸黑馍吃吧。我把这话和店伙一商量，他笑了起来，说是要吃白糖，还得跑回去二十里，到监军镇去买。我想，一个正式县城，岂有白糖都买不到之理，我就疑心这是店伙瞎说的。到了次日，我一早起来，就进城去看看。哪里知道这城外十几户人家，却是全县精华所在。城里是一条大道，在两座土山中间。那城墙，有一块没有一块，圈了半个土山头，比我在河南所看到的乡下大寨子还要小。爬上土山，向全城一看，高高低低，在山坡上种了些麦田。北边有两户人家，是高等小学校和守城军的连部。南边有两户人家，一个是荒芜了的旧县衙门，一个是城隍庙，此外便是几个窑洞了。据我事后调查，本城连阴阳衙门在内，一共是八户。"

李士廉哎哟一声道："真穷，有没有征收机关呢？"这时，店伙送上一碗红烧猪肉来，贾多才先夹了一块半瘦半肥的，送到嘴里，唛的一声，吞了下去，笑道："你可知道我有多日没有吃这种鲜美的口味，我现在是很馋的了。"李士廉道："你且说，你在永寿办的公事怎么样？"贾多才道："这还用问吗？我果然要办点儿眉目出来，至少还要在那地方住十天半个月，可是我耐不住了。白天两顿饭，就是冷的黑馍，想了许多方法，才弄到一碟韭菜炒绿豆芽。最妙的是这里面不曾搁油盐倒是搁了一些醋。不但如此，在菜里还有许多黑点子，究竟是什么，我也不知道。于是对这碟子菜，可以下四个字的批评，就是冷、淡、酸、脏。这一天，我自己统计了一下子，只吃两块半馍。这还罢了，最难堪的，就是晚上睡觉，舒服不过。"

李士廉道："晚上既然舒服不过，你还有什么可说的。"贾多才笑道："我说的舒服不过，乃是反说的。像我在炕上支起行军床来睡觉，总是四面无挂无碍，可是那些跳蚤，对我可特别欢迎，整宿地开着跳舞欢迎大会，闹得我周身发痒。而且这种东西，还是传染病的媒介，我心里不住地发生恐慌，心念，总别在这里发生传染病才好。到了第三天，我是一万斤重的担子，也只好搁下，那黑馍万不愿再吃了，搭了西来的车子，就回到了西安。"李士廉笑道："你这种举动，就不对了，银行叫你来办合作社救济农村，你当然要在那最苦的地方去设立合作社，怎么遇到这最苦的地方，你转身就跑了呢？"

贾多才端起酒杯来，一仰脖子喝了一满口酒，然后放下杯子，用手按住，摇了两摇头道："你这是外行话。这个年月，不挣钱的事，哪有人干？银行业呢，就是以钱挣钱的商业，若是他也干无利可图的事，那是屠户不用刀了。你要知道救济农村，那是一句官话，其实是银行界存款多了，找不出销路，挤得到西北来设法。"李士廉道："难道银行界救济农村这句话，是骗人的吗？"贾多才道："骗人却是不骗人，银行界现在要维持农村，犹之乎资本国家要维持中国一样，中国不太平，资本国家就少了一个大市场。农村经济破产，收买农产的商人减少，银行资本不能流通。不过银行界人还是愿意投资在扬子江一带，隔年就可以收利。投资到西北来，除了棉花这项买卖可做而外，其余都非四五年不能生利，大家都不愿意干。"

李士廉连连向他摇了几下手道："你说了这些生意经，我完全不懂，谈一点儿好的听听吧。"贾多才放下筷子，用手摸摸头，笑道："你要听好的，这一程子，我就没有遇到好听的事情，你叫我说些什么？不过有一件事，是昨日发现的，我倒可以告诉你。我在邠县的时候，有个老婆婆和一个中年妇人带了一个女孩子，要搭我们的车到西安来。据说，她们是由甘肃来的。那孩子相貌长得很不错，会做湖南菜，会唱秦腔，就靠这个混几个川资。问她们为什么要到西安来呢，她们说，原籍本是湖南，因为左宗棠征西的时候，把她们的男子们带了来流落在甘肃，就没有回原籍湖南去。这孩子的父亲，已是到甘肃来的第三代了。不幸在民国十八年，被军队硬逼迫着去当兵，带到西安来了。两个妇人，中年的老了，壮年的也变成中年了，小女孩子也大了，她们想着这样混下去，也不是办法，甘肃又十分苦，种地的人也不能吃饱呢，何况一家是三个妇女，所以把家抛弃了，找到西安来。她们说："纵然找不到这孩子的父亲，这孩子的舅舅是个戏子听说也在西安，也许可以找得到。就是再找不着，愿意把这女孩子给人，聘礼是不收，只要能安顿这两个年纪大的妇人，做三房四妾都是愿意的。老李，你说这件事好听不好听，可惜我是客中不能久住，要不然，这样的便宜事，为什么不干？"

李士廉笑道："你打听得这样清楚，大概真有此心。"贾多才道："我真想不到那穷苦地方，会出这样的好女孩子。她那长长的蓝花布褂子，又红又白的脸儿，两只耳朵上戴着两个白色的耳圈子，当然，这不是白金的。唯其不是金子的，可以看出来这孩子也合了那句话，爱好是天然。嘻！她这印象是付与我太深了。"说着，拿起酒壶斟上一杯酒，端起杯子来，简直地盖在鼻子尖上。放下酒杯子来，扶起了筷子，只管去拨弄碗里的菜，依然不住地摇头，回味那所看到的美人儿。李士廉笑道："对了，这个人是不错。"贾多才道："你这句话，盲从得无味极了。你怎么知道那个女孩子长得不错？"李士廉道："我有一个消息，还没有告诉你呢。你猜我今天是到哪里去了？"说时，将头连连摆了几下，表示那得意的神气。

贾多才笑道："我一猜就着，你必定是到烟酒税局子里去见局长了。见着了吧？"李士廉道："你小看了，我除了他，我还不和别人交朋友吗？今天一早，吴厅长派了他自己坐的汽车开到旅馆门口来，送我去逛周陵。本来他自己要送我去的，后来临时发生了一件公事，只得派他一位极红的人兼秘书的常科长同去。在过咸阳古渡的时候，我们上船，别人下船，我看到有这样一个女孩子。其实也不是孩子，约莫有十六七岁的样子。"贾多才放下了筷子，向他望着，问道："那花褂子是大朵竹叶芙蓉吗？"李士廉道："我哪里看得那样逼真？不过大朵花倒是不错的。"贾多才道："是不是鹅蛋脸儿，下巴并不十分尖。"李士廉道："对的，你来了，她们也就来了，你去找她们吧。"

当时两个人说得高兴，不觉把面前两壶酒都吃光了。依着贾多才那番高兴，还得再要一壶酒。李士廉就说："回头怕常科长要来谈话，不敢喝醉了。"这才止住了酒，各各吃饭。饭罢回小西天，已是天色黑了。走到大街中心，在那直树竿子上，悬着菜碗那般大一盏汽油灯，灯芯烧着呼呼作响。李士廉道："西安这样大一个城市，还没有电灯，这实在是个缺点。"正说着，只听到有种很娇嫩的声音，送到耳朵里来："你看，你看，这里又有一盏。这灯真亮，落了一根针在地上，都可以捡起来。"看时，说这话的，正是个鹅蛋脸儿、穿花布褂子的姑娘。

李士廉将嘴一努道："啰！我在咸阳渡口所碰到的，就是她。"两个人于是站定了脚，看她那身后，还有两个妇人，一个是中年的，一个是老年的。只这一层，也是和贾多才所说的相合。

她们三人，站在人行道上一棵白杨树下，对这里街上来来去去的人，只管呆望着。那个中年妇人说："这地方这样繁华，怪不得巧儿爸爸一出门之后，就不想回家。真奇怪，这灯怎么这样亮呢？"那姑娘道："妈、奶奶，你看见没有？那边一家店，门口都是通亮的玻璃，店里的东西外面全可以看得到，花红栗绿，真是好看。"那中年妇人道："我还看到一家店，楼上又有楼，比佛殿还要高呢，西安真热闹。"贾多才笑道："老李，你听到没有？她们倒说这里是好地方。"

他口里说着，横过街来，就走到了她们面前。那女孩子在灯光下首先认识了他，偏了头只管望着，手脚去扯那中年妇人衣襟，那老年妇人向贾多才道："这位先生也到了，在邠州，多谢你赏我们两块钱。"贾多才不料她们劈头一句，就是把自己的黑幕揭穿，不由得脸上一红道："那也是看着你们说得可怜，我就破费两块钱送一送你们。我只要手边上钱便当，那就常做好事的，所以送你们两块钱，我也并不介意，又何必来谢我。"那两个妇人，却不料向人道谢，反是招人家不欢喜，窘得呆呆地站在一边，却是没有说话。

那女孩子将四个门牙咬了袖口，也只是低头看了地面上。贾多才忽然转个念头，这全是自己错了，既然很赞赏这个女孩子，怎好让人家太难堪了。于是向那老妇人道："你们既然也到了西安，那就很好，慢慢地总可以想点儿法子，你们住在哪里呢？"那中年妇人看了贾多才一眼，向后退了一步，分明有什么话要说，忽然一害羞，又朝后忍回去了。

还是那老妇人，看到这位老爷，不为无意，就插言道："这孩子爸爸在哪里，我们是没有得着信息。这孩子舅舅也过去了，舅娘倒是在这里，我们就住在那里。这孩子舅娘带我们出来看看，我们像到了天宫里一样，舍不得回去，她先走了。现在我们正为着难，不知道怎样回家去呢。"贾多才道："你们亲戚住在哪里呢？我送你们回去得了。"老妇人手扶了树干，昂着头想道："什么巷子？"那中年妇人向她一摆头道："不！我记得在天上。"贾、李二人，都不由得笑了起来。

中年妇人红了脸笑道："不，不，是个什么天后头。"那姑娘实在忍不住了，就一偏头，向她们瞪了眼道："你们的记心真坏，不就是小西天后面王家巷子八号吗？这一点儿事都不记得，还出来寻什么人呢？"贾多才道："那好极了，我们就住在小西天，我们一路引你回去好了。"那两个妇人没有说可以，也没有说不可以，只是将身子向后退了两步，有点儿让贾、李二人向前走的意思。贾多才点点头道："你们跟了我走吧。"

于是这三个妇人，按了年龄的秩序，随在后面走着。贾多才身子偏到一边，回转头来问道："老太太，你觉得长安城里好吗？"老妇人道："我没到过呀。"姑娘在后面道："嘻！长安就是西安，你没到过吗？"老妇人道："哦！你说的是这地方呀，那好极了，若是人世上有天堂，这就是天堂吧？"贾多才道："这个样子说，你们到了这里来，很愿意在这里住着的了。"老妇人道："我哪里知道哇。我们亲戚家里，也是很穷的，我看那样子，恐怕她是供养不起呢。"

李士廉听了这话，觉得贾多才话里套话，已经套到那要点上来了，就用手轻轻地碰了他手膀子一下。他原来好像不大介意这几个女人似的，既然在一旁的人，都看得有些明白，自己不好意思再说了，于是静默了一会儿，顺着大路走。

那老妇人忽然想起了一句话来，问道："老爷，你贵姓呀？"贾多才笑了一笑道："怎么叫我老爷？我并不是做官的。"李士廉就插言道：

"他姓贾，是银行里的人。比做老爷还有钱呢。"老妇道："寅行，卯行，不是营里的人吗？是啊！不是老爷，是个营长吧？"李士廉笑着道："我们都住在小西天，你若是有什么事，可以到那里去找我们。"贾多才道："老李，这可是你惹的麻烦。"李士廉笑道："要什么紧？她们几个人我们稍微帮点儿忙就行了。"老妇道："是啊！我们这穷人，总是沾老爷们的光。"

在这时，贾多才觉得这话不好怎样继续向下说，暗中咯咯地笑了两声。那姑娘忽然道："奶奶，你看，那个大门外也有一盏洋灯，多亮啊！门口怎么有那些汽车？这城里的汽车，像一顶大轿车，不是我们路上看到的那些车子了。真热闹，门口围了那些人，那是卖什么的铺子呢？"贾多才回转身来向她道："那就是小西天，也是一家客店，我们就住在那里面。"那姑娘见他回转身来答话，究竟有些不好意思，于是站着停了一停。她还是那种姿态，把牙齿咬了袖口。

老妇伸出手来战战兢兢地指点着道："老爷，那……那是客店吗？这比观音大士过生日观音殿上还要热闹呢。客店这样子好啊！阿弥陀佛！"李士廉看怯婆婆这种口吻，他实在忍不住笑，口里哈的一声爆发，便大声笑开了。贾多才却是体谅穷人，向她道："这位老婆婆，你看到没有？这小西天高墙后面，有条小巷子，那就是王家巷子，你们去吧。"那姑娘和中年妇人被李士廉笑话了，都有些不好意思，随了他这话，三脚两步便已走开。

贾多才眼望着她们进了那巷子，这就回转头来埋怨着道："你这人太岂有此理，那样地当面去笑人家。"李士廉笑道："那些乡下人的话，实在让我忍不住笑。不过，我总是失礼了，将来有要我帮忙的时候，再将功折罪吧！"贾多才又不能将他怎样，只好一笑了之。然而李士廉说的这句谈话，后来可就应验了。

第三回

未解飘零窥门怜少女
愿闻困苦惜玉访贫家

这小西天旅馆，在西安城里，既然是第一个大旅馆，当然这旅馆里也不断地有要人来往，同时也有极不要紧的人来往。李士廉和贾多才吃饱了走回去，自觉有几分醉意，有些不得劲，李士廉且自走回自己房间里，打算先行要睡。

当他走进自己院子里来的时候，见那屋檐下，挂了一盏玻璃罩煤油灯，那玻璃罩子在半空里摇撼着，同时那昏黄的光，在墙壁上随着动荡。在那光线里面看到三个人，站在院子中间。一个是本院子里的茶房，那是看得很清楚的。一个是年约二十岁的女孩子，穿了一件长过腹部的短衣，一条黑裙子，高吊在膝盖上，露出两只雪白的袜子裹着大腿。便是头上的头发，也是剪着平了后脑勺子，这分明是潼关外面的摩登少女了。在那煤油灯光下，虽看不出来她是怎么一种面貌，可是两颊上的胭脂，涂着红晕了一片，几乎把耳朵下都涂抹了起来，那是看得出来的。她和茶房站得极相近，叽叽喳喳，在那里说话。此外有个旧式打扮的妇人，看去年纪总在四五十岁，离着他们远远的。一个摩登少女，站在灯光不明的所在和旅馆里茶房这样亲密地说话，那绝不会是什么好事。李士廉一壁厢向屋子里走，一壁厢对那少女望着。那少女偶然回过头来，见有人对她注意，似乎还带了一些浅笑，只可惜在黑暗下不大看得清楚。

但是她态度很大方，并不怕人家在旁边窥察，依然紧紧地靠了那茶房，只管嘟哝着说话。李士廉看了这副情形，心里头就有好几分明白了。另一个茶房，见他进来了，替他开了房门，送了灯火茶水进来。李士廉伸头向外面看看，人已不见了，这就低声问道："刚才外面和你们同伴说话的人，那是旅客吗？"茶房低声笑道："不是的，李先生要看看她吗？可以叫进来看看。"李士廉道："这地方也有这种人吗？是哪里人呢？"茶房道："这里开元寺有班子，都是南方人。无非也做的是外路人的生意。刚才这位，不是开元寺的，不过为了家境贫寒，出来找几个零钱花。她不是本地人，上辈子在陕西做官，穷下来没有回老家去，下辈子就没有法子了。"说着，他倒是在灯下淡淡地微笑了一笑，接着道，"叫她进来看看吗？"李士廉连连摇着手道："不用，不用。她是做官的后辈，我们就是做官的，我们官官相护，算了吧。"

他这样地嚷着，早把隔壁住的张介夫给惊动了，问道："李先生，李先生，什么事官官相护？"他随了这话可就走到李士廉屋子里来，茶房也就在这里等着，他以为李先生不喜欢这个，张先生也许喜欢这个呢。李士廉把刚才的话，倒丢开了，笑道："无意中在这里遇到一个朋友，他是银行界的人，将来西安要设分行的话，他就是这里分行的经理了。他和我是多年的老朋友，交情不算坏，我若是在这里弄到了税局一类的差使，倒少不得要他帮忙。"张介夫道："你就是说和他官官相护吗？"

李士廉指着茶房门口的茶房道："这个你问他就明白了。"茶房笑了进来低声道："我们这里有几个做生意的姑娘，张先生要看看吗？刚才院子里站着一个，也是外省人做官，流落在西安的。"张介夫听说，不由脸上笑出几道斜纹来，问道："若是叫进来看看，要几个钱？"茶房还不曾答复，李士廉笑道："我们来谋事的人，一个钱没有弄到，倒要在这里花这样虚花的钱，那不太没有意思了吗？"张介夫笑道："我不过是好奇心，要看看而已。"李士廉笑道："你若说是好奇心，我倒可以介绍一个人给你看看。"于是将刚才所看到的那位逃难姑娘，以及贾多才所报告的话，都说了一遍。

茶房在旁边，哦了一声道："说别人不知道，说到王家巷子八号，这是小脚胡嫂子家里，有什么不知道？我们这里的衣服，一大半都是送给她去洗。不错的，今天我看到她家里来了几位女的，就是李先生说的吧？那要看，容易得很，我明天就引她来，用不着花钱。"张李二人听说不用花钱，这就一致赞成。

他们两人在这里一番谈论，又被程志前听到。他心想，这些人不是想钻营小官做，就是算计别家的女人，在这儿听着，可就有点儿烦腻了。于是也就踱出来，看看他们是些什么举动。这两个人倒是乖觉，看到了程志前，以为他是和厅长有来往的人，多少总有求他的时候，在他面前，就不应当露出不规矩的样子来，于是各收了笑容，张介夫搭讪着道："啊！这两个德国人，真是花钱花得厉害，在这种地方，他还要吃西餐。"

李士廉道："这地方也有西餐吗?"茶房道："有哇！外边来的师长旅长，在我们这里请客的就很多呢。到西安的外国人，因为我们这里有西餐，总是住在这里的。那德国人吃西餐，我看倒没有什么，就是喝酒喝得太厉害，把啤酒当水喝，一口就是大玻璃杯子一杯，整天也不喝一回茶。"张介夫听到说德国人那样喝啤酒，嗓子眼里，咕嘟一下响，而且是脖子一伸，好像已经咽下一口痰去。

程志前在窗外暗中，看有灯的屋子里，却是看得很清楚，也不由得暗中好笑。回头看对过一个小跨院里，灯光很亮，隔着玻璃门，见一个西洋人在桌上打字，那打字机轧轧作声，他是头也不抬。大概这就是张介夫所说的德国人了。他心想，这德国人来干什么的，明天倒要考察一下。

程志前在屋檐下徘徊了许久，于是凭空添了两件心事。到了次日早饭以后，见有两个白种人，在外面大空院子里驾试一辆汽车的机件，哄咚作响，就趁了这机会走出来，想和那白种人谈话。只在这时，茶房带进一个小脚妇人来，她手扶了门墙走路，笑着低声道："是那间屋里。"说着，又回头看看。就叫道："来啊！你不是要来看看洋房子吗？快来啊!"她一连叫了几声，院子门外走进一个十六七岁的姑娘见有人，低着头，手扶了门就停顿着不敢进。茶房道："不要紧的，只管进去。这后面还有盖的洋式窑洞子，前面还有大洋楼，都可以看看。"那姑娘大概也是有了好奇心，经茶房这样一番吹嘘，她就进了门。

但她不敢走廊子下，和程志前离着远远的，好去避免正面的冲突。却由院子正中，绕了弯子走过去。程志前看到，不由心里一动，这姑娘好像在哪里见过，虽然不脱乡下女子的样子，却还干干净净的，是个规矩人家女儿。于是不由得把访问白种人的意思抛开，专一注意到姑娘身上去。

那小脚妇人却已走到她身边，扶了她的肩膀道："不要紧的，这个地方我熟得很，差不多每天来两三回。这里的先生，一半都是熟人呢。"说着话，可就走到了张介夫门口。茶房早是抢进房去，手叉了门帘子，笑着点点头道："你不信有铁打的床，你进来看看。"那姑娘伸头看看，似乎知道里面有人，就对那小脚妇人道："就在外面看看吧。"那小脚妇人在她肩上轻轻地拍了一下道："你这孩子真没出息。听到说好看，就要来看。来了，又不进去。有我陪着你，怕什么？"她说了这话，带拉着那姑娘就进屋子来了。

程志前恍然大悟，这就是李士廉昨日所说的那位逃难的姑娘。这姑娘在咸阳渡船上曾碰到过的，所以想起来面貌很熟了。人家既然是逃难的女孩子，就不应当算计人家，不免走过去，取点儿监视的意味看他们怎样。他想着，走过去时，便是李士廉也由屋子里走来了。听到张介夫在屋子里问了一句话："这位姑娘也姓胡吗？"接着便道，"李先生、程先生请进来坐，我这里来了一位参观的。"那姑娘在屋子里，本来觉得受窘，见窗子外面又来了两个人，就拉了小脚妇人走出来。李士廉倒笑着向她点点头道："我也住在这里，不坐一会儿去吗？"

那女孩抬着眼皮对他看着微笑了一笑，将身子一闪，闪到屋檐的柱子下去了。那小脚妇人跟着后面道："不还要看看吗？跑什么？"那姑娘笑道："这样多人，跑到人家屋子里去，怪难为情的，走吧，我不看了。"那小脚妇人且不理她，却向茶房丢了个眼色。茶房站在房门口，又向屋子里的张介夫看，看见他脸上有笑容，便向小脚妇人道："她既是不要看了，你带她到前面大楼下去玩玩吧。等一会子，我送衣服到你家里去。"那妇人微笑着点点头，带了那姑娘走了。

他们一走，这里就开始议论起来。李士廉笑道："倒是顶好的一个人，再修饰一下子，准是上中等人才。"张介夫口里衔了卷烟，踏着拖鞋走出来，笑着向程志前道："我是逢场作戏，听到说这位姑娘，是投亲不遇，要带了两代人卖身投靠的，我想这女孩人倒有心的，所以要看看。李兄说的话不错，我们是到这里来谋事的，岂能够做荒唐事。"程志前叹了一口气，觉得不对，又微笑了一笑。张介夫又不知道他是什么命意，便向茶房道："我们也不好让人家白来一趟。你看要给她几毛钱？"说着，伸手到衣服袋里去摸着。茶房答道："钱倒是不要。这胡家嫂子说了，这孩子一家三口，她是个少年寡妇，怎样供养得起？只望赶快替这姑娘找个人家，做三房二房，都不拘，她有个奶奶有个娘，安顿得有饭吃就行了。"程志前两手插在西服裤里摇摇头道："这怕很难吧，若是做二房三房，上面少不得还有个大太太，本人能不能容纳下去，还是问题呢，谁能保证养她家两代的人呢？"

茶房道："人到了卖儿卖女，那也就先图一饱再说，这些事情也就顾不得。那年大旱，陕西女人嫁到山西去的，总有好几万，无非今天说好了价钱，明天就走，哪个顾得了以后的事？我们也只听得灾民嫁了出去，可没有听到说再回来的。就说刚才来的这女孩子，便是她上面两代人愿意卖了她，也就不容易找受主。"程志前道："她上面两代人，也无非是想找地方吃饭，就随便招赘一个女婿也就是了，何必要把这孩子卖给人做小？"茶房笑道："程先生，你想想，没有钱的人，哪里讨得起她，还要替她养两代人呢？有钱的人，哪个肯正正经经，娶一个逃难的女孩子？"程志前点点头，似乎许可他这话的意思，慢慢地在廊檐下踱着来回步子，揣想着茶房所说的言语，忽然笑道："我想起一句话来了。"于是掉转身来，向茶房看看。

茶房笑道："程先生若是愿意要这个女孩子，话好说，我可以同你跑腿。"程志前连连地摇着头笑道："不是，不是。你刚才对那姑娘说，后面还有洋窑洞子，这件事我就有些不解了。窑洞子本就是西北独有的土制东西，怎么着也和洋字不能发生关系？你说的洋窑洞子，那又是哪国的样式呢？"茶房笑道："说洋式的，那不过是说洞子做得好，哪里有过洋窑洞子呢？"

程志前道："由洛阳到西安，这一路的窑洞子我倒是参观过。那极坏的，简直就是个野兽的洞，进洞门就伸不直腰，里面漆漆黑黑的。伸手就摸着洞壁上的土。里面是什么气味都有，可是什么东西也没有。平地上堆着一个长方形的土台子，那就是睡觉的炕。土壁上钉些木头桩子，挖几个大小窟窿，他们家的'箱子''柜子'，也就都在那里了。穷人真有穷到这样子的，我想那和死尸躺在土里头，没有什么分别。你们这小西天，是阔人来往的地方。好像我们虽是不阔，叫我住窑洞子，我也是不干的。你们为什么要做窑洞子呢？"茶房将嘴向屋后面一努，笑道："窑洞子就在后院里，你可以去看看。都是窑洞子，那好坏可大有分别。"程志前笑道："怎样的好法，我倒要去看看。"说着，出了这个小院子，就向后面大院子走来。

这里正有拆卸的旧屋子，还留了一点儿躯壳，在里面乱堆着石灰、麻绳和匠人用的家具。穿过这旧屋，两三进新盖的房屋，未曾完工，百八十来个瓦木匠，都停了工，在院子里聚拢着。程志前心想，莫非有什么问题，索性走前来看看。

等待他进了这里院时，原来是工人们进餐呢。观察起来，倒别有情景，他们三个一堆，五个一群，或围了阶沿石坐着，或一顺边地靠了墙坐着。他们都是满身泥灰，谈不到干净，所以大家都是坐在地上。在他们许多人中间，有个大藤箩，里面装着拳头大的冷黑馍，箩边有只带了盖的木桶，盛了一桶水，看去纵然是热的，也不是煮开了的水，因为看到工人喝水，很随便地喝下去，并不像个烫嘴的样子呢。这里另有几十只瓦质的碗，和一筐筷子。工人来了，取一只碗和一双筷子去。于是拿筷子的手，在箩里拿去一块黑馍，那瓦碗呢，却在桶里，舀了大半碗水。

就是这样一块黑馍，半碗冷水，蹲到地上去吃喝。若是在四五个人所围的圈子里，便另有两只瓦碟子，乃是一大一小，大碟子里面，盛着一小撮韭菜，口大的人，简直一口就吞光了。小碟子里，却是些辣椒粉，用液体拌湿了，照着西北穷人吃辣椒的规矩说，那大概是醋。只看他们吃的时候，用筷子头夹了一片韭菜，放到嘴里去慢慢地咀嚼，又挑了些辣椒粉，涂在冷馍上，就这样地咬了吃。有的人用手掌心托了一些盐来，和那辣椒粉一齐倒在水里搅拌了，立刻那白水变成不红不黑的样子，大概那就算是一碗汤了。

程志前看着，正不住出神，只见一个少年木匠由外面走进来，手上拿了个小纸包，高高地举着，向他同伴打招呼。这就有两三个人伸着脖子大喊分我一点儿，分我一点儿。看那人在伙伴当中坐下来，战战兢兢地将纸包打开。程志前踱到他们身后去看时，原来是一小茶匙白糖。若在江南，至多值一个小铜子罢了。可是这匠人就把这点儿带浅灰色的糖用手托住了，将筷子平中一分，做了两股。其中一大股倒在面前的水碗里。另一小股交给身边一个年老些的同伴了。他自己就将筷子把那大半碗加糖的水大大地搅了一阵，这就一手端着，一手拿起黑馍。咬一口馍，用嘴唇皮抿一点儿糖水喝了下去。看他对于那半碗糖水重视的情

30

形，简直不下于一碗参汤。

正在这时，一个大胖子挺着大肚皮走了过来。只看他穿一套芝麻呢布的学生装，在这西安城里，已不失为摩登人物。他一手拿了细草帽子，在当胸慢慢地扇着，一手提了一大串肥羊肉，口里哼着陕西梆子腔跛着缓步子走了过去。当他走过去的时候，仅仅是把眼光向这些工人斜看了一下，立刻全场嘈杂的声音都完全停止了。

程志前对那人望望，又对工人望望，等那胖子走得远远的，实在有些忍耐不住了，这就向工人笑道："刚才过去的是什么人，我看你们倒很有些害怕的样子。"一个工人笑答道："那是我们掌柜的，我们怎能不害怕呢？先生，你吃过了吗？"程志前道："你们吃得很苦啊！"那工人叹了口气道："这不算苦，到了我们乡下去，那才是苦呢！你们做先生的人，哪里会知道？"程志前笑道："有的也知道，有的也不知道，不过我心里想着，若是比这再苦，那就只有光吃杂粮了。"那匠人听他说这话，好像是嫌他过于外行，向他身边的同伴微笑了一笑。

程志前看来是自己失言了，这倒有些不好意思。于是搭讪着笑道："我听到说，你们这里还挖了几个窑洞子，在什么地方？"一个工人向后面指着道："那里不是吗？"程志前顺着他手指的方向望了去，在院子后方，有道二尺高的砖墙，好像是个花台子，又像是个水池子的栏墙，立刻走向前去看时，在短墙的转角之处，开了个缺口子，有一层层的阶级，可以走了下去。果然地，在平地挖下去一个很长的深坑，成了一个夹道。夹道的南边，将土做了照墙。夹道的北边，就砌着坝，挖着门窗，一排五六间，俨然是房子。

这房子后方，就是借了土坑上面的直壁，做了靠墙。这屋顶虽也是用土在上面盖着，像平地一样，然而和真正人行的平地，可要高出一尺多去。似乎下雨的天，也不愁水往屋洞里流。而且屋子里四周，都刷了白粉，假使不是由平地上走下坑来的，不会想到这是窑洞子了。

他背着手顺了夹道，见两个瓦匠，正在向墙壁上刷粉，因道："你们这里人，也太不会打算盘，有这样挖地洞盖假房子的钱不会在地面上盖一所真的房屋吗？"一个瓦匠笑道："窑洞子好哇，冬暖夏凉。我们这里有钱的人家，都是在家里盖个好窑洞子，预备过夏天的，大概你先生还没有看见过吧？"程志前道："城里头也有穷人住的窑洞子吗？"瓦匠道："那倒很少。所以这事情反过来了，城里住窑洞子的，正是有钱的人。"

这时，忽然有人插言道："我们家里，就自己挖了个洞子，哪里有钱呢？"志前回看时，正是那胡家嫂子，带了那姑娘来看窑洞来了。那姑娘正下着土台阶，在半中间，看到有位先生先在这里，倒有些着慌，上也不好，下也不好，红了脸，只管缩着一团。程志前就对胡嫂子道："你招呼那姑娘下来吧，不要紧的。你们下来了，让开了路，我就上去了。"胡嫂子向姑娘道："听见了吗？人家这话多客气，还怕什么，你就下来吧。"这姑娘对于这新鲜的窑洞子，也是闻所未闻，年轻的人，究竟是好奇心重，也就顾不得害臊，大着胆子下来了。志前倒真是有番赤子之心，为了让她看得清楚起见，自己就走上地面来了。

那些工人，吃完了饭，又开始工作，远远听到一种哟嗨嗨的歌声和脚步声，很像吃力。而且同时还有别的声音撞着地面，那声音发出来，倒像是很沉着的。这又是什么新鲜玩意儿，倒应当看看。于是顺了那声音发出来的方向，慢慢地走去。

原来是后门方面，要加筑一道砖墙。这里有七八个工人，大家共捧了一个木柄的大铁桩高高地举起，向下面打去，建筑墙基。其中有个人，好像是领队，先喝一句，然后大家和声哟嗨嗨。就在这哟嗨嗨的声中，抬起了铁桩向下落着。那个领队人所唱的，却也是不俗，由王莽篡位起，接着汉光武起义。志前心想，别看他们是个劳动者，肚子里倒有些货物，背了两手，只管远远地站定了向他们看着。自己也不知道站有多少时候了，却见那胡家嫂子，又带了那位姑娘，走将过来，老远地就注视着，笑了一笑。

志前想道：不好，我是个毫无心意的人，倒让她们两个人注意着。于是立刻避过脸去，只望那些工人。这又错了，原来她们正是由那工人身边走了过去，因为那里就是改做未完的后门呢。胡家嫂子本是走过去了，可又复身走回来，向他笑道："这对过就是我们家里，请过去坐坐，也不要紧的。"这分明是她进一步的误会了，以为志前在这里站着，是有意窥探他们家里呢。志前待要加以否认，又碍着许多人在当前，便笑道："不必客气。"这本是一句又平常的敷衍话。胡嫂子可又抓住这句话进攻了，她笑道："倒不是客气，我们有一点儿事要求求你这先生。"

志前更是觉得这话露骨，当了这许多工人之前，这话真是不便延长了讲。若是转身避开怕她跟了来，那更是不像话。于是一面向前走，一面道："你有什么事求到我头上来呢？"说着，就走出了这小西天的后门。这里是一条很长的黄土巷子，两面的人家，全是黄土筑的墙，地上的黄土，像香炉里的灰一样，很松地铺着。由巷子这端，望到巷子的那一端，只是些黄黄的颜色，并不看到有人走路。其中有户矮门的人家，在墙头上露出几片倭瓜叶子，那一点点儿绿色，更衬出这巷子的冷淡。不觉失声道："荒凉得很！"

胡嫂子对这话，不十分了解，不过那个凉字，却听得清楚的。她以为说到粮食问题上去呢，看看志前的面色，那是很叹息的样子，这倒得看出来一点儿，便道："老爷，我们有什么好粮食吃，不过是锅块炒面。"志前笑了，一时又找不出别的话说，便向对过门里看看。那门里面有个小的院子，乱堆着破木片烂字纸，还有几只鸡，遍地撒着粪。一排矮屋檐下，砌有两个黄土灶，黄土墙熏黑了大半边。屋子有一扇木门，还是用许多绳子拴绑着的。屋子里是黑洞洞的，什么也看不出来。

胡嫂子道："老爷，这就是我们的家。"程志前道："就是你一家住在这里吗？"胡嫂子笑道："我一家哪住得起，里面有三四家呢。"志前道："这一点地方住三四家？"胡嫂子道："嗐你说，这可是不得了。偏是我们这样的人，倒有整大群的亲戚来找我们。老爷你来吧！不要紧的，屋子里脏得很，你就在我们院子里坐坐好了。"

他们这样说着话时，那姑娘本来已经是走进屋子里去了，这时可就扶了那扇绳子拴绑的木板门，伸出半边脸来，向这里张望着。及至志前向她看时，立刻向后一缩。志前想着，旧式姑娘总是这种情景，要看人，又怕人看，这倒怪有趣的，于是情不自禁地微微一笑。当他这样笑着，那姑娘恰好又伸出半边脸来。见人家笑了，她也就跟着笑。你看她虽是由甘肃来的人，究竟是湖南原籍，还不脱江南人那种秀媚的样子，露出整齐而又雪白的牙齿，不失为可爱，况是她那黑白分明的眼珠，又是向旁边一转呢。于是回转脸来向胡嫂子道："那姑娘就是你的亲戚了。她姓什么？"胡嫂子道："她姓朱，名字还是很好听，叫月英。"志前心想，这也是普通女孩子叫滥了的名字。于是跟着这个意思，又微微地笑了。

胡嫂子见他连笑了两次，无论如何，这是有点儿意思了。便走向前一步道："请坐坐吧，我们不过和你说几句话，决不要什么。"志前也有点儿心里摇动了，便道："也好，你们总说日子怎样苦，我倒要到你们家去看看，究竟是怎么个样子的苦法。"其实，他心里想着，这女孩子怪可怜的，也值得深深地考查一下。

胡嫂子听了他说肯去，大喜之下，就在前面引路，一进她的门，就叫起来道："你们看看，我们小西天的老爷都请了来了。"志前虽是不愿意她这样地喊叫，可是也没法子阻止她，走到那院子中间，便有一种说不出的奇臭，向人鼻子里直扑了来，捂住了鼻子，就向后退了两步。那胡嫂子倒像是解事的，立刻伸着两手，将院子里的鸡向后面轰着。在她这轰鸡的吆喝声中，左边一间小屋子里，出来两个妇人，一老一少，各人手上拿了一块灰砖似的东西，不时地送到口里去咀嚼，那就是所谓锅块了。

胡嫂子回转身来，见他很注意，便笑道："我家也有，你若是爱吃这个，回头我送老爷一些，可以带回客房里去吃。客来了，你们也出来帮帮忙哩。"她说到这里，突然地向黄土屋子里望着，于是出来一个老太太，两手捧了一条小矮凳子，放在院子当中，低了头道："老爷请坐呀。"她说完了，身子站立不住，晃荡着向后直倒。所幸退后两步，就是黄土灶，她很快地手扶着灶角，才把身体给支持住了。志前看她的脚时，小得只有老菱角那么大，一个上了年岁的人，靠这两只老菱角去支持她的全身，那也难怪乎她要前颠后倒了。要这样的人出来招待，倒叫人心里老大不忍的。便道："不必张罗了，老人家，我不过是想来看看，穷人是怎样过日子的。"

那个吃锅块的老妇人便道："穷人过日子，有什么看头？不过苦得要命罢了。"志前道："我就是要知道怎样苦得要命。老人家请坐下，我们谈谈。"那老妇人且不回答他的话，却一歪一拐，走到胡嫂子面前问道："这位老爷是干什么的，是来放粮的吧？那真是太阳照进了屋子了。"她虽然是低声问着，可是她那话音，志前却是听得清清楚楚。觉得他们对于自己，却有一种很大的希望，若是就这样走了，倒有些不好意思。本待是进来看看就走的，这一句放粮的话，却僵得他站在院子中心，不知道如何是好呢。

胡家嫂子倒要借了这个机会，卖弄她有拉拢的能耐，眯着眼向志前望了，笑问那老妇人道："我不是说了，我这外甥女儿，要给她找个人家吗？小西天住的客人，倒有愿意的，不过还没有切实的话。这位老爷……"说到这里，低了声音，向那老妇，叽叽喳喳说了一遍。志前如何看不出，这情形未免令人难受，脸也都随着红了，心里一转念，到了这里，含糊不得，便道："这位嫂子，你们亲戚的事，我倒也听见说一点儿，我倒是有一番好意，想劝你们不要这样办呢。"志前说这话，急忙之中，是要洗刷自己不是来看这位姑娘的，可并没有替她们另想出路的意思。可是胡嫂子一直误会到底，总以为他是爱惜月英而来的哩。于是又要问他第二个认为可行的办法了。

第四回

杯水见难求寒工护老
万金谈可致猾吏联群

　　穷人看到有钱的人，享受着种种好处，那总是怀着不平的，以为同样是人，为什么苦的这样苦，快乐的这样快乐呢？可是到了和有钱的人一有来往以后，这就很愿和他关系密切一点儿，为的是想得着他一点儿帮助。程志前在胡嫂子眼里，那总是个头等阔人。因为她天天到小西天去，总看到他和坐汽车的朋友来往，那就是一个明证。因为西安城里，并没有私人置的汽车。就是商家的汽车，也是那大卡车和长途客车。在街上来来往往的各式汽车，也不过一二十辆，那都是各衙门里的。所以在胡嫂子眼里志前是和这些人常在一处的，自然他也是个准老爷了。现在把志前引到家来，这就很想和他发生一点儿密切的关系，把月英卖给他做姨太太。不料在他第一句答复的话，却说这不是办法。胡嫂子在小西天后院，也曾在暗地里注意到，志前向月英偷偷地已经看过好几眼，似乎他也很爱惜这位小姑娘的，现在他都引到家里来了，难道还有什么变卦吗？于是就靠住了那黄土墙勾起她一只小脚，抓起她发髻上那个铜耳挖子，不住地向头发里搔着。一面笑着问道："老爷，我们穷人连主意也是少的，你说还有别的什么法子吗？"

　　程志前看她满怀踌躇的神气，真是答复不好，不答复也不好。手伸到袋里去探索了一会儿，做个取烟卷的样子，心里只管沉吟。其实他并不抽烟，借了这个犹豫的机会，好想出话来说罢了。

　　许久，他想出一句话了，笑道："我也是到西安不久的人，对于这里的情形，不太熟悉。不过我想着，西安城里穷人也很多，若是家里没有男人，就应该把姑娘找婆婆家当作出路吗？譬如像你这位大嫂，给人洗洗衣服，卖点儿力气不一样也是可以吃饭吗？你到小西天去替姑娘找人家，那是错了的，那里全是外路来的人，无根无底，将姑娘许配这种人，只顾了目前，到以后又怎么样呢？"

程志前说的这些话，自己觉得入情入理，可是胡嫂子听着，简直每个字都有些扎耳朵。可是自己把人家让了来了，决不能将话来冲犯人，只好笑道："程老爷也说得是，不过各也有各的苦处。"程志前分明知道她是不愿意，这倒也无所谓，自己的目的，只是要看穷人的家庭而已。这就站起来笑道："好吧，我在西安还有些时候住呢，将来有要我帮忙的时候，我再帮忙就是了。我只愿意看看你们寒苦人家是怎样一个情形，你们屋子里让我看看，可以吗？"胡嫂子心想，这位姑娘，由小西天前院到后院，再到家里，真让你瞧了个够，你还要瞧吗？只要你肯瞧，那就好办，于是笑道："我们这样一个破家，就怕你不肯瞧，你若是愿意瞧，那就是我们的救星了。请看吧。"说着，她就把那两扇木板门，顺手向屋子里推了一推，这就算是让客进去的意思。

程志前却实在是要看穷人的家庭，并无别的用意。他伸头向门里一看，一张黄土坑，差不多将这屋子占下了三分之二。屋子里黑黝黝的，看不大清楚。仿佛着坑上中间的地方，铺了一张破烂的灰色毛毡子，靠墙角的所在，又是破木盆子，又是破藤篓子，里面一些乱七八糟的东西，全拥了出来。靠墙一路，有大小七八个瓦罐子，还带大小十几个纸盒子，无非都是装香烟装肥皂的，可不料到他们家来，都成了陈设品了。在坑外边虽然还有几样矮小的木器家具，因为根本就是破烂的，加上屋子里又光线不好，那就看不出什么来了。地上有黄土砖叠了两个墩子，当了木凳，有两个妇人坐在那里。身边似乎有一个破布包袱，不知是在清理着什么，还不曾了事呢。那位月英姑娘，可是半站半坐着坑沿上，志前伸进头来张望时，她以为是看她来了，咯咯地笑了两声，低了头扭着身子，只向墙角里躲呢。

志前这倒是老大地不过意，仿佛自己是特意来看她的呢。赶快地缩回了身躯，就向胡嫂子点着头道："对不住，我大意了，没想到有内眷住在里面呢。"胡嫂子笑道："女眷要什么紧，我们那位小妹妹，她就不怕人。那两位都是比我年纪大的人。"程志前知道她这解释。她是说，她都不避男女之嫌，比她年纪大的，自然不要紧了。不过越是在这里耽搁久了，情形越是尴尬，在那说话的声中，他已经是点着头走了出来了。他回到小西天后门，依然由那盖房子的地方过去，见那些工人又继续地在工作。

在这个时候，却有一辆独轮小车子，推了六只缸罐大小的木桶进来。看那木桶潮湿得很，外面还略略有绿色，那是长的青苔衣，分明这桶子里装着是水了。这就有个年老的工人，手里拿了一只瓦碗，迎上前来，拦住了车子，笑道："大哥，停一停，赏口水喝。"那车夫虽是没有再推，可是不曾将车把放了下来，瞪着眼道："你们这里没有井吗？不行。"那老工人微歪着脖子，告着道："大哥，行个方便。我心里不大受用，想喝口好水。"那车夫倒心软了，便道："不是我不给你喝，这水是给你们掌柜的送去的，他那个人不好说话，知道了，他说我把水卖了你的钱，你看，我这不是自找麻烦吗？"

那老人举着空瓦碗看了看，却叹了一口气。那车夫自推着车子走了。志前见空场角上，正有一口井，井上搭着木头架子，很长的绳子卷在大滑车上，绳的下端有两个藤篓子呢。因问道："老汉，你要水喝，自己为什么不到井里去打？倒要碰这推水的一个大钉子。"那老汉道："先生，你是外乡人，有所不知。西安城里，水井到处都有，但是好喝的水，只有西关里面一口井的水好。全城有钱的人，都是喝那里的水。西关到这里，路是不近，这一车六桶水，要卖六七毛钱，那一小桶水，也不过二十斤罢了，我们做手艺的人，喝得起吗？我家住在东门，比这里更远，平常是想不到西关井水喝的。今天因为心里不大好受，所以找口甜水喝。他不给是本分，我也没得说了。"

他这样地说着，就走到井边去。放下一只藤篓，那滑车噜噜响上一阵，直把整大卷的绳索都放完了，那老人才转着滑车的扶手，约莫有十分钟之久，转起那只藤篓来。志前也是好奇心重，要看这井如何地深，竟会放下这大卷绳子去。走到井口向里看时里面都是黑沉沉的，看不到底。

那老人两手捧着藤篓子，就待举起来喝。志前道："这水清吗？怎么不能喝呢？"那老人放下藤篓，就将地上的瓦碗，舀了一大碗给志前看，伸着手笑道："这样的水，你们喝吗？"志前看时，那碗里的水，黄黄的，还有些细丝般的杂物漂在面上，却是看不到碗底。便道："有这样浑，你们平常都是喝这个吗？"老人微笑点点头。志前道："呀！我今天才知道水这样不好。这真有碍卫生啦。"老人笑道："这个你老

38

爷放心。你们喝的，那都是西关的水。这小西天每个月喝水的钱就是一百多块呢。"他说着，端起那碗来，又待要喝。

志前连连摇着手道："你不必喝这个了。凉水本来就不能乱喝，这样的水，凉的更是喝不得。你不舒服的人，仔细喝着病上加病。你既说我喝的是西关水，我房间里有热茶，可以去喝两碗。"那老人望着他笑道："老爷，我怎好……"他停顿了，说不下去。程志前笑道："你是瓦匠，我是教书匠，用不着客气，来。"那老工人倒不在乎喝他这口茶，觉得他这个人的和气劲，虽不能和他交朋友，和他谈几句，也是快活的，果然就跟着他后面到他房间来。走到房门口，他就停住了。志前招着手道："你进来呀！不要紧的。"

这老人手上还捏了那只碗呢，踌躇要抬起手来搔头，不觉把碗举到他头上去了。自己感觉到立刻放下手来时，志前也看到，不由得笑了起来。老工人在那打着许多皱纹的尖削的脸上，也透出一层红晕来。就向后退了两步，这时，张介夫、李士廉二人站在廊沿下谈话。他们看到志前一个人到后面工场子里去了，心里就想着瓦匠做工，那有什么好看，他定是追着这女孩子去接洽去了，且看他是怎样进行？因之这两个人不时地走到廊檐下来。现在看到这样一个没胡子的老年人，在房门口不进不出，情形更是可疑，于是二人索性钉在廊檐下不走。

志前在里面只管叫道："老汉，你进来，我还能骗你吗？"老人听人家说了个骗字，这倒好像是自己疑心人家的好意了，这可使不得，于是就笑着走进来了。志前将桌上的茶壶提起来，向他就点了两点头。那老工人，真有些受宠若惊，两手捧了瓦碗，就来接着。志前向里面斟着时，他口里连说承当不起。志程斟了大半碗，他捧着，犹如猴子盘桃一般，两手捧了那碗，将嘴就着，昂起脖子来，咕嘟咕嘟，只管喝下去，将那碗茶一口气喝干，还拖长着声音，唉了一下，表示那非常赞美的意味。在这桌上，还有半碟饼干，是志前吃剩下的。他想着，叫人来光喝一碗茶，也不成敬意，于是把那半碟饼干，端了起来，向他笑道："你拿去尝尝吧。"老人退着说了两声不敢当，半伸着手，将三个指头夹了一片饼干，放在门牙中间，咬了一点点，这就拱手带点头道："就是这样，就是这样。"

志前笑道："你这位老人家，也太客气了。"于是在他手上，将瓦碗要了过来，立刻找了一张干净纸，将瓦碗擦着，也不待老工人再说什么，将饼干倒在碗里，把碗递回给他，笑道："你不要吃甜的吗？这饼干就很甜。"老工人接着碗向他笑道："你老这样好意，我倒不好不要，带回去给我们女孩子了。"说着，两手捧了碗，作了两个揖。志前笑道："你太客气了，倒叫我不好意思。"那老工人无话可说，望着他笑笑，自去了。

这时，有个茶房进房去。志前想到西关的水好，住家的人，当然愿意住在城西，便向茶房问道："你们这里，是西关房子贵吧？"茶房道："住家的人，倒是在西城的多，程先生想租房子？现在西安城里，外路人来得太多，房子不大好租。我可以托人替你去打听。"志前道："我在西安也住不了多久，租房子做什么，不过白问一声。我另外有一件事要问你，你们这里包工盖房的人是什么人？我觉得这个人有点儿厉害。"茶房笑道："他拿过枪杆。"说着，就低了声音，叽叽喳喳，报告了一些话。又高声道："这瓦匠倒很可怜，他有六十多了，因为怕人家嫌他老，到于今没敢留胡子呢。"志前听说，不觉叹了两口气，因道："他这样大年纪，还卖力气，连冷水都想不到一口喝，我很可怜他的。有机会，我得周济他，你先别对他说。"茶房笑道："你是好人。"又低声道，"那女孩子，也是可怜人，你也周济周济吧。"志前笑着摇头道："你错了，我不是这种人。你要做媒……"说着，向隔壁屋子一努，茶房就笑着走出去了。

这些谈话，在廊檐下的张介夫、李士廉二人，都悄悄地偷听了许久。有些话听得很清楚，有些话可也不大明白。不过最后茶房说，那女孩子也是可怜人，以及志前说的，你要做媒，这都是听着一字不差的，就是那老工人，也说着把什么带给女孩子。张介夫就低声向李士廉笑道："他要讨那女孩子，倒是很合资格，只有他有那笔闲钱。"李士廉道："那自然，世上的人，哪个的眼睛不是光亮的？他见人家是和厅长省委来往的人，自然要向那方面去巴结。"

张介夫道："李先生的信，都去投了没有？我看你为人精明强干，前途一定大有希望。"李士廉见人夸奖他，脸上很有得色，眉毛一扬，笑道："那也难说呢。"张介夫看他这样子，倒有些自负，想到自己没有找差事的把握，未免惭愧，背了两只手在身后，在廊檐下溜来溜去。

李士廉就想着，他这种态度，是说我吹牛呢，有了机会，我倒要卖弄给他看看呢。于是叫道："茶房，来，你给我雇辆洋车到财政厅。"张介夫听说，瞪了他一眼也没说什么。

茶房听说他要上财政厅，似乎他也沾点儿贵气，很脆的声音，答应了个"哦"字。于是李士廉回房去加上了一件马褂，戴了帽子出来，向张介夫点点头道："回头见。"张介夫笑道："到财政厅见钱厅长去吗？"李士廉挺了胸脯，扣着胸前的纽扣道："我去撞撞木钟看，可是没有把握。"说着，摆了袖子走出门去了。到了大门口，茶房替雇的人力车，已经在门前等候，车夫问道："老爷你是到财政厅去的吗？"李士廉回头看看，低声答道："不到财政厅了，你把我拉到南院门去买点儿东西。"

车夫道："路多一半呢，你得加钱。"李士廉道："加钱我就不要。"说着，又要袖子一拂，竟自走了。在两小时以后，李士廉满头是汗，鞋子上全是浮土，他可就回到小西天了。回到自己房间来时，早见同乡郭敦品在院子里同茶房说话，茶房道："来了来了。"他回头看到李士廉，高高举手，连连作揖道："我早就算着你要来了，怎么今日才到？刚才到财政厅去，见着厅长了没有？"李士廉见院子里人多，鼻子里哼着，随便答应了一声。

郭敦品上前握住他一只手道："我在这里，正苦着没有什么朋友来往，你来了，那就好极了。"茶房开了门，李士廉引着他进去，他还不曾坐下，就笑道："我今天来，虽是急于要看看你，可是也为了急于要打你一个招呼，你什么都不必去运动，想法子办办善后就是了。"李士廉听了这话，倒是一愣，为什么久别重逢，第一句话劝告我，就叫我办后事，难道我们到西安来求差事的人，都有死罪吗？取下帽子在手，正想向衣钩上挂着，这倒挂去不够，缩回不得，做了一个姿势，站在板壁下。

郭敦品忽然省悟了，这是他有一种不通时务的误会。便笑道："老兄，你要到陕西来办税捐，连一些税捐名目，你也不打听打听吗？这里有一种税款，叫善后捐，就是潼关以外的特税，特税是什么税，你应该明白，用不着我来说了。"李士廉这才把帽子挂上了，转身向他笑道："你突然地叫我办善后，我哪里会知道这些曲折，但不知详细情形如何？

请坐请坐，我正要请教一切呢。"

郭敦品坐下来，吸了半根烟，将手指夹住了，向李士廉比了手势，将巴掌摇成个小圈，嗓子里留着半口烟道："总而言之一句话，善后捐，是一种最好的收入，就找一个极小的部分办一办，有一年下来，总可以在万数上说话。"李士廉还没有答言呢，那贾多才却在房门外叫道："士廉兄，有客在这里吗？"士廉道："没关系，是我同乡，请进吧。"

贾多才进来一看，见郭敦品穿了古铜色的旧绸夹袍，外罩青哗叽背心，小口袋里露出一截银表练子。瘦削的脸偏是带了些浮肿，脸上白里带青，面前摆一顶毡帽在桌上，是他的了，那淡淡的青灰色，十分像一面半萎的荷叶。在这些上面的可以看出他有一种特别嗜好。士廉从中一介绍之后，知道一个钱行家，一个是由甘肃办烟酒税回来的。

贾多才笑道："刚才我听到说，什么差事可以混上万的收入，像西北这地方，这样的肥缺不容易得着吧？"郭敦品笑道："贾先生既是银行界的人，当然知道西北有些什么出产，在出产最值钱的上头去抽税，有个收入不丰富的吗？"贾多才点头笑道："你说这话，我算明白了。不过有一层，这样的肥缺，谋的人自然很多，像李士廉这样初来新到的人，也想进行这样的事，恐怕不容易吧？"郭敦品将手指缝里夹着的香烟给抛弃了，重新点了一只烟卷吸着，他笑道："兄弟以为事在人为，大下事也不是那样难办的，譬如我吧，甘肃这方面，就没有什么熟人，小小的我也就在甘肃办了两年多税务。"

贾多才笑着拱拱手道："那么，恭喜郭先生，一定是饱载而归的了。"郭敦品笑道："饱载两个字，哪里谈得上，不过混了两年，把几年来的亏空填补过去了。我本来想回江苏去的，到了西安许多朋友拉扯着，总说有机会，因之我也就耽搁下来了。果然是有机会的话呢，我就不回江苏去了。刚才我和士廉兄说的善后捐，也是我想经营的一件事，不过兄弟手边没有现钱，已经写信回家，设法筹备去了。假如钱到了，我要相当地活动一下。现在士廉兄来了，我也劝他走这一条路子。"

李士廉笑着摇了两摇头道："这是你老哥知二五不知一十的话了。你老哥在西北多年的人，还不能活动，我怎么行？"郭敦品正色道："我当然不必说假话，不客气，照着我在西北这两年的成绩说起来，我自然可以找点儿路子，不过空口说白话，那总是不行的，这个年头，少了这东西，人活跃不起来的。"说着，他将食指和拇指比了一个圈圈，让大家来看。李士廉笑道："那我更不行了。"

贾多才当他们说话之时，只在一边用冷眼看着，让他们谈了半天的话，才插言道："有这样些个困难吗？要多少钱才可以够活动的呢？"郭敦品道："这自然不能一定，但是无论做什么事，活动费当然是越多越好。"贾多才又沉吟了半晌，微笑道："假如我要改行干这一件事，二位可能替我助一臂之力吗？"郭敦品微闭了眼睛，连身子带脑袋，晃荡了有七八下，笑道："成功不必自我。假如贾先生有这意思，我们可以绝对帮忙。"李士廉笑道："别的事我不敢自负，说到新立的机关，要怎样组织，我总小小的是个内行。"贾多才笑道："你只管去找路子，把路子找到了，我们好歹有个商量。二位谈话，我们晚上见。"说着，就站起身来。

李士廉见他匆匆而来，一定有什么话说。现在并没有说什么就走了，似乎他因为有人在这里，不愿把话说了出来。这就向他后面跟着，送到院子门口来，低声问道："多才兄有什么话见教吗？"贾多才禁不住笑道："倒没有什么话。我听说那女孩子在后面院子里，特意来看看。"李士廉笑道："你倒是对她念念不忘哩。你如果真有这番意思，我可以和你办一办。"贾多才笑道："逢场作戏，认什么真？"说着这话，他就很快地走开了。

李士廉回到房来，郭敦品第一句话就问道："这人到底有钱没钱？"士廉道："要说他自己手上的钱，不见得有多少，不过他很活动，要移动两三万块钱，那不算回事。"郭敦品将右手的拇指和小指伸直了，在嘴唇上比上一比，问道："他是喜欢这个呢？"再伸了两手，平按了手掌，离了桌面两三寸高，互相交叉抚摩几下，又道，"还是喜欢这个呢？"李士廉道："这两样他都不喜欢，他喜欢女人。"郭敦品笑道："这个玩意儿，我行，我找两个人他看看，好不好？"

士廉于是将他注意一个逃难的女孩子，说了一遍。郭敦品道："唉，西路来的人，那还好得了吗？你们在小西天叫人来看，无论成不成，先得花一两块钱车费。我只当是朋友带了来，一个大钱不花，落得让他看看。他中意呢，我保险他不花多少钱。不中意，到了这里来，只要他买盒烟卷请请客，这没有什么可推诿的吧？"李士廉道："你和他还是初次见面，介绍这件事，恐怕他有些不好意思，不如约在我这里会面，人算是到我这里来的。愿意他就上钩，不愿意与他无干。"郭敦品道："只是你也要约好了他，你不约好他回头我把人带来了，他又不在小西天，我无所谓，带来的人，二次就不愿再来的了。"李士廉道："好的，我先写个字条去通知他吧。"于是就在桌上摊开纸笔墨砚，写了一张字条，交给茶房，送到贾多才屋子里去。

这位贾先生自昨晚看到了朱月英以后，他觉得天下事总是个缘，何以在西安又会遇到了她，这件事倒不是寻常的际遇，很可以留意的。他心里既是这样想着，就只管筹划那进行的办法。这时李士廉写了一张字条来，倒是深合其意。字条上写的是：

多才兄：

　　弟已知兄意所在，今天下午七点钟，请到小弟房间来，灯下看美人，妙哉妙哉！如何如何？书不尽言弟即请大安。再者，此事系交情性质，并无任何花费等项，知关锦注，合并奉闻，请兄务必按时前来可也。为盼为祷。

弟士廉拜上

多才看了这字条，也没有去细揣文理，可是心里大大地明白，知道是士廉约好了那位姑娘在他屋子里会面。虽然不知道士廉如何就同那位姑娘接洽好了，不过他没有十二分的把握，不会来约会着七点钟相会的。他既然有了字条前来，就按时而去。

他心里想着按时而去，然而他却是按捺不得，只到五点多钟的时候，就用平安剃刀将胡子刮了一个干净。头也对着镜子梳了又梳，最后还开着箱子，换了一件干净衣服，周身都收拾齐备了，看看手表，还是不到六点钟，心里这就想着，且不管他，先到士廉屋子里去等候吧。不想，姓李的倒很守时刻，这时锁了门，在茶房前留了话，七点钟以前准回来。贾多才来早了也不好，只得走出院子来，他晓得王家巷子，就在这小西天后门外，于是顺步向后门口走了来。

当这天黑未黑的时候，叫作黄昏，善怀的妇女们，自古就感到这个时候，是不大受用的，因之那位月英姑娘也未免俗，走到大门外来望望借解烦恼。贾多才这里走出来，两人正好是顶头相撞，她见过几回面，当然是认得，立刻红了脸，将头低了下去。贾多才是无所谓的，将她呆呆看了一晌，低声道："喂！你不是约好了到那位李先生屋里去的吗？怎么还不过来呢？"月英见人家只管望着，本来也就有些不好意思，他这样凭空一问，也不知道他话由何起，立刻扭转身躯，就跑进去了。当她走的时候，似乎鼓着小腮帮子狠狠地瞪了一眼。

贾多才心想，怪呀，李士廉都介绍着和我会面了，为什么她倒对我有生气的样子呢？是了，必是李士廉在他们面前花了钱。若是为这点儿小事，那也不算什么，贾先生也并非花不起钱的人啦。他这样想着，不免站在后门口发呆。可是那位精明的胡家嫂子，早就在里面看到了，立刻笑嘻嘻地跑了出来，向贾多才勾了两勾头，问道："你老不是小西天的客人吗？"

贾多才道："是的呀，你大概还托过茶房要找我吧？我姓贾。"胡嫂子眼珠转了两转，笑道："哦哦哦，是的，她们说过，在街上碰到一回贾老爷的，还多谢你，把她们送了回来呢。天黑了，我们家灯亮也不好，要不然，请贾老爷到我们家坐一会子去。"贾多才道："你们不是要出门去吗？"胡嫂子道："哟！天都黑了，我们还到哪里去呀。"贾多才听她根本否认出门，大不高兴，难道说李士廉约着七点钟灯下看美人，那是看鬼吗？更冷笑道："你们这些人，都是口是心非的。我告诉你说，你们穷人既是想沾人家的光，一没有知识，二没有能耐，要靠人，这就得拿出一番诚心来。偏是学走还没有学到，就要学跑，你不但是愚弄不到人，反叫人家好笑。这时候我且不说什么，回头我看你把什么脸面见人？"

胡嫂子好意出来招待他，倒让他盖头盖脸骂上了一阵，也不由怒从心起。便咦了一声道："贾老爷，你这是什么话，我们好端端的，也没有得罪你，你骂我做什么？人不求人一般大，水不流来一样平，我们穷我们的，只要一不偷你的，二不拿你的，有什么见不得你，这不是怪话吗？不错，我是请小西天的茶房求过你的，也没有得着你什么，犯得上见你低头吗？"这胡嫂子究竟是个老向外边跑的，说出这些话来，闹得贾多才没法再说什么，于是将袖子一摔道："不和你这种无知无识的东西说话。"说毕，掉转身就向小西天里面走来。这在他，可以说是把买月英做妾的心事，完全斩断了。

45

第五回

诌笑逢迎挑灯照憔悴
饥肠驱迫敷粉学风流

当胡嫂子那样拒绝贾多才的时候，这小西天一个最工心计的茶房叫小纪的，正在一边闲看着，他这就向胡嫂子笑道："喂！你是穷疯了吗？"胡嫂子正因贾多才说了她两句，气不过，身子也站不住，手扶了院子门，向贾多才的去路望着，于今见小纪也来说她，便瞪了眼道："穷倒穷，疯可不疯，老娘心里，比你们这娃娃明白。"小纪冷笑道："你还说你明白呢，一个人无论如何，也不会得罪财神爷吧？你知道刚才这位贾先生干什么的，他可是银行里的人呢。他那洋钱，真是用把抓。"

胡嫂子向小纪周身打量打量，看他是不是撒谎，沉吟着道："凭他那个样子，会是银行里的人？"小纪道："银行里的人怎么样？脸上都贴着钞票吗？"胡嫂子道："银行里的人，脸上就算不贴钞票，那可是红光满面，头也大，脸也圆，这个人可是个瘦子。"小纪举起右手，将中指和拇指夹住了一弹，对着胡嫂子脸上啪地一下响，笑道："你少夸自己知道事吧！如今有钱的人，不像从前，长得胖猪一样了，他们日夜想着，怎么在钱上挣钱，人都想瘦了。越是大有钱的人，现在倒越容易瘦。"胡嫂子笑道："这样说，你也该有十万八千，你不是很瘦吗？"小纪正了脸色低声道："我并不是说笑话，这位贾先生，实在地有钱，你现在不是替你那亲戚，要找个有钱的主吗？他也正有心想在西安找一个人，你们两下里两好凑一好，正是好不过的事，为什么把他得罪了。"

胡嫂子见他正正经经地说了，倒有几分相信，便道："他真个有钱吗？"小纪将身子向后一仰，脖子一歪，口里啰啰了两声道："你这是什么话哩？他是钱行里的人，会没有钱？你不信，可以到我们账房里去调查调查，看他是不是有钱。我并不是贪图你什么想给你拉拢。这为的大家都是穷人，和你提醒一声儿。大概你们亲戚做成了的话，红媒还是你呢，轮不到我小纪头上来吧？"说到了这里，他又做了个鬼脸子，将舌头一伸。

胡嫂子仔细想了想，小纪这话许是对的。不听到月英也说过，有个姓贾的，是开银子店的吗？他们不知道什么叫银行，所以叫银子店。她回想过来了，再看院子里已没有了人。她心里又想着，也不要把这件事太看死了，越是有钱的人，越不肯胡花钱，别看那是银行里的人，要他拿出一千八百，大概还是不容易。这后院里那个姓张的，看那意思，倒很想月英，我还是向他那里去碰碰看吧。好马还不吃回头草呢，刚才我那样说了，还能够去找他吗？

她虽是个小脚妇人，倒有那种决心，她竟是不听小纪的话，向后院走来。这时李士廉、张介夫都没有回来，两个男性的茶房就让着她到屋子里来坐。甲茶房倒一杯茶放在桌子上，笑道："你跑来跑去，也怪累的，喝杯水吧。"胡嫂子瞅了他一眼道："人跑累了，喝杯水，就解得过来吗？"甲茶房笑道："你不要说那大话。刚才有个老瓦匠，在那位程先生屋子里喝了一杯水，千恩万谢的才去。这是西关水，你家里有吗？"

胡嫂子嘴一撇道："哟！你夸什么嘴？西关水我家里果然没有，你家里也不见得有吧？这是人家的水，你沾点儿光，在这里做事天天有得喝……"她说着，眼看甲茶房脸上红了，这便转了笑容道，"我和你闹着玩的，你可别生气。"说着，就拿了另一只杯子斟了一碗茶，送到他面前，笑道，"回敬你一杯。"那茶房便是想板住脸，也板不住，只得一笑。那乙茶房抱着两只手臂在怀里，笑道："胡嫂子，你为人不公道。"胡嫂子不等他说到第二句，已经另倒二杯茶，送到他手上，乙茶房接着茶，向她微微一弯腰，笑道："胡嫂子做出事来真是厉害，让人哭不得，笑不得。"胡嫂子叹了口气道："巴结你二位，这不算害羞的事，穷人对穷人，总应当格外好一点儿。"乙茶房向甲茶房笑道："听到没有，这是我们胡嫂子先打好了矮桩在这里，那件事务动了，就要我们在里头贴嘴说话了。"胡嫂子又不等甲茶房说完，只管向他二人努嘴眨眼睛。

这两人向屋子外面看时，原来正是张、李两位先生回来了。他二人脸上全是笑容，却不比平常，茶房抢去开房门时，后面又进来一位穿长衣服的先生，他走两步，却向后头望着，笑道："只管进来，要什么紧？"说着，将手向里挥着。于是在这时，进来一个二十上下的女人，上身穿了一件蓝色软缎的旗袍，沿着白辫。黑头发，微微弯曲着，只平后脑，显然是那不高明的理发师烫的。长长的脸，一双大眼睛，高鼻子，虽有黑的刘海发，红的胭脂，白的香粉，可是在她两腮上干瘦下去的肉，无论如何，是不能修饰得更丰润起来的。

她身上穿的那衣服，虽然是绸的，可是这种软缎，在江南已过分不值钱，只卖两三毛钱一尺了。她这衣服，还是在江南做的，只看那长度，并不是拖靠了脚后跟，开衩有一尺多长，过了膝盖，而袖长也肘拐相平，这都不是一九三四年的样式了。这可以证明她若是由江南来的，她也离开了江南在一年以上。脚下的皮鞋，已经是不时新的浅圆头了，而脚背上还掼了一根皮带，这样子尤其是老。但这只有张介夫、李士廉二人可以看出她不摩登来，在胡嫂子眼里，她就觉得这是过分妖冶了。于是轻轻地问那没走开的一个茶房道："哪里的，是开元寺的吗？"（注：开元寺，是唐代所建古刹，为西安古迹之一，现娼寮群居大门以内之两侧。妓多南人。）茶房斜了两眼向外望着，皱了眉头道："我不认得她。"说着话时，这三男一女都到李十廉屋子里去了。

胡嫂子站起拍着巴掌，两手一扬，笑道："今天不用提了，明天早上我再来。"她说着向外走，只听得李士廉叫着，快请贾先生，快请贾先生。胡嫂子对贾多才虽不曾有什么关系，可是有那个类乎开元寺的人物在这里，现在又去请贾先生，她觉得这事有点儿令人不平，倒要看个究竟，因之不再走开，只是在院子门边，扶了门伸着头向里，就这样地在那里站定着。不到十分钟的工夫，很忙乱的脚步，来了个人，在身边笑道："你也来了。"说着那人走了过去，都带着笑音，胡嫂子看时，正是贾多才。

自己还在恨他呢，不想他先来赔礼，她也就跟着有了笑容了。其实贾多才乃是一种误会。他以为李士廉按时请他，必是朱月英来了，到了院子门口，又见胡嫂子在这里，他更是欢喜，一高兴之下，就说了那句话，敷衍敷衍胡嫂子。不想走进李士廉的屋子倒出乎意外，张介夫、郭敦品都在这里，特别还有个二十来岁的女人。

在西安，这女人虽是很华丽的，可是她的两腮上搽的粉，都有些粘不住，加上眼睛下隐隐的两道青纹，这显然是没有法子可以遮掩她那份憔悴。她似乎知道贾多才是个能花钱的人。因之贾多才一进门，她首先就站起来，笑脸相迎。贾多才正向她怔怔地望着呢，李士廉就抢着插身向前道："我来介绍介绍，这是贾先生，这是杨小姐，她号浣花，朋友们都叫她五小姐，我们也叫她五小姐吧。她还是我们同乡呢。"贾多才对她估量着，原以为是个风尘中人物，现在听李士廉介绍的口气，可有些不像，这也就不敢十分藐视于她，便点了点头笑道："五小姐倒是我们同乡，难得的，哪一县？"浣花向郭敦品看了一看，这才笑着说了常熟两个字。贾多才笑道："这更巧，而且是同县。但是五小姐口音，有些变了，想是离开家乡多年了。"浣花道："九岁就到上海去了，今年离家乡……"她说到这里，不肯一口说了出来，微偏着头沉吟了许久，才笑道，"也是九年多。"李士廉向她笑道："二九一十八，五小姐今年十八岁吗？"

她脸上似乎有些红晕了，只看她把眼皮子都低下来了，可以想到对于年龄这个问题，具有难言之隐。可是这时太阳沉落到地平线以下去，屋子里有些黑沉沉的，大家的面目都看不清楚，这位杨家五小姐，也就借了这刚来的黑暗，遮盖了她的羞涩。在她这难为情之中，约莫有两三分钟的犹豫，李士廉所问她是十八岁吗，那一句话，早已过去多久，她也只微微地哼了一声，就算答应了那个是字。

屋子里一切都沉寂了，大家抽烟卷的抽烟卷，喝茶的喝茶，没有人提到五小姐。李士廉道："茶房，屋子里什么都看不见了，还不给我们送灯来吗？"茶房早已预备好了灯火了，只是看不出这女人是怎么回事，站在房门外边，都听到了。心里想着，这样一个女人，会是小姐，将来火车要通到了西安，比这新鲜的玩意儿，恐怕还要更多呢。这时听到里面有人叫着，就捧了高脚料器煤油灯进来。当然，灯是放在桌子上的，杨浣花，就是靠了桌子的侧面来坐下的。

那煤油灯，蚕豆大的火焰，斜映了她半边脸子，这越把那瘦削而不大粘粉的皮肤，更显着有那隐隐的鸡皮皱的细纹，笑起来的时候，两排牙齿都露了出来。这份苍老，那更是不用提。贾多才心里想着，这样的女人，在上海，便是打入野鸡队里，也会被淘汰掉，何以老李这样看得起她，特意介绍着来会见。心里想着，自然也不住地将眼光射到她身上去打量。

可是浣花都误会了，她以为贾多才在欣赏她的姿色，不时地咬了那浅薄的嘴唇微笑，又将那有深眶的眼睛，斜了向贾多才偷觑着。贾多才越见她那些做作，越觉难受，便转过脸去，和李士廉谈话。杨浣花听说贾多才是个银行里的人，十二分地愿意接近，不想只说了几句同乡的交情，他就不理会了。要和他接上一点儿电流吧，他又掉过脸子去了，难道走上前，把他的脸扭转过来不成？低头向自己怀里看了一会子，有了个主意了，借了桌上放下的一包烟卷拿到手上来，向许多人笑问道："哪位抽烟吗？"郭敦品倒知趣，向她道："敬这位贾先生一支吧。"浣花更不待他答话，已是用那三个瘦削的指头，夹了一支烟卷到贾多才面前来。

这时，他绝不能再为拒绝，也只好站起来将烟接着。浣花更是步步进逼，早进手到衣袋里去摸出一盒火柴来，擦了一根，向前伸着，要替贾多才点火。他真没有料到她会这样客气的，所以那烟卷还不曾放到嘴里去。浣花却真有那种耐性，两指嵌了一根点着的火柴，微弯着腰，静静地等着。直等贾多才嘴里衔了烟以后，给他来点上，那火柴的火焰，已是燃烧到手指边上来了。贾多才看她这番殷勤，自然也有些不过意，于是向她笑道："到这里来的人，都是客，你就不必客气了。"她微笑着回到原位子上去坐下了。

郭敦品坐在床上，比较是离着远一点儿，他心里想着，老贾也许还没有将她看清楚，所以还是淡淡的样子。于是走上前两步，将桌上放的煤油灯焰，捻得大大的，向杨浣花一笑。张介夫究不明白郭敦品这么一捻灯，所为的是什么，便笑道："这西安的地方，点的煤油灯，就是这样亮，无论你捻得多么大，也是那样亮。"郭敦品笑道："亮上灯，大家看得清清楚楚。"李士廉向贾多才看了看，笑道："看得清清楚楚的做什么？"郭敦品笑道："要看得清清楚楚的，好攀永久的交情呀。把脸子看熟了，将来永久都记得。"

贾多才明知道他们话里有话，只管抽了烟卷，昂着头，不住地向半空里喷了烟。杨浣花便向贾多才笑道："贾先生你知道吗？郭先生这意思，可是拿我们开玩笑呢。这里不就是我们初见面吗？"贾多才笑着，微微摆了两摆头道："那也不见得吧？"他心里可就想着，话说到这里，有点儿单刀直入了，这样的女人究以避开为是，于是举了两只手，伸了一个懒腰，笑道，"我得回房间去，我约了一个朋友，在这时候和我会面呢。"说着就向外走。

李士廉看他那样子，有点儿不喜欢，勉强也是无用，也站起来道："何不多谈两句天，你朋友来了，茶房不会到这里来找你吗？"贾多才只管向他们笑笑，可不肯多说什么，在那嬉笑不言的时间里，他就走出房门去了。杨浣花当他走去的时候，也站了起来，做了一番苦笑，将那瘦削的脸腮，皱起了两道斜纹，尤其那双深陷下去的眼睛，向贾多才去的后影呆望着，好像有了极大的失望。可是贾多才觉得她那身上的软缎红袍，和她额上的刘海发，那全是一种引诱人的工具。

在西安这地方，她穿得这样华丽，她太离开社会了，绝不是个好人。看她和姓郭的那样眉来眼去，必是姓郭的那小子带她来的。那小子贼头贼脑，就不是个好东西，必是她看中了我是个银行界的人，弄了这么一个秧子来，想吸引我的钱呢。老李是我的老朋友，为什么和他也串通这一气？或者老李也莫名其妙，根本就是受了这姓郭的骗。贾多才一面想着，一面走回自己房间里去。

那个精灵茶房小纪，提了开水壶，就跟着走了进来，嘻嘻地笑道："后面院子里有个女的，怎么不多在那里坐一会子。"贾多才道："妓女不像妓女，好人不像好人，我看不出来是哪一路货，我不愿在那里多坐。"小纪笑道："我知道她。她的先生，去年带她到西北来就事，不知道怎么，没就到事，她的先生走了，她可没走，就这样地流落在西安。"贾多才道："这样说来，她的丈夫也是个冒失鬼。到外面来就事，一点儿把握没有，为什么带了家眷跑？没有就到事，倒反是不带了家眷回去？"

小纪道："老实告诉你吧。凡是到西安来找差事的人，都有点儿冒失。陕西人找不着吃饭的地方，那就多着啦。东边什么也比这边富足，为什么到西北来就事呢？"贾多才笑道："照你这样地说，我也是个冒失鬼。"小纪笑道："你是我们穷人的财神爷。你是带了钱到这里来花的。我们欢迎得很呢。"贾多才笑道："那不见得，也有人不欢迎我的。"

小纪听他这话，立刻就联想到了胡家嫂子，便低声笑道："贾老爷这句话，我明白的。那胡小脚和你说话的时候，我在一边听到，你先生走后，我就埋怨她，有眼不识泰山。她说，并不是故意顶撞贾老爷。因为当了许多人的面，贾老爷说了她好几句，她若是不回嘴，怕有人笑她。"贾多才道："当了人，她更是不该顶撞我。"小纪道："是呀，我也是这样说，何况老爷们说的话，那总是有道理的，她应当想想再回话。她让我点破了，她也就明白了，她说了，明天来和贾老爷赔罪。"贾多才道："笑话，千万不要来，我和这种人，还计较什么是非不成？"小纪轻轻地道："不是她一个人来，把那小姑娘也带了来。"

　　贾多才这就禁不住笑了，因道："这就更不对了，那小姑娘又没有得罪我，为什么要她赔不是。"小纪笑道："说不过是这样地说，贾老爷心里，还有什么不明白的。"贾多才笑道："我告诉你，你们打错了主意了。以为我是银行里的人，一定有钱。你们不知道，银行是人家开的，我不过在银行里办事。"小纪笑道："贾老爷，你说这话，我们可承当不起呀。我也是看到贾老爷很喜欢那姑娘的，我才敢这样地说。若是你老爷一点儿意思都没有，那我们就是设局骗财了。"贾多才见李士廉那里，并没有朱月英，这完全是自己的误会，对于胡嫂子，已是相当谅解。现在说到朱月英会来赔礼，他更是心里有些活动。便笑道："她们真是要来的话，我也拦阻不住。但是人多的时候，叫她们可不要来，要来可要悄悄的。"小纪道："请贾老爷自己规定一个时候吧。"贾多才在身上掏出烟盒子来，取了一根烟卷，坐在椅子上偏了头抽着。

　　许久许久的时候，他才微笑道："人呢，我是看了不止一次，也交谈过，会与不会，那都没有关系。我们所要知道的，就是她们对这个姑娘，究竟打算怎么样呢？"小纪微微地扛了两下肩膀道："假使贾老爷愿意讨一个姨太太，这很好办，她们也不是靠姑娘发财的人，无非是日子过不过去，把姑娘聘出去了，有个安身立命之所，就是她家里两代人，也不会饿死，说到钱上面，我想她们总也不能够张着大口吧。"

　　贾多才喷出两口烟，才用不甚要紧的样子笑道："就怕她们不大明白这些。你想人家花钱讨姨太太，不会到上海、北京这样大地方去寻么，为什么到西安这苦地方来讨呢，我也不过是仁者之心，看了这小姑娘，一家三代很是可怜，愿意救她们一把。她们的意思，若只是想逃

52

命，那总好办。若是想发财，我可不敢领教，请她们另找别人吧。"说时，他就架起了一条腿，不住地摇晃着。

小纪心里也就想着，有钱的人真是鬼，别人刚将就一点儿，他立刻就紧上一把。因道："当然是只要逃命罢了。你放心好了，她们那些不懂事的妇女，就是打算玩什么手段的话，还玩得你贾老爷过去吗？"贾多才听说，将烟卷取了出来，向痰盂子里弹着尘，带着微笑。小纪道："贾老爷你规定一个时间吧。"贾多才到了这时，实在不好意思再推诿了，于是抬起手来搔搔头发，这才微笑道："我看还是你们规定吧。我若规定了时候，好像我是约她来的，妇女们的话难说，她们少不得又要拿娇，我看还是随便吧。"

小纪点头笑道："那也好，明日上午，我带来吧。本来也可以约到下午的，可是那也时间太长了。"说着一笑而去。在他这一笑之中，似乎有点儿和贾多才开玩笑的意味在内。贾多才想看那女孩子，却也是真，人家说了，倒也不能否认，不过觉得这个茶房不好应付，倒要提防一二。小纪的心事，正也和他一样，觉得这个有钱的人，非同旁人，轻易糊弄不到的，要好好地着手。当时把旅馆里的事，清理了一部分，这就抽身到胡嫂子家里来。

穷人舍不得点灯油，天黑了，就摸到炕上去躺着，虽然一时睡不着，头靠了枕头，也可以想想，什么时候可以在炕底下挖到一窖银子。这时，胡嫂子在炕上想挖窖的事，正想得有点儿迷迷糊糊的时候，却听到外面噼噼啪啪有人打着门响，正吃了一惊，莫不是捉歹人的军警，光顾到这里来了吧？因之虽然听到，却躺在炕上，死也不敢作声。后来小纪直叫出胡嫂子来，听到声音了，这才敢问一句有什么事。小纪一肚子计策，可不是大声可以嚷出来的，便道："你既是睡了，不妨明天早上对你说，你不要忘了，一早就去找我，有一块钱的买卖好做呢。"胡嫂子口里叫着纪大哥慢走，跪在炕上，两手就去乱抓衣服。她发急道："衣服哪里去了呢，谁拿了我的？纪家大哥，你稍微等等，我就来了。哟？这是裤子，我当褂子穿了，怪不得穿不起来呢。纪大哥，你站一会儿我就来了。"她低声发急，高声叫人，足忙了一阵子。

同炕的月英笑道："舅娘急糊涂了，你不是把衣服打了个卷，当枕头枕着吗？"胡嫂子哟了一声抢着穿好了衣服，一面扣纽襻，一面摸索着来开大门。黑暗中见个人影子突立在门口，虽然明知道是小纪，心里头倒有些怦怦乱跳，倒向后缩了两步。

小纪道："是胡嫂子吗?"胡嫂子道："有什么急事，摸了黑来找我。"小纪道："我和那贾老爷说好了，约了明天早上，你带了人去说话。"胡嫂子道："他说了给我一块钱吗?"小纪道："那是我骗你起来的一句话。"胡嫂子呸了一声，两手就要来关上大门。小纪道："你千万要去，那块钱已经交给我了。"胡嫂子道："真的吗? 你把钱交给我。"小纪顿了顿，笑道："你不放心我，我也不放心你呢。你明天早上，带了人去了，我自然交给你。"说毕小纪抽身走了。他心里也就想好了，钓鱼的人，少不得要费点儿香饵，偷鸡的人，少不得要丢一把粮，就出一块钱吧。既肯出一块钱，也就不怕胡嫂子不来了。

小纪很有把握地回到小西天去，自预备了明天所应办的一些事情。果然，到了次日早上六点多钟，胡嫂子就带了月英悄悄地走到小纪房间外面，先微微地咳嗽了两声。小纪坐在屋子里抽纸烟，眼望了屋顶，正在想心事，明明听到，却不理会。胡嫂子只好扶着门，伸进了个头来，笑道："纪大哥在屋子里呢，怎么不理我?"小纪笑道："我又不能隔墙看物，你在外边不叫我，我怎么知道你来了。"她扶着门走了进来，低声笑道："你不是叫我早上来吗? 这就来了。"小纪道："那姑娘呢?"

胡嫂子伸了头向外，将手招着道："喂! 你来，你怕人，外面更可以让人看到，还是到里头来躲着好些呢。"月英将右边的袖子举起来，放在口里咬着，低了头向里走。走到门口，见小纪坐在里面笑嘻嘻的，放出一种轻薄的样子来，手扶了门，赶快地向后缩着。但是缩到房门口的时候，她自己忽然地省悟过来了，自己昨天下午，还只吃大半碗油面（为一种粗麦所磨之粉，作焦黄色，焙熟，以手撮而食，干燥不易下咽），今天若是再不想法子，怕是那半碗油面，也是得不着。这个人不是说过，可以给我们一块钱吗? 若不敷衍他，这块钱怎么可以到手? 因之只在这忽然省悟之下，立刻就停止着，不再向后退了。

小纪斜了眼向她看去，见她那条辫子虽然梳得溜光，然而面孔上，所抹的粉左一块，右一块，很是不匀，身上所穿的那件花布褂子，长平膝盖，袖子有六七寸大，齐平了手腕，就算她脸子和身材，都长得合式，便是这种不入时的衣服，也把她穿丑了。于是向胡嫂子连摇了几下头道："怪不得你自己出马，事情总是弄不好。很好的人，你给她这样打扮，不是把肥肉盖在萝卜底下敬客吗？"月英觉得他这话太糟蹋人，可是一个姑娘家怎好和生人口角呢？而况还要求教他，只瞪了他一眼，便算了。胡嫂子道："你这是怎么讲话？把人家大姑娘比肥肉。"

小纪站起来，向她拱拱手道："你若是和我吵嘴来了，你就请便，我是个有事的人，没那些工夫。你若是有事求我来了，我说这句譬方的话，你也不能怪我吧。"胡嫂子先是红了脸，后就转了笑容，因道："哪个怪你，我不过是说，大姑娘当面，你说这话难为情罢了。"说着，就伸手把月英拉了进来，笑道，"进来吧，那样进不进、出不出的样子，更是惹着别人家留意。"月英被她拉进来以后，随身就在墙角落里一张方凳上坐下。

这里有一张两屉小桌上面乱放着纸烟、火柴、茶碗、破纸卷、笔墨之类，而另外还有两件东西，是让穷人看不得的，便是这里有一个大锅块，和一碟子韭菜炒肉丝。而且那碟子上，搁了一双筷子，仿佛是预备着人来吃一样。胡嫂子闻到那香味，早是吞下一口痰去，撅了一小块锅块，好像闹着玩似的，放到嘴里去咀嚼着。

小纪并不理会，因道："她脸上擦的是什么粉。"将嘴向月英脸上一努。胡嫂子道："我们家哪有胭脂粉，这是剩的一点儿牙粉让她抹上了。"小纪道："胡嫂子，这是新烙得的锅块，好吃不好吃？"胡嫂子又撅了一小块下来，笑道："好哇！你送我吃吗？"小纪道："这算什么？我请你二位都成。不过有一层，你也得依我一件事。我们这里有女客，我去借些胭脂粉来，你和这姑娘打扮一下。说不定我还可以借一件衣服……"

月英低了头说抢着道："我不！"小纪并不看了她，却看了胡嫂子。胡嫂子道："就是这么一方锅块，你把它看得那样重。"小纪道："不忙呀，我既然请你二位，当然让你二位吃饱。我还有呢。"说着，他在他的铺底下小篮子里，取出了一方锅块，又是一只开了的罐头，里面还有一半咸的榨菜，笑道，"那桌上壶里有热茶，你们自己斟着喝吧，我去借东西去了。"说着，一溜烟地走了。

胡嫂子举起了筷子，不问好歹就把韭菜炒肉丝，连连地吃了几夹子，真个又鲜又咸。吃了几下之后，可不能放下筷子了，咬了两下锅块，却又夹了几丝韭菜，放到嘴里去咀嚼着。回头见月英斜坐在一边，呆呆地望着，这就撅了一大方锅块，塞到她手上，笑道："你只管望了做什么？他请我们吃的，我们就吃吧。我们不吃，也是要领他的情的。"

月英本待不吃，无如已是有两天不曾吃得饱，现在有可以饱的东西捏在手里，故意地不吃，这也未免太对不住自己的肚皮。而况胡嫂子左手拿锅块右手夹韭菜肉丝，嘴里咀嚼得喷喷有声，那一股子食欲的焰火，几乎是要由七孔里喷了出来，哪里忍耐得住，于是将锅块送到嘴里，先咬了一点儿尖角试试。虽然那东西是很粗糙的，可是经过嘴里的津液溶化着，也就香软可口，不知不觉地，也就把这方锅块，送入了肚中。

胡嫂子见她手上没有了锅块，又撅了一方锅块塞到她手上，笑道："既是吃了你就吃吧。"月英对于这锅块，若是始终不沾染，那也就不会有什么感觉了，无如这口里沾染了食物以后，那就越发地想吃，所以这次胡嫂子将锅块塞到她手上，她已不能像以前那样犹豫，拿着到手，就向嘴里塞了进去。不到多大一会儿工夫，手上的也就吃完了。顺着这个趋势，自然也就不会再行中止，结果是把小纪所拿出来的东西，都扫光了。只是罐头榨菜，未免太咸，不能吃完，胡嫂子将它倒了出来，就把桌上的旧纸一齐来包了。向门外看看无人，就揣在身上。

好在桌上放有一壶茶，倒出来，两个人足足地一喝。这才见小纪笑嘻嘻地捧了许多东西进来，放在桌上看时，脸盆、手巾、镜子、胰子盆、雪花膏、粉匣、胭脂膏全有了。他向胡嫂子道："你替她打扮吧。"说毕，跑出去，提了一壶热水进来，再跑出去，又捧了一个衣服包进来。

他见月英还是正正端端地坐在这里，就正了脸色道："小姑娘，为什么不动手？你要知道，这样跑来跑去，都是为你呀，并不是我贪图什么好处。我要说一句不大通人情的话，假使你有了方法，何至于我当茶房的人，送你这点子锅块，你都吃了呢？"月英听了这话，不由两颊通红。胡嫂子道："这话还要你说呀？我们这位姑娘，是有骨子的，只为昨天饿得难受，实在没有了路子，今天早上才勉强来的。"小纪道："却又来，既然来了，当然是望事情办成功，洗洗脸，换换衣服，让人家一见就欢喜，岂不是好。如若嫌我在这里，有些不好意思，我就走开。那贾老爷可起来了。说不定他早上，就会出门去，你们还是早一点

56

儿去的好。"说着，他替她们带上了房门，先走了。

胡嫂子道："月英，有镜子在这里，你自己动手吧。"月英皱了眉道："若是那样，不成了卖风流的人吗？舅娘，你想，我这样抛头露面，已经羞死了，再要打扮了给人去看，我这两块脸向哪儿搁？"胡嫂子道："谁不是这样说呢？可是你得想到，今天不是厚了这两块脸，这些锅块就没有得吃。你还得记着，家里还有两个人，不定要饿到什么时候呢。我们还想小纪那块钱啊。"

这最后几句话算是打动了月英的心，没有作声。胡嫂子看着是机会了，提起热水壶，向盆里斟去，拧了把毛巾，就要向她脸上搽去。月英接着毛巾，站起来叹口气道："唉！我来吧。"她到底是个聪明女孩子，现成的化妆品在这里，又经胡嫂子在一边指点，费了三十分钟的工夫，也就把脸儿重新修饰过来了。只待她把一件花洋标的衫旗穿起，小纪就推门进来了。这样的巧，他必是在外面偷看了，羞得月英立刻背转身去。

小纪向胡嫂子笑道："这一着用得，若是在贾老爷面前，还来这一下，准得他喜欢。"月英气不过，就转过身来，板住了脸。小纪却也不管她，向她对着看了看，笑道："倒是行，只是鼻子上的粉，还没有扑匀。你看我的。"说着，他左手举了小镜子，右手在粉匣子里拿起粉扑子来，在脸上鼻子上，乱扑了一顿。扑粉的时候，头对了镜子，还左右扭了几扭。月英虽是十二分难过，也忍不住笑了。他倒不在乎，将镜子同扑粉，一齐交给了月英，笑道："你来吧。"自己拿起月英用过了的手巾，很随便地在脸上一抹。

月英手上拿着扑粉，倒发了愣。小纪道："怎么了？你再匀匀脸上的粉，我们好走哇！"月英回头看看胡嫂子，也默默地不作声。她一想，既是搽粉了就要搽得好一点儿。风流就风流，下流就下流，反正比饿着肚子等死好些。于是学了小纪那样子，将粉扑蘸好了粉，对了镜子，向两腮和鼻子尖上扑着。小纪暗暗点头叫好。然而月英心里，可比刀割还难过呢。大概天下胭脂粉满脸的女人，不见得都是快活的啊。

在心里十二分难过的时候，朱月英是把这张脸子，抹得脂粉很匀了。将粉扑向粉缸里一扔，对小纪道："我都照着你的话办了，还有什么话可说的吗？"小纪本来也想顶她两句，转念一想，好容易把她教训到这种样子，若是将话把她说翻了，她不肯到前面去，那倒是前功尽弃，这便向她笑道："你很聪明，随便在脸上抹抹就好了。这就很行，不用耽误了，我引你们去吧。"

胡嫂子听着，就来拉月英的袖子，笑着低声道："去吧，不要紧的，有我陪着你呢。"月英低了头，就跟了她这个拉扯的势子，手扶了墙壁，慢慢走着。胡嫂子拉着她到了院子里的时候，她将手一摔，把手抽了回来，微低了头道："我又不是三岁两岁的小孩子，要你扶了走干什么?"胡嫂子回头看她时，她可是鼓起了两只腮帮子的。胡嫂子站住了脚，向她道："这就是你的不对了。我们家不算，你家还有两口子紧紧跟在后头，都望你和她们找出饭碗来呢，你若是和人家讨债的样子走了去，那人家怎样会高兴? 就是这个样子，那事情还办得起来吗? 不是我做舅娘的要多管你身上的闲事，谁叫你娘儿三代千里迢迢来找我呢? 你不愿干这样的事，我更不愿干这样的事呢。"说着，慢慢地将脸色沉了下来，接着道，"你就不必去吧，你三代人远走高飞，不要来累我这可怜的人啊。"

第六回

贫女不能羞任教平视
西宾何足贵空辱虚心

她说了这话，扭转身躯，就有向回家路上走去的样子。月英如何不知道这事严重，假使舅母反了脸，不让自家三代人在她家里住，那么，立刻就要出门讨饭。不但是讨饭，上面两代人会急死，因为由甘肃到西安来，是有指望的，所以逃命地逃了来，现在没有了指望，可回去不了。当时，就转了那黑白分明的眼珠，嘻嘻地向胡嫂子笑着，胡嫂子是做了个生气的样子，扭转身子去，所以月英对她笑，她并没有看见。

然而胡嫂子没有看见，却另外有个人恰好是看见，和月英打了个照面。月英这嘻嘻一笑，不啻是对他笑了，这就叫月英太难为情，臊得满脸通红，把头低了。这人是个二十附近的青年，穿了一身深蓝色的布衣裤，头上也戴一顶蓝布军帽，分明是个学生。因为在他胁下，他还夹着一个大书包呢。在这一刹那之间，月英没有看清楚他是怎么个样子，不过看到他圆圆的脸，大大的眼睛，那黑眼珠子觉得有道亮光射人，是个有精神的样子。

那学生到这小西天来，本就换过了一个环境，对于小西天这样的时髦姑娘，根本就不想去看她。不过人家已是对他嘻嘻一笑，这不能是偶然的，必有所谓，因之站住了脚，看看自己身上，又看看月英。这时，胡嫂子回转过头来了，月英就笑向她道："刚才是我的不是，我不应当那个样子的。现在只请你带我去。"胡嫂子道："这可是你自己愿意去的。"月英道："本来就是我自己愿意去的。"胡嫂子微笑道："哼！你也想明白了，走吧。"

在她说完了走吧两个字，已经是走过来了，手扶了月英，要她转过身去，她随了胡嫂子的手，转过身去时，见那个穿蓝布衣服的学生还在那里望着，百忙中会引起了这样一个人来注意，却是想不到的事，不过自己要去做那姨太太考试，那是成败关头，也就来不及管这些闲事了。小纪当他们走到院子里的时候，早已飞步向前，到贾多才屋子里去报信。及至将信报过了，回头看到身后无人，他可大为着急，因之转身又跑了回去，看到胡嫂子便跳脚道："你怎么走得这个样子慢？"胡嫂子推着月英道："她不好意思呢。"小纪道："据贾先生说，你们都是交谈过的人了，还有什么不好意思呢。不过这样倒好，人家看了，多少有些趣味。"月英听他所说，简直不是人话，不过在这个时候，多少还得仗他帮一点儿忙，也不敢驳他，不过是红了脸，垂了眼皮子走路。

到了贾多才门口，小纪抢上前一步，替她们掀着门帘子让她们进去。等她们进去，立刻将帘子放下，他自己站在外面，并不进去。那贾多才架了腿坐着，在那里抽纸烟，见她们进来了，那双眼睛早被月英焕然一新的衣饰吸引住了，他情不自禁地哦哈了一声，仿佛说这太美了，美得出乎意料以外了。月英紧紧地跟在胡嫂子身后，进来了，就靠了房门低头站着。她害臊，胡嫂子也未尝不害臊，上前两步，也就退后两步，她不向贾多才说话，却推着月英的肩膀道："走过去呀，本来就认得的，怎么陡然害臊起来了呢？"

贾多才知道胡嫂子，自己也未尝不害臊，这是搭讪着说话。便指着靠门的那方凳子，向她道："你就坐到这里好了。"说毕，可就带了笑脸，又向月英道，"啰！这里边有张椅子，坐下。"说着，他把嘴向墙角落里努着。显然地，他对着月英，又是一种态度了。月英看了他那样子，更有些不好意思，只是低了头，将右手去摸弄自己的纽扣。胡嫂子本来是坐下了，见她还是有害臊的样子，于是再站起来，拉住月英的袖子，向那边空椅子上拖了去，笑道："你在家里，什么话都会说，怎么到了这里，一个字也不响？"月英也不便僵持着站在这里，随了她的手势，向这边的空椅子上坐下。依然是微笑着，没有答复一个字。

贾多才对于风月场中的事，本也有相当的经验。但是所遇到的人，也都是风月场中的人，自己有说有笑。现在遇到了这位来自田间的姑娘，她一个劲地害臊，越闹这情形越僵，因之他也感到没有了办法，口里衔了烟卷，背了两手，只管在屋子里来回地踱着方步，斜了眼看着月英，不住地喷烟。月英在这时，倒腾出了工夫来观察这屋子，对面床上那床被单，首先就让她惊异一下子，那白的底子，其白如雪，印的红花，是有面盆大的朵子，这且不说，曾仔细看了半天，却看不出这被单上面那里有线缝，乃是一条整个儿的。看那被单下面，很是厚实，不知垫有多少棉絮或毡子。但看上面叠的盖被，就是三床，下面是一条花绸子的，正中是一条黄绸子的，上面又是一条绿绸子的。

月英也不认识这是什么绸子的，不过看到颜色那样鲜艳，条纹那样细致，那准是绸料的。就是头边两个枕头，也不像生平所见的，这是长方的，中间微微地鼓了起来。平常所看到的蓝布枕头，总是漆黑油腻了一片，唯有这个是白的不见半缕灰尘，而且那床上微微地还透出一些香气来。有钱的人就是这样享福，这是内地人所想不到的，天上果然有神仙的话，神仙所享的福，也不过是这样吧？她在这里凝想着，不由得推想到神仙头上去，看了那床，有些出神。

贾多才始而是没有注意，还是踱着方步子，来来去去。在三个人都不说话的当中，经过了两三分钟的沉默，他偶然对于月英加以注意，这就看到了。一个少女注意着一个男子的床，这似乎不必怎样去研究，就可以知道所以然，因之他也不怎样地惊动她，只是微笑而已。还是坐在一边的胡嫂子，经过了许久的考量，却是有些忍耐不住，就轻轻地咳嗽了两声。只是这咳嗽声，不是由嗓子眼里出来的，是由嘴里咳嗽出来的，这也可见极勉强而不自然，但是贾多才明白了她的用意，乃是要说话，先知会一下子的意思，就掉过头来向她望着。胡嫂子笑道："贾老爷。"说着，又咳嗽了两声。贾多才道："我们三个人，有什么话，你就只管说吧。"胡嫂子站起来，又坐下，才笑道："你只看这姑娘多么温柔，真是西边来的，西安城里可不多见，你若是肯那个，不但是救了她一家人，就是我也蒙你救了一把，她一家三口住在我家里，我真是不得了。"

她原是带有一些笑容的，到了这时，笑容慢慢地收起，皱了眉毛，苦着脸子，几乎是要哭起来了。贾多才坐在床沿上，口里衔着烟卷，连连喷出几口烟来，眼睛可是在那里向月英周身上下打量着。月英不敢不让他看，怕是把生意打断了。可是一个十七八岁的姑娘，让人家面对面地这样看着，也不能不难为情。所以不敢全低头，只好垂下了眼皮，不敢板着脸子，出了神看着那床上的被枕。心里也就想着，穷人是可怜，想害臊都不能随便的。

贾多才颠簸着两腿，索性看了一个够，这就微笑道："照说这婚姻大事，不能含糊成就，总要问问她本人的意思怎样？"胡嫂子道："你放心，这件事不能有什么差错的，我就能够在这里面做主。你想，假如她是不愿意，能够两回三回的，只管送给贾老爷来看吗？你就看她现在一双水汪汪的眼睛，都看在贾老爷床上。"这句话，算是把月英提醒过来，立刻通红的脸，齐到耳朵根下，向胡嫂子道："你瞎说！"胡嫂子笑道："你看这孩子连大小都没有了，怎么说我是瞎说！你刚才不是只管看了这床上的吗？"月英道："望是望着床上的。我是这样想，西安城里实在繁华，一家客店里的床，都是这样子好。"贾多才笑道："西安城里繁华吗？"月英见他两只眼睛盯在自己脸上，又不免低了头。胡嫂子道："贾老爷问你的话呢，你怎么不答应。"月英本来想着，这样一低头含混着也就过去了。不想胡嫂子这样在旁边催上了一句，不容不回答，便点点头，鼻子里嗡了一声。

胡嫂子道："你这是怎样说话，人家贾老爷正正经经地问你话，你倒是这样答应人家吗？"贾多才摇着手笑道："不要紧，不要紧，这是她害臊，不是不睬我，凑巧，我就最爱看姑娘们害臊的样子，你就多多地害臊一会子吧。"说着哈哈大笑起来。笑完了，他在身上掏出一只扁平的烟卷盒子来。月英偷看时，见那盒子白得放光，倒有些奇异。胡嫂子道："贾老爷，你这盒子是银子打的吧？多少重？"贾多才道："一两多一点儿。"胡嫂子道："姑娘，你听听，连烟盒子都是银子打的。一两多银子，我可以吃三个月粮食。"贾多才笑道："要是那样比那还能说什么。往东方去，把金子打一个烟盒子，也很平常呢。"

月英虽是听到祖母说过，湖南原籍，是如何享福，银子打的香烟盒子，却是没有听到说过，不想今天亲自看到了，因为心里是如此想着，不免又微微抬了头，向贾多才手上去看着。贾多才手里拿了根香烟，不住地在盒子上顿着，眼睛正射到月英的脸上，月英抬起头来，却好四目相射。月英立刻笑着低下头去，贾多才便将两个指头夹了那根烟，送到她面前去，笑道："你不抽根烟？"月英抬起手臂，横隔了贾多才的手，微微地摇着头。胡嫂子道："傻孩子，傻孩子，你就是不抽烟，你也该站起来接着，这个样子，不是太不懂礼貌吗？站起来，站起来。"月英也觉得这位老爷是真正有钱，假如就把这条身子都卖给他，全家人也就都活命了。对这个人是应当客气点儿，不能够得罪的。

于是就在胡嫂子"站起来站起来"的声中，真个地站起来了。不知不觉地，也就把那根香烟接到手里。她不会抽烟，又不敢放下，拿了那根香烟在手上，没个做道理处。加之她和贾多才站着很近，差不多是鼻息相通。越是这样相隔得近，那贾多才越不老实，向月英脸上狠命地看着。他并且犯了近视，要这样才看得见，他是要借了这个机会，细细地看月英的皮肤如何。可怜月英在不许害臊的情形之下，只得通红了脸子，让他看着。

胡嫂子笑道："你呆在那里做什么？把香烟送到贾老爷嘴里，擦根洋火替贾老爷点上。你要知道，姨太太伺候老爷，就是这样伺候。"月英因她当面说破了，不能不照着她的话办。这就将烟送到贾多才嘴边，他真的一弯腰，把烟卷衔住了，自然，那脸上带了笑容的。她手扶了桌子，在手边便有一盒火柴，于是拿起来擦了一根，直伸着向烟卷头上送来。这当然是一个外行的姿势，贾多才于是一伸手将她的手握住，让她扁平过来，这才把烟点上了。

他笑着放了手，才道："以后点烟，要学这个样子，要不然，会把吸烟人的眉毛都烧掉了。"月英怕他当面看，他索性来握住了手，便是难为情，也只有忍受了。胡嫂子看到，却是从旁凑趣道："这样说起来，贾老爷是答应这件事了。"贾多才笑道："你何以见得我是答应这件事呢？"胡嫂子笑道："你不是说了以后全要照这个样子和你点香烟吗？"贾多才笑道："我是譬方这样说。假使我说的办法，你们都愿意，这事就成了。若是我说的办法，你们觉得是不能称心，那么，她依然姓她的朱，我依然姓我贾，还有什么话可谈？"

月英听到这里，才知道让人家看了这样久，还摸了手，人家还不一定要，穷人家姑娘，竟是这样没有身份，心里一酸，两行眼泪，就差不多要抢着流出来。胡嫂子倒没有什么感触，觉得若是照生意买卖来说，这是应该的。便问道："若是照贾老爷的说法，应当怎样地办呢？"

贾多才摇撼着身体，正想把那话说了出来，却听到门外边有人叫了一声贾兄在家吗？贾多才听得出那声音来，正是李士廉，于是答道："在家在家。"口里说着，人已是抢出了门去，这就拦着李士廉，低声笑道，"那个小家伙，在我屋里。"李士廉眯了眼笑道："你真了不得，居然把她先就弄到手了。"贾多才笑道:"不要瞎说,屋子里还有个小脚女人在那里陪着呢,我们还是刚刚地磋商条件。"李士廉昂了头踌躇着,沉吟着道:"这事就不太凑巧了。"贾多才笑道:"什么?你说的是昨天那个女人吗?谨受教,谨受教。"

李士廉正色道:"是正经的事,不是玩笑事。这小西天里不是新到有两个德国人吗?那是和我同车来的。"贾多才道:"提到外国人做什么?"李士廉道:"他手下有个中国帮手赵国富,对我说那两个德国人想同你谈谈。"贾多才道:"是吗?他想和我谈谈什么呢?"李士廉道:"这个我可不晓得,既是他特意托我来和你通知,想必总有什么事情要商量,你何妨就和他谈谈呢?不过你屋子里正有女客,这时候似乎不便要他来。"

贾多才笑道:"你能说这小家伙是客吗?外国人要来的话,我立刻就轰她跑。但不知这两个外国人究竟有什么事?"李士廉道:"西洋人的习惯,是和中国人不同的。他们不会讲那无味的应酬,既要来,一定有目的。据我想,他们必定是问问你西北的情形,做一种考察的资料。"贾多才道:"我料着必是把我当个学者,访问西北经济情形。他们欧美人真是厉害,就我这样一个平常的银行家,他也不能放过。好吧,你约他等一个钟头之后再来。让我坐在屋子里静静地想一想,应当怎样地措辞。关于陕西的棉花生产,我有一个系统的调查,这件事我可以贡献给他。"李士廉道:"好,我给你去回信。我看他们拜访你,倒是有那份诚心,就是等一个钟头,他们也会来的。"贾多才正色道:"他来不来没有关系,我总要考虑一下,才能接见他。你要知道,这是和国体有关的事情,总希望在我们的口里,不要闹出什么笑话去。"李士廉本觉得外国人特地来拜会,不能没有缘故,再经多才这态度一点缀,越觉得不同平常,连说是是地去了。

贾多才回到屋子里来,立刻向胡嫂子挥着手道:"你们去吧,我这里有外国人来。"胡嫂子道:"是鬼子吗?鬼子是有钱的人啊!"贾多才再挥着手道:"去吧去吧,有什么话,我们回头再说吧。"月英在这屋子里受了几十分钟的考试,本也就委屈到所以然,既是贾老爷这样轰人走路,算是他开了一条生路,还在这里坐着做什么?她首先站起来,就向门外走,胡嫂子也跟着去了。

贾多才觉得对于这样一个逃难的女子，其价值也不过聊胜于虫豸，爱而加诸膝，恶而沉诸渊，那都没关系。只是这两个德国人来拜会，这未可小视。也并不是就怎样看重了德国人，因为有了外国人来拜会，这就可以抬高自己的身价。好像说，外国人都是瞧不起中国人的，能够特意地慕名拜访，是瞧得起而又瞧得起，这身份就高了。

　　他如此地设想，就不提是怎样高兴，立刻自己动手，把桌上的茶壶茶碗，香烟筒子，都归并到旁边一张小桌上，层次井然地放着。将箱子打开，取了一个白布包袱铺在桌上当了桌布，网篮里放了几本洋装的中国旧小说叠在桌子角上。客中没有钢笔墨水之类，就放了几支铅笔和几个洋式信封在书边，这表示这是一个办公室的组织，而且是个学者的态度。不过几本书还不足以表示学问是怎样好，因之又打开箱子，把银行里所命令填的表册之类，都搬了在桌上，好在这上面全是中国字，足可以把外国人唬上一阵，他能知道这内容是什么？预备得好了，又叫茶房来扫了一遍地，床铺上都掸过了灰，这才安神坐下将十余年前念的英文，默了几句，如"豪都由都"等类的句子，都念念有词地在嘴里背过了。好在他们是德国人，英语也不见得会好，只要自己能对付几句，表示是个也能说外国话的那也够了。他这样在屋子里演习那外交仪式，不多会子，听到窗子外一阵杂乱皮鞋声，他想着，这必是外国来宾来了，就沉住了气不动，静等人进来。

　　不多大一会儿，那门上咚咚地响着，贾多才就答着一句英语"康闵"。于是一阵皮鞋杂踏声，两个外国人，随着两个中国人走了进来。这两个中国人，除了李士廉，就是那替德国人办事的赵国富。李士廉先介绍了赵先生，于是赵国富介绍着道："这是密斯脱培尔，这是密斯脱威廉。"那培尔是个矮小个子，和中国人相等，凹凹的额头，深洼的眼睛，满腮的连鬓胡子。威廉是个高大的个儿，高尖鼻子，两个颧骨上泛出两个啤酒制造的红晕，那便是一种异国情调了。

　　他们挨次地和贾多才握了手，在椅子上坐下，在贾多才心里想着，他们第一句话，必是说听到贾先生由西边而来，我们十分仰慕，特意来拜访这些话了。不想培尔架了腿坐着，却向屋子周围上下看了几遍，这却和赵国富说了两句话。赵国富翻译着道："贾先生，你这房间，和我们所住的，差不多大小，是多少钱一天的房钱呢？"贾多才很惊讶，怎么说起这么一句话来，便答道："西安极贵的旅馆，也当不了上海的小客栈，这很便宜，是两块钱一天，住得久了，还可以打个七折。"培尔于是根据了这旅馆费，谈了几句。

这在李士廉也有点儿奇怪了，难道他们是向老贾打听房金来的？这就不由得向赵国富脸上看了几看。他也似乎有点儿感想了，这就向李士廉道："李先生到西安来以后，游历过那些名胜呢？"李士廉道："此地的教育厅长，陪我到周陵去游历过一次。"威廉见他两人直接地说话，这就问是什么意思。赵国富又转过身去，向威廉告诉了。

在贾多才想着，根据了游历周陵这一点，一定要谈到西北的状况了。不想那威廉先生又转了一个话锋，看到桌上的洋装书，烫了中国金字，他就笑道："中国的字，这样写在书上，也是很美丽的。"说时，用那套满了金黄色汗毛的手指，指着洋装书。这样说着，贾多才更有些莫名其妙了，这样的谈话，简直是中国官场见面，今天天气很好的那种说法，这二人究为了什么来的，倒有些猜不透。也是那威廉自己，看出说的话有些近于无聊了，这就放了一点儿郑重的样子，同那赵国富咕噜了一阵。由面色和眼神看去，知道这渐渐地谈上正题了。于是也镇定了精神，听他们的话音。

赵国富转过脸来，先叫了一声贾先生，这才接着道："我们这两位德国先生，是在中国经理德国汽车的，在西北各省推销得很多。贾先生不是代表贵银行在西北办理经济合作的事吗？譬如收买粮食棉花之类，总也得有汽车运输，假如要买汽车的话，我们的车子可以打个八折卖给你们。"听到这里，贾多才、李士廉都明白了，闹了半天，原来是兜揽生意买卖的，并不是来拜访学者，更不是考察西北情形，贾多才这番郑重布置，小题大做，总算是白忙了。把两个卖汽车的，这样地扫榻以待，虽是没有人知道，也究竟心里惭愧，他不是月英这样的穷人，害臊是很自由的，他内疚神明，可也就把两张脸腮膘得通红起来了。

赵国富哪里知道这事的究竟，继续着道："我们这位培尔先生，私人还经理着德国啤酒。"贾多才也不好说什么，只得哦了一声。培尔也操了中国话道："很好的，德国啤酒，很好很好。西安，请贾先生给我们介绍介绍。"贾多才淡笑了一声道："我做的可是银行买卖，不贩酒。"

威廉虽不大懂中国话，可是看出来了，培尔已是碰了一个钉子，这就笑着向赵国富解释了几句，他才向贾多才道："威廉先生说，我们还是谈汽车生意吧。"贾多才道："我们银行，纵然在陕西采办农产物，也犯不上自己买汽车来搬运。"赵国富道："可是往长处想，还是自己有汽车的好呀。我们的车子，不烧汽油，烧渣油，省费得多。"贾多才道："纵然如此，可是现在也没有到采办的时候，买了汽车也是没用。"赵国富道："便是现在不买，阁下先写封信到银行里去介绍介绍，这也不要紧。"贾多才道："我们总行在上海，贵处要接洽这种生意，不会直接在上海接洽吗？"赵国富听听他的口风，简直无隙可乘，这就向两个德国主人报告了一阵。

那两人看看这情形，买卖也是无法可成，便起身告辞，贾多才因为他们究竟是外国人，不便十分无礼，只好和他们握握手，约了再会。德国人去了，贾多才对于李士廉，觉得有点儿面上下不来，便笑道："外国人做生意真是厉害，一点儿原因没有，就这样硬碰硬地直上，虽然他们不过是做生意的，这一种精神总是可以佩服的呢。"他如此说着，觉得是把这番无聊举动，可以遮盖过去，然而这两个德国人走来，究竟是和他增加了一些纠葛呢。

第七回

闻语掩啼痕卖身道苦
留心窥请柬投靠情殷

当李士廉向贾多才介绍那两个德国人的时候，他的初意也是要替朋友装装面子而已。他心里想着，假如贾多才在西安要开设了银行的分行，那么，总也有要利用外国人之处，现在给他介绍得认识了，将来他想到认识外国人，是我的头功，或者也有给我帮忙的时候，现在乐得做个伏笔。后来看到德国人的态度不大高明，而且说出要做买卖的那一番话，更是和原来的希望相反，便觉得有点儿对不住贾多才。虽是他不说什么，只看他的脸色也就知道了。这就向他笑道："我倒不想他们是做生意的。要知道他们是这样一路角色，无论如何，我也不会引他们来的。"

贾多才笑道："看你这样子，好像有点儿抱歉。这有什么关系？买卖不成仁义在。而且建设厅方面，正也想在我们银行里挪动一笔款子，去买几辆渣油车，说不定就是买他们的吧？那么，少不得也要和他们来往。"李士廉听说，倒是像脚后跟响了个大炮竹，大吃一惊，握了他的手道："什么？你和这里的高厅长也认识吗？"贾多才道："我们做银行生意的人，总少不了和官场来往。见面是朋友，不见面是生人。"李士廉道："这话怎么说？"贾多才道："有事我才去会他们，他们当然也愿意和银行界人接近。反正没有银行界的人会去和官场中人借钱的，可以放心和我们会面的了。"

李士廉见桌上有烟卷，顺便拿了一根，抽了起来。在这个当儿，他脸上很不自然的，放下一层笑容，对贾多才道："多才兄，我们总算是好朋友，在我绝对没有办法的时候，你也不能不帮我一点儿忙。我原来是想着，在南方找事总是粥少僧多，弄不到一个好位置。像西北一带，人家是不来的，我就冒险跑了来，不想到这里以后，才知道人同此心，在这里候缺的可也不少。我要回去，以前是摇旗呐喊地来了，颇觉得没有脸子见人。要找事呢，不知何日可以挤上前去，真闹得进退两难。现在是开发西北之期，建设厅方面用人最多，你既和高厅长认识，可不可以和我找一条出路呢？"

贾多才道："你的目的很大呀，恐怕我的身份不够保荐你的资格吧？"李士廉手里拿了卷烟，不住地弹灰，另一只手扑扑头发，又摸摸下巴，笑道："我倒是不拘名义，无论什么事，干个周年半载，能解决目前的生活，也就行了。譬如就谈到汽车吧，现在公路方面，应当有汽车管理局。"贾多才道："你想干局长吗？"李士廉笑道："那如何能够？能在局长之下，弄个分局干干，于愿足矣！"贾多才道："管汽车，自然是办运货载客这些事了，你干过这个吗？"

李士廉抬了两抬肩膀，笑道："这也用不着要干过的人才能干呀。谁是交通大学毕业的，去当铁道部长？谁是农业大学毕业的，去当农业部长？做官混差事，要干过学过，才能去干，那人才就要发生恐慌了。我大大小小，也干过三四年税务，我就没有研究过什么财政经济学。只要把两个月的税款，照数放到上峰那里去，就是公事办得不错。管汽车，这更好办，每天卖多少票，收多少钱，这还有什么不懂？"

贾多才倒不曾考虑，便笑道："你只愿干这样的事，目的太小了，我想总不难吧？可是哪能够拿多少薪水？至多二三十元罢了。"李士廉抽了一口烟，笑着微摇了头道："混差事，岂能指着薪水看好歹？只要你老哥肯提携我一把，我不敢望远，有这样的小事也就够了。"说着，比齐了两只袖子，连连地作了十几个揖，口里还说着拜托拜托。贾多才道："天一天二的，我若遇到了高厅长，一定和你提提。"

李士廉听说，又是作揖。他想到无意之中，得到一点儿求差的路子，贾多才算是财神爷，不可得罪他，今天小小地闹了个笑话，应该多陪着谈谈，然后邀他出去会个小东。于是坐在这里，就没有走，只管东拉西扯地说着。贾多才可忍耐不住了，仗着是熟人，这就微笑了两笑，手扶在桌子沿上，不住地用指头敲打着，头可昂着，眼望了楼板，那自然是想一种什么可笑的事。

李士廉道："多才兄，你笑我千里求官，目的太小吗？"贾多才连摇着两下头，还是想自己的心事，扑哧一声笑了。李士廉站起来，拍着手道："我明白了，你准是为了那小家伙。"贾多才笑道："这也叫好事多磨吧？若不是这两个外国人光降，我们的事提得有七八成了。"李士廉也跌脚道："要知道这两个外国人是来扯淡的，我就不该来，这真是大煞风景。不过她又并不离开西安，迟早是你的人，忙什么。"

贾多才道："讨小老婆的事，缓急有什么关系，只是，我刚才把她们轰起走的，怕她们见怪。"李士廉笑道："若是为了这件事，那倒好办，刚才我看到她们到茶房小纪屋子里去了，也许还没有走，我走去和她们提一声儿，让她们再来吧。"贾多才笑着连拱了两下手道："这就不敢当，而且这件事也不是三言两语就可以定夺的，总当慢慢地来。太急了，怕她们拿娇。"李士廉正有求于他呢，自然也不敢违抗了他的意思，一听说之后，立刻变了态度，站住了没有动，向他笑道，"那也好。过两天再说。女人是不能太迁就她的，一迁就，她们就有架子了。"

贾多才听着，这倒僵了，先且吸了一根烟卷，又微昂着头想了一番，一手支了烟卷，一手摸了脸腮，身子晃荡了两下，笑道："她们若是没有走的话，也许是在等着我的回信，不给她们的回信，她们还不知道要等到什么时候去呢，要不……叫茶房去看看情形吧。"李士廉笑道："那不妥，茶房都是和她们勾结一气的，你喜欢听怎样的话，茶房就说怎样的话给你听，那可听不出什么真消息来。还是我去吧。"贾多才就笑着拍了他的肩膀道："你去那是行的，给你看事行事好了。有机会，你不妨和她们谈判谈判。"李士廉拍着胸道："事情包在我身上，我一定要把她们说得口服心服。不过你既是娶如夫人，这是取乐的事情，总也得花几个欢喜钱。假如她们有点儿小要求，也不妨迁就一点儿。再说，像贾兄在银行界的人，那也不在乎。"说着，他也抬起手来，拍拍贾多才的肩膀，这才带了笑容向后院里走来。他看透了贾多才的态度，是非娶这位姑娘不可的。把这媒人做成功，讨他一个欢喜，也许他要报答我这份恩情，就和我找好一件事了。

他一头高兴之下，路过茶房住的屋子，听到里面唧唧哝哝有人说话，料想着胡嫂子和那姑娘就在这里，伸着头向里看时，却是两个茶房横躺在床铺上，床中间有一点菜豆大小的灯光，雾气腾腾，笼罩了满屋。李士廉笑道："还早着啦，你们就舒服起来。"一个茶房坐起来，笑道："李老爷不玩两口？有什么事找我们吗？"李士廉低声笑道："那个小姑娘到哪里去了?"茶房将嘴向正面屋子一努,笑道,"又和那位程老爷谈起来了。他们这倒好像是卖油条烧饼的,东家不着西家着。"

李士廉听说她们又到程志前屋子里去了,虽然事不干己,可是那姑娘刚由贾多才那里出来,这又找过一个主子,觉得也太没有身份了,倒要听听他们说什么,于是走到程志前住房的窗外,故意昂着头看着天,又在院子里向一棵树秧子前盘旋了两周,当是毫无用意,不过是闲步的样子。却不料那程志前的态度,比他可大方得多,在窗子里点着头道:"李先生,请到我屋子里来坐坐。"这好像已是看破李士廉在这里打转,究竟是什么用意,待要不进去,转是嫌着自己虚心,于是笑道:"程先生屋子里,不是有客吗?"志前笑着答道:"这两位客,李先生也认识的,请进来大家谈谈。"李士廉道:"哦,我也认识的,那我们瞧瞧吧。"说着,伸着头到屋子里看看,胡嫂子和月英同时都站了起来。那姑娘不住地红潮上脸,带了笑容,低着头向后退着。但是靠窗户边另有个穿蓝布学生服的青年,怔怔地站在那里没有作声。

程志前连忙站起来向李士廉介绍道:"这位是王北海君,是这里一位高中学生。他有志将来向北平去考大学,跟着我复习一点儿代数几何。他实在用功,每日所习的练习题,他是一个也不丢下,天天送到我这里来改。我虽然很忙,对于这样用功的青年,我总抽出一点儿工夫来帮助他,所以他倒是天天到我这里来的。不过他不大肯说话,就是他来了,也没有人知道呢。"李士廉因为程志前这样地郑重介绍着,倒不好意思不敷衍两句,便笑道:"这样用功,真是难得啊!"口里说着,眼光已是不免转了过来,射到月英的身上来,笑道,"你也来了。"月英低着头,抬了眼睛皮,向李士廉身上看着,李士廉跟着她这目光一射之间,哧哧地笑了起来。

程志前看到,好不高兴,不由得皱了眉毛,向李士廉望着,笑道:"不要和她为难。唉!一般都是可怜虫。"他虽是带着笑容,说出这句话,然而在他这笑容以内,似乎还隐藏着很严肃的态度。李士廉究竟也不愿为这点儿小事得罪了人家,他可是主席都请他吃饭,厅长都借汽车让他出游的人物呀。便坐在月英斜对面一张方凳子上,因笑道:"我怎么敢和这位姑娘为难,我是听到茶房说,她的喜信动了,我见着她就想起了这事,自然是忍不住笑笑。"说着,又向月英瞟了一眼。她是低头坐着，两脚并在一起，两手撑了膝盖，仿佛是她坐在那里，手脚转动，都是不能自由的。

程志前敬了李士廉一根烟，自己也抽了一根烟相陪。他架着脚，在客人中间坐着，对人家的脸色都看了一看，微笑道："这为难两个字，意思很广泛。并不是要人的钱，要人的命，让人身体上不自由，那才叫为难。其实就是让人精神上感到什么不痛快，那也叫为难。比如李先生刚才说，是这位姑娘喜讯到了。你没有想着，所谓喜讯，就是这位姑娘的噩耗。"他说到噩耗两个字，虽料着月英必是不懂，可不肯很直率地说出来，却还是把声音略低了一低。

李士廉虽是不大通文墨，这两个字的意义总可以懂得，倒有点儿愕然，瞪了两只眼睛，向程志前望着。志前笑道："这句话，我不解释一下，你先生或者会莫名其妙。我举一桩事实来证明。刚才，这位胡家嫂子，带了这位姑娘，到贾先生屋子里去，她们不但是希望着将来，就是在目前，她们还有个小小希望，就是这里的茶房小纪，在昨天晚上约她们来的时候，已经说好了。假使她们照约而来，有一块钱送给她们。这一块钱，在我们看来，自然是稀松而又稀松的事情。可是她们一家宾主五六口人，就可以管好几天的粮食。在那二十四分没有办法的时候，有这一块钱，暂时可以维持目前几天的生命了。所以小纪指挥着这姑娘搽粉抹胭脂，换衣服，她都照做。结果是让人家白看了一顿，据说还是轰了出来的。"李士廉笑着摇手道："不，那贾先生因为有两个外国朋友去拜会他，觉得这位姑娘在那里，是有些不便，所以请她们暂时离开。"

程志前望了胡嫂子道："你只看她这种形状，当然对于这件事，也不会介意，那倒不必管了。只是她们去和小纪要那块钱的时候，小纪一抹脸不认账，说那是一句笑话。她们又不是……"他顿了一顿，又道，"这话我也不忍说。不过以为这姑娘是和人家联姻来了，成与不成，是男女两家的事，哪有媒人掏腰包的事？若是来一趟要一块钱，那很好办，茶房们可以和她另想办法。那小纪说话，可不能像我这样含蓄，这姑娘，和我们是一般长一般大的人，没得钱，反要受这样一番侮辱，你说可怜不可怜？老实说一句，她是联什么姻，无非是卖身体替三代人换碗饭吃。人到卖无可卖，卖到了自己身体的时候，那总是一件伤心的事。这事有了喜讯，也就身体有了买主……"

忽然喔喔喔几阵很低的声音，在身边发出来了。原来那月英姑娘，一阵伤心，两行眼泪，像抛沙似的，在脸腮上直流下来。她不敢将身上这件衣服去擦眼泪，因为这件衣服是借得人家的。只好把里面那件衣服的袖子扯了出来，去揩抹泪珠。程志前也是说得高兴了，他忘了自己所说的，在当面坐的姑娘，是否可以经受得了，现在月英哭起来了，他才觉得自己说话太放肆了，立刻啊了一声，笑道："这是我错了。姑娘，你别见怪，不过我总是一番好心。要不，胡嫂子同小纪吵闹的时候，我也不把你们让到屋子里来了。"

胡嫂子半天没说话，这才答言道："哟！她哪里能够怪程老爷啊，你句句都说的是我们穷人心眼儿里的话，别的是假，这东西是真。"说着，她手上托了两块洋钱，伸出来颠了两颠。接着笑道："这小西天的客人，上中下三等，全有吧？谁肯拿出这样白花花的洋钱来送人？"李士廉心里，这时完全明白，乃是程志前行了一点儿小惠，将这两个妇女打动了，便也强笑着道："这年头说好话的人多，做好事的人可少。好话谁不会说几句？像这样拿洋钱接济人的事，就不大容易看到了，这位姑娘，若是找着程先生这样一位实心眼儿的人，那就终身有靠了。"他说这话时，又做出那踌躇的态度，两个指头夹了烟卷缩到旁边去，将中指不住地在烟上弹着，眼睛斜吊了月英。

程志前昂着头哈哈一笑道："那是笑话了。用小行小惠，买动人家的心，那是曹操王莽做的事。我送这两块钱给胡嫂子，我怕她也有这种误会，早已声明在先，这位姑娘的事，请她不必和我谈。我觉着一个人生在天地之间，得了人家的好处，把身体去报答人家，那是一件极可悲痛的事情，若是给了好处到人，也希望人家用身体来报答，那是要人家悲痛，比不给好处到人，还可恶十倍呢。"月英坐在一边听程志前讲话，本也就止住眼泪了。听到这样彻底的话，心里动着，二次又呜呜地哭了起来。志前道："你不必哭！谁也有个落难的时候，只要忍耐着，慢慢地干去，迟早总也有个出头的日子。小西天里，是胡嫂子说的话，上中下三等人都有，乃是个是非之地，你们回去吧。"

月英这才逼出一句话来，擦着眼泪道："多谢这位程老爷。"说着，站起身来。在这时，那位坐在角落里的王北海，忽然站了起来，将手一抬道："慢走，我有话说。"大家听到，都不免呆了，他在这个时候，会有什么话可说呢？他等月英站住了，却并不向月英说话，回转脸来，向胡嫂子道："我听程先生说的这番话，也很替你们可怜。不过我的力量有限，不能帮你们的大忙，我这包袱里由家里带了六七斤馍来，可以分一半给你们。"说着，就把放在桌上的包袱，给解了开来，露出里面，有二十多个大馍。

程志前笑着向他摇手道："救人固然是人类应尽的义务，可是下井救人，结果是自己也落在井里，这事我不赞成。你有这个意思，那就很好，不必送她们了。要不然，这一星期，差着一半的粮食，到哪里去找呢？"说着，就向李士廉笑道，"这话我不说明白，李先生不会懂。原来西安的学生，都是十分刻苦的。你看他身上这一套衣服差不多终年都是这个样子。上海和北平的学生，大概睡铁床是很平常，可是他们都是睡土炕，尤其是吃，你会想不到。"说着，用手指了桌上那黑馍道，"这东西是乡下的，不是长安城里的。假使学生的家，离城不过三五十里路的话，他们就是星期六下午走回家，星期日下午再回城，此行不为别的什么，就为着回家拿这东西。馍是不值钱，可是要论到这馍怎样拿到长安城里来的，那就大可研究了。因为这一点，所以王君要送馍给胡嫂子，我不赞成，况且他每个星期七斤馍，也不过刚刚地够吃。若是分一半给人，还有一半馍，到哪里去取偿？"

这一篇话，说得王北海却红了脸，因为他的东西是那样不容易来的，他不应该随便送人。程志前见他红了脸，未免又想到自己的言语太直了，就向胡嫂子笑道："话虽如此，你不能不领人家的情。叫你领人家的空头情，又没有这样的道理。现在还是我出来打这个圆场吧，明天上午，胡嫂子可以到我这里，来拿三四斤馍去，这馍就算是王先生送的。"胡嫂子笑道："哟！程老爷一说明白就行了，为什么一定还要买馍来送我呢？"王北海道："那是程先生一番好意，你也不可以埋没了。"月英由志前脸上，看到北海脸上，勾了勾头，低声道："我们先谢谢了。"胡嫂子更是喜笑颜开，不住地道了谢。

那月英姑娘，实受地得着程志前两元钱，还没有什么感想。只有王北海他在这样的困苦之中，慨然地愿意分一半馍给人吃，那才是其情可感。因之道谢了向外走着，她的两只眼睛依旧是只管向王北海身上看去。那意思像是说，我口里虽说不出来什么，可是我心里很感激你呢。

因为她是如此想着，于是先扶了椅子背，次扶了桌子角，再次扶了半开着的房门，她好像两条腿临时已经犯了什么毛病，有些走不动。胡嫂子当她走到房门边的时候，便已三脚两步走了，向前拉着她的袖子道："走吧，不要把借来的衣服弄破了。早早去脱下还人家。"她是一句实话，年轻而要面子的姑娘，当了那年轻的男学生面前，这一份难堪，也不亚于贾多才当面赏鉴她的脸子了。她不再说什么，跟着胡嫂子走出去了。

李士廉是亲眼看到这些事的，在这时，要追着月英说话，未免不尽情理，可是要放了她过去，又没有话去答复贾多才了。他心里那样想着时，先是猛然地站起来，随后又慢慢地坐下来，而屁股还没有坐稳呢，他可又站了起来。在他这样不安宁的情形中间，程志前早明白了，笑道："李先生好像有意物色这姑娘做夫人。那尽可以进行，绝不会因我的缘故，有什么阻碍。"李士廉笑道："程先生，你看我们这样子差不多连吃两餐饭，都要发生问题了，还高兴得起来吗？是这前面一位贾先生，不知怎样的，会看中了这位姑娘，很想把她弄到手。"

程志前淡淡地笑道："那么，这位姑娘的身体，算是有了主顾了。"李士廉道："这位贾先生是我的朋友，人很好的，他的意思也是觉得这女孩子很可怜，要了她就是救了她一把。"志前道："这位先生姓贾，哦，贾宝玉的这个贾，哈哈！那也难怪多情了。"李士廉觉得这种讥笑的话，那是不应该的。一个愿做小老婆，一个愿娶小老婆，旁观者说这些废话做什么？心里筹划着，便也想来报复他两句，只在他想心事的这空当里，茶房送上一张请客帖子，另外还有一张红纸写的知单。程志前接过请帖，先向桌子一扔，笑道："怎么又请客？"这才去看知单。李士廉的座位，去桌子不远，恰好那张合折的请帖，向上张开着，极力地睁睁眼睛看去，见上面写着是"高鹤声谨订"。高鹤声就是建设厅厅长，不想程志前也认得。说他在西安，是位准阔人，那并非过甚之词，自己正想钻建设这条路子，这个人是应当联络的。

李士廉等着他在知单上，已经写了字，交走了，这才笑道："说到多情，那还算是程先生。虽然送了两块钱，什么好处也不想，干干净净地就是送两块钱她们度命。这叫施恩不望报，除了上年岁的人，真正去修行的，哪里能做得到？程先生为人实在是可以佩服。"他说着这话，两只手同时伸出来，同竖两个大拇指。

程志前笑道："要说是多情人，我不承认。若说我是多事人，我是承认的。"说着望了王北海，正想叫他拿出带来的算草。李士廉却不愿马上就走开，至少要探听探听他和高厅长的关系怎么样，便带上鞠躬的形势，虽是坐着，身子也弯了一弯，笑问道："程先生到西安来，和我们东方来的人争气不少，到处都有人欢迎，你看，今天又有人请吃饭。到了我们，想问人家讨一口饭吃，都不可能，说起来岂不是惭愧之至？"程志前笑道："这也算不了什么，因为这里有两位长官，是我的老朋友，辗转介绍，就认识得多了。做官的人，请客的事，是免不了的，请客的时候，多带上我一个，毫无损失，岂不乐得而为之？比如今天晚上，是高鹤声替袁有为的介弟接风，一桌菜不能光请他兄弟两人吃，少不得多找个人去把桌子坐满。那么，带我们一个，不但不沾他什么光，我们去了，还有和他帮忙的意味呢。这话可又说回来，他肯要我们去帮忙，总算看得起我，要不然，请人帮忙吃饭，凭他在西安城里的厅长资格，那是二等阔人，人家要赶去捧场还来不及呢。"

李士廉将手拍着大腿，站起身来，转了半个圈子，微微地跌着脚道："你这话，真是透彻之至呀。"说到这里，脸色一正，望了志前道，"刚才程先生说的袁有为，是不是财政厅长？"程志前笑道："当然是他。若不是财政厅厅长，建设厅厅长，岂肯和他的兄弟接风呢？"李士廉道："高厅长请袁厅长的兄弟吃饭，有程先生做陪客。这是不用说，想必程先生同两方面都是很熟的。"程志前微笑了一笑，并没有答复。

李士廉看这样子，就肯定他们的交情已是有了相当的程度，默默地坐在一边，只想这事的究竟。他自己想着，也不知道静默了有若干分钟，乃至醒过来向前看，却见王北海捧着一本书向程志前面前走去。他心里明白，这是人家在补习功课。自己若是知趣，应当走了开去，不应当在这里打搅人家。纵然有话，等这人学完了功课再说，这样办才可以得人家的欢心呢。他想着这是好的，于是站起身来，向志前行了个半鞠躬礼，笑道："不要耽搁这位王先生补习功课，回头见。"说着，走向房门口。回头看时，见程志前也在身边，于是弯着腰，抱着拳头一连拱了几下手。不敢猛然就回转身来，只管把身子向后退着，退到志前在屋子里所看不到的地方去。

他只管向前看着，去对人家客气，不想后面退到廊沿边下，和那廊柱，正好相撞，扑通一下，脊梁骨差不多都震得麻酥了过去。所幸院子里无人，忍住了眼泪水，自己呆站了一会儿。和他间壁的张介夫，这时却伸出头来，向他张望着。见他站着，以为他是想什么事想出了神。于是就接二连三地抬着手，意思是叫他过去。李士廉看是看见了，无如这一下大撞，全身都撞得失去了知觉，展动不得，只好假装在想什么心事，对张介夫微笑而后，依然昂了头向天上望着。张介夫和他，也是在潼关相遇，初交中的朋友，自然也不便问他在这里为什么出神。而况自己还是别有点儿用意，也是不能大声问话的，只好把头缩转回房去了。可是也不到五分钟，他又伸出来望着。

　　李士廉站着呆了许久，精神也就恢复过来了，不好老是不理他，就顺着他招手走进他屋子来。张介夫掩上了房门，立刻握着了他的手，低声道："你和程先生说话，我已经都听到了。既是他跟高厅长、袁厅长都认识，我们大可以借这个机会进行起来，你看怎么样？刚才你那样地出神，想好了什么主意没有？"

　　李士廉心想，我刚刚探出一条路子来，你就要来进行，假如你有这样的机会，肯不肯携带我呢？你这可恶的东西！于是笑道："当然啊！我们都是东方来的，难得在这里遇着，若是能够在一起共事，岂不是好吗？"又低着声音道，"只是这位程先生，有些古怪脾气，肯不肯和我们这生朋友帮忙呢？"张介夫道："我们若是就要求人家介绍事情，那自然是太早了。我们只要他言前语后，在两位厅长面前提一声儿，得着机会，许我们见面谈谈。我们本来是要请人写八行介绍的了。现在见着了厅长，让他脑筋里留下我们一个印象，再经八行一摧，那时他想着是有这么一个人，还不坏。于是我们再进行第二步功夫，实行自己去求见。有着这样的精神，按着步骤走去，我相信总可以达到目的。老实告诉你，无论什么大官，就是怕我们见不着他的面，假如见得着他的面，用包围的法子去包围，不怕他不给我差事，所难者就是见面的这一关，不容易闯过去就是了。"说着，他扬了扬两手，连连地摆了几下头，仿佛是说他有些怀才不遇的意味。

　　李士廉心里，可也想着，你越是这样说得有道理，越不能让你去和程志前认识，要不，我得来这样一个好机会，算是相送给你了。便笑道："你说得是不错。不过程某这个人，也是精明之极，而且有点儿骄气，大概不容易对付。我不愿睬他。"张介夫鼻子里哼一声，笑道："那要什么紧，我有办法。"李士廉听到他说自有办法，心中加倍地感着不高兴，便淡淡地道："那也再看机会吧。这样身份小，脾气大的人，我也懒和他做朋友。"

张介夫在社会上淘溶的程度，那是在李士廉以上。李士廉这样不高兴的态度，如何不知道，跟着笑了一笑，也就没有向下说了。他放李士廉出去了，自己也急急忙忙地走出旅馆去，约莫有一小时，方始回来。他看见程志前尚在他屋子里，并没有出去，连自己的屋子也不要进去，站在他房门口，就半弯了腰笑道："程先生没有出去吗？"志前道："请进来坐吧。"张介夫那是巴不得一声，立刻走了进来。可是这里有一件事让他首先所注意的，便是桌上放了一张八行，上写："明日午刻十一时，敬请先生在大隆春便酌，勿却是幸。弟李士廉拜启。"这真是莫道君行早，更有早行人了。不过在张介夫方面，做法可又是另一样呢。

第八回

僻地轻官远来强项令
华厅盛宴外有可怜虫

在程志前这方面，很知道张、李二人，都是俗不可耐的钻官虫。但是人家客客气气地前来打招呼，绝不好意思置之不理。所以张介夫带着那谄笑的态度来，却也只好含了笑容，请他坐下。然而他是有他的做法的，于是伸手到怀里去摸索了一阵，摸出一个蓝布小包卷来，透开了包卷，里面又是白手绢包子。再打开白手绢包来，有一张红纸托子，上面托住了两件玉器。一件是绿了半环的指环，一件是雕刻精细的小玉马。

程志前却有点儿愕然，莫非他兼做玉器生意，前来拉拢买卖的不成？张介夫却是笑嘻嘻的，将两只手托住了那红纸托子，送到程志前面前，笑道："这点儿东西，不成敬意。"程志前更呆住了，彼此毫无交谊，为什么要他送这样的礼品？这如何敢接他的？连连地摇着手道："不敢当，不敢当，怎好受这样的重惠。"张介夫将玉器放在桌上，拱了两拱手道："我也知道程先生是不肯赏光的，但是我若是说明了，程先生就可以赏收了。我有一个同乡，在西安城里，做贩卖古董生意，我今天去看他，他就随意地送了我这两件东西，也不是毫无意思的。意思以为我认识政界的人多，有到西安来买古董的，托我介绍一二。我想他把这东西送给我那是白糟蹋了，而且总也要值三四十块钱，我实在不便用。程先生是个交际广阔的人，有道是宝剑赠予烈士，我就送给程先生了。"

志前两手相推道："那越发是不敢当。你想，张先生和他是同乡都不便白得他的东西，我与他未曾一面，怎样好收这三四十元的贵重物品呢？"张介夫笑道："程先生觉得收下之后，非感谢不可的话，那就领我的情好了。"程志前道："无功不受禄，这样的重惠，我是万万不能捧领的。"张介夫两手扶了桌沿，做出一个极犯难的样子，望了玉器道：

"程先生真是不肯收下，我也没有法子，不过兄弟面子上太下不去了。我和李士廉兄同程先生都是初交。士廉常到程先生屋子里来坐，而且还请程先生吃饭去。到了兄弟这里，不想就是送东西给程先生，程先生也是不赏脸。"志前这就不由呵呵了一声道："兄弟何德何能，却蒙张先生这样抬爱，实在不敢当。既是这样说了，我权且收下，等到张先生需要什么东西的时候，我再来还礼。"张介夫听到他说肯收下了，脸上就有了笑容，便拱手道："兄弟什么也不需要，若是送了朋友的东西，立刻就想朋友还礼，这人也就未免太不知自爱了，还到什么地方去找知己呢？"

程志前见他如此殷勤送礼，那必是有所求的，且看他求的是什么事。如若小事一桩，就答应了，省得他只管来纠缠。若是不好办的事，那也就可以老老实实地回断了他，说是办不到。于是请他在对面坐下，敬过了一遍茶烟。张介夫说了几句闲话，然后就谈到本省混差事的事情上来。因笑道："像程先生在西安这样交游广阔，上自主席，下至各位厅长、局长没有一个不认识的，何不在本省找一个位置，这比在教育界要清闲得多了。"程志前笑道："那也是各人的兴趣不同，兄弟为人颇不合于做官。再说，我们无所求于人的时候，主席也好，厅局长也好，那都是朋友，等到你去求人，就不是朋友了。"张介夫默然，微笑了一笑，因道："听说此地建设厅高厅长和程先生至好。"志前道："也是到西安来才认识的。"张介夫笑道："他很应酬程先生啊！"志前算明白了，必定是高鹤峰请客的事，他也知道了，便笑道："是的，明天又要叨扰他一餐饭。不过那是做陪客，他并非专门请我。"

张介夫心里有一句话要说，可又不好猛然地说了出来，只管出神，眼望着桌上发呆。在他视线下，却发现了一张字条，那字条上写的是"朱月英十七岁，原籍湖南衡州，居甘肃业已三代。今逃命来西安，欲卖身为人做妾，上有寡母及祖母，均寄居舅氏家，终日不得一饱。"就是这样一段文字，上下都没有套语，不像履历，也不像是信件。

程志前知道他是在注意看着，便笑道："张先生看了这字条，有些不懂所以吧？"张介夫本不是注意这张字条，但是人家问了，只好笑答道："对了，这女孩子的相貌长得也还不错。像程先生这样有身份的人，在这里新娶一位如夫人，这很算不得什么！何不出几个钱，把她救出苦海！"程志前笑道："若是我有那种豪兴的话，我也不必到西安来纳妾，在上海，在北平，这样的机会恐怕是多得不可胜数。我和内人感情很不错，若讨了妾，内人一定会离婚的。娶了一个生人，丢了一个结发女人，那可不合算。有人讨了姨太太，而太太不会生气的，那倒不妨试试，张先生你怎么样？"说着，向张介夫微微一笑。

张介夫始而是不曾考虑，笑答道："我……"这个我字刚一出口，他想到自己是要在志前面前告苦求事的，立刻顿了一顿，长长地叹了一口气道："大概再要住下去一个礼拜，连这里旅馆费都要发生问题了。到西北来的人，都要刻苦耐劳，工作没有，先讨上一个姨太太，自己也说不过去。我也知道程先生是至诚君子，不会干这荒唐事的，不过看到了这张字条，说着好玩。"程志前笑道："这不是我写的，是在我这里一个补习功课的学生写的，年纪轻的人，总把天下事看得过于容易。他说这女孩子太可怜。他的校长，认识义赈会的人，他想求求义赈设法救她。"

张介夫道："义赈会是办工赈、组织合作社，大规模救济人的，这一两个人的小事他们哪里会管呢？"程志前笑道："是呀！我也是这样说呀，不过这孩子这番热心，倒是可取，我就把这条子按下，没有让他拿走。我说，西安城里新来的朋友，有带家眷的，少不得要找女人佣工，这个我倒可以和她们去留意，假如有的话，把她和她母亲介绍出去佣工，她剩下一个祖母寄住在亲戚家里那就好办了。"张介夫扶了桌子站起来，好像是很用劲的样子，就向程志前连连作了几个揖道："程先生真是不失赤子之心，令我五体投地地佩服，像这样让她们去自食其力，我是非常之赞成。"

只他这一句，屋子外面，有人哈哈大笑道："我也赞成！好办法，好办法！"那人也是说话带了浙江音，笑了进来。张介夫一想，这人怎么这样地放肆？看时，一个三十多岁的人，梳着平头，面孔红红的，大眼睛，身上穿件蓝湖绉夹袍，把袖子卷起，露出两截大粗胳臂来，倒有几分蛮实的样子。志前笑着让座，就向两下里介绍，说他是周县长。他笑道："什么周县长，周戆大罢了。"张介夫道："台甫是有容？"他笑道："张先生何以知道？"介夫道："看此地的报纸上登着，有一位周有容县长，很有政声，请假到西安来了，也住在小西天，所以我这样

81

猜的。"

周有容向志前望着微笑道:"我总算值得。人死留名,豹死留皮,倒弄了一个很有政声的批评。哈哈!其实我不是政声,我是丢丑,我是给人打了一顿,打得睡了两个礼拜,实在干不下去了,才借了请假为名,逃到西安来的。"张介夫听了,不由得愕然,问道:"我忘了在报上看到周县长在那一县,这县的人民有这样凶吗?"周有容笑道:"若是老百姓打了我,我还说什么?定是我的官做得不好。"程志前笑道:"张先生不要误会。在三四年以前,西北各县的县政,果然是不好办。这两年以来,陕西的政治总算上了轨道。关中这些县份,尤其是很有秩序,只是极南或极北的边界上,交通不便利,西安去封公事,来往要二个月,若是那地方有了旧日的防军,财政上流转不通的时候,多少有点儿掣肘,周县长这一县,恰是三县交界的所在。那里的军事领袖,又是前五六年留任到现在的,所以他不容易对付。"

周有容笑道:"程先生真是谨慎,我还没有说什么,你先交代得这样清清楚楚。其实这是事实,军政当局也未尝不知道,张先生,你不是打算到陕西来找差事吗?你得挑准了地方。像我那一县,山明水秀,可以说风景似江南,自然是极好的地方,然而你无论在那里干什么,你都受不了。比如我是个县长,这一县我是个行政首领,谁也要看我几分颜色。然而不然,营里来个排长,来个班长,他就能带了四五个背枪的弟兄,直闯我的办公室,和我要钱。我做个样子你看。"

说着,他把自己的湖绉夹袍子,在腰里一卷,见桌子档上挂了一把布掸帚,他拿在手上,先走到房门边,然后转身进来,瞪了眼睛,板着脸,挺了胸脯,大喝一声道:"周有容,我奉了司令的命令,今天和你要三千块钱,少一个,要你的命!"说着,将布掸帚在桌上啪嗒响着一放,就低声道,"这是他身上的盒子炮。他身后假如有四根枪的话,两个背枪的跟了进来,两个把守了房门,简直把我当了江洋大盗。在以往的县知事,不用他们再说什么,拿得出钱来,就拿出钱来。拿不出钱来,就请上差在公事房里坐着,立刻派催款委员,下乡和老百姓要钱。"

张介夫听到催款委员四个字,这倒是混小差事的人一种好位置。就笑着插嘴道:"但不知有几名催款委员呢?"周有容道:"我只用四个人,是万不得已而出此,后来财政专员到了,我把军饷的事推到他身上去，我就没有用催款委员了。这真是一个弊政，听说我的前任，他曾用了二十四个催款员。"程志前听说，不由得打了一个哈哈。

周有容道："志前兄，你以为我是撒谎？"志前笑道："我不笑你撒谎，我笑你所见不大。甘肃有一县，催款委员有一百二十八个人呢。这数目不是传说，而是非正式公布的。你说吧，二三十个催款委员，那算什么？"周有容向介夫道："你听听，这是什么吏治？做知县的，没有别的，唯一的任务就是到老百姓家里去刮钱，没有钱就逼命，逼出钱来了，双手给当地驻军。教育、司法、建设，全谈不到。"介夫道："司法怎谈不到？难道人民连讼事都穷得没有吗？"周有容道："当然是，饭也发生问题，打什么官司？就是有官司，你判决了什么罪，司令派个马弁来，就得把人要了去，你算白费气力。反过来，老百姓若得罪了司令，他不高兴交军法处，送到县里来，知事倒要奉命唯谨，你若不照办，马弁的手掌就要打上县知事的脸。天高皇帝远，打了你，向哪里去喊冤？不过我是蛮大，奉了省政府命令而来，我衙门以内的事，我决不让他们干涉，其间起过几次冲突，他们究不敢明明地把我杀了，也只好让步。"

介夫道："既然当地司令让步了，何以周县长又不干呢？"周有容两脚齐齐一顿跳了起来道："气难受呀。最近两件事，我实在不能干了。一次，外县来了个商人，大概家里很有钱，被八太爷抓去，带到城楼上，一吊二打逼他的钱。钱始终没有逼出来，把这个人活活勒死，由城墙上抛了出去，地面上有了无名死尸，当然是县知事的责任。我带了人去验尸，那城楼上的驻兵，他竟不让我去。我跳着脚说，我是这一县的县长，我房门口出了人命了，我自己看看，这是我自己的事，你管得着吗？你除非把我打死，我就不过去。那兵没有了法子，才让我过去。我一看那死人脖子上，有好几道绳索的印子，当然是勒死的，我一搜死尸身上有两张信件，证明他是客边人。既是客边人，当然在本县住下客店。于是我把本县城里开客店的人一齐找了来，问这死尸是哪家的客人，根底是查出来了，客店老板只说他带病出店去的，不敢抬出军队勒毙的事，后来我吓那老板要打死他，他才实说了。我气不过去找司令。他睡在床上烧大烟，笑着说：'周县长，你太多事，死个把老百姓，算什么？当管的军饷大事，三请四催，你也不来。城下死一个人，芝麻大的事，你不管，也没有谁问你，与你何干？与我何干？你倒来见我。'二位，你想这是人说的话吗？然而他可是个小小司令。这一口气，我至今没有出得，只觉对那死人不住。第二，就是他们要钱。本来省政府筹办得很周到，派了财政专员到那边去，所有若干县的财政，统收统支，饷由财政专员去发，不干县长的事。可是那般军人，一月等不及一月，不到日子，就向财政专员去要，财政专员也不会变钱，还是来找县知事。这次，专员带了一名连长、二三十名弟兄，突然驾临县署。限我三天之内，筹出两万块钱来，照着旧规矩，县长遇到了这样大难临头，便是把全县各乡的保长找来，将他们一个个捆绑吊打，由他们再去逼老百姓，一层压一层，一层打一层，打到拿出钱来算事。"

张介夫笑道："这个办法很毒，不怕找不出钱来。"周有容道："这倒不是现在发明的。前几年，不是有军队喊着口号，不扰民，真爱民吗？就是他们想的法子。他们不扰民，把这行大罪，让县长去顶着。他们是离开西北了，这个好法子，还有人用。"程志前笑道："周县长就是这样爽直，有什么全说出来。"周有容道："西安是有国法的地方了，为什么不说出来？还有啦，他们逼我，我可不肯做，而且就是做，三天之内，也交不出两万款子来的，好歹是一死，给老百姓抵上一阵吧。当时我就对那个连长说，筹款现在有财政专员，你们向他要，问不着我，你若怕交不了差，请你们司令来，财政专员也在这里，我们三个人当面说。那连长大概自办事以来，没有碰到过这样一个硬汉县长，立刻怒火如焚，竖起拳头就打。他一动手，带来的几个弟兄，又何必客气，一拥而上，不分上中下，将我打得连叫哎哟的气力都没有。还是我身边一个科长，大叫，你们打不得了，打死了县长，对省里怎样交代？他们也许有训练的，打县长，只能打伤，不能打死。他们听了这话才饶了我。我自此以后，就睡在床上两个礼拜。在床上养伤的时候，我心里想着，堂堂五尺之躯，到哪里不好找碗饭吃，何必受这样的罪？又过了半个月，我才请假上省来。临走，我还提心吊胆，怕他们扣留我呢。"

张介夫对于这样的事，真是闻所未闻，半晌说不出话来，许久才道："我真想不到在陕西做官有这样的困难。"志前笑道："这样说来，未免减少张先生的官趣了。"介夫好容易求得志前有点儿依允帮忙的意思了，现在忽然说是官不可做，这未免自己打断自己的路子，这就笑道："据我想，这样的县份，那总算少数。我想，关中这若干县份，总不会这样的。"周有容笑道："这是谁也知道的事，可是有好的地方，谁不愿去？就怕是我们由远方来的人，当局认为我们是为了做事而来，不会把这容易好做的官给我们去做吧？"

张介夫低头想了一想，他这话果然有理。不过自己所想做的，乃是小官吏，也绝不至于和军事当局去起正面冲突，却也不必十分灰心，当时也就只好笑了一笑道："那也事在人为罢了。"周有容笑道："那是对的。陕西虽然是苦地方，做县长发了财回家的，也不少，然而我怎么就让人家打了回来呢？像张先生有这番精神，可以不怕挨打，那么，也许可以做官发财的。"张介夫这也就觉得他的话，有些咄咄逼人，不免脸上一红。

周有容也省悟着是自己说错了，赶快地把话来扯开，因向志前道："志前兄说是要介绍女人去佣工，不知道是怎样的女人？"志前道："周县长需要女仆吗？"有容连连摇手道："不，不，我有个朋友，太太新由东方到西安来，而且还带了两个小孩子，遇事都感到不便，非用女仆不可。而且除了需要一个做杂事的而外，还需要一个带孩子的。"

志前道："这就太好了，我介绍这母女两个去，娘做杂事，女儿带孩子。有容，你若是有这样的朋友，将她们介绍出去，得着一只饭碗，你这功德就大了。"有容道："这很好办啦。今天晚上，不是刘清波在这里大餐厅里请客吗？就有他夫妇两个。到那个时候，我顺便向他一提，你把那两个女人叫了来，和他见上一面，成与不成，就片言可决了。"

张介夫听说，不由得瞪着眼睛，站了起来道："刘清波？是那银行代表团的主任吗？"周有容道："张先生也认识他？"介夫笑道："我认识他，那就有办法了。这种人到了西安来，上自当局，下至拉车的，哪个不欢迎？像我们在外面混事的人，若能够得他一封介绍信，这就事情大定了。"周有容向志前看着，微笑了一笑。志前默然着，也没有说什么。

张介夫心里一想，他们二人也许有什么话说，自己见机一点躲开为妙，于是拱拱手，向二人告别了。可是他心里却由此生了两种念头，在陕西做那一等缺的县知事，还不免逃跑了事，其中况味，可想而知，这西北的官似乎不可干。可是要说这地方真个不足而为吧，何以大银行家、大实业家，都向这里跑呢？再说到程志前这个人，也真的神通广大。据他自己说，不过是个教书匠而已。可是他到了西安来，什么人都请他吃饭，什么人也和他兄弟相称。今天晚上是银团代表请客，又有他在座，怪是不怪？据说在西安吃大菜，那是头等阔人干的事，大概今天晚上所请的客，少不得都是头等阔人。这后院前面，就是小西天的大餐厅，玻璃窗子，正向这里开着，晚上可以在窗外参观参观的。

他有了这一点儿微意，倒不肯含糊过去，屋子里睡一会子，坐一会子，静静地去想着，如何能够借了程志前的力量，可以去找一个好位置，而且是不会挨打的。他默念了许久，到底想出一个办法来了。今天这宴会场上，也许有那高厅长在内，我就临时写一个字条，由茶房交给程志前，求他介绍我和他见见。他今天受了我这样重的礼品，这一点小小的要求他总不好意思不理。这年头在外面求差事，有缝就得钻上前去，哪里容得仔细地考量？

他将办法想妥了，就静等时候的到来。一到这天下午六点钟，天色还不怎样黑。前面大餐厅里，两盏汽油灯依然同时点着。那呼呼呼的火焰声，在后院廊子下，都听得十分扎耳。在这没有电灯的世界里，隔着窗子，看那通明的光亮，就可以想到那边是一种如何铺张的情形了。渐渐地男女喧笑之声，由窗户里透了出来，想必是赴宴会的人已经来到。张介夫背了两手，在廊子上踱来踱去，看看程志前屋子里，混黄色的煤油灯光，依然亮着，想必是他还没有去赴席。当然是必等他去了，才可以谈到自己所要求的事。踱了好几个来回，他还在煤油灯下看书。虽然窗子外有人踱来踱去，他也不抬头看一眼，介夫本想打他一个招呼，又念到别人赴席与否与自己何干，又何必多那个事？只得罢休，且走出后院去看看。这院外是个大敞院，是预备远路客人，停长途汽车的所在。

天上大半轮月亮，在深蓝的夜空里，送了一些青光到地面上来，在墙角边，有两个黑影子缩着一团，介夫始而也不怎么介意，见着一株瘦小的椿树，伸了半截在黄土墙上，仅仅是这一棵树，被月亮照着，配着那古陋的屋檐，别是一种风味。介夫究竟是喝了一点儿墨水的，忽然那思家之念油然而生，就高声念着唐诗道："遥怜小儿女，未解忆长安。"

他这诗兴大发之下，却把墙角上那两个人吓着了，哎哟一声，有个人影子一闪，好像是几乎倒了下去。介夫这才明白了，那里是两个女人。像小西天这地方，本来每到这夜幕初张的时候，有那批可怜的女子们，在这里找临时的出路，其间自然也有知道吃饭要紧，廉耻未尝不要紧的，这就不敢明目张胆去找客人，只是在暗地里躲躲闪闪的，等候了茶房出来传话。张介夫料着也是这种人，便笑道："这也值不得吓了一跳哇。你们在这里等什么人？我去和你传个信，让他出来。月亮下，也是很凉的，不要受了凉呀。"他口里说着，脚步只管移了过去。在他心里想，这种女子，那是无所谓的，小西天的客人和他们说话，他们是求之而不得。可是自己只管向前相就时，那两个女人只管靠了墙，慢慢地向后退去。介夫笑道："你们不是找小西天的客人吗？我也是呀。为什么……"他说着话，已经相距得很近，他这算是看清楚了，前面一个女子，正是朱月英，后面那个头上挽个髻。这才觉得莽撞了，怎好乱和人家开玩笑。

不想他这样踌躇着，后面那个女子，却窸窸窣窣地将袖子掩了脸，哭将起来。自然，介夫不免呆上一呆，心里也就想着，朱月英是自己很赞成的一位姑娘，总不应该得罪人家。月亮下，虽然向人露出笑脸来，但是也不能直挺挺地向着人，于是微弯了腰笑道："怎么样？我说这两句话，你们会吓到了吗？"月英却是认得他的，事到临头，害羞也是不行，便扭过头来，向他望着道："这是我娘，她没有这样受人家说过的。你这位先生只管逼着我们问话，她羞不过，只好哭了。先生，她是个乡下人，你可怜可怜她，不要逼我们了。"她说着这话时，嗓子不由得枯涩着说不出话来。

张介夫真也不曾遇到过这样的事，她不曾说一句什么强硬的话，可是只觉她说的话，字字都扎在人心坎上。因笑道："那你错怪我了，在月亮下面，我并不知道是你娘儿两个人。哦！是，我倒想起一件事。那位程先生要和你娘儿两个找件事做呢。你们知道了吗？"那妇人虽停止哭声了，却不曾作声，依然将袖子去揉擦眼睛。月英道："多谢你，我们已经知道了。"介夫被她答复着又无话可说了。不过自己把人家逼得哭了，心里总是过意不去，便向她道："那些来吃饭的人，还没有到呢，就是程先生，也还是在他自己屋子里坐着。你们站在这月亮下面等着，等到什么时候，依我说，你先到我屋子里去坐一会儿，你看好吗？"月英道："不，我娘怕人。"

张介夫这也就不能再说什么了，略站了一站，依然地背了两手在月亮地踱着步子。他那两只眼睛，却偷偷地去看她娘儿俩，究竟怎么样？却听得那女人带了惨音道："孩子，我们回去吧。"月英道："我们还没有见着要用人的老爷太太呢。若是就这样回去，婆婆要骂我们，舅母也要骂我们的。你站不动了，就坐一会子吧。你身上凉不凉？"她母亲胡氏道："凉倒是不要紧，只盼佛爷保佑，事情成功了也罢。"

张介夫远远地看去，见她手扶了墙，身子慢慢地向下坐，就坐在墙脚比较高一些的土基上。月英的脸，分明是向这边望了来的。可是每当张介夫踱着步子向她那方面走去的时候，她就掉过脸去。介夫是无论如何脸厚，也是无辞可入，只得又踱了两个圈子，自回房间去了。看志前屋子里时，已经没有了人，灯火捻得很小，想必程志前已经到前面大餐厅里去了。

走到窗子外，向里面张望时，只见汽油灯放出灿烂的银光，照着满堂的宾客，围了一张长到二丈的大餐桌子坐着。只看那桌面上铺着雪白的桌布，银光的刀叉，高高的玻璃杯子，层层叠叠的，顺了桌沿摆着，男的来宾有一大半是穿了那平叠整齐的西服，此外也都是绸衣。其中夹坐着几个女人深红浅绿的旗袍，配上那雪白的脸子，殷红的嘴唇，弯曲的头发，都是西安市上所少见的。唯其是这样，也适足以证明这宴会不同非凡，在女人脸上多半是胭脂粉蒙着，还不足为奇。这些男人脸上，可是个个人都带了十分欣愉的笑容。程志前也在那里，却是挤在人排当中，和朋友谈笑。

其中有个笑声最为高大的，那就是周有容县长了。只听到他大声道："既不为朝廷不甚爱惜之官，那也就不受乡党无足轻重之誉了。哈哈哈！"他的脸正对了这窗户，只看他那额头上汗珠直冒，也就想到他豪情大发。其实也不只是他，所有在座的那些人，谁又不是脸上红红的？这时，菜正上到了煎猪排，这西安市上的大餐，本来也就无异中菜西吃，这小西天的西餐部，并不曾预备那盛菜的大盘子，只是多添人手，将盛好了猪排的菜盘，一次两盘，分别地向客座分送了去。大概这猪排煎得是不十分熟，吃的人都不免努力去切，所以一片刀叉和盘子相碰声，叮当叮当，很是热闹。

张介夫在窗外看到，心里也就想着，这样地吃西餐，那真也不过排场而已。这样讲排场的所在，总有高厅长在内，但不知哪个是的。当他如此地想着，少不得伸长了脖子，向里面望着。就在这时，有一阵飞沙，自屋檐上扑将下来。把他的脖子里，满满地撒上了许多灰。他倒退了两步，向天空看时，早是月黑无光，呼呼的风，在头上飞掠而过。自己这也觉得好笑，从东方来的人，竟会没有看过人吃西餐，在窗外站着，忘了一切，这不是笑话吗？遥遥地向玻璃窗里看着，吃大菜的人正自热闹着。同时，却有一种奇异的声音，送入了耳朵。但是这并非嬉笑之声，乃是嘤嘤的哭声，顺了风吹来。这小西天里会有了哭声，自是可注意的事，他不能不循声而往了。

第九回

不善恭维求人遭叱咤
未能归去随客惑夸张

在小西天西餐大厅里，那样张灯盛宴的当儿，另一方面却发现了呜咽的哭声，虽然是在筵席上的人，被欢乐的空气笼罩着，不曾听到，可是在窗子外面偷看热闹的张介夫，他可听到了。他觉得那声音虽是不大，但是传到耳朵里以后，是非常凄惨的，禁不住走出院子门，循声而往，到了那哭声的所在，还是月英母女偎傍着墙角。月光地里，看到月英挤住了她母亲胡氏，半伏半站地，在墙上哭。

这回张介夫不愿意冒失了，也就是为了人家哭得可怜，不愿惊动人家的缘故，于是老远地就咳嗽了两声。当他这样地做着声音时，月英首先停止哭声了，就回转头来向他望着，张介夫离得不怎样近，就站住了，问道："这位姑娘，你们为什么在这里哭？"月英道："我们在这里等程老爷，他老不见来。"张介夫道："他是刚刚上席呢。过了一会儿，自然会来找你去的，这也用不着哭呀。你多等一会子就是了。"月英道："多等一会子是不要紧的，我们只穿了一件单裤子，在月亮地里，大风吹得真冷。那前面的茶房，又只管吓我们，说是这后面有鬼。我们走了，怕机会失掉了。不走，又怕又冷，想到穷人，实在是可怜……"她说着呜咽起来，胡氏更哭得厉害。

张介夫道："这是小事，何必如此。你在外面既是又怕又冷，就到我屋子里去坐坐。我虽是个男子，你是母女两个同去的，总不要紧。我那里有热茶，你们可以喝上一碗，我一面写个字条，悄悄地送到前面西餐大厅上去，通知程先生。事情成不成，总给你们一个信，不比在这里哭强得多吗？"胡氏虽是听他说得言之有理，但是他不知道张介夫是怎样的一个人，还不敢冒险去，不作声。月英道："好吧，娘，我们到这位张老爷屋子里去。在以先我也见过他的。你今天晚上，还没有吃饱呢，不要冻出病来。"张介夫道："是呀，不要冻出病来。就是那程先生回断了你们，说不定，我还可以给你们想点儿法子。"这句话，却是把胡氏打动了，就低声问着月英道："我们去吗？"月英道："我们可以去的。若是程老爷说是不行，我们就回去。夜静更深的，我们只管在外面做什么？"胡氏道："谁又不是这样说呢！"介夫道："好吧，你们不用顾虑了，跟着我来就是了。"说着，他已是在前面引道，而且还不住地回转头来，向她们点着，这叫胡氏母女不得不跟他走了。

于是胡氏扶了月英的肩膀，随着介夫后面，走到这小院子里来，介夫是走两步就停一会儿，停了好几停，才把她们引到屋子里面来。在灯光下再看她母女二人的颜色，月英究竟是年轻，那还好一点儿。这位朱胡氏，披着两鬓散发，那枯瘦而带灰色的面孔，一条条泪痕。身上那件蓝布褂子，在墙上揩来了不少的黑灰，再向下面看去，那青布裤子，露出两三寸的小脚鞋袜，很臃肿的，几乎是看到两根杵在地面上，哪有脚形呢？

他就叹了口气道："你这位大娘，也太想不开。像你这样小的脚，走路还走不动，怎能够出来帮工。"胡氏本来是要在椅子上坐下的了，听了这话立刻扶了桌子站起来，因道："张老爷，你没有到甘肃，你是不知道哇。那边的女人，在家里洗衣做饭，出外去，地里种割粮食，都可以做的呀。"介夫向她看看，见她扶了桌子站定，兀自有些前合后仰，便笑着摇摇头道："无论如何，你这话我不能相信，便是现在，你在这里，站都有些站不稳，怎么做事？"

胡氏道："你说的是不错的。不过我们在甘肃，不是站着做事的，是跪了做事的。"介夫听说，不由得诧异起来，望了她道："什么，跪了做事？在家里呢，你可以跪着做事罢了。你出了大门，到田地里去，还是跪着做事吗？"胡氏道："怎么不是？我们走到那里之后，立刻就跪下来，并不像西安的女人，可以站住。"说时，她身子又晃了两晃。

介夫连连向她摆手道："作孽作孽，你只管坐下来，我们慢慢地谈话。"胡氏在事实上也不能讲那些客气，就坐下了。介夫将桌上的藤包茶壶，移到她面前，因道："我不和你客气，桌上有茶杯，你们自己倒着喝，先冲冲寒气。"胡氏手摸了那藤包的盖，又把手缩了回去了。月英站在一边，就道："你喝吧，你喝这老爷两杯茶，那也不算什么的。"

胡氏听说，就大胆地喝了两杯茶，屋子里比外面暖和得多，这正是春暮的天气了，不被风吹，也就不怎么凉，所以两杯暖茶下肚，她的精神就好得多了。

介夫当他喝茶的时候，少不得对月英看看。她下面虽不是完全天脚，却是和男人一样穿了扁头鞋，大概是布袜子里面，还紧紧地裹着包脚布呢。因笑向胡氏道："这样看起来，那边的包脚风气是很厉害的了，怎么你的姑娘，又没有包脚呢？"胡氏道："我们那里的县老爷管得紧，不许我们家女孩子包脚，后来老爷管得松了，脚又包不起来，也就只好罢了。我就想到这是怪难看的。不过到了西安来，我才晓得不要紧，这里不包脚的姑娘，不是很多吗？"月英听到母亲论她的脚，她很不高兴，噘了嘴，只管向后退，就退到桌子边的墙角落里去。介夫道："你这位大嫂，我劝你你就不必做帮工的打算了。你想，谁家里肯找一个跪着做事的用人呢？"胡氏道："那要什么紧，他要做的什么事情，我都给他做出就完了，我跪着不跪着，与他无干啦。"

介夫听他的口音，好像是有些不信任自己的话。就是东方人士所听到跪倒做工，是一种奇谈，在胡氏心里，必以为是理之当然。于是向她笑道："但愿能够趁你们的心愿，那岂不更好？你在我这里等一等吧，我托茶房和你去通知程老爷一声。"于是打开箱子，取出了两张名片，都放在桌上，在身上取出手绢，轻轻地拂拭了一阵。然后在一张反面，用小字笔，工工整整地写了几行字道："志前先生台鉴：朱胡氏母女，现在弟处，等候音信；再者，可否介绍弟与高厅长一见？"另外一张，乃是预备志前替他递给高厅长的。写好了，把茶房叫过来，将自己的意思，嘱咐了一阵，叫他马上回信。

茶房向胡氏母女看了一遍，然后笑道："倒难得这位张先生这样热心。"说毕，微笑而去。张介夫明知道茶房是有了一点儿误会，可是和程志前做媒也好，和高厅长做媒更好，这无伤于自己的身份的。当茶房去了以后，自己本想再到西餐厅的窗户外去看看。可是把这两个穷女人放在屋子里，散乱东西很多，有些不大妥当。所以忍住了这口劲，没有走开，却和胡氏谈着闲话。胡氏倒想不着这位老爷这样有谈有笑，却也很高兴。

约莫谈了有上十分钟，茶房还没有回信，伸头向窗子外望望，也没有踪影。这里到那大厅，只是前后院，何以去这样久？想到这可疑之点，就背了只手，在屋子里来回踱着步子，借以减少心里的烦闷。然而走有四五个来回时，便又感到了烦闷了。心想，纵然是穷人不可靠，但我走出去了，不过是在院子里站着，一个初到大地方来的妇人，究竟也没有这样大的胆，敢随便在屋子里拿东西，便是拿了东西，她们穿得这样单薄薄的，也没有法子在什么地方收藏，那么，还是大着胆子出去看看吧。这样想着，他就决定着走到那西餐厅后墙的窗户口子上来了。向里张望时，程志前正和一个穿西服的汉子在一边说话。介夫还不认得此地的建设厅长，心里也就想着，这个穿西服的人，莫非就是的？于是悄悄地放着步子，闪到窗子一边，却伸了半边脸，向窗子里去看着。只见那穿西服的人皱了眉苦笑着，口里说什么，却因为他声音细小，没有听得出来。

然而他对于志前的话，表示着苦恼，那是可想而知的。这完了，高厅长表示出这种态度来，显然是通不过。他心里想到这完了，而同时这两只手也不免做出那完了的样子来，在屁股上重重地拍了一下，就是两只脚，也微微地一跳。殊不知就是这样一跳，有些头重脚轻。恰好那站的所在，地面上有一层浮薄的青苔。于是呼溜一下，做了个溜冰的势子，人向下一坐，屁股哄咯地作响，坐在了地上，虽然不感到痛，可是周身的骨节都是这样震得麻酥，坐在地面上，有好几分钟说不出话来。

还是在旁边小屋子里的茶房，被声音惊醒，走了出来，忙问是什么响。介夫不便答应，悄悄地扶了墙站起来，走到屋檐下，一手撑了腰才向茶房道："是我到窗子外看看，里面有我的朋友没有？不想那地面太滑，摔了一跤。"说着自己向屋子里走去。胡氏道："哟！张老爷，你身上怎么沾了这一身的泥哩？"介夫扯起长衣的后摆一看，可不是沾着半截泥呢？红了脸道："那还不都是为了你们的事？"他正想继续地说下去，把这缘故告诉她。可是送信的那个茶房，已经来回信了。向介夫说道："程先生回到自己屋子里去了，叫这位大嫂子，带了她的姑娘去。程先生说这席上没有高厅长。"介夫这才知道自己是白沾了这一身泥，那个穿西服的并不是高厅长，哦了一声，还不曾说得别的。然而这两位等信息的母女，正觉得坐立不安。既然有了程先生的话，那还等什么？胡氏首先就扶了桌子站起来，而且月英比她更急，已经走到房门口了。

胡氏扶着墙，同女儿走到程志前屋子里来。这里除了主人翁，还有一男一女。男的穿了短装，敞了胸襟，胡氏这倒明白，叫作西服。那女的可就难说了，脸上也抹了胭脂粉，可是那头发蓬了起来，卷了许多卷子，堆在头上很高，倒有些像洋烟牌子上的洋婆子，身上穿一件绿色的长衣服，拖靠了脚背，在灯亮下，金光灿灿的，生平没有看到过这种东西，莫不是鼓词儿上说的，观音娘娘赐的法衣吧？再说那样子就更巧了，这样长的衣服，袖子却是那样短，差不多短到肋窝下来。

胡氏只一脚跨进这门，手扶了墙，就把那女人看得入木三分。月英虽是懂事一点儿，但哪里又知道当仆役的人，见主人翁所应尽的那些规矩，所以她进房来之后，也就只向程志前叫了一声程老爷，然后说声我们来了。那男子倒还罢了，那女子因胡氏盯住了眼睛看她，早已是怒气满腔，嘴里先咤的一声，回头向志前道："程先生，你就是介绍这种人给我用吗？这女人那一双死眼，看了我转都不转，真讨厌，三分不像人，七分倒像鬼，见人一点儿规矩都没有，手倒扶了墙不放下。"那男的笑道："她不扶墙怎么行？她那三寸金莲，可站不起来呀。"

女人说着话，那一双眼睛已是射到月英身上，鼻子里哼了一声，点点头道："这个孩子，买去当个丫头用用，花两三月个工夫，或者还训练得过来。这小脚女人，有什么用？"那女人原是站着的，说话时却架了腿坐了下来。那副大模大样，胡氏倒是看得出来。不过她的话，十有七八，带了南方音，不很懂得。最后小脚女人，这四个字，算是清清楚楚地送到她耳朵里去了，她这就禁不住插嘴了，笑道："那要什么紧吗？我们虽是小脚，什么事也能做。我要是跪在地上做事，你大脚女人，还不如我做得多呢。"

那女人由东方来，是饱受着文明教化的人，人家不称呼她太太，也称呼她先生或女士，向来没有人和她说话，就是你们我们这样喊叫的。立刻满脸通红，向门外挥手道："去去！什么规矩也不懂，哪个用你这种东西？去去！"说毕，又连连地挥了两下手。胡氏虽不懂她的话，去去这两个叠起来的字，那总是听得出来的，既然叫去去，原说是可以给事做的这句话那就不行了。满腔的指望，总以为见了主人翁，就可以有了吃饱饭的机会，不想那个像洋婆子的女人脾气倒是很大，三言两语的就红了脸，这倒不知是哪一些事，她看不入眼，而做工的机会呢，也不愿立刻就失掉，因道："哟！不是你要我们帮工吗?"

她口里说着这话时，心里也有些慌了，当然那两只脚站立不定，身子又前后地晃荡起来。那女人又挥着手道："滚吧，哪个要你这种废物做工?"程志前当这女人初发脾气时，心里也不怎样地介意，现在她又叫着人滚，虽然这穷寒女子是不能怎样抵抗的，然而她这种不客气的样子，便是介绍人，也有点儿面子上抹不下来，于是也红着脸向月英道："你母亲也太不会说话，张口就得不着人的欢迎。你扶着母亲回去吧。"

月英一听这话，知道这事已经毫无转圜的余地，还在这房里等些什么，于是噘了嘴，向胡氏道："走吧。"胡氏什么话不能听懂，至于一个去字，一个滚字那很清楚地可以了解的。还不曾和人当奴才，就让人家叫着滚了，这话也不用跟着向后问，工是不好帮的。现在女儿来搀她的，她也气愤得兴奋起来，径自扶着门墙走出来了。月英跟着她走出了小院子门，叽咕着道："这倒是我不好。知道这样，早就回去了，何苦在院子里又怕又凉哭上那一阵呢?"胡氏更是比这女儿无能被人骂了一阵，有什么可说的，只好是抬起袖子来，擦擦眼泪而已。

这时，小西天的后门，久已关闭，母女二人摸摸索索地穿过几重屋子，只好由大门出去。当她们走到第二重大楼下时，那屋梁上悬着一盏大汽油灯，火焰正烧得呼呼作响，那光亮是其白如银，便是落下一根针来，也可以看到。在过堂的两旁，摆下了许多躺椅和茶几，茶几上放着茶烟，有些人架着腿躺在椅子上闲谈。有些人围了一张茶几，在那里下象棋，有些人拣了报纸在灯下看。虽不见得个个人脸上都有笑容，却没有什么人带了哭相。月英看到，心里也就暗想，这也是叫人不明白的一件事，为什么同是一个人，大家都吃饭穿衣的，很是欢喜，为什么我就这样苦呢?

她正是这样向许多人看了发呆，对过楼梯上走下来一个女子，穿了淡绿色的上衣，蓝色的裙子。她虽然不知道那是什么料子做成功的，可是只看那衣服软贴贴地穿在身上，总是值钱的东西。她的头发，虽不像刚才那个女人全是卷起来的，可是她也没有梳头和辫子，黑头发溜光地披齐后脑勺。两只手臂至少有三分之二是露在外面，脸上的胭脂，更是涂得像流了血一样，她在前面下楼，后面有三四个男子，扶了栏杆叫道："何必这样忙，再坐十几分钟也不要紧啊！你肚子饿了的话，我们叫茶房办东西来给你饭，咸的也有，甜的也有。"那些男子，只管是一连串地央告着，这女子脸上带了淡笑，头也不回，竟自走了。

月英就低声向胡氏道："你看见吗？这里是不比在甘肃乡下，总要这个样子打扮，人家才会欢喜的。"胡氏点点头，好像是说她女儿这种见解是对的。也只好叹了口气，继续地向前走去。在这时，身后有了张介夫的声音，他道："刚才那位程志前先生告诉我，今天宴会上，没有高厅长，我信以为真。原来高厅长前五分钟才走，这未免冤苦了我。"月英回头看时，正是他和贾多才，一面说话，一面走着。

贾多才一看到她，早就是眯着两眼咦了一声。月英想到那天为了有洋鬼子来见他，就叫人快走快走。这和刚才那个女人，叫人去，叫人滚，都是一样。大概由东方来的有钱的人，都有这样一个毛病，不由得就红着脸低了头，紧紧地依傍了母亲。张介夫早就抢着走了几步，绕到她母女的前面，将路拦住，带了笑容道："我说的话不错，事情没有弄妥吧？我刚才和贾老爷一块谈着，还是我们来……"

他说到这里，贾多才也抢上了前两步，用手臂碰了张介夫一下，对他以目示意，同时就向这过堂里的人，周围地看了一看。张介夫这算明白了，就是这里人多，不便胡乱地说话，于是回转脸向月英低声道："你能不能到贾老爷屋子里去坐坐？假使你能去的话，我们多少可以和你想点儿法子，不至于计你娘儿两个失望。"

月英听他所说，倒不像是信口胡诌的。想到今天晚上，母女两个，是抱了多么大指望来的。现在走回家去，告诉舅娘，只说是挨一顿骂回来了，不但舅娘又要发急，而且会笑骂我母女两人，实在地无用。这两天正是让舅母冷言冷语说得难受不过了，今天再要弄不着什么活回去，以后冷言冷语，那就多了，这样的日子，叫人是怎样向下过呢？现在姓张的既是半路里出来相邀，有法子可想，那也不妨听听他的办法如何？于是就向胡氏道："你愿意回去挨骂吗？"胡氏望了她道："我为什么愿意回去挨骂呢？"月英道："我们回去，若是没有话对舅母说，舅母又要唠叨不了的。"胡氏这就明白她的用意了，因道："好的，好的，我们同到这位老爷房里去就是了。"贾多才见她母女肯来，立刻抽身先走回房去，张介夫以为他是不便同胡氏母女一路进房，所以先闪开。其实这样的事，在小西天旅馆里，乃是极平常而又极平常的举动，何必如此相避。自己就从从容容地，引了胡氏向贾多才屋子里走了去。

走进房来首先有一件事，不能不让张介夫诧异起来，便是在桌上放了两叠雪白光亮的银圆。虽然不知道有多少钱，可是由那堆头上看来，约莫也就有二三十元，刚才是由这屋子里出去的，并不看到这桌上有钱，现在突然地放了两叠大洋钱在桌上，必是一两分钟以前，他放在这里无疑。当他这样向了那洋钱看着时，同时也就引起了胡氏母女两个人注意，胡氏还想着，为什么在桌上放下这两注洋钱，莫非是这贾老爷预备赏人的吗？

贾多才眼见是大家注意这笔钱的了，他这才从从容容地，把那两注洋钱放到桌子犄角边去，将一张纸来盖上。张介夫心里，也就有些明白了，故意凑趣道："我们贾大哥，真是钱多，整大叠的大洋，会放在桌子上。"贾多才笑道："这也很有限的几个钱，算得了什么呢？不瞒你说，我手里经过的钱，若是都换了现洋，恐怕把小西天前后上下这些屋子来堆，依然是堆不下吧？"张介夫点着头道："这倒不是假话，因为贾兄是做这行买卖的呢。"说了这几句不相干的话，贾多才才腾出那张嘴来，向胡氏打招呼道："请坐下吧，请坐下吧，有话慢慢地说。"胡氏是不曾走进过这样的屋子的。她走进来之后，除和那天月英进来一般，感到许多新奇而外，便是这屋子并不是楼，可是脚底下也踏着是楼板，这要是跪在上面做事，比跪在暖炕上那还要舒服得多呢。于是退了两步，向屋角里一把矮椅子上坐去。

她虽穷，坐椅子的经验总是有的，所以很大意地坐着，却不料坐下去之后，仿佛感到椅子的坐板，随了屁股，沉下去个窟窿，大概是自己坐得用力太猛了，所以把椅子坐坏了，吓得她手扶子桌子沿，立刻坐了起来。回头看时，这算是长了一个见识，原来这椅子坐的所在，不是木板，是藤丝编的漏孔网子。在甘肃，总是坐土炕，人家家里，可以摸出两三条方凳来坐，这就不得了，这小西天里，实在是考究，客人坐椅子，都不让他屁股受委屈，竟是想出花样来，叫人受用，她心里想着，放出来犹豫的态度，就很是难看。

贾多才笑道："你那样小脚，还和我们客气什么，你就坐下来吧。"胡氏反着手伸下去，将椅子的藤网面，摸索了一阵，才慢慢地轻轻儿地坐下。贾多才在她远远地斜对面坐着，向她看看，又向站在桌子角边的月英看看，心里想着，不想这样的母亲，会生出这美妙的女儿，怪是不怪？那一回，月英坐在这里，就让贾多才看得没奈何，不想今天他又这样地看起来。不过自己也想破了，若不是让人看得中意了，怎能够望人家帮忙？这位姓贾的，只要见了面，就盯着眼睛来看，那也就是他有几分喜欢的样子，只要他肯要我，就让他多看一会子吧。害臊有什么用？吃饭穿衣服，才是要紧呢。心里这样地想破了，那也就更不知道害臊，只微微低了头，手扶住桌子站定。贾多才看她虽是板住了面孔，然而却在白里透出血红来，这分明她还是有那相当的难为情，这也就分外地增加她那一份妩媚了。

在旁边坐着的张介夫，也不免去偷看贾多才的模样，这两位先生，先是没有话说。胡氏是个未投入现代社会的人，她也不能开口。月英呢，若是把这里当商品交易所而论，她就是商品，做商品的，那还有什么可说呢？因之屋子里虽然是坐着四个人，这声音倒是寂然了。

张介夫是心里没有事的人，他首先醒悟过来了，这就向贾多才道："喂！仁兄，你不是可以替她想法子的吗？"贾多才身子一缩，好像吃了一惊的样子，这就算是他真正地醒过来。因笑道："我哪里知道她娘儿两个碰了钉子，还不是你说出来的吗？我能够想的法子，不就是那么一点儿？我是无所谓，没有什么说不出来的，只是她们当了面，恐怕有些难为情。"他吞吞吐吐说了个半明白不明白，胡氏根本就不知所说什么，只瞪了大眼睛望着。月英是明白他那话因的，依然是不便插嘴说话。

张介夫见他桌上有现成的香烟火柴，就吸上了一根，喷出两阵浓烟之后，这才笑道："你那意思，我已经知道，其实你们已经当面谈过一次的，就是明说，也没有什么关系。"说着，他眯了眼睛，向贾多才和月英都看了一下。贾多才也取了一根烟，微笑着，月英低了头去牵牵自己的衣襟。胡氏只有是瞪了大眼看人。介夫笑向胡氏道："大嫂子，大概你还不大明白，你原来的意思，不是想把姑娘找一个人家吗？"胡氏道："是啊！说了好几天，也没有说成。我们是在穷亲戚家里借住，哪里等得了？那个程老爷好意，他劝我们说，把姑娘给人做二房，是要不得的事，和我们找个事吧。我是只要有饭吃，什么都可以呀。不想今天见着那个太太，一句话也没有说，就把我娘儿两个骂了出来了，找事也是不容易啊!"

张介夫道:"我们也是这样替你想。你看,这位贾老爷多么有钱,桌子上随便就摆了这些个。若是你的姑娘,跟着这样的人过日子,那还愁什么吃喝穿呢?"胡氏本来就觉得这位贾老爷,是银钱多得过了额,现在介夫一提,她更动心了。便道:"是呀!听说小西天住着一个开银子店的,那是个活财神啊!就是这位贾老爷吗?"张介夫道:"他开的不是店,是银行。"胡氏怎么能了解银行这两个字呢,就瞪了眼问道:"这位老爷不是说,他家里的大洋钱,这小西天几十间屋子都堆不下吗?家里不是开银子店,哪有这些洋钱呢?"张介夫道:"他开的比银子店还要大。"胡氏道:"那就是金子店了。"

贾多才只好向张介夫皱了眉道:"这个问题,倒不必怎样地去研究了。"张介夫点点头,笑道:"大嫂子,你看这屋子好吗?"胡氏两手按了膝盖,身子向前冲着,张嘴瞪眼睛,表示很诚恳的样子,答道:"这屋子怎不好?和天宫一样呀,怪不得叫小西天了。"张介夫笑道:"你说这是天宫。老实告诉你吧,贾老爷家里的茅房,还要比这好看得多呢。"胡氏道:"是吗?那还了得?"月英本来是低着头,只管听他们谈判,自己不置可否的。无如张介夫说的这句话,让她太惊奇了,不能不抬起头来看一下。张介夫正也向她打量着呢。便笑道:"大姑娘,你或者有些不肯信吗?"月英也不便答应什么,依然是低了头。

贾多才轻轻地向他笑道:"承张兄的美意愿和我们做说客,这野马就不必跑得太远了。"张介夫笑道:"那也好,我想这位大嫂,是过了分的老实人,不用和她吞吞吐吐地说,三言二语都告诉她,让她做主好了。"于是起身两步,走到胡氏面前,俯身向她道,"这位贾老爷,早有意要收你姑娘做二房,你是知道的了。你打算要多少钱,才肯答应呢?"

胡氏和她婆婆,以及她娘家人胡嫂子,谁不是指望在月英身上生出一笔钱财,来解救大家的困难的。至于能要多少钱,她们实在没有标准。胡氏的意思,两代寡妇,跟着这位姑娘,能过一辈子,也就行了。手上多少有几个钱,能活动活动,自然是好。就是没有钱,有了这样一个开银子店的姑爷,还用得愁着什么呀?再说开大了口,怕人家不肯,开少了口,又怕上了当。张介夫向她提出了这么一个问题,猛然间,哪里答得出来？口里喳喳了一阵，最后算是逼出两句话来，她笑道："贾老爷是个活财神，还能少给呀？我又不会说话，叫我说什么呢？"

张介夫回头道："贾兄，你的意思怎么样？"贾多才向他丢了一个眼色，向屋子外走，张介夫也就跟了出去，约有十几分钟，只张介夫一个人进来，牵了一牵胡氏的衣袖，让她站起，然后面背了月英，靠了墙，他低声道："大嫂子，你看见桌上那些洋钱吗？你若是心里一活动，那些洋钱马上就是你的了。"这又是胡氏耳朵里的旷古奇闻，竟会有这样的怪事，她心慌了，叫她答应什么是好呢？她疑心这是做梦呀。

第十回

唐突女郎前露财选色
觊觎墙隙里为病伤廉

钱这样东西，能解人生一切的困难问题。人生在世，谁都有若干问题亟待解决，就不能不爱钱。若是哪个人，并没有超人的理智，绝没有可以得着钱而不要的。至于理智，不够水平线的人，只要得着钱，那就可以什么都肯干，也就不能怪人，这是各人的环境所逼迫的。这时的朱胡氏，到了穷途末路，便是两三个大铜子，可以买方锅块充饥，对她也有莫大的帮助。现在桌上放了许多洋钱，张介夫说，只要她心里活动一下，这些洋钱都是她的，她听到之后，不能不身子一阵抖颤，问道："张老爷，你……你……你这是啥话？"张介夫向月英看了一眼，接着道："你们是老实人，我还能拿话来骗你吗？假如你心里活动一下，这些洋钱立刻就是你的了。"

胡氏向桌子角上看去，见那洋钱虽是被纸盖着了，可是还看得出半角白汪汪的光彩在外面。他说了，假如心里一活动，这洋钱就是我的了。莫非叫我抢了这些洋钱就跑？我走也走不动，我怎么能跑？而且这小西天里，地方很大，我走进来了，连东南西北都分不出来，又叫我怎样跑得出去呢？她如此想着，手扶了桌子，就不免三起三落，眼神全都射在那桌子角上。张介夫看了她那情形，倒不解是什么用意，因道："这位大嫂，你听见我说了没有？假使你心里活动一下，这些洋钱立刻就是你的了。"

朱胡氏道："我听见了，我听见张老爷说过好几遍了。你叫我心里活动一下，我怎样活动一下呢？"张介夫不由扑哧一笑，心想本来是自己太老实了。对于这样天昏地黑的女人，和她只管打着哑谜，她如何能懂？便昂头想了一想笑道："钱这样东西，是很难得的，你总应当知道。"胡氏道："是呀！我也这样说呀。怎么我心里一活动，这钱就可以归我呢？"张介夫道："这倒不是假话。这位贾老爷，他所以要讨人，就为的是一个人太孤单了，等着要个人陪他，假如……"

他自己说到这里，也觉难于向下说，轻轻地咳嗽了两声，可是他等着要钱用，也不下于朱胡氏，他心里另有他一番计划，而这番计划是必须要贾多才帮助的，那么，怎好不和他办成这件事？于是自己鼓动了自己的勇气，向月英看过之后，再向胡氏道："既然你已经是愿意把姑娘给这位贾老爷的了。"胡氏点着头道："这样有钱的人，我还有啥不同意呀？"张介夫道："这就好办了，你们两方，一个是愿意给，一个是愿意要，那么，你这姑娘，迟早是他家的人了，何不就……"说着，他顿上一顿，又笑了。朱胡氏翻着两眼看他，依然不知他命意何在，可是月英姑娘有些明白了，这绝不是怎样好听的话，就皱了眉向介夫道："张老爷，我们都是可怜的人，什么也不懂，你叫我们做的事，我们做得出来，那决不敢说第二个字，一定是做。我们做不出来，就请张老爷包涵一点儿，我们哪里还敢说着什么呀。"

她这样完全哀告的说法，真叫张介夫听了良心软下去大半截，除了和她同情，哪里还能说那欺压她的话？自己顿了一顿，微笑了一笑，这话可就说不下去了。月英道："张老爷怎么又不说了，我这话说得不对吗？"张介夫笑道："你说的是可怜的话，有什么不对？不过我是代别人说话，我若说得不对，你可不要见怪。嘿嘿！"他又笑了两声，这才向胡氏道："这位大嫂，那位贾老爷，他想早一点儿娶你的姑娘！"胡氏道："就是这话吗？那好说呀，只要贾老爷把我这三口人有个交代，随便他挑个什么日子，我们就把姑娘送来。"张介夫点点头道："你们的意思呢，自然是这样，不过他不是把题目看得那样大。他的意思，最好就是今天晚上，你把姑娘留在这里，桌上那些洋钱，你就可以带走了。"朱胡氏啊呀了一声道："这是啥话儿？婚姻大事，哪有这样随便的？"月英听了这话，早是心里怦怦乱跳，脸上好像用烧酒抹过，一直烧红了到耳朵后面去，那头也就向下低垂着，下巴头是紧靠了胸襟。

张介夫把话说到了这里，若不说个清楚，更要引起两个人的误会，而况她两人好像也不过觉得奇怪，并不十分违抗。于是又接着道："我不过是把贾老爷的话转一转，肯与不肯，自然还在你娘儿两个，难道还能勉强不成？若说到你们家等了钱过日子，马上有钱拿回去，有什么不好？好在你已经是答应给贾老爷的了，又不是随便的一个生人，比方你现在答应了，依着你要挑一个日子，挑好了一个日子之后，你不还是要把姑娘送到这旅馆里来陪着他的吗？早一点儿，我想这也没有什么使不得。"他说着，便又向人嘻嘻地一笑。

朱胡氏知道什么？听了介夫的话，前后翻着一想，觉得他的话也是有理。既是答应把姑娘给人了，就早一点儿给人，有什么要紧？只要能够把这堆洋钱拿回家去，许许多多的事情也都可以办完，姑娘留在这里，人家也不掐了一块肉去，顶多不过是算糊里糊涂当了新娘子罢了。她心里想着，眼睛向那堆银圆不免偷看了好几回，再又回头看看姑娘。心里一想，想着人都快要饿死了，还讲什么面子，比如早几年把姑娘卖了，不也是送到人家去了的吗？便向介夫道："张老爷，我就是这样把她留在这里吗？"她虽是大着胆子把这话问了出来，可是她依然是胆怯地拿声带颤着说出来，字也含糊不清。

可是月英对于这两方的话，已经听得很清楚，心里也是盘算得透熟，突然站起来，板着脸道："不，不，那样做，我不干。妈你不要说我打掉了你的饭碗，我想，就是把我卖了，也要讲好价钱，就这样地糊里糊涂跟了人，那算怎么回事？就算今天晚上要了，明天晚上，人家还要不要呢？一个人的身子，不是一斤半斤肉，就是这样估堆地卖给人。卖，我要一生做一回卖，这样零卖，你想把我当了什么人？今天为了那些洋钱，把我这条身子毁了，以后怎么样办？我要走！"说着，转身就有向外走的意思。

就在这时，贾多才由外面抢进屋子来，向她摇着手笑道："不要叫，不要叫！我倒看不出来，这位姑娘，还有这样一套话。"月英红了脸低了头，又坐下去，不过是把身子偏侧了，向里边望着。张介夫站起向他拱拱手笑道："我嘴太笨，做媒人不成，拿起斧子来，砍在桂树上，砍缺了口子，我告退，我没有做月老的资格。"贾多才也回着礼笑道："这不怪你，只怪我太糊涂了。我在窗子外面，把姑娘前后几遍话都听到了。我想不到这位姑娘倒是这样一位能说话的人。"朱胡氏道："她在家里的时候，会说话着呢，不过现时出门在外，人生地不熟，她不敢说话了。"

贾多才远远地立着，斜住了身子，向月英望去，将一只脚在地上颠动着道："这话或者是真的。可是在今天晚上，她怎么又这样会说呢？"月英依然向着桌子角里坐下，低声道："那也是没有法子呀，不说怎么办呢？"她说话的时候搭讪着，一手扶了椅子扶手，一手伸着两个指头，在桌子档上，不住地乱画。贾多才审查着她这番娇羞的态度，依然，还是可以亲爱的样子，于是向胡氏道："你娘儿两个，若是觉得在今天日子太快了一点儿，就是明天或者后天，那也没有什么要紧。明天在家里和她洗洗澡，洗洗头，那也像个新娘子样子，能赶紧和她做两件衣服换换，那就更好。要是你娘两个是真的愿意了，我也可以先给你们一点儿钱，去料理家事。"朱胡氏道："哟！那可是真好了，我们还有啥话说呢？孩子，你看这样好吗？你舅母就指望我们带了钱回去呢，我们空着手好进门吗？"

一提到了舅母，月英也就觉得头疼，每天自在炕上睁眼以后，她就是说个不了，一直要到上炕闭了眼睛，她才不说，今天母女出来了，这样久回去，一点儿什么消息没有，那她是不依的。现在贾多才肯给点儿钱，让拿回去，不管怎么样，先讨得舅母一阵欢喜。不但是今天晚上，可以太太平平地睡一觉，就是明天两顿饭也可以吃饱，这总也是答应为妥。以前是指望了那位程老爷，也是说好话不做好事的。不是他那样保荐，今天母女两个，也不至于受那女人那样一顿臭骂。现在三代妇女住在舅母家里，等着是要钱吃饭，听那些好话，有什么用？月英在顷刻儿的工夫，心里是转着打了好几个主意，她最后想到，穷人除了跟着钱说话，什么也谈不上，立刻就答道："随你的意思吧。"说话时她抬头看了看母亲，又把头来低着。

朱胡氏道："那就是这一句话了，我们说话，是不能后悔的呀！"月英道："我们后悔什么呢？我们不是弄钱度命吗？只要可以活命，我们还想什么，又后悔什么？"张介夫向贾多才拱拱手道："恭喜恭喜，这事情算妥了。虽然今晚上不曾趁你的心，有道是好事从缓。"说着，走近来，就拍着多才两下肩膀。贾多才笑着只摸下巴，望了月英。月英到了这时，感觉得已是贾多才的人，很是难为情。尤其是想到张介夫先前所说的话，那更是难堪，现在贾多才又患了那个毛病，只管看人，索性微咬了嘴唇，沉住了脸腮，向桌上那盏昏灯望了，只当是不知道。这时贾多才看傻了，不说什么。朱胡氏把要说的话都说了，也不能说什么了。这屋子里立时寂然起来。

月英坐在那里，不能久沉住脸，让贾多才赏鉴，便站起来道："妈呀！我们可以去了吗？"朱胡氏听说贾多才今天可以先给几个钱，两眼是被桌子角上那堆银圆吸收住了，不时地向那里偷看着。因为眼睛被那银圆吸收住了，这条身子也就不想走开，只望贾多才抓一把洋钱递了过来。可是贾多才口说了，并不动手，自己又不好意思走，只好是在这里坐着老等。现在月英说要走，自己可不肯起身，向她道："忙啥呀？好多话还没说哩。"月英皱了眉道："还有什么话没说？我想我们也不便说，又说不好，换舅母来说吧。"

朱胡氏一想，自己不好意思开口要钱，换嫂子来要也好，于是手扶了椅子，慢慢地站起，向贾多才道："贾老爷，我们回去？"贾多才微笑着，在那堆银圆上取了五块钱在手，送到朱胡氏面前，桌沿上一叠子放了，笑道："你们老实人，我不能骗你，这钱先送给你，就是事情不成，也不要紧，我是不在乎的。"朱胡氏哦哦地答应了一阵，半蹲着身子向贾多才作了个按胸襟的安福揖。眉开眼笑，望了他，正待道谢。贾多才摇手道："不用不用。到今天我才知道你的姑娘是会说话的。既是会说话的，那就很好，我留她在这里坐一会子，谈两句心，也好知道她是不是真愿意？这总没有什么不可以吧？"朱胡氏一来觉得这没有什么不可以，二来得了人家这五块钱，这一点儿小事，哪里还好意思驳了人家，于是点头道："这没有啥要紧，只怕她不好意思说吧？"便又想坐了下来。

贾多才连连地向她摇着手道："不，不，不，你不用坐在这里，你可以回去了，就留你姑娘一个人在这里。"朱胡氏依然站着道："啊！就是让她一个人在这里吗？"贾多才笑道："你自己也说了，有什么要紧？一会子就让她回家去。"月英究竟比她母亲聪明些，看到她母亲，已有要允许的意思，就皱了眉道："我出来得久了，有些头痛呢，先回去吧。贾老爷有什么话说，我明天白天来说，那不是一样吗？"她说着，站起身来，已经走到了房门口去。贾多才究不好意思拉住她不走，便笑道："那也好，有话明天说。姑娘，你不用忙着走，仔细摔了跤。"

月英本已抢着走到房门口了，见贾多才的态度已经和缓下来，就用不着跑，于是脚跨出门外，手扶了门框，回转身来，因笑道："贾老爷，对不起，我今天实在有些头痛。"她说着这话的时候，露着一排雪白的牙齿，微微一笑。可是两道柳叶眉毛，又深深地锁着，只在她这一番态度之间，把她那委屈缠绵的意思，都暴露无遗，这叫贾多才就有二十四分的粗暴，也不能不掀动一番怜惜之意。便点点头笑道："不忙不忙！就是后天来说，也没有什么关系。交朋友要谈个知己知彼，哪里可以勉强的。"这可把那位捏着五块钱在手上的朱胡氏为了难，不知道是把钱放下来为是呢，还是把钱揣到身上去呢？望了贾多才，发出那不堪的淡笑。贾多才这就明白了她的意思了，向她点了点头道："那几块钱，你就带去吧，我也不在乎。"

张介夫也在旁边凑趣道："是呀！贾老爷有的是钱，这点儿钱他是不在乎的，你们拿了去吧。"这真是朱胡氏出于梦想以外的事情，立刻弯着腰向他道了两个万福。月英也是不曾受过人家这般厚惠的人，早是把两道紧锁的眉毛展开了，向贾多才笑道："多谢了。穷人只有沾老爷们一点儿光的。"贾多才想不到这钱一过手她也有说笑了，于是跟着后面也走出房来，低声笑道："你看看，我这个人不是很好说话的吗？假如你和我在一处多些时候，你就可以知道我是最好说话的人了。"月英看着他，然后低下头去，微微地一笑，将下唇抿起来，用牙微咬着。

贾多才有这个特别的嗜好，爱看女人羞答答的情形。月英既是做出这个样子来了，他就有些着了迷惑。当朱胡氏走了出来，随着月英走的时候，他也就跟了月英走。他站在这里是个闲人，主人也走了，客人也走了，张介夫站在这里有什么意思。所以他看到贾多才随在朱胡氏母女身后走去了，他不便惊动，也就悄悄地走回房里去。

这时，贾多才屋子里就剩着那两叠洋钱看守了桌子，比较的是清静了。可是在暗地里，却有个人情绪是特别紧张。原来这屋子是用木板隔开的，虽是凑合得很整齐，可是去建筑的日子久了，有了缝隙了。在那间屋子里，住着一个妇人，她闷住着无聊，找了一本起牙神数的书，在灯下看着。这边说话的声音，送到她耳朵里去，她很是惊奇。这分明是一种人肉买卖，若说到有钱可挣的话，这样的事谁不愿做？

那间屋里的主人翁是贾多才，由东方来的银行家，可不知道这位女人是谁。论起那位贾先生，自己曾接洽过一次，东方来的女人他瞧不起，现在这说话的女人，可是西方人口音，何以他很是爱慕？心里一奇怪，就到壁缝里张望起来，不想这壁缝，正和那桌子角成一直线，桌子角上的那堆洋钱，是看得最清楚的。由这堆银圆上，她忽然起了一番仇视之心，觉得有钱的人实在可恶，给人钱，就给人钱，不给人钱，就不给人钱，为什么摆了钱在那里馋人家呢？我若是那个卖身的女人，一定把那钱抢了过来，因为如此想着，她便老是在这里张望，把话听了下去。到了月英不肯将就，她暗暗地点头，觉得这个办法是对的。他既是用钱来勾引我们，我们也就可以把姿色去勾引他。后来月英走了，大家也跟着走了，屋子里并没有人。这女人忽然想到，这时候若溜进那房去，把那两叠洋钱拿过来，那是人不知鬼不觉的事，反正他不是个好人，让他破一点财，有什么要紧？

她的贪心一动，这就按捺不住，拉开房门，向外伸了身子张望着。这真是一个绝大机会，天棚下那盏汽油灯，恰在这时候灭了，黑黝黝的，谁瞧不见谁。她扶了墙壁，走到贾多才房门口来。这里只是放了门帘子，却不曾关门，由帘子下钻了进去，就直奔桌子角上去。可是说也奇怪，并没有什么人恐吓着她，她那两条腿立刻弹琵琶似的抖颤起来，距离那桌沿不过是一尺路，用尽了生平之力，竟是不能达到。

但是她心里明白，这是人家的屋子，那主人翁不过是送客去了，立刻就要回来的。若是只管在这里耽误，势必撞着那主人翁，那时钱拿不着事小，在西安城里，可就不能混下去了。主人翁至多是送客到大门口，说话就来的，还是赶快跑走为妙。心里想定了，一咬牙，把桌子沿扒住，立刻站了起来，随着将那两叠洋钱，不分多少，连纸皮一齐抓到手里。也来不及向袋里揣，事实上也是不能向袋里揣，于是扯起衣襟，将洋钱兜着。兜好了，将衣襟下摆的两角抄了起来，捏得紧紧地。虽是极端地恐怕了一阵子，这时可快活起来，总算捞着一笔分外财喜了。

想到这里，掉转身就要向外走，不料这一下子，反是吓得魂飞魄散。房门口站着一个人，两手伸开拦了去路。正是这间房里的主人翁贾多才老爷。他始而是瞪着两只眼睛向人望着。及至这女人脸上发青，呆呆地站着了的时候，他就扬着眉毛，微微地一笑。他嘴上虽是没有胡子，他为了表示得意起见，将手一摸下巴颏，笑道："我说是谁？原来是杨浣花小姐呀！自那天李士廉先生介绍见面之后，我们还没有二次交谈过呢。我桌上那钱，你兜着要带走吗？"杨浣花两手松着，那洋钱哗啦一声，全撒在地上。贾多才笑道："你除了卖身之外，还干这一手，我倒是想不到。这事你太对不住人了，你打算怎么办？"杨浣花看到他始终站在房门口，不肯让开，料得这事不妙。于是突然跪了下来，望着他垂泪道："贾先生，你不要嚷叫，你听我说，我实在是不得已，才做出这样的事来。我……"

这以下，她竟是说不下去，那泪珠如线穿着一般，只管向下流着。贾多才虽然很不愿意她这种行动，好在钱并没有偷去，也不必和她十分为难，便点点头道："有人到我屋子里来拿钱，要算是在太岁头上动土，你的胆子可算不小，不过你已经告饶了，我也不能只是为难你。你起来，先把撒在地上的洋钱全数捡起，回头我们再说话。"

杨浣花到了这时，只有听便别人的，自己是一点儿不能作难，就站起来鞠着躬道："只要你饶恕我，我什么事都肯做的，请你不要叫起来，保存我一点儿颜面。"贾多才点头："好的，我饶恕你，你放心把东西捡起来，我问你的话。"可怜到了这时，她哼都不敢了，爬在地上，把遗落在地上的洋钱一块块地捡起来，叠好了，放在桌上。因道："贾先生，你算一算吧？可不知道你的钱有多少？现在短了没有？"贾多才倒很同意她这句话，拿起钱来，自己一五一十数了，点头道："不过少一块钱。"杨浣花用手拍了衣襟道："我实在没有拿你的。"

贾多才微昂着头，沉吟了一会子道："也许落在床脚下，你不用管了，你坐下，我来问你话。"杨浣花本想随便坐在他床上，抬头看看他的颜色，紧绷得很是厉害，于是立刻抽回身子，在靠窗子的一张椅子上坐下。贾多才好像还是怕她走，就坐在房门口的这把椅子上，那妇人低了头，连连地把自己衣服的摆襟牵了两下。贾多才道："我和你无亲无故，无冤无仇，我的钱放在桌上，丝毫不犯你的事。为什么你要偷我的钱，是为了不得已，这有什么不得已呢？"

杨浣花道："先生，'饥寒起盗心'这句话，你总该知道吧？不瞒你说，我初到西安来的时候，住在旅馆里也是大把花的人，想不到一年的工夫，我就落魄到这种样子了。"贾多才道："你到西安来有一年了，为什么到西安来的呢？"杨浣花本来是抬头起来的了，被他这样地一问，又低下了头去。虽然她是连小偷儿的事都做过了，可是她依然红潮上脸，害起羞来。顿了一顿，她才继续着道："贾先生，你看我这种样子还配叫小姐吗？我早就嫁了人了。"贾多才道："你丈夫呢，不在西安吗？"

杨浣花道："我丈夫是个做生意的，在南京开了一家店，本也可以过日子的。也是我自己不好，无端想做太太，背了我丈夫，跟着一个姓连的，跑到西安来。据那个姓连的说，那是一到西安，就有官做的。可是到了西安三个月，差不多连官的面都见不到。他又不曾多带什么钱，到了西安之后，不到一个月，钱就用完了，打电报写快信，接二连三地，找南京、上海的朋友汇钱来接济，虽然也有几个朋友汇了钱来了，数目也很少。又在西安过了一个多月，实在是一点儿脚路都没有了，他就对我说，要到洛阳去找一个朋友，叫我在西安等着，准一个星期就回来。本来我知道他一个人的川资，都筹划不出来，怎样可以带我去？与其两个人困守在西安，活活地饿死，那倒不如让一个人出去想想法子为妙。所以他说要走，我是丝毫不留难，让他就这样地走了。哪里知道他一去之后，杳无信息，就把我丢在西安。我们一来，就是住在这里一家小旅馆里，虽听到说有家小西天，可是我一不请客，二不会朋友，并没有到这里来过。自那姓连的去了半个多月之后，是他的朋友，自南京给我来了个明信片，说他已经到广东去了，劝我不必在西安苦等了，早早地做回江南的计划。那时候，我得了这封信，又是害怕，又是生气，哭了半天。那旅馆里掌柜的，倒是个有良心的，他说：'事情已经到了这步田地，你要快快地想法子才对，胡乱地哭一场，能哭出什么道理来吗？'我说到了西安来，举目无亲，叫我到什么地方去想法子？就是那个姓连的，在西安认得几个人，人家同他没有什么关系，嫌他来得冒昧，早就不理他。我并不是他的女人，不过是让他骗了来的，人家更不会理我。那掌柜的又说，我果然是他骗了来的，人家倒可以原谅我，说是他的女人，人家倒不帮忙了。我想想，这话大概也是真的，就把这件事情，实实在在地去对他的朋友说，而且也到各旅馆去找东方来的人，好得一点儿机会。在那个时候起，我就到了小西天来了，也就在那个时候，我这人更跌下一步来了，在小西天遇到几个同乡，他们倒不怎样拒绝，叫我陪了他们烧烧烟，打打牌，三块两块的常常接济我一点儿用费。几个旅馆里，总是不断地，有东方人来的，新同乡介绍旧同乡，我就借了这点儿机会，在同乡里面混着，混到了现在。人家都叫我一声杨小姐，遮盖面子，其实……"她脸上惨伤着，那话又说不下去了。

贾多才笑道："你的话，不向下说，我也明白了，大概就是在陪人烧烧烟打打牌之外，还有些别的事情。那么，你也应该挣下几个钱了，为什么穷得做出这种事来？"杨浣花道："嘻！实在是我自己该死，因为陪人家烧烟，可以抽不花钱的烟，糊里糊涂地，我也就上了瘾了。本来我心里就十分难受，对人家说笑，都是勉强的。这种日子，比挨打挨骂还难过，到了去年秋天自己闹上了满身的暗病，脸上把烟一熏，更不好看了。一个月之内，也难碰到几回肯买我身体的人。比如上次，李先生介绍我和贾先生见面，我那样将就，贾先生都不要我，那不是一个明证？今天，也是有人在隔壁开了房间叫我来的。他看不中意，同我烧了一会子烟，先走了。我想房钱是已经付了，落得在这里睡上一晚，再等一点儿机会。不料无意之中，在壁缝里看到你那注钱。我没有饭吃，没有烟烧，还不要紧，只是我有个心口疼的毛病，三四天发作一次，实在忍受不住了。我在这南边小巷子里，本地人家里，租了一间房住，为的是省几个钱，但是也就太不方便，什么事都是自己一个人干，我这病发作起来，谁来伺候我？只有等死，而且那房东，他们也不愿租我住了。我真想找几个钱治病，能多找几个钱逃回江南去，那更是好。我在壁缝里看到你放在桌上的钱，那实在够我花着回家的了。假如我做一回贼，能偷了这些钱回家去改过自新，不也是一条活路吗？我知道你是不在乎这几个钱的，所以下手来拿，若是穷人，我也不肯动的呀。不过，我总是对先生不起的，你要怎样办我，我都愿意。我就剩这条身子，先生！"说着，她又哽咽着哭了。

第十一回

夜话凄凉生涯原是梦
履痕零乱风雨太欺人

大凡一个人，无论成功的时候，或者在失败的时候，那真情的流露，是最容易得别人同情的。杨浣花把偷钱的原因说了出来，贾多才的心，就软了一半。加上她又哭得凄惨，就不忍再说她了，便叹了一口气道："说起来，我们总是江南人，你流落在这地方，我们不能不携带你一点儿。可是你把实情对人说了，让人家规规矩矩帮你一点儿忙，不比你这样胡乱下身份，要好得多吗？"杨浣花将身子偏着，掏出手绢来，擦了一擦眼睛，因道："贾先生，你这话自然是对的。可是我也走过这条路，我虽然是背夫逃走出来的，那也不过一时之错，我并不是拿身体去换钱的人。无奈不……不……这样……"她说不下去了，哽咽着，又在瘦削的脸腮上，滚着两滴泪珠。

贾多才既是软了，也就觉得她越说越可怜，在她这样流泪的时候，也只有呆呆地看住了她。杨浣花是在社会上有些磨炼了，一看贾多才的样子，有些感动，心想只是对人哭，那没有什么意思。哭久了，也许还要讨人烦腻的。这样转了一个念头，她立刻就把眼泪擦去了，勉强地向贾多才笑道："贾先生，你饶了我吗？"贾多才道："我一不是法官，二不是警察，我有什么权柄，可以不饶你，刚才的事不必谈了，好在我也并没有什么损失。"杨浣花站起来道："既是这样说，我可以回去了。"

贾多才道："很晚了，西安城里，那是漆黑看不到路的。在我这里拿一支手电筒去吧。"杨浣花露着牙齿一笑道："我不用去，隔壁房间，已经付了钱，我明天上午才走呢。"说着，手扶了桌沿站定，做个犹豫的样子。见贾多才并没说什么，这才又道："贾先生，我今天晚上打搅你了。"说毕，又微微地一笑。见贾多才并没有说什么，低着头走了。

贾多才也没有动身，定着神，抽了两根烟卷，心里可就想着，这小西天饭店里，什么人都有，大门口点了两盏大汽油灯，旧式的骡车，普通人坐的人力车，大都市里的汽车，都杂乱地停着，显着很热闹。在门口经过的穷人，都想着怎么也能到这里面混混呢？他们可没有想到这里住着的人，舒服的也有，可是不如门外那些不能进来的穷人的，还多着呢。就说张介夫，他自负还是个小老爷，只因我答应给他写封信给高厅长，拉皮条的事，他也很告奋勇地来干，和他想想，未必不像这杨小姐，心里很难受。唉！人生吃饭难啰。

他心里是如此想着，不知不觉之间，也就把那个唉字，失声叹了出来，他是昂了头靠在椅子背上抽烟的，并不留心到身以外去。这时，却低低地有人道："贾先生，你心里很难过吗？"贾多才立刻坐好了，四处张望着，又没有人。正很奇怪，那细小的声音又道："贾先生，我在这壁缝里张望着你呢。你到我这边来坐坐，好吗？"贾多才这才知道杨浣花还在那里窥探自己，便向壁子点了个头道："不必了，我也睡觉了。"

浣花又笑道："你请过来吧，我还有两句话同你说，并不是要你帮钱。"贾多才听她如此说着，心想若是不到她屋子里去，也许她会跑过来的。因之口里答应，随着又走过这边屋子来了。这时，杨浣花已不是先前那副样子，脸上扑着粉，头发也梳得顺溜溜的，见人进来，含笑相迎，牵牵衣襟，似乎又有几分不好意思。贾多才以往看到杨浣花，就会引起一层恶感。现时在灯下看她那楚楚可怜的样子，也就不怎么厌恶了。倒先安慰着她道："刚才的事，那算是个梦，不必去放在心上了。你还有什么话说呢？"浣花坐在床上，远远地向他凝视着，微笑道："贾先生能不能够多坐一会子呢？我有长一点儿的话，同你说两句，可是我决不要你帮我什么款子。"

她又这样声明一句，接着做个可怜的微笑。贾多才这倒不忍再拒绝了，便点头笑道："你说吧，反正晚上是没事的，我就听听你的。"浣花又牵牵衣襟，微微咳嗽了两声，才道："我先说两个女人的故事你听听吧。第一个，是安徽……"贾多才笑道："你在西安的小西天，怎么想起安徽人的故事来了？"浣花道："因为也和我一样，是流落在西安的。她是个十八岁的小姑娘，雪白的皮肤，鹅蛋脸子，漆黑的头发，她是常常地到小西天来，贾先生或者看见过。"贾多才道："是个穿深绿绸短裙子的吗?"浣花道:"对了,是她,你不要看她那样,天天往旅馆里跑,她可是一位知书识字的小姐。"

贾多才哦了一声道:"她为什么爱向小西天跑,我看她好像做生意呀?"浣花道:"嘻!不要提起,所以我想到社会上的女子,脚跟站不稳,是很可怕的。这位小姐,父亲由前清就到西安来了,听说是个老官僚。这位小姐,是最小的一个,当然很疼爱,让她读书。可是不做官多年了,在西安遇过围城八个月的大难,接上又是两年大旱灾,家境也就穷得很可以。本打算回安徽原籍去,可是多年不通消息,不知已经怎么样。而且这里还有砖屋可住,第一就省下一笔房钱。这里生活程度是两样,过东方人的生活,比东方还要高,因为东西是由潼关外来的。过本地人生活,每日吃些锅块,喝点儿米汤,甚至于油盐都可以省了,一家人几块钱就可以混一个月。因为如此,所以他们迟疑了没有走,到了后来,索性要走也走不动,因为川资筹不出来了。这姑娘呢,还是往下念书。可是,摩登害了她了。这两年,交通便利了,东方的人,纷纷地向这里来,时装的女子,常常可以在街上碰到。小姑娘们,哪个不爱好看,也就跟着东方来的女人学。可是这就不容易了,一双皮鞋,由上海运到郑州,由郑州运到潼关,由潼关再运到西安,恐怕就要七八块钱一双,平常的人家,七八块钱,可以过一个月,谁肯买这样贵东西给小姑娘去穿?她们爱上了摩登,总是要学的,家里弄不到钱,就到外面去找,这小西天就是她们第一个找钱的地方。"

贾多才道:"原来如此。可是这不是报名投考的事,她们是怎样入门的呢?"浣花道:"这又是交坏朋友的坏处了。比如都是穷姑娘,谁也穿不起绸裙子、光皮鞋,可是其中有一两个突然地摩登起来,手表也有了,绸衣服也有了,丝袜子也有了。大家都少不得研究研究,这东西由哪里来的呢?日子久了,坏人不用引,就上了路。好的也是越看越红眼,一引就来。起初,大概也不想做生意,只不过弄两个钱,装束装束罢了。可是一上了钩,那就摆脱不了。"

说到这里,声音低了一低,走过来,和贾多才隔了桌面坐着很沉着地道:"就是这班茶房老爷,他就不会饶过她们。若是长得好看些的,更是拉拢。穷的女孩子,禁不住银钱来勾引她,来一回就可以弄几块钱,有什么不愿干?很好的姑娘,就为了想摩登,走上这条路。我说的那安徽女孩子，就是跑小西天里面的最红一个。人家就和她起了个名字，叫饭店皇后。一有了皇后的名字，这就不由她了，茶房差不多天天去找她。十几岁的孩子，那里受得住这糟蹋。我看，她似乎有病了，我和她谈过话，她说这是很苦的，已经干了一年这下流事情，想不干了，可是牵连的关系太多，不容她不干了。"

贾多才道："她这样大干，难道她家庭不知道吗？"浣花道："她穿得那样摩登，家里怎能不知道呢？以先家里未必愿他们小姐干这样的事。无如小姐回家去，总可以带几块钱来。家里穷了多年了，救穷要紧，只好随她去。到了现在，听说她父母也有些后悔，可是鸦片烟瘾已经很大，不让小姐出来，鸦片土就不能进大门，而且她搽脂抹粉，天天在外面跑，总有点儿坏名声，就是让她嫁人，也不容易嫁出去，只好一天挨一天向下过。加上这些坏人，把她父母包围了，他们一家也不容易跳出这个圈子。小姐这两个字，多么好听，可是骨子里，痛苦极了。"

贾多才笑道："杨小姐，你认得字吗？我听你说话，不少的新名词呢！"浣花道："认得字又怎么样？大学毕业生，不一样的是去当姨太太混饭吃吗？我若是不认识字，也许不至于流落到这地方来了。唉！"贾多才摇摇头笑道："这话就不对。女人不必认得字，那是以前的思想，现在不应该这样了。你暂且不要下什么批评，再说那第二个女人的故事，又是怎样呢？"

浣花道："第二个女人，那更是像我了。她是我的同乡，什么时候到西安来的，我不详细。不过在这里住得很久，说得一口很流利的西安话。就是本地人遇到她，不和她仔细谈起来，恐怕也不会晓得她是江南人吧！她家只有父母两个，早是和她订了婚的。不过她念过了几句书了。总觉得父母代订的婚事，就是好到了极点，也不能让人满足。因之她到了相当的岁数，并不出嫁。姊妹伴里，不少学起摩登来了的，穿了新式衣服，天天上戏馆子去听陕西梆子。这位小姐，也偶然跟着她们去过两回，觉得她们的生活实在是好。其中有一个，已经是做了姨太太了，上戏馆子听戏，是坐着自己家里的骡车。车棚子是蓝洋布的。四周垂着黑绸子的边沿，车把漆得光亮的，里面的坐褥垫得厚厚的，坐上车去，前面是一匹高大的骡子拉着车。车前面坐着一位穿制服的跟随，这就风光十足。她所想的也不过就是这一点点。可是打听得姨太太这个位子，不是一跳就跳上去的，还得先在小西天跑上几个月。我这位同乡小姐，她看到姊妹都这样地做过了，她有什么不可以做？忽然地也传染了上小西天这个毛病。总算是没有白跑，不到半个月，有了新料子的衣服，有了皮鞋和手表，有人陪了去看陕西梆子戏。差不多也就快到坐自用骡车的那一步上去了。就在那时，遇到了一位男同乡，把她带到开封去过了半年。大概是那位男同乡，不要她了，她只好又回到陕西来。可是去过了东方，更摩登了，自己要有钱，家庭也要用钱，只好再跑小西天，把身体零碎换些钱用。可是她丈夫家是个守旧人家，能容这件事吗？就把她的婚事退了。她呢，虽没有回过江南老家，到过比西安繁华好几倍的开封，她知道在东方做姨太太是怎样舒服。以前以为坐自用骡车，带上一个穿制服的跟随，那就了不得，现在知道，那是毫无足取的了。不过心里尽管看不起人，还得去敷衍那些看不起的人，才能够有饭吃，有衣穿，有大烟瘾过。我，就是这样，可是我想到无廉耻的事，绝对不能做了下去。老实说，卖身子是卖一点儿姿色，卖一点儿年轻，我一天比一天老了，我一天比一天难看了，再敷衍下去，我一定饿死在西安，不能回家乡了！"说到这里，她声音又哽咽住了，仿佛是说不下去。不过她立刻想到老是对人哭，那也没有意思，因之借故站起来倒茶，敬客一杯，自喝一杯，打个岔，把这事牵扯过去了。

贾多才听她的话，也是听出了神，这时，喝着茶，才把意识恢复过来。桌上的那盏煤油灯，大概是放的煤油灯芯短，不能尽量地吸出油来，因之光焰也不大，昏沉沉的，人影子都随着有些模糊，尤其是那惨厉的风声，又在墙外吹刮起来了，更增加了人心上一种不快，他默然着，杨浣花更是默然着。直待贾多才把那杯茶喝完，浣花才向他道："贾先生，你想想吧，我过的什么日子，想到别人的下场，哪里又敢把日子过了下去？嫁人这句话我不敢说了，有谁回江南去，短人伺候，我可以伺候他到江南去。到了江南，我一个工钱也不要别人开销，愿意自己回家去。"

贾多才听她所说的条件是这样低矮，倒越是显着她为人可怜，于是向她道："你所说的这个机会，倒也不怎样地难，我和你留心吧。"浣花道："我也很知道，像我这样的人，贾先生是看不上眼的。"自己说着，也就跟着红了脸。贾多才用手搔搔头发笑道："你这话太客气。你想想我们也不能乘人于危。好在……好在，我们……"他实在不能找出一句相当的话来继续下去了，就只管搔着自己的头发。

杨浣花绷着脸，接上又笑道："我也不是那样糊涂的人，这话我也不好意思跟了向下说，我知道，贾先生是很喜欢甘肃来的那位姑娘。我没有什么可以巴结你的，明天我去和你做个现成的媒人。本来女人的心事，也只有女人能知道，我照着她们心眼里的话说上两句，或者容易成功些。没有别的可说，将来喝过你的喜酒以后，我伺候你这位新太太回江南吧。"

贾多才笑道："你说到伺候两个字，有话我就不敢向下说了。不过你说女人是知道女人心事的，这个我是十分赞成。难得你是这样热心，明天就烦你和我跑上两趟了。"说着，抱住了拳头，拱了两拱手。浣花微笑道："跑两趟，要跑两趟做什么？就是跑一趟，我觉得力量就有余。"贾多才笑道："杨小姐自己相信有这种把握，那自然不会假，不过跑一趟的力量有余，那自然只用跑半趟了。请问这半趟是怎样的跑法呢？"浣花笑道："贾老爷你可不能同我咬字眼。你要同我咬字眼，我是不行。我的意思，也不过是说一去准成就是了。"说着，站到了桌边来，用手摸摸茶壶，笑道，"只管和贾老爷谈话，灯也暗了，茶也凉了，让我去叫茶房来，和你斟杯热茶喝吧。"贾多才笑道："我们谈得很有味，我们接着往下谈吧，要茶房跑来跑去做什么？"浣花也没有跟着说什么，只是靠住桌子站了微笑。

停了一停，她就由怀里掏出一只粉镜盒子来，打开了盒子盖，便将粉扑子蘸着粉，向脸上抹擦着。贾多才笑道："咦！西安也有这样东西？"浣花笑道："没有这些东西，要摩登的人，是怎样摩登起来呢？"贾多才道："这话不是那样说，因为有摩登的人物在西安，所以这摩登用品，就纷纷地向西安来了。"浣花笑道："那么，你还以为我是摩登的了。"说着，半回过头来，瞅了贾多才一笑。其实这个时候，那煤油灯的焰是更觉得昏暗了。她究竟是笑是哭，哪里分得出来？

依着她今日所说的话而论，她过的这种生活，是不应有笑容的，纵然对人有笑容，其实那也不是笑容，而是在对人哭。社会上谁能看出别人笑脸是哭？所以笑中带哭的人，一辈子只有笑中带哭的了。

这一晚上灯昏屋暗，风吹户动，也不知道杨、贾二人是谁哭谁笑。

不过到了次日，杨浣花衣装里，有了三块钱，她是比较地得了一点儿安慰，在西安这个都会里，还能够看出一些西北人刻苦精神来的，便是天色一亮，市民都起来了。若就在春天以后，睡过八点钟还不曾起床，这人必然有些异状。这天杨浣花睡到九点钟，方是醒过来，虚掩着的房门，被风吹得大开，凉习习的，连睡的帐子也有些飘荡。浣花立刻伸出头来，向外面看着，只见窗子外面，天色是阴沉沉的，仿佛太阳还不曾出土。浣花想着，自己好像睡得很熟，应当有更长的时间，何以天色还不曾出太阳呢？正凝视着，被冷风呛住嗓子，不觉连连咳嗽了两声。

茶房在门外伸头张望了一下，就轻轻地叫了一声道："杨小姐，该起来了，已经是九点多钟了。"浣花道："哦，九点多了，天下雨了吗？"茶房道："斜风细雨，昨天是闹了一晚上，你一点儿不知道吗？"浣花一面披衣起床，一面笑道："我真是一点儿都没有觉得。隔壁房子里的贾先生，起来了没有？"茶房笑道："他同你一样，也是睡得很香。"浣花立刻穿好了衣服，叫茶房送茶水进来，茶房进进出出，总是望了她微笑。

浣花道："你笑什么？你们都也得过我的好处的。你知道的，这几天我是穷得不得了，我不找两个钱用用怎么办？今天下雨，我不回去了，这屋子我还用一天。"茶房笑道："我又没说什么，你自己倒叽咕了一阵。你又何必开房间，你就搬到隔壁去住，不省下了这笔钱吗？"浣花道："你不必胡说，我是留在这里，要和贾先生做媒，并没有别的意思。"茶房道："你说的是西路来的那位小姑娘吗？早已说得有个七八成了，还要你做什么媒？"浣花微笑道："靠你们那种说法，哪一天得成功？我一说，马上就要喝喜酒的。"

只是这喜酒两个字还不曾说完，外面早有人接着道："喜酒总是要喝的。"说着话，那人已是走了进来，连连地向她拱两下手道："恭喜恭喜！"浣花看时，乃是李士廉。便笑道："你恭喜我做什么？做媒的人，不过是同别人跑跑腿。"李士廉笑道："你还同我装模糊呢，我已经早得了茶房的报告了。"

这时，茶房已经出去了，浣花红了脸，向他低声道："茶房同你报告的是些什么话？"李士廉笑道："你做了什么事，他就报告了什么话。"浣花总怕是报告自己偷钱的那件事，因道："他是说我到贾先生屋子去了吗？"李士廉笑道："他不是说你去了，却是说贾先生到了你屋子里来了。"浣花对于其他的事倒不想瞒着，便向李士廉笑道："不错，是有这件事，还多谢着你上次介绍啦。要不是你们介绍在先，那就到现在为止，我还是不认识贾先生的。"李士廉笑道："我知道你的目的，并不在于他的钱，你和他谈了一些什么条件呢？"

浣花道："唉！李先生你是饱人不知饿人饥。像我们这样的人，有人正眼儿看我们两下，已经是了不得，我们又怎敢再和人家谈什么条件？我这也不过哀求贾先生做点儿好事，顺便把我带回江南去。我没有什么报效他的，现在赶快就和他做媒。我想那朱家姑娘，总有她们的委屈之处，不便对男人说。我去了和她仔细一谈，把她的心事掏了出来，然后就可以知道，要怎样，她才可以心满意足，办得到，我们劝贾先生照办，办不到的，劝朱家姑娘松松手，这事不就成功了吗？"

李士廉道："你这话倒是不错。有些话，我们也想到了，可是不便去对女孩子说。她那个母亲不用提，根本是什么也不知道。那位胡家嫂子呢，她又想从中发上一笔财，丢了别人的事，倒要先说说她的价钱，这事情不说便罢，越说还是越麻烦。你的嘴倒是会说，我想，你肯出马，这事准成功。"浣花笑道："你怎么见得我的嘴会说呢？"李士廉且不作声，先向隔壁屋子努了一努嘴，这才低声细语道："这位先生，十二分精明，平常的人，是不容易说动心的，可是……"浣花向他连连地摇了几下手，又抿嘴微笑了一笑。这时，隔壁屋子里，已经有了响动，想必是贾多才已经起来了。李士廉有求于贾多才的事情还多着呢，所以他也不便老在这里说话，以至于犯了什么嫌疑，立刻轻步走出屋来，才放重了脚步向贾多才屋子里走去。随后杨浣花重施了一回脂粉，也向这边走来。

现在是白天的上午，大家都有朝气，昨晚上回肠荡气，那些凄凉缠绵的事，大概全忘了，大家又计议到朱月英姑娘身上去了。天上的雨丝，老是不停地向下落着，隔了玻璃窗子外的檐溜，牵着粗绳子也似，垂到地下，始终不断。便是玻璃上，也让水点打着，起了无数的浪纹。玻璃上层的水，兀自一行行地向下流着。

贾多才皱了眉道："在西安这地方，本来也就枯燥得要命。再加上下雨，大门是一步也不能出。这样长天日子，怎么混？"李士廉道：

"你忙什么？不是就要去说媒了吗？"贾多才笑道："你这话可有些不通。做媒也不过是一种希望，有什么法子可以调剂烦闷。"浣花瞅了他一眼，笑道："总可以的，没什么难……"在她说完了这八个字之后，立刻想到自己说的话太含混，不觉红了脸道，"李先生，你不用笑，我的话没有说完。我想着我去找那姑娘来，一定可以办到的。贾先生，你去叫几个菜，来点儿酒，吃得我高高兴兴地去说媒，好不好？而且，这也是做媒的人应当要求的。"贾多才听说，这就连声说好。笑着，就去拿桌上的纸笔，便有要开菜单子的意思。

李士廉摇手道："不忙，让杨小姐去把朱小姐请来了，大家在一块儿痛饮几杯，那不是更好吗？"浣花突然站起来笑道："好的，我就去，我知道，她们家就在这后头，一个钟头之内我准回来。你们看看我的。"说着，用手指了自己的鼻子尖，然后笑嘻嘻地走出来了。

可是这西安城里的地质，全是极细的黄土，在下过雨之后，不但是街上，就是人家院子里，也没有不是化烂得像糨糊一样。小西天前面，屋子外都有走廊，向后面走出后院去，那就要经过了大空阔的院子。在院子中间，虽也铺了一路砖块，无如这雨落得久而且大，将高处的浮土冲刷着向低处流，把这行砖块都也掩盖了，任凭放开脚步在石头上跳着走，可是脚落下去，还是留下很深的两行鞋印子。浣花手上，又不曾撑着伞，雨正下得牵丝一般，她跳过这个院子，由头上到脚底，已经没有一寸干的。

这个院子里面，还套着一个小院子，便是程志前住的所在。他也是感到十分无聊，站在廊檐下，由小门里向外看着雨势，他见一个时装女子，这样地在雨地里跳着，很可诧异，就不由得注意起来。只见她跳到后面屋檐下，并不停住，只顿顿脚，又把透湿的衣襟牵了两下，继续地走了。恰好有个茶房穿了套鞋，撑着雨伞，也向后面走去。志前便道："前面有个女客，在泥浆的地下走出去了，你何不将伞和她共撑了出去。"茶房微笑道："她愿意这样，由她去吧。"志前道："她为什么愿意这样？"茶房道："她抢着要去做媒呢。其实她和我借伞借鞋，也并不是借不到的，她要这样忙着去抢功，我们只好由她去了。"程志前道："做媒，替谁做媒呢？"茶房道："就是胡小脚家里住的那个小姑娘。"

志前听了这话，不由得一怔。心里想着，这一个可怜的女孩子，总

119

想挽救她。不想跑来跑去，她总跑不脱这群魔鬼的掌握。说媒，不知说给谁人。他这样沉吟着，颇有几分钟的犹豫，可是等他清醒过来的时候，那说话的茶房早已走远了。志前甚是后悔，没有向茶房问个清楚，究竟是谁人想这女孩子。自己沉吟了一会子，那雨阵里的斜风猛然刮了两阵大的，却把那雨丝直向门里面吹了来。脸上沾了潮气，就打了两个冷战，只好走回屋去。

在他这房后头，正有一个窗户，对了后座院子。他对于浣花做媒的这件事，却是有点儿注意，因之在屋子里踱来踱去，只管向后面窗子外看着。约莫有半小时之久，那胡小脚撑了雨伞，带着笑容来了。看那情形，说媒的事，有几分成功的希望。自己本当走出去，拦住了她，问个究竟。转念一想，昨天替朱月英介绍佣工，事情没有办妥，人家不免疑心。踱着步子，心里正考量着。可是等他考量完毕，胡嫂子已是早到贾多才那里去了，不多久的工夫，胡嫂子又回来了，那风正刮得大，伞已是撑不住，她将伞只撑了半开，举着撑在头上，很快地向后门走去。风大，雨自然是斜的，把她的衣服打湿不少。然而她并不介意，从从容容地走了。

志前想着，做媒也不是救火一般的事，何以这两个女人，一来一去都是在大雨里面，拼命地挣扎，这里面不能没有问题。反正下雨的天，也不能和朋友有什么接洽，这次一定要伏在窗子边，看个水落石出。他如此想着，就在屋子里行坐也不离开玻璃窗户。

果然地，又不到半点钟，有三个妇女来了。前面是胡嫂子和先去的那个妇人，共着一把伞。后面就是朱月英小姑娘，独自撑了一把伞。胡嫂子走着路，口里还不断地说话，隔了玻璃，那话音听不清楚。可是看到月英随在后面，也不断地应声，似乎在听着指挥。志前想着，在斜风细雨里匆匆忙忙地接洽，一定把月英带了来为止，莫不是有人要带了她离开西安。不过西安这地方，无论到什么地方去，都是陆路，一下了雨，轿子汽车骡子，全不能走，何必忙？除此之外，还有什么忙的必要呢？志前既是想不出这个理，就不肯放松，立刻从屋子里跑出来，在走廊下站着。他们在院子里，顺了铺的砖路，绕了屋角走，也是刚刚走过来。

可是这满院子浮泥，被这几位忙人，践踏得大小深浅到处是鞋子印，那条砖石铺的路，在许多鞋印中，也就无从分出，如何能走？先前看到那个女人，颠颠倒倒，走了出去，已经是可怜。然而她自己还是很高兴的。现在朱月英跟随在她们身后，紧紧地锁了两道眉毛，满脸都含了难堪的样子。虽然她是很注意地看着地上走，可是她每走一步，顿一顿，好像还有些不愿走的样子。因为她的精神，并不能贯注，脚在地上，也不着实。一阵大风来了，将她的伞，和她的衣服，统通的一卷，她的身子，就不能不随着这风势歪斜过去。身子向左，脚不免要向右去支立定了。不知道这脚底下的泥，正是容不得人使劲，脚的力量越足，那浮泥是越要滑动，再也不由月英做主，连人和伞，同时滚到泥浆里去。

　　志前看到，首先哎哟了一声。胡嫂子同杨浣花还是这一声哎哟惊动了的，立刻回转头来看时，月英将伞抛在一边，侧了身子在泥水里躺着。胡嫂子是双小脚，自身难保，就不能来扶人。杨浣花手上撑了一把伞呢，也腾不出手来，这倒只有对泥水里这个姑娘望着了。

第十二回

惭愧没衣裳垂帏避客
辛勤省膏火拂晓抄书

程志前虽是个思想很新的人，但是到了西安这种地方来，有许多所在，不能不谨慎一二。像朱月英姑娘，是一个封建社会里出来的女孩子，照理是和男人说话，都不可能的。现在只因穷得无可奈何，只好出面来和男子们周旋。所以自己虽然十分地和她表同情，念到她是无可奈何的这一点上去，那就不能去接近她。因为想到她面子上敷衍人，心里必定是难过的。他是这样想，总对了月英持这个态度。这时看到月英被风雨所迫，直栽到泥里去。前面的杨浣花和胡嫂子只嚷着干着急，并不能弯身来搀扶她。

志前实在也忍耐不住了，于是抢步向前，也不管是泥里雨里，直跳到月英面前去。弯着腰两手在她胁下捏住，提了起来，带扶带推，把她送到了走廊下，正色道："仔细受了感冒，赶快到我房里，把湿衣脱下来，叫茶房回家里去取衣服来换，我在这廊子下等着你。"月英摔了一个筋斗，已经是害臊，加上让人提了起来，扶到走廊下，好像自己倒成了个小孩，立刻便把自己的脸皮涨得像猪血灌了似的。杨浣花和胡嫂子也走过来了，看到她全身泥水淋漓，都不免皱了眉。

胡嫂子道："你一个大脚的，倒不如小脚的，我不摔倒，你怎么倒摔倒了呢？"浣花道："前面贾老爷等着你吃顿饭，你偏是弄得这一份样子，这是怎么好？你要知道我们浑身雨水淋漓，并不是想图着什么，都是为着和你找一条出路，好安身立命。你弄成这个样子，真叫我们为难。"志前听她说话带南方口音，又是这样的装束，和人干这样的事，也就看出她的为人来了。因笑道："这位大嫂，你说这话，可有些不能体谅人家。她若是不患疯病，为什么好好地要摔到水里面去？这是她自己也不愿意的事，你何必怪她？"

杨浣花向志前瞟了一眼，觉得这人倒也不俗，虽是受了他两句言语，也不必生气，因笑道："你先生有所不知，她所剩的就是这身上穿的衣服，现在上下全湿，到哪里去找衣服来换？那还罢了，同人家订好了的约会，也就去不成了。"志前笑道："约会耽误了不要紧，若不和她换衣服，天气这样凉，恐怕会生病，人的皮肉并不是铁打的，若是这样冰冷的泥水，久浸在二位身上，二位怎么样呢。"他不说这样的话倒不要紧，一说过之后，月英哇的一声，哭了出来。哭的时候，胸脯一起一落，两只肩膀只管扛抬着。志前退了两步道："姑娘你这不是办法，倒好像是我把话引逗着你哭的了。"

月英也是被他说得不好意思，就掀起一片透湿的衣襟，揉擦着眼睛。志前道："你这不是尽哭的事。你果然没有衣服，哪怕先借两件不合身的衣服也可以。就算找不着女人的衣服，暂借男子的衣服穿，也未见得碍事，总比这周身湿透了强得多。"他这样说着话时，月英站的所在，被她身上的积水流了下来，在地面上滴了一个湿的圈圈。

志前低头向脚下水圈子看看，胡嫂子究竟是月英的舅娘，看了这样子，也有些不忍心，便道："你就听程老爷的话，到他屋里去躲躲吧。我到前面去和你说一声，说你不能来了。我想你真是跌了一身透湿，你不去，贾老爷也不能怪你。我和你出个主意，你和茶房要一床被，脱下衣服，把身子一卷，我去替你把衣服烤干了，再来接你。"志前道："何必向茶房借一床被呢？你就到我房里去，把房门关上，把帐子放下，钻到我被里睡去就是了，我不进房。"胡嫂子道："她关了房门，她的衣服怎么拿出来呢？"志前道："我不过这样地说，并不要你这样办。我现在到朋友屋子里去坐坐，你就到我房里去吧。"说时，叫了茶房告诉了一声，竟自冒雨走向前院去了。

浣花听着，都不免受了一番感动，想不到小西天饭店里会有这样好的人。他所住的房子，在这里也可说是头等房间了，可是他自己走开，并不怕人睡脏了他的被褥，也不怕人偷他的东西。于是向月英道："你就这样到前面去，恐怕贾老爷那床，也不肯让你睡。难得这位先生的好意，你就去把湿衣服脱了下来吧。我自会到贾老爷那里去和你说的。"

于是杨浣花向前面贾多才去回信。胡嫂子将月英送到志前屋子里去。茶房同胡嫂子本是熟人，这又有志前当面交代过，落得做了个好

123

人，所以毫不干涉，让他们走到屋子里去了。月英一身水淋淋地走进人家屋子，身上是不是冷，这且不去理会，只觉上下两排牙齿，吱咯咯吱，整个儿厮打。胡嫂子看了她这周身打战，也是有些不忍，于是帮同着她解了衣扣，就放下志前的帐子。月英走到帐子里去，把全身鞋袜衣服，一齐脱干净了。展开了棉被，人就向里面一钻。自然，她是将全身卷得紧紧的，然而身上是雨水冰久了，兀自抖颤个不了。胡嫂子将她脱下来的衣服鞋袜，卷成了一大卷，于是向她道："你好好地在这床上舒服一会子吧，我把这些东西拿去烘烤。我把门朝外扣上，别人也就不会进来的了。"月英在帐子里抖颤着道："你快些来吧，我在这里睡着了，可有些害怕。"胡嫂子道："这叫鬼话了。青天白日，又关了门放了帐子，你还怕些什么？"她说着这话，人向外走，可就把门向外带着，而且扣起来了。

月英生平也没有睡过这样和软的被褥，不到十分钟之久，周身温暖过来，于是举目四观，这帐子是怎样做成的。在甘肃长了这样大，一半睡在窑洞子里。虽有一半，是睡房的年月，可是房屋里面，只有一张土炕。土炕的点缀，是上面铺着羊毛毡子，炕下的眼里烧着马粪，终身能有一条棉被盖着，那已经是上等的享受，帐子这样的东西虽也听到人说过，是什么样子，却没有看见过。现在居然也有实用这帐子的一天了。这帐子是好，固然风吹不进来，就是有什么虫子，也飞不到脸上，可以安心睡觉。

她正这样地出着神去玩味这帐子的好处，却听到门外的搭扣，卜突一下响。心里也就想着，必是那位程老爷回来了。自己赤着身子，睡在人家被里，一点儿遮掩的东西也没有，若是人家走进来，还是理会人家呢，还是不理会人家呢？当她这样地想时，门开了，人已经走了进来。隔了蚊帐一看，却是到程志前这里来补习功课的王北海。

年纪轻的人，总是喜欢年纪轻的人的。自从那次和北海相遇，月英就存着一种感想，觉得这人不错。今天赤身睡在人家被笼里，偏偏是他到了，可说是巧极，立刻身上一阵热气由脚顶心直透到脸上来。王北海走进屋来，见帐子是放下来的，而房门又朝外虚搭着，似乎程先生不睡在床上，若睡在床上岂有门在外面扣着之理。再看看床底下，也并没有鞋子，这更可以明白，床上是空的，他一点儿也不犹豫，直向床边走来，正待伸着手去掀帐子，月英在里面是看得清楚，情不自禁地哇地叫了出来。

王北海猛地一惊，吓得将身子倒退了两步。先怔了一怔，然后又退了两步，心里可就想着这分明是个女人的声音。程先生那样循规蹈矩的人，他的床上会躺着女人，这可是奇事。他既然不在屋子里，我在这里也不方便，还是出去，依然把门扣搭了，只当没有进来，不要说破了这事，程先生怪难为情的。他如此地想着，人向外走，刚出房门，就碰到了一个茶房，于是低声笑道："程先生屋子里，怎么有个女人睡在床上。"那茶房恰是个多事的人，就把月英摔在泥水里，暂时在这里躲避，等候换衣服的经过，说了一遍。

北海听说是月英在这里，自己也感到脸上有些发烧。他就想着，这是什么缘故？程先生让她睡在自己床上，自己倒躲了开去，假如有个有身份的生朋友来了，岂不要发生误会？不管什么嫌疑了，我得坐在这屋子里看功课，假如有人来了，我也可以替程先生分说分说。他如此想着，又走进房去，也不管床上的人，自在进门靠窗户的桌子边坐下，将带来的书本在桌上摊开来看。

月英在帐子里面，向外看得清楚，明知王北海这个人是很规矩的，不会有什么举动，不过自己一丝不挂，睡在别人床上，这总是很害臊的事情。自己心神不安，只管在床上翻来覆去。北海这倒有些忍耐不住了，于是向帐子里面道："里面是朱姑娘吗？你是不是受了感冒了？"月英不好意思答应，依旧是默然地躺着。北海见桌上放着暖水瓶，用手捧时，瓶子很沉重，自然是里面盛得有水。便道："朱姑娘，这里有热水，我倒一杯给你喝，好吗？"月英见人家如此地殷勤，不好意思再不理会了，便答应着不敢当。北海于是搬了个方凳子，放到床面前，就倒了一大杯热水，加上茶壶里的茶卤，小小心心地，给她放到方凳上。这就向帐子里笑道："你自己拿着喝吧。"

月英颇也口渴，这就由帐门里伸出手臂来，将茶杯端了进去。喝完了，依然把手臂送了杯子出来。两只手臂在帐门子里一进一出，这让北海没有心看到书本上去了，只不住向帐子望着。因道："你老睡在程先生床上，也不是办法，你总要催家里人快些拿衣服来换才好。"月英道："我哪有衣服换呢？我舅母把湿衣拿去烘烤去了，烘干了，自然会拿来的。"北海道："上次我看你穿的衣服，式样很新，就只有那么一身吗？"月英道："那是这里茶房给借来的。"北海道："既是这里茶房给借的，你本来还有一套衣服呢？"月英道："那套衣服，也是我们从西方来，在平凉遇到了一个大官，赏给我们三代的。我自己原来穿的衣服，破得穿不上身子。"

她提到了由西方来的这一层上去，这正打动了北海的心事，因为有许多问题，都纳闷在心里的，今天好问上一问了。因道："我倒想起一件事来了。朱姑娘，你在甘肃住得好好的，为什么要向这里来？"月英道："也无非是日子过不下去呀。一家三代，都是女子，又是怎样了局？我们听说舅舅在西安唱戏呢，就投到这里来了，不想舅舅死了好久了。"北海道："一个唱戏的，每月所挣也是很有限的钱，他就是还在，我想他也养活不起你这样一家三口。"

月英道："我们也是知道的，不过我们也有我们的打算，只要舅舅给我们做三分主就行了。"北海道："这样看起来，你娘和你祖母的意思，也不一定要跟了人到东方去的，就是西安有地方可以安身立命，也就不走了。"月英道："那是自然。我们湖南老家，虽说还有些田产，两代没有回家了，一个人又不认得回去，也不见得有出路。所以我们虽是有回老家的一条路子，但是也不敢放了胆走。"

北海坐不住了，放下了书本，在屋子里来回地踱着步子，因道："和你提亲的那些人，说的有些消息了吗？"他口里如此说时，脸也不敢向帐子看看。月英对于贾多才那班人当面谈婚姻，那是处于无可奈何的地位，只好碍了面子硬挺，老实说自己是不把这些人看在眼里的。至于王北海呢，都是年岁相当的人，也不知什么缘故，见了这种人就有些害臊，现在让他当面来问，虽是藏在帐子里被褥里了，依然是十分不好意思，却并没有答出一个字来。北海道："我听到茶房说，前面有人请你吃饭，这是真事吗？"月英道："是真的。穷人那是没有法子的。"她这种解释，自然是不大好明了，不过北海好像很懂得她的意思所在似的，就深深地替她叹了一口气。只在这时，房门外有一阵人声喧哗，已经有了程志前的声音在内。北海也不解为什么自己要心虚，面孔就立刻红了起来了。

程志前为了月英的事，费了很大的周折，居然在账房里借了几件女人的衣裤拿了来，他后面就跟着杨浣花、胡嫂子和那位挂冠来省的周有容县长。所以那脚步声和说话声，都透着很杂乱。志前进门后见北海站在书桌前，笑道："北海，你不知道帐子里面，藏着有一个人吗？"北海道："知道的。我也正为了有一个人在里面，恐怕程先生来了客的时候，会引起误会，所以我在这里替先生看守着客。"程志前笑着点点头道："你的意思，算是不坏。"说着他将夹在胁下的一包衣服，交给了胡嫂子，因道，"这衣服就由你交给她去穿了。"

胡嫂子捧了衣服向床面前走，手一抬，正想去掀帐子，月英看到屋子里有这些个人，是何能容许她这样做，在床上滚着，口里怪叫起来。杨浣花笑道："人家是由西方来的姑娘，很重旧道德的，叫她当了许多人在屋子里换衣服，当然是不肯。"志前道："还有帐子呢，要什么紧。"杨浣花道："在帐子里看帐子外边，那是很清楚的。她以为外面看里面，也是这样，所以不肯换。"志前道："现在雨也住了，我们三个男人，躲开一边去得了。"周有容道："那就到我屋里去坐坐吧。这位王家小兄弟，实在用功，这样的雨天还是照样地来补习，倒不要耽误了他的功课，就带了书一块儿到我那里去补习。我自己也找份报看，决不妨碍你们的事。"

志前很同意周有容的主张，于是向王北海招了招手，北海在今天这种情形之下，实在没有心去补习功课。不过先生招手叫他去，且带了书本。到了周有容屋子里，首先所看到便是大大小小叠了很高的一堆报纸，于此，可以想到他是很关心时事的人。周有容两手将桌上的报纸一抱，放到墙角落里去，笑道："现在桌子宽敞了，你们可以工作了。"北海道："那也不忙，等一会儿到程先生屋子里去补习也可以的。"

周有容道："大概你是不能安心在我这里看书听讲。其实现在的时代不同了，像古人一样，要找到深山幽谷里去念书，已经不可能了。一来是现在念的书，以科学为基础，不但要先生说明，而且还要仪器来实验。二来读书做官，不是现在的事，现在是要学技能到社会上去谋生活。人到了社会上，随处也要和人群接触，而且现代社会很复杂的，一个公司里的办公室，往往有几十个人在一处办事。若是下笔列表作稿，不在读书的时候就练习了不怕人吵扰，到那个时候，就有些无从下手了。所以我最不赞成古人下帷读书那个办法。"志前道："你的话是很对的，不过北海并不是怕你吵了他，却是怕他吵了你。"周有容道："我最赞成用功的年轻人，我是不怕人家读书来吵我的。"

程志前道："这样说来，你倒是位热心教育的同志，我倒有关于西北教育的几个问题，和你老哥讨论讨论，你可肯赐教？"这两句话，提起了有容的兴趣，不要王北海补习功课了。他两人是各坐了桌子一方的，他也就拖了椅子，坐在正面，掀着衣袖道："赐教两个字说不到，我们来研究研究。程君是到这里来考查教育的，你先把你的感想说给我听听。"

志前道："整个儿教育，说起来，那话就太长了，还是说几个有趣味的问题吧。我向西去，是一直到了青海、宁夏的，那种地方，当然说不到教育，就是这西去不远二三百里，我到了一个县城。这县是很荒凉的，站在高处，人家的屋脊，可以一望之下，口里报出数目来。但是究竟是个县城，不能不有一所学校。在一所古庙大门外，去了庙额，也像东方一样，蓝底子白字，悬了一块校牌，写着县立第一小学，当时我进去参观，在庙门口碰到一位三十附近的人，穿了蓝布袄裤，身上不少的墨水点。头上光头，没有辫子和半边颈的长头发，在这里，就是个读书的人。我就对他说，我是来参观的，阁下是不是这里的教职员？可是他的答复，却出乎我意料之外，他却是这里的学生。我也知道西北的学生，是不可以论年龄的，但是年龄要相差到这个样子远，那是我未到此以前，所不相信的。他听说我是来参观的，又看看我身上穿的，脚上穿的，他疑心我是省委考查成绩来了，赶快进去报告，把校长和教员请了出来。在理，小学生都是偌大年纪，教员应该是一个老头子才对的。可是走出来了，又是意外，那校长不过二十多岁，教员也相差无几。我向他们说了来意，校长很谦逊，说是值不得一看。我又说，正是要把内地办教育困苦的情况，介绍到外面去，好得着国人一种帮助。他见我的态度，果然是很诚恳，才引了我进去。那一切组织的简陋情形，就全不必去说了，及至坐下来一谈，才知道全校里里外外，就是这位校长和教员两个人。另有一个工友，连门房同厨房，都包办了。因为这是一所古庙，教室倒有三个。然而一批二十上下年纪的小学生，他们并不在课堂上上课，各人捧了一本线装书，有的在院子里徘徊，有的在屋檐下土阶上高声朗诵。或者念'山不在高，有仙则名'。或者念'孟子见梁惠

128

王，王曰叟'。还有两个八九岁的孩子，带走带跳，大声念着'骆驼、大车、书包、马、牛'，原来在念幼稚园里用的看图识字。这便算是改良私塾，也有些不对，绝不能满院子跑着念书呀！这课堂又要它何用？"

周有容笑道："我在陕西做了快一年的县长，倒不知道内地教育是这种情形，秩序是这个样子坏，他那校长向你怎样地表示呢？"志前道："我想着，他们也许是习惯成自然，不怎么以为奇怪了。当时，我微微地向那校长，吐露了这一点儿意思。据他说，桌椅非常地缺乏，学生除了在课堂读书而外，没有相当的地方。若是终日让他们坐在教室里，那读书的方法，又未免太旧了。不得已，只好让他们在院子里念。他这样说了，我倒有些疑惑，难道真的连桌椅都发生问题，若果然如此，这西北的教育，也就难言之矣。因此我请了校长，陪着我在全校参观了一下。其实，这里只有两个教室上课，另一个还是空的，只有一个土砖砌的讲台而已。那两个教室，一个是高年级学生上课的，里面的长条桌子，桌面是木板的，桌子腿就改用土砖砌上的了。一个是低年级学生上课的，桌椅虽十分破旧，却也和普通小学里用的桌椅差不多。只是这个课堂，根本就可以不要。据他说，这校低级班的学生，统共只有五个人，一个是教员的儿子，两个是校长的儿子和侄子，仅仅另外两个十来岁的学生，是招考来的。然而还是他们的哥哥在高年级班读书，要不然，连这两个学生都不能够有。"

周有容道："一县之大，难道找来三十名念书的孩子找不到？"志前笑道："周县长，你这一县之大的大字，安置得好。正因为是大，而人口太少，一个村落，不过几户人家，要相隔十几里，试问不上十岁的孩子，怎样好来念书？这是一桩环境使然的事，真叫人没有办法。有了这层缘故，我们可以知道，学生都把年龄耽误到很大，那不是随便可以纠正过来的。"

周有容道："课堂都是这样的简单，当然在课堂以外的设备，那完全会谈不到的了。"志前摇摇头道："说到这一层，真可以替西北人掉泪。他们是所有读书的工具，一言以蔽之，缺乏！还能谈到什么设备。在我和校长谈话以后一小时，那教员上课堂教算术去了。他教的是算式里面诸等，我看他解释一吨合多少斤，更合多少两这一层，就费了很大的劲，在黑板上抄着。学生呢，比他更忙，原来没有书，大家都是用本子去抄的。可是学生既要听讲，又要抄书，万万来不及，因之他们只好等讲过一段之后才开始去抄。在学生抄书的时候，先生就停止不讲。最后一段，先生讲完了，便下了课，学生因天色已晚，也来不及抄，就把课堂关上，为着是保留那黑板上的粉笔字明天再抄，免得蹭擦掉了。当时我也告辞走开，约了明天再谈。但是我的好奇心重，第二日起个绝早，特意赶到他们上第一堂课的时候去看看，以便证实他们是否按时上课。好在他那里也没有门房，只要大门是开的，我就可以坦然地走了进去。西北人是最能早起的，所以我虽是起了绝早去的，他们也是打开了大门的。我这一进去，又让我看到一件奇怪的事，就是这学生们，有三四个人，伏在土阶上，将铅笔写字，近去看时，乃是拿了别人的抄本，照样抄上自己的抄本。我就问他为什么这样一早就抄书？他说：'到了上午，同学自己要用抄的本子，就不能借给别人抄了。'我说：'为什么不到课堂上去抄呢？'他说：'课堂上的朋友，正在抄黑板上的算式，分开来抄，免得搅乱在一处。'我说：'你睡觉的屋子里也可以抄呀？'他说：'屋子里太黑，看不见抄书。而且一屋子里有七八个人睡觉，只有两张凳子，一张小桌子，也不能坐许多人。'他这不是假话。他们有一部分人住在窑洞里，其黑可知。那位住在房屋里的，小小的窗户，再蒙上一块蓝布，实在也和窑洞黑得差不多，因为玻璃这样东西，是西方缺少之物，大家窗户上，绝对谈不到用玻璃。若是用纸来糊窗户吧，无奈又是刮风的日子太多，每刮一场风，可以把窗户纸吹个稀烂。"

周有容笑道："你这有一点儿形容过甚。我们东方，也有刮大风的日子，不见得有了风，窗纸都不能存在。"志前道："我的县长，你是在有树木的地方做老爷，哪知道无树木的地方，人民盖房子，是尽量地节省木料呢？他们的窗户，绝不能像东方房屋里的窗户，用精细的木料，做那紧密的窗格子。他们的窗户，根本是墙上一个四方窟窿。就是有用木料做的格子，也是尺来见方的一格，试问这上面糊着纸，风刮得破刮不破呢？说到这层，我还闹了一个笑话呢。就是我向那学生说，既是屋子里黑，点上灯在屋子里抄，不比在外面强得多吗？事后经人家点破，真是一句何不食肉糜的笑话。那校长为让我明白屋里不点灯的缘故，特意让我晚半天再去一趟。在暮色苍茫的时候，总算让我赶到了他们的晚饭。不过那校长料定了我不能吃那苦，竟是不曾约我吃饭。那些学生们，像是很匆忙，各人赶着到厨房里去，拿一碗小米汤出来。另一只手拿了黑馍，咬一口，喝一口小米汤，就在院子里用他们的晚餐。这我就明白了，他们为什么要抢吃饭，正为的是要抢这一点苍茫的晚光，免得在灯下吃饭。晚饭以后，二十来个学生所住的屋子里，统共只有三盏灯，分在三个窗户里放出那淡黄色的光来。我索性到学生宿舍里去看看，看到他们炕上那破旧的被褥，在细小的灯光下照着，仿佛就让人感到一种凄凉的意味。"

周有容道："二十多个学生，共两三盏煤油灯，这自然是不能念书，但不知道这灯油是归学生自办呢，还是出在学校里呢？"志前道："这个我却不知道。不过根据着大家这样节省灯油看来，当然灯火是学生自备的。你想想，他们吃饭，连菜蔬也不预备一样，还肯多用钱买灯油点吗？他们不买油，学校里也不买油，结果就弄得大家摸黑坐着了。天一黑了，时间就白费了，那也觉得可惜，所以他们就因地制宜地，老早地睡觉，天一发亮，就起床做事。"

王北海在旁边听到，始终不作声，现在志前已经说完，他就忍不住插嘴了，因笑道："程先生说到内地学生苦，当然，是在西安学生以上。可是吃饭咬黑馍，喝小米汤，不用菜蔬，这或者不苦。"

志前一拍腿笑道："啊！我忘了你也是那样的。不过像你这样的学生，在西安城里，总不过是一部分，然而我所说的这个学校，全体学生可都是一样呢。再说，想读夜书，摸不着灯光，这样的痛苦你也总不至于有。所以那天我在那小学参观以后，发生了无穷的感慨。觉得从事教育的人，自己不到民间去，坐在通都大邑，谈些教育理论，想些教育计划，那有什么用？好像我说的这小学，那问题就太多了，怎样子不必让他们抄书读？怎样子免了他们天黑就睡，天亮就起来抄书？这就是第一步实施教育的办法。可是我想教育行政长官，他也不会梦想到县城里的县立小学，有这种现象吧？我现在有点儿小小的志愿，打算邀合一些同志，编辑那带地方性的教科书，以及成人教育的书籍。你想，那二十多岁的人，让他受儿童教育，生活在西北高原上的人，让生长江南的编辑先生，在书上告诉他一些江南社会的情形，那怎能适宜？"

周有容昂着头向了屋顶，叹了一口长气，然后向志前道："程先生，你是有心人。可是有什么用？比如我，虽不是贤吏，至少也不是贪官，

131

可是我就让八大爷打跑了。我一肚做县长的计划，一样没办，只是和人家筹了大半年的军饷。"说毕，又叹了口气。

志前道："现在各省军人，都有些觉悟了，政治或者在不久有上轨道的一天……"周有容伸手将脸用劲一抹，表示着把刚才的话取消，笑道："不要提到我，还是说你的吧。说了半天，你都是说到学生方面的，关于先生方面的，又是怎么样呢?"志前想了想，微笑道："我们同在陕北作客，究竟还有不能明了之处，关于这一层，请我们这位老弟报告吧。他有亲戚在内地教书，他可以报告一点儿材料。"说着，望了王北海。他在未说话之前，竟也是先叹一口气，似乎说出来，又是一篇凄楚文章呢。

第十三回

作嫁固难卖身怜商品
为奴亦乐破产说农家

当程志前和周有容谈到了西北师资的时候，王北海这小伙子，却是在旁边深深地叹了一口气。周有容笑道："没有报告之前，这小兄弟倒先叹了一口气，这里，自然有一种难堪之处，就请你慢慢地说吧。"王北海道："我没有说之先，要请两位先生明了的，就是西北这地方，本来吃饭也有问题，哪里还谈到教育经费。所以教员待遇微薄，那并不是哪一方面要负的责任。"

志前笑道："你这孩子，将来可以当新闻记者。为了免着得罪人起见，先来上这样一个帽子。那么，帽子有了，你就说吧。"北海笑了一笑道："我们谈到的是小学，就说小学教员吧。当然在交通便利，或者地产富足的所在，学校里面，自然有校长，有级任，教员都准备得相当充足。但是这在全省，只是极少数的部分，除此以外，那就不堪一提了。普通小学教员的薪金，总在三十块钱以上。可是西北地方，有那很穷的几县，小学教员的一年，也挣不了三十块钱。我那位亲戚，原先在一个外县小学里，每月挣八块钱，后来经费不够，减到每月六块钱。因为那县城交通还是相当的便利，这六块钱一个月的教员，钻营的，还是非常的多。结果，我那亲戚饭碗不稳，自己见机而作，向校长告辞，由甲县调到了乙县。这县的穷，又在甲县之上，而且他又是派到一个县镇小学里去。那薪水之小，小得会让东方人笑掉牙齿，原来是两块大洋一个月。"

周有容道："我虽然在陕西有这样久了，可是我想不到小学教员，竟是有这样的苦。但是这里面就有了问题了。试问这两块钱一个月，还是够喝水够吃锅块？他就是十分省俭，反正不能饿了肚皮来教书。"北海道："自然薪水少到只有两块钱一个月，不能再叫教员自备伙食。其实那乡村里的伙食，每月也不过两块来钱。统共算起来，连薪水带伙食，大约是五块钱不到。试问，这还算得到什么待遇？我那亲戚，教了一个学期，觉得这和讨饭也相去无几，到后来他毅然决然的，还是辞职不干了。"

志前道："他辞职不干，有别人接手没有呢？"北海道："当然有。"周有容笑道："令亲不肯讨饭，别人就肯讨饭吗？"北海笑道："这里自然也有点儿资格问题，我那亲戚究竟在中学混过两年，他觉得去挣两块钱一个月不合算。可是有那没进过中学门的，他们在西北挣两块钱一个月，那就颇为合算。"志前道："你说到没有进过中学门的，难道小学的毕业生，也可以出来当教员吗？"

北海笑道："这话要分别来说。固然没有进中学门就显着不大合格，有些便是连小学的门也没有踏进去，完全会几句诗云子曰的，一般也要出来教书。这并非地方上对于教员不加审查，根本上就因为内地没有这种人才。若是不用这种念旧书的人，恐怕就要无人来教了。所以有些地方上的青年，替自己的出路打算，和地方上人识字打算，他们也并不做什么远大的计划。跑到县立小学去混上两三年，学些地理历史珠算笔算之类，这就可以下乡去领导那些不识字的人了。这是没有法子的事，试问真正造就了一个小学师资的人，谁肯到那乡下去挣两块钱一个月的薪金？所以那样师资困难，绝不是哪一县的问题，这就在乎省教育当局要怎样找出一个整个的计划，来振兴一下，才有上轨道的希望。好在西安城里，已经办小学教员训练所了，也许在一两年之后，可以把这些困难情形，慢慢地减少了。"

有容听完之后，站起来反过手在头上打了两下爆栗，笑道："该打该打！我在陕西当了一年的县长，想不到下层教员，有这样的困难，我这个县老爷这就该丢纱帽子，何至于等到今天，才挨了打辞职。"志前笑道："不要谈了吧，谈来谈去，又引起了周县长一番牢骚。大概那位朱姑娘，衣服也都换得齐整早已走了，房门没有锁，我应当回去看看。北海还是到我屋子里去，让我给你补课吧。"北海听说，就拿起书包来站着。

周有容正谈得很是有劲，他们突然地说走，这可扫兴不少，然而又不便强留着人家谈天。他就向二人微笑着道："我大概在此地不久了，将来回到了江南，第一件事，我就是把此地的困苦情形，向江南人去报告，我不敢说和西北人帮多少忙，至少可以阻止许多钻官虫向这里跑了，所以我愿意多得一点儿报告。"程志前笑道："你这话可是小西天的主人翁所不愿意听的。到西北来求官的人，十停有五六停的人，是住在小西天的。你拦阻他们不来，这里的生意要大为减色了。"他带说着话，带走出了房门，周有容还是恋恋不舍，直跟着送到后院子里来，方始回去。

程志前因为只管和周有容说话，走着路是很缓，就落后了几步，王北海他太年轻，不知道什么考量，匆匆地就向程志前屋子里钻了进去。他径直地向里冲，却不曾理会到眼前，因之当面有人，也不曾看到，只觉胸前一碰，人几乎是向后面倒栽出来。赶快手扶门框站定，正是那朱月英姑娘，低了头向外走，这一脑袋，不偏不斜，撞在北海的胸前，她退后了两步，向着北海看了一下，然后微鞠着躬，红了脸，有一句话，想说了出来，可是看到北海身后，还是有人跟着的，她那到了口边上的两句话，因之复又忍耐住了。程志前看得清楚，早就抢上前一步，走进房来了。看看月英之后，才笑道："怎么样？你还没有走吗？"月英手扶了桌子角，低头站住答道："我把程老爷屋子里弄得脏死了，怎敢随便走开？"

志前看时，地也扫干净了，床被也叠得整齐了，并没有什么脏。因笑道："北海，我们只管在周先生屋子里谈天，倒想不到这里有个人是等候着交代的呢。"北海牵牵衣襟，将胸脯按了两按，然后夹了书本笑着进来，因为月英所按住的那只桌子犄角，正是在路头上，所以北海进来，还是挨了月英的身边走。当他走过的时候，月英转了身子微微地侧着，让他走了过去。北海到了这里，也是情不自禁地，向她脸上很快地看了一眼。分明当人经过的时候，她那脸上的红晕，又增加了一层似的。而且她的头，也格外低了下去。

志前向他们都看了一遍，于是对北海道："我看这书，今天讲不成了，明天讲吧。"北海将书本放在桌上，自闪到靠墙里的椅子上坐着。他心里可在那里想着，难道程先生这样正直大方，还对这位姑娘有什么意思吗？我偏不走。他心里这样地想，可是口里却也不说出什么来。月英呢，她另外有个感想，原来这位年轻的王先生是风雨无阻，每天必来的。她本是手扶了桌子角，脸朝外看着的。想到这里，就缓缓地扭转半边身子来，很快地向北海睃了一眼。

其实她真个扭转身来向北海面对面地看着，志前也不会怎样地去介意。只是她想看而又不敢明看的这种情形，在志前眼里，而他在人海里浮沉很久的经验告诉他，这是很有些意思的表示了。心里可又想着，我且不作声，看你们这一对男女青年，究竟怎么样？于是斟了一杯茶慢慢地呷着，由他慢慢地伸手去拿茶壶，又慢慢取过一只茶杯放到面前，水斟到杯子里隆隆作响，许久不曾斟满一杯，这时间也就耽搁得不少了。

月英呆呆地站在那桌子角边，那究竟算一回什么事？所以她在大家都不理会她的时候，也就只好顺了身子过来，在对面一张椅子上坐下。这张椅子，正是对了王北海的。她觉得这可是有些不便，所以立刻掉转身来，向房门口坐着。也不知道是北海故意如此呢，也不知是适逢其会，北海就在这时，连连地咳嗽了两声。月英立刻想着，必是自己转身转得太快了，人家说是样子不对，有些不高兴了。于是又二次扭转头来向北海看了一下。

本来在她第一次扭回头来的时候，北海就觉得这形迹太显明了，令人很难为情。现在她在坐下之后，又向人看着，尤其表现出来，她这是有意的。北海红着脸看了志前一下。志前这才恍然大悟，他们是互相有意，在北海这种刻苦读书的日子，他实在不该注意到女人身上去。尤其是朱月英这样的女子，她不是人，她是祖母和母亲的商品，谁要得这种商品，谁就要出那相当的代价。北海不是那些老爷，可以有钱买人的。在这最初的一念，应当给他打断了回去。

他心里这样地一沉思，便有几分主意了。这就掉过脸来向月英重问一句道："你怎么在这里等着我们这样久？"月英道："程老爷屋子里的东西都是很散乱的，程老爷没有回房来，我敢胡乱地走开吗？"志前道："你这话就有些不通。假如我们到了晚上才回来，你也就等到晚上不成？还有那个杨小姐同你的舅母胡嫂子，做事也都大意，怎好把你这样一个大姑娘老丢在我们这里？"月英道："她们因为前面的贾老爷不高兴，去和贾老爷赔话去了。"志前道："贾老爷为什么不高兴？是说你误了他的约，没有去陪他吃饭吗？"月英低了头，微微地用鼻子哼了一声，表示他说得是对的。

志前再向北海看时，见他的脸也红了，仿佛这件事他也有些害羞似的。于是吸了一口气道："若论你为人，那是很可以往好的一条路走了去的，不过你的家庭太累你了，不能让你一个人舒服，把上面两代女人都饿死。你为了上面两代人，在眼前自然也不得不受点儿委屈。其实往长了想，暂时受点儿委屈，也算不了什么。"

志前先谈了这样一个大帽子，本来还有好些话，要跟着向下说去的，然而坐在里边墙下的王北海，他实在忍耐不住了，就插嘴道："这话可不能那样说。一个人为了自己职业的前程，暂时忍耐着受点儿委屈，再图发展，这原是可以的。不过女人的婚姻和女人的职业，那是两件事，不能混为一谈。委屈了自己的职业，像去当丫头当奴才，那都不要紧，这条身子还是自己的，若是委屈了自己的婚姻，这条身子就算牺牲了。职业不好，丢了不干，重找高明的，这没有什么难处，婚姻不好，要丢了重找，那恐怕就不容易。"他说这番话嗓音可是提起来得很高，口里说着，眼珠可不住地向月英身上射了来。

月英对他的话，虽不能完全明白，但是那意思，说是女人委屈着嫁了人，就不能随便嫁第二回，这个意思是听得出来的。不必他直接对本人说，也可知他就是劝自己不要嫁那姓贾的了。自己原也有一肚子心事，可以答复北海那几句话的，只是一个女孩儿家，怎好当了人就说起嫁人的意思来？可是不谈呢，那也让姓王的把人小看了，于是在低着头的情形之下，抬着眼皮向北海看了一眼，长长地叹了一口气。

志前在一边看着，心里更加明白，可是也暗暗地叹了一口气，说他们又是一对孽碍，这前途要闹成怎样一个变局，那是很难说的，在心里这样计划着，只管向月英身上打量。觉得在文明国度里女子当商品的，也就很多很多，像月英这样的家庭，贫苦生活中的孩子，将她当个商品，那不算奇。不过大都市里的商品，一千八百，以至于十万八万，都不愁卖不出。至于这个商品，价钱恐怕要特别低廉，而且看那买主的意思，就是不愿出钱，打算给她两顿饭吃，几件衣穿，就把这人收买了过去。可是当商品的人，还生怕买卖不成，把机会失掉了，这商品却也委实地可怜。

他在这里打量着暗加忖计，月英哪里明白这所以然，她以为这程先生也是看中了她哩。虽然自到西安以后，无非送给人看，已经有了经验了。然而不解什么缘故，当程先生和那位王小先生去看她的时候，她觉得有点儿让人难为情。而且像贾多才那样看人，简直可以不理会他，暗地里心里难过，还少不得生气，现在程先生看人，只管用眼睛向人算计，一个字也不提，叫人琢磨不到他什么用意，那真叫人心里对于他不知怎样好？在北海眼里呢，觉得一个看得出神，一个看得难为情，这是一件心里很不堪的事，因之他脸上红潮涌起得很火炽，眼皮都抬不起来。

这样有五分钟之久，还是青年人不能忍受，北海猛地站立起来，牵牵自己的衣襟，有个要走的样子。当然，他一站起来，就可以让志前注意了，就望了他。他先淡笑了一笑，然后接着道："既是今天不能读书了，趁了这会子雨已停止，我要走了。"说着走到桌子边，伸手就去拿书本子。

志前在看他沉醉于饱餐秀色的时候，突然地会告辞要走，这是意想不到的事。又望了他一望，见他脸色红红的，这就想到让他先走也好。便道："那么，你明天可以早点儿来，把今天没有补的功课，明天一齐来补完了。"北海是用了极大的力量，把丹田里那口气提了起来，答应了一个低声的呕字，于是就夹起书包来走了。当他走到房门口的时候，曾是回转头来向月英看了一眼，然后仰着脖子走去。

志前因为他是学生，而且是天天来的，平常并不送他，今天却送他到房门口去了。回转身来以后，见月英也是站着有要走的样子，便抬抬手笑道："你且坐下。"月英道："程老爷还有什么话说吗？"志前正色道："姑娘，我屡次和你谈话，你是个很聪明的人，应当知道我为人如何，我绝不是前面住的那几位老爷，欺负女人的，我留着你，自然有话说。"月英就低头坐下了。志前默然坐了一会儿，微微咳嗽了两声，这就说道："姑娘，我是很愿你前程远大，不过……你自己是不能做主的人，你这一家三口，差不多的人哪里负担得起？比如刚才这位学生吧，他倒是和你年岁很相当。可是他家境的穷，恐怕也比你好不了多少。他上次由乡下提了黑馍到城里来吃，你也是看见的。"

月英不想他会引出这样一个比方，将手放到怀里，互相地调弄着手指，却答不出话来。程志前道："自然，我不过是这样一个比方。"月英脸色红中带紫，变得有些惨然了，接着便是两行眼泪，由脸腮上流了下来。志前看了真有些惶然，自己说出这话，怎会引出她两行眼泪来？于是对了她脸上很注意地看了一遍，问道："姑娘，你为了什么伤心？"月英垂泪道："我想着，我是应该卖给人为奴的了，我怎么不伤心呢？"志前听了她这话，倒是实情，自己并想不出一句话来安慰她，背了两手，只管在屋子里转着。

就在这时，胡嫂子来了，远远地就笑道："你怎么不回去，拘束得程老爷在屋子里乱转，你心里也不难受吗？"月英这才站起来道："你没有来，我知道往哪里走？我这条身子，可不是我自己的呢？"她说着这话，用袖子擦着眼泪跟了胡嫂子向外走去。

志前向胡嫂子后影，叹了一口气道："这样地忙着卖人，也不知道得多少好处？"胡嫂子偏是把这句话听到了，将身子向后一抽，回转头，也叹一口气道："好处？不挨骂，也就了不得了。"说到这里，她脸上似乎也不好看，低了头匆匆地就走。志前料着这里还有原因，可是当他要追着去问她的时候，她已经是走远了。

志前站在屋檐下背了两手在身后，向她们的去路，正有点儿望着出神，忽然身旁有了很轻微声音，叫了一声老爷。赶快留心看时，却是个老头子，他那件蓝布夹袄不少的补丁，两只伸起来的袖子，口上像挂花边似的，其穷也可想见。他的手上捧了一只泥烧的骆驼，而且是残缺了半只腿的。

志前很是愕然，他这副形象，又捧了这样一个东西站在身边，想不到他命意所在，这老头子倒也领会了，拱拱手道："程老爷，你忘了吗？上次多谢你的好意，给了水我喝，又给了点心我吃。我是在这后院做瓦匠的老头子。"志前哦了一声道："原来是你老汉，可是瘦得多了。"再注意到他的脸上，腮帮子瘦得都尖成鸟喙了。额头上一层层地叠着纹，和嘴上根根直竖的胡子，这都可以格外露出老态来。他点了两点头，又叹一口气道："人老了是不中用了，只一场病，又老了十岁了。程老爷，我到你屋子里去说两句话，可以吗？"

志前见他两手捧了那泥器骆驼，都有些战战兢兢的已是老大不忍，听了这话，更觉这老人是穷而有礼，便搀着他一只手胳臂道："老人家，你还客气些什么，只管进来吧。"他连说不可当，抖颤了两腿，走进了屋子来。站定了，立刻又和志前作了两个揖，这才把那骆驼放在桌上，指着道："程老爷，你看这东西怎么样？"志前笑道："老人家，你请坐吧。不要这样称呼，你若客气，叫我一声先生好了。"

他扶了桌子，颤巍巍地要在椅子上坐下，可是看到志前还站着呢，他又站起来了，问道："真的，程老……不，程先生，你看这东西怎么样？是的，现在文明的人，都不愿人家称呼老爷的。"志前因他这样的要求，去赏鉴那骆驼，倒是不得不看看。于是两手捧起骆驼来，仔细看了一看，笑道："这自然是一样古物，但是我很外行，你叫我评，我是评不出一点儿道理来的。"老人伸了一个粗糙的食指，连连地点了几下道："这样的东西，古董店里很多。但是那十停有九停是靠不住的，这东西虽然残了一只腿，是我侄儿子在乡下挖出来的，总算是真的古董。"志前对于这个是真是假，并没有考量的必要，这老头再三地声明着，倒叫人不明白他用意所在，莫不是要出卖这样东西？于是向他笑道："你若是要我来定个真假，我是没有法子说，不过既是令侄由乡下亲自挖出来的，那绝不能错。"老人道："既是程先生相信了，那总可以表明我一点儿微意，这个骆驼，我是特意拿来送先生。"

志前啊哟了两声，站起来向他回了两个揖道："这万不敢当。而况我是客边人，拿了这古董，也没地方搁它。"老人道："先生，你若是为了避嫌疑不肯受下，我们也就没得说了。若是说没有地方搁，这句话我不相信，因为到西安来的人，哪个不带几样古董走。这东西统共不到一尺长，说是不好搁，这话是说不过去。"志前道："你老人家身体似乎还不大好，先请坐，有话我们慢慢地商量。"说着，近前两步，将老人扶着坐了下来。这才拖了一个方凳子，和他靠近坐着，笑道："你老人家应当明白，真古董是很值钱的东西，有道是无功不受碌，无缘无故，我怎好收你这样好的古玩呢？"

老人伸了一伸脖子，好像他是有许多话要说出来。只是这个帽子不大好提起，所以他不着一个字，只是先淡笑了一笑，把话又忍回去了。志前道："老人家，你有什么话，只管说吧。你这样大的年纪，就是说错了也不要紧。"

老人看了一看他的颜色，这才拱手道："不瞒你说，我家里原来也不穷，乡下很有亩地。只因为在前三年，陕西还没有禁烟，我们是种大烟种穷了。我那侄子原也认识几个字，又种了多年庄稼，力气也是有的。逃了几年荒在外，因为现在家乡太平了，这才回家去。可是在逃荒之后，再要做起庄稼来，那是一件多难的事。犁耙种子牲口，不是一文两文钱就可以办得起来的。他没有法子，又带了老小儿女，一共四口，跑到西安城里来，找我这个无用的伯父，不瞒你先生说我自己也离讨饭不远，我怎能养他四口人？我就想起你先生是个善人，想来求求你救我一把。我又想到空嘴说白话怪难为情的，所以把这点儿东西送来给你先生，算是自己遮遮脸。程先生，你能不能救我这条老命呢？我那侄儿子就是给人去当奴才，他也愿意，只要不饿死就行。"说着，又离开了椅子，身子向下蹲着，大有要跪下去的意味。

志前连忙跑上前，两手将他搀住。笑着安慰他道："老人家你有话，慢慢地说，不必这样。"那老人听着，才勉强坐下来。志前道："当奴才，那也不至于。你先把你们的痛苦说给我听听，我再替你想法。你先说明怎么种大烟种穷了呢？种大烟，不是发财的事吗？"老人手摸了桌面，好像很踌躇，叹了一口气道："种大烟发财，那是早十几年的事了。现在好一些了。早三年，那老百姓全是死路一条。"志前道："你就说说早三年的吧。"

老人道："先生，你以为大烟是好种的吗？说起来，省里规定了章程，一亩烟，是十块钱的罚款，但是庄稼人哪止出这些，十五块的也有，二十块的也有。"志前道："不能够吧？据我调查得来的，省里的的确确，只收十块钱一亩。"老人道："这是瞒上不瞒下的事，省里哪会知道？比如说收二十块钱一亩吧，绅士们得六块，县老爷得四块，交上来的，还是十块。一亩烟摊了二十块钱捐，挣钱也就有限。"志前道："既是种大烟不挣钱，你们种别的粮食好了。"

老人昂着头叹了一口气，手拍了桌沿道："我的天，不种不行啦！因为这烟亩罚款，并不是种了大烟才要的。由绅士们在没有下种以前好几个月，就分派出来哪一家罚烟款多少。接着就来预先收去。庄稼人钱也出了，不种大烟，款子怎得回头？庄稼人不见得愿种大烟，无非是逼上梁山。"

志前道："这话真奇。种了烟，罚老百姓十块二十块一亩，这还可以说。老百姓没有种烟，怎么能够先罚钱？这不是叫了人坐牢，再让他去犯法吗？"老人连连点着头，而且还顿了脚道："可不就是这样。遇到年成好，大烟收得多，那倒也罢了。若是收成不好，做庄稼的人，就要把罚款赔出去。我那侄子，就一连赔了两年罚款，只好丢了家产不要，赶了一辆车子，出去逃荒。先生，你要到北山（陕西人指关中以北曰北山）去，就可以碰到这逃荒的车子，车子有的是一头牲口拉，有些连牲口也没有，就是人自己拉着。衣服、粮食、锅灶、铺盖，走不动路的老婆婆和娃娃，都在车上，中年人就跟了车子走，车子走到哪里人歇到哪里。遇到有吃喝的地方，多住两天。遇到没有吃喝的地方，那就再赶一站，我侄子就赶了这个车子在外面漂流三年。"

志前道："他既是漂流在外，家里的田地还有人耕种没有呢？怕别人霸占吗？"老人淡笑一声，可没笑出来，叹气道："走的人为了免的官府追问，把地契都粘在墙上，那就是说：这些田地房产，全不要了，还怕人家霸占吗？哪个要种那田地，哪个就先要预备钱去受罚。所以我侄子丢了田三年，回来还荒在那里，并没有人要。也难怪没有人要，就是他自己，也是不想要的了。"

志前道："好在现时已经禁烟了，不会要罚款的了。"老人道："说是这样说，乡下人不懂事，他们都上当上怕了。因为前几年，也是常说禁烟的，说是说了，罚款还有人收。收了罚款，大家相信就不禁了。可是到了大烟花开得很好的时候，来了大批的军队，满乡把烟苗一收，乡下人出了罚款，连烟土一钱也得不着，只有望了地哭。所以现在省里头，尽管说是真禁烟了，可是老百姓哪里懂得？种烟有指望的地方，老百姓觉得不禁也好，绅士更是望永远种烟，好由罚款里面打回扣。因为县里罚款，都是由绅士经手分派的，就是绅士不经手，不和他说好，罚款也收不起来。至于那些种烟不十分相宜的地方，他们也怕禁烟是假，烟不种下去，或者迟些会来收罚款的，那个时候，种烟来不及，罚款一个少不得，不也是死吗？所以老百姓倒怕听禁烟这句话，这年头，做百姓实在可怜，比如说：跟着你先生面前，无论做份什么事，也不会着慌少饭吃，更也不会受气，所以我说替我侄子找个奴才当，他也是愿意的。"说着，这老人颤巍巍地站起，又想跪下去。程志前大为感动，两行眼泪也几乎是要抢着流出来呢。

第十四回

别有悟心西人谈建设
不无遗憾寒士种相思

陕西大旱之年，人民卖儿卖女，这已是外省人听熟了的话。不想过了这些个年月，程志前当面听到这老瓦匠介绍他侄子当奴才，心里头真有一样说不出来的滋味。因道："老人家，实不相瞒，我也是个客边人，没有力量安插人的。不过你说得这样的可怜，我不帮你一些忙，也是于心不忍。现在，你在我这里拿两块钱去，让你侄儿子先买点儿东西吃，免得饿了肚子，将来我有了机会，再把你侄子找来。"老人颤巍巍地，连连摇了手道："先生，这……这……千万不敢当。若是那样，好像我是来向你化钱的。"

志前说着，就在衣袋里掏出两块钱来。老人身子向后退着，用双手虚虚地向前推去，因道："无论如何，这钱我是不敢收的。"志前呆了一呆，笑道："纵然你不肯白收，我要你替我做一点儿事，这算是工钱，那么，你总可以收下的了。"老人道："程先生要我做什么事是我做得下来的吗？"志前道："当然是你做得下来的事，若做不下来的事，我何必出两块钱要你为难？不过这事，今天并不要做，过了两天再找你吧。工钱，你且先支了去。"说着，只管将两块钱向老人手里塞了去。

那老人只好将钱收着，指着桌上的泥骆驼道："这东西请你先生收下，我决不卖钱的。过两天我再来给你做工吧。"说着拱拱手就走。志前打算把那泥骆驼抢着送还给他，看到外面，满院子雨水泥浆，假如把东西打碎了，那倒是彼此不见人情，只好收下。可是他心里这就想着，这事倒是很尴尬，很像是花两块钱，把人家的古董给收下来了。当时在屋子里踌躇一阵，便决定了且摆在桌前窗户台上，这老汉什么时候再来，什么时候就让他带了去。有了这两件事，这个雨天，算是过得不寂寞，不想这泥骆驼摆在这里，倒很引起别人的注意，尤其对过屋子里住的两个德国人，很是羡慕，由窗子外经过，两三次都驻眼看着。

最后那位威廉先生想拿着看看，就隔了玻璃窗子向志前点了点头，竖起一只巴掌，和他说了句英语。志前正打听这两个德国人长此住在小西天终日忙些什么，就把他请了进来。这德国人的英语，虽是不大高明，倒勉强可以凑付着谈话。不过十句话里，总有七八个 And。他拿着泥骆驼仔细看看，说这是真的，多少钱买的呢。志前想了一想，因道："这是一个朋友请托代为出卖的，假使有人出到相当的价钱，是可以卖的。"威廉笑着摇摇头，表示说："中国的古董，虽是流传到欧美去的很多，可是以欧美人来鉴别中国古物的真假，那是很难的。"

志前听他的口吻，不会买的，这就不向下谈这事了。便问他到中国西北来，除了古物而外，还有什么是感到有兴趣的呢？这话引起了他的心事，坐在椅子上，表示踌躇满志的样子，连连地搓着手道："西北的建设，有很大的进步，这是我们很感到兴趣的。"志前问他，说到建设，是指着哪一方面呢，水利呢，经济合作呢，交通呢？他笑说："当然是交通啊！现在陕西有公路通到甘肃，将来是不难通到新疆的。而且这里通到四川的公路，正在建筑着。将来，也许陕西会筑成西北公路网的中心点的。"

志前道："先生必以为公路多，需要汽车更多。听说先生是经理汽车买卖的，觉得这种建筑，对于先生的买卖，有无限的希望，所以感到兴趣吗？"威廉他又搓着手，而且抬了一抬肩膀，笑道："那也不完全这样想。"以下他很难措辞，又把那个 And 连连说了几次。志前道："这是当然的，中国虽也会制造机械了，不够用，那是无可讳言的。像德国这科学发达的国家，民族复兴的国家，我们是需要它有大量的帮助。不过有一层，这是任何一个通商国家应当明白的。千万不要伤害了中国人的购买力，就像这陕西吧，假如农村不能复兴，地方穷了，就是公路网成功了，那也买不了多少汽车。这是很浅显的事实。"

威廉向志前周身打量一下，便知道不是到陕西来找公务员做的那种人物，便想了一想道："先生谈到农村复兴问题上，我倒有两个问题要问一问。听说泾惠渠那种水利办成功了，贫农是得不着什么好处的。就是咸阳一带，拔除鸦片，改种棉花，而且这两年，棉花的收成是很好的。但是对于农人，并没有什么大利益。"志前愕然了，这话从何说起？

便肯定地道："不！这是陕西对农事上最得意的两种建设。你何以有这样的问题问我？"

威廉又抬了肩膀，他笑着说："这是有来由的。听说在泾惠渠将要成功的时候，一班当地的绅士和富农，老早地就把各支渠左右的地亩，完全收买去了。贫农明知道水利快要通畅，将来有利可图。可是无奈那是将来的事，眼前可以将田地卖得现款，他们只图目前，终于是把地亩卖了。所以现在水渠所灌的田，恐怕是绅士、富农得利为多吧？再说到咸阳一带棉花，农人自种自卖，似乎不会有什么吃亏的。可是并不曾将棉花收割完了，送到市场上来卖。事实上，也不等他收割完了，到市场上来卖。在那时，就有带着现款的人，到乡下去用低微的价钱，把棉花估量着全数收买了。等到棉花上市，那并不是由农人手里，交到出口的商人手里，却是由包办的贩子，送到大资本家手里，所有的利益都为这中间介绍的贩子得去了，而此外还有农人借债，早把棉花押出去了的。"他说到这里，志前抢着道："不，不，先生是一误会，关于第一个问题，也许本地人有些田亩变卖的事情，穷人为了卖田来吃饭的，也是人情之常，他等不及水利通畅的享受，不能怪人。至于收买棉花，或者是农人一种需要。押款，是经济合作社的误会吧？"

威廉笑说："西人看中国社会，或者是不会彻底，不过有资本的人，是善于投机图利的。比如西安北城一带，铁路未曾通到，地皮就让人收买干净。越是穷人，越是将地皮最先卖出去。而越是最先卖出去的，也就损失越大了。"志前踌躇了一会子，想得了一个答复，笑道："在社会上活动的人，都是谋得一种利益的。很多欧美国家的人，远远到中国来不也是为了一种利益的吗？"说了这几句话，向威廉一笑，威廉也没有说什么，起身告辞去了。

但是他那屋子里却另有个美国朋友汤尼（Tony）在座，听到说这里有古物，竟是不必介绍，站在窗子外来看，看到志前正捧了泥骆驼展玩着，这就向他问道："是真的古物啊，我可以看看吗？"志前听他的口音，就知道他是美国人，就笑着欢迎他进来。他穿着橡皮呢的雨衣，腰里紧束了带子，在两只口袋里，包鼓鼓的表示里边收藏东西不少。这样的阴雨天，衣里还露出雪白无尘的领子。那高大的身躯长长的脸，鼻子下面有点儿小黑胡子，大粗而红的手，在小手指上，却戴了西安市上的翠玉戒指。志前想着，这个人也许不是到西安做生意的人物，便交给了他泥骆驼，让他去仔细赏玩。

他看过了，放在桌上，笑说："在洛阳、西安这两个地方，要买古董，是很容易的。若是要分别真假，这就很难。"志前道："你到过洛阳吗？"他笑道："到过的。中国西北部，张家口、绥远、太原，都去过。这次，还想到兰州去看看。"志前道："那么，你对于中国西北地方，是很有兴趣的了？"汤尼笑道："不但是我，美国许多经济家，对于中国西北，都很有兴趣的。中国的航空线，在西北是增加了，美国在航空方面，是很愿帮助中国。"志前笑道："你说的是好大量的，卖商用飞机给中国吗？"他笑了，似乎有些点头。

志前道："你是个航空家吗？"汤尼道："不，我是个商人，我是经理汽油的。西北公路刚刚成了两条干线，汽车已有好几百辆，将来汽车更多，汽油是需要大量供给的。我现时很想到兰州去，调查需要汽油的量数。"志前心里动了一动，笑道："中国本来是世界上一个顶大的推销商场，只是西南西北部分，交通不便利，洋货还不能怎样畅销。现在中国西部，努力在建筑公路，对于推销外货，自然是比以前发达。你对这事，有什么感想吗？"他说着，向汤尼望着微笑。汤尼用手托着下巴，想了一想，再用手掌在空中微微一按，表示他意思肯定的样子，答道："实在地，你的话对了。不过像汽油这样东西，中国并没有，若不欢迎大批汽油输入，这公路有何用处？"

志前挺起颈脖子道："汽油，中国也会有的。便是陕西，也就预备开采油矿呢。"汤尼将闪动的眼光，对志前观察了一遍，感到只管和他谈话下去，对于自己是不会有多大好处的，这就笑道："你对于西北情形，是很明白，这样看来，你买的这件古董也绝不会假的。"他说着，顺手拿起那只泥胳驼又展玩了一会儿。志前也就不愿向下多谈，汤尼放下胳驼自去。

这时，院子外黑沉沉的，经过一阵凉风，将半空里的细雨烟子，吹得卷成云头的样子，在半空里乱舞。屋子里添了不少的凉意。然而院子里，依然是静悄悄的，对过德国人屋子里的打字机声，嘀嘀嗒嗒，向耳朵里传了来，在这一点上是很可以看出欧美人做生意认真。志前在屋子里转着走了几个来回，觉得心里有一种说不出来的愤慨，于是坐到桌子边，将手撑在桌子上，托住了自己的头，向窗子外看了出着神。因为桌子有现成的纸墨笔砚，便不自禁地扶起了笔，随便在纸上涂抹着。猛听得身后有人道："程先生还会画漫画？"志前回头看时，周有容又来了。他笑着道："西安城里，本也无处可以消遣。赶上了阴雨天，简直闷得发烦，我还是要来找你谈一谈话。"志前笑道："彼此一样，我也是闷得发烦，拿张纸在这里瞎涂。"

有容顺手将那张漫画捡起来一看，却是画了一条公路，前面一个大猪八戒举了大钉耙，向前挖路，路的前面是荆棘丛生。可是那开好了公路的地方，有来的人，有去的人，一律都是高鼻子，偶然杂一两个木底鞋子的。来的人每个背着空口袋，顶前面一个，举了旗子，上写到中国西北去。去的人，就不然，每个人所背的口袋，都胀得像蛤蟆肚子一般，口袋上有个 $ 字。顶前面的一个人，伸了大拇指，由他口里吐出两道曲线，在曲线里面，写出字来，印象极好，建设有进步。

有容看了，放下来，拍手笑道："意思很好。但是我疑心你开倒车，反对建设公路了。"志前笑道："你是学政治的，而且是做的亲民之官，你不妨来解决这个问题。事实摆在这里的，交通便利与否，在中国，是和外来的经济侵略政策成为正式比例的。现在，西安城里买一瓶啤酒，是一块多钱一瓶，白兰地，十二三块钱，当然，中产阶级，也不敢过问。将来火车达到了西安门外，啤酒可以卖四五毛钱，白兰地也可以卖四五块钱，喝的人就多了。上等的舶来品，在火车没有到潼关，汽车不能到西安的时候，西安城里只有几家店里可以买得到，自从火车通到了潼关，公路通到西安，这就形势大变，南苑门盖着三层楼的洋房子，已经有了好几家全是卖洋货的，开封、郑州可以买到洋货，这里也就慢慢地可以买到了。你说，这如何是好？自然，不能说为了洋货的运入，闭塞交通，但是交通畅利到什么地方，洋货就畅销到什么地方，这似乎也不能听其自然，总当想个法子来防备了。要不，好像公路全是为外商谋便利的。"

周有容笑道："这话诚然不错，但是这有什么法子呢？除非建筑起关税的壁垒，把进口的洋货，重重征收起来，可是中国对洋货加税，似乎不能十分自由吧？"说毕，他也跟着叹了一口气。在这样一偏头的时间，就看到了桌上放了一只泥骆驼，因笑道："你程先生也喜欢这个？"

志前道："哪里是我喜欢，人家勉强放在这里的。"于是将刚才的事重说了一遍。有容笑道："你这屋子里热闹，一会儿是国家大事，一会儿又是男女私情。我还忘了问呢，那姑娘的事怎么样了？"

志前微笑道："说起来好笑，我那位补课的学生，他大大地误会，以为我对那姑娘有了什么意思，对我很带了醋意，其实我纵然不才，何至乘人于危，对这个逃难的姑娘要下什么毒手？可是我那学生很不谅解，生着气就这样走了。我看那样子，气头子还是不小。"有容笑道："这件事，本来也就太可以令人疑心。那姑娘将衣服脱得干净，居然在你床上睡着，你也并不是五十岁六十岁的人，对这姑娘特别地殷勤，他怎的不疑心？"

志前笑道："还不仅是如此呢，我觉得北海真爱上了这姑娘，这可不了，现在这姑娘就为了一家三口，每天的饭不能解决，急于要找个粮行。北海要想和她谈恋爱，首先就得担任这三个人的伙食，他自己还愁着肚子不容易饱呢，能替人家养活两代人吗？所以我秉了这至大至公的心，在那姑娘面前加以劝解，希望他们不要接近。"有容唉了一声，笑道："这是你错了。谈恋爱的人，讲的是赴汤蹈火，在所不辞，没有饭吃，何足加以阻碍？假使这位姑娘，愿意嫁王君，他们倒可以做一对贫贱夫妻。论到王君，迟早总是要娶亲的，添个女人，不应谈到负担上去。现在就是姑娘的祖母和母亲，算是额外之人。可是王君家里是农人，既可以送儿子出来进学校，大概粮食总还够吃，添两个人吃饭，也许没有多大问题，你何不等王君来了，仔细问他一问。他真是能力不够，再劝止他，也不算晚，要不然，促成人家的婚姻，这比救人一命的功德，要大过十倍去。若是他们为了结婚费无着，老实说，我就可以帮助个三五块钱。"说着满脸带了笑容，现出那高兴的样子来。

志前踌躇着站了起来，向他望着。有容道："只管帮他们的忙，没有错。穷人有他的穷算盘，那王君果然娶了这姑娘，也许是有办法的。至于那姑娘能吃苦耐劳，我敢保险，不会有什么问题。"志前见他两手操了长衣的下摆，提起一只脚来，踏在凳子上，做了一个雄赳赳的样子，那一番兴奋可以不必去说。这就笑道："我真困难，我若促成他们的婚姻，在事实上，我觉得不应该。我反对吧，周先生都这样热心，也是在人情之中。你真是给了我一个难题。"

有容道："但是在我的眼光里，却不这样想，因为你为人志趣很远大，便是在西安小小地住上几天，所做的事也就很多，何至于注意到一个灾民身上去？所以王君那样疑忌，我虽认为当然，我并不疑到程先生身上来。唯其我不疑到程先生身上来，所以我就大胆劝程先生玉成其事。程先生，你看我这个意思，说得怎么样？"说到这里，不由得笑嘻嘻地，也向志前望着，这样一来，倒叫志前不知道说什么是好。搔搔头笑道："你这似乎是个激将法。不过你既是这样热心，我就勉从尊意，等北海来了，我探探他的口气。"周有容这才放下那条腿，垂着袖子，向他作了几个揖。

志前笑道："这个年头，像阁下这样热心的人，社会上也不可少，若是缺少了这样热心人，社会上有好些事情不能办了。"有容被他这样说了，更觉兴奋，只管鼓吹着志前办理。当日留下了心，就预备了一套言语，等着北海来说。

不想北海自那日起，竟是不曾前来补课，志前想着，或是地上泥土没有干，他不能来，且自等着。然而一连三日，北海依然未来，志前这就知道他是有心负气，心里很是惋惜。到陕西以来，这是自己看着最为满意的一个人。不想他竟为了一个泛泛之交的女子，把师生之谊给抛弃了，这事要传到朋友耳朵里去了，仿佛自己连一个穷学生都容纳不得，未免是一桩笑话。志前忖思着，心里是极感到不自在，又不便通电话叫北海来，怕是青年人沉不住气，会在电话里顶起嘴来。而且最奇怪的，便是那位朱姑娘，在这两天也不曾露过面，下雨天自己那样帮她的忙，她竟是不放在心上吗？然而这也不便过问，问起来就有了嫌疑了。

在第三日下午，当茶房进来泡茶，志前带了那很不为意的样子，向他笑道："你们的媒人，做成功了没有？"茶房先是愕然，随后想起来，笑道："你先生说的是那朱姑娘吗？这倒是一件笑话。到你这儿来读书的学生，他会癞蛤蟆想吃天鹅肉，把她看中了。每天下午五六点钟的时候，他就溜到后门外这小巷子里，踱来踱去。"志前道："他在那小巷子里踱来踱去，也许有别的事吧？"茶房笑道："这小巷子里，就是住了几户穷鬼，那有什么事？而且那朱家女孩子，也是偷偷缩缩地和他打无线电。"志前正色道："你不要再胡说了。这位姑娘，是个旧家庭的女子，为了吃饭的原因，不得不到小西天来卖脸子，实在地说，人家不是下流人。"茶房知道程老爷是喜欢朱家姑娘的，人家都有些生气了，还说什么，因之静悄悄地，也就离开了志前的房间。

志前心里暗想着，难道真的，那女孩子，这样地容易变换态度吗？他暗忖着，自己也是在屋子里来回地踱着步子。他点点头之后，接着又摇摇头，独自闹了一会子，已经到了五点钟，向窗子外看看天色，情不自禁地踱着步子走出了房门，接着也就向着小西天的后门口走了。这里两扇小小的白木板门，正也是虚掩着，志前手扶了门，缓缓地伸出头去，向外看着，只见王北海将两手插在裤子口袋里，低了头，在小巷子一步一步地，由东到西地踱了过去，这样悄悄地走，不见对门那胡嫂子院子里有什么动静。

但是有了北海在这里走着，便引起了志前的兴趣，料着是有些作用在后面，依然是手扶了门，向外偷觑。果然不多大一会儿工夫，北海趄转身，又到了这门口来了。只见他背了两手，斜伸了一只脚站住，眼睛可是向胡嫂子家里看了去。约莫有五分钟，他不曾将脚移动，随后他就昂了头看看天上的晚霞，又回头向两边张望着，看看巷子里的人家大门，移着脚向西走了一二十步。走去的时候，脚步是移得非常缓，及至扭转身来，却又很快地回到原处，到了原处，他没有别的，依然是抬头看天，回转头向巷子两头张望。而向对门胡嫂子家里，却不怎样地注意，不过是偶然看上一眼而已。

就在这个时候，朱月英在那对面院子里一闪，立刻进到房屋里面去。然而也不过一分钟的工夫，她又出来了。看她的样子，好像心里有些尴尬，手扶了墙壁，低了头走。及至到了大门口，先把一个指头，衔在嘴里头，那时，眼光自然是向下面看着的。对面站着有个年轻的书生，她好像是不曾看到。北海呢，也正是和她一样的态度非常自在，并不理会到对面有位姑娘出来。月英到了门口，衔在嘴里的指头，总算抽出来了，却两手扶住门框，向天上看着，自言自语地道："谁说天上有下雨的样子，天气好得很呢。"

她说完了这句话，才正面儿地向北海看着。北海脸是朝了那面，志前看不到他是何情景。不过他那脚步，始而想移动着向前，不久可又缩脚向后退了。他站着不动，不曾说得什么。那月英姑娘，一双乌眼珠，滴溜溜地向这里转着，她的身子好像是被那木门框吸住，紧紧地靠着。

这样，两人都不动，约莫有十分钟。北海倒有些像忍耐不住，伸了膝，向前面就钻。月英呢，本来是没有走动的样子。只因北海起势那样地莽撞，身子也突然地向后一缩。北海走过去几步时，看到人家缩了转去，站着就是一怔。不过月英缩到了门里面去了以后，却也不曾立刻走开，又是转了眼睛，微微地向北海一笑。

　　正在那时，他那院子里有人说话声，月英答着话，就走了进去了，北海这倒很惊慌，也立刻向巷子口外走去。志前不张望了，很快地由小西天后门，走向了大门口，更由门口的大街，转身到旁边的横街上，只一拐弯，走过两户人家，就和北海顶头相遇。

　　北海是直了视线向前走路的，好像并没有看到志前过来。志前只好站住了脚，连连叫了他几声，他这才站定了脚，脸上红着，向志前一鞠躬道："程先生出来散步吗？"志前道："对了，在旅馆里闷得无聊。你这两天，怎么不来补课呢？"北海笑道："怎么好老让程先生尽义务哩？"志前道："你这话，就客气得无味了。你想，我不尽义务，不能收你几块钱一个月的学费吗？假如你觉得我教得不好，那我就不必向下说了。若是为了几块钱的学费，我现在说明了，你也就可以来了。"北海道："程先生这番意思我是很感激，不过我自己觉得有些不安。"志前淡笑道："我这样说了，你还是心里不安，那显然你是对我不满意，我觉着我对于你完全是一番热忱，这样的下场，我是不无遗憾。"北海听了，两边脸腮全红了起来，垂手站立着，不敢多说什么。

　　志前笑道："人之患，在好为人师，天下没有强迫人当学生的道理。不过我们认识一番交朋友总是可以的。我很想请你到我旅馆里去坐坐，我还有几句话，想和你谈谈。"北海抬眼看看志前的脸色，也道："程先生说出这话来，我也是更觉不敢当。明天下午七八点钟，我一定来。"志前道："不能早一点儿吗？"北海道："我明天下了课就来，三点多钟就到。"志前笑道："那又太早了，最好是五点到六点的那个时间。"北海站定了没作声，手向衣襟角上揉搓着，好像在想什么心事。

　　志前道："在那个时候，你有什么事，分不开身来吗？"北海这就不好再含糊了，只得重新挣红了面皮低声答道："在那个时候，我有点儿小事。"志前道："好的，随你的便吧。我的时间是活动的，提早延晚，都无不可。那么，我们明日见吧。"说着，他回身向旅馆里走。北海这就想着，他本是出来散步的，怎么见了我之后，他又不散步了呢？这一点原因却是不解，站在街头，对着志前去的后影，呆呆地望着，他不仅是疑惑，羞惭惶恐，或许都兼而有之呢。

第十五回

苦口婆心不平空拍案
钱声灯影可怜正卖人

到了次日，王北海是整日都无心上课，心里总觉得程志前要他五六点钟到小西天去，那是有意为难。若是照着约定的时间去，不但是要误了这每日所造下的成绩，而且是受着志前的一种侮辱，对于他这个约会，还是接受不接受呢？每一小时里，他都把这件事横搁在心里，想不到一个适当的解决办法。

就是这样俄延着，不觉已是到了五点钟了。不管是不是去见程志前，小西天总是要去的，因之将身上的衣服掸了一掸灰，依然还是向小西天走来。往常到了小西天的附近，就绕着大街，走到后门去。可是今天到了小西天门口时，这两条腿已是软弱下来，绝没有一点儿向前走去的力量，站在街心里，顿了一顿，就变更了一个主意，且到小西天里面去看看，假使程先生出去了，自己少了一层顾虑，倒可以行动自由许多。

他两条腿随了这个主意的变换，也就向小西天里走了去。程志前是住在最后的一进房屋，他势必要完全把小西天穿通了，才可以走到，所以贾多才所住的那进屋子，他也走过了。当他走过那窗户外的时候，却看到胡嫂子、杨浣花两个人，都坐在窗子边两把椅子上，脸是朝里的。

只听到胡嫂子说："这也不是做什么买卖，天天说，也没有多大意思。我们就是先头那几句话。"北海心里一动，便不愿走。这进屋子中间，是天棚盖着一个天井，中间摆了一张长桌子，放了几份大小报纸在那里，让人随便去看，北海也就将背对了那窗户，伏在桌上看报，这就乘便听他们说些什么。

就听贾多才接着说："并不是我做事好拖延，都因为你们做事不利落。那天我一头高兴，请她吃饭，她滚了一身的泥，倒在姓程的床上睡

153

了半天。"胡嫂子就抢着说:"哟!那要什么紧,那程老爷也不在屋子里。"贾多才说:"这个我倒也不去管她,为什么自那天以后,老不见面。"胡嫂子说:"一来是她为了那天的事,有些害臊。二来贾老爷这两天很忙,在家的时候少,所以她没有来。"贾多才说:"就算你说得有理,为什么今天她不来呢?"杨浣花说:"这个,这也应原谅人家。人家是一个大姑娘,常常坐在当面,听了别人提她的终身大事。事情若是一说就妥呢,那也不要紧。无如说来说去,总是不成交,你想想人家做女孩子的人,总也有些不好意思。"贾多才道:"什么不好意思,她一丝不挂,在姓程的床上也睡过的。现在我们说一句利落的话,她的家我不能管,到底要多少钱身价,这位胡嫂子回去问一句。价目说的不大,自然有个商量,价目大了,就此一言了结,以后我再也不管。"

最后一句,他的声音是非常之大,可以知道他下了极大的决心。北海听到这话,紧紧地咬了牙齿。两只手捧着的报纸,嗤的一声,竟是自动地裂开了。这是旅馆里预备的报纸,只得放下了,找着了一个茶房,说是愿意赔偿损失。他如此说了,茶房自然也就不便要他赔偿,说句不值什么,也就完了。

可是只这几句说话的工夫,北海回头看时,那两个女人都已走去。揣想着,必是那胡嫂子回家去,讨论月英的身价去了。虽然自己和月英并没有什么友谊,可是在人情上说,觉得这样好的一个姑娘,到底是把这身子给卖了,实在有些不忍。至于这几天,脑子里所构成的那个幻影,终于是很快地成了幻影,这又不必说了。心里既是很忍耐不住这件事,一点儿也不考量,向程志前屋子里直奔了去。志前也正在看书,见他气冲冲地跑进来,手上拿了书望着他,倒有些发呆。北海在房门口就站定了,红着脸道:"程先生,我看这件事,太岂有此理!"志前也红了脸,站起来道:"你怎么叫起我来,说岂有此理?我叫你来补课,并无恶意,而且来与不来,听凭你自己,你怎么对我说出这种话来!"说着,将手上的书,向桌上一放。北海站着顿了一顿,才笑道:"啊!程先生,你误会了。是我在面前,看到一件事,觉得太岂有此理,特意来报告你的。我哪能那样不识好歹,敢说程先生。"

志前见他的样子很是受窘,这就把颜色慢慢和平下来,因道:"你有什么不服气,这样怒气填胸?"北海于是将在前面所听到的话,都向志前说了。志前不由得笑起来，因道："你是陕西人，对于这样的事，你是司空见惯的，为什么生气？在这小西天做瓦匠的一个老头子，他的侄儿子是个庄稼人，很有力气，而且还认得字。可是那老工人对我说，他的侄子，愿意去当奴才，不要什么工钱，有饭吃就行了。一个男子都愿意去当奴才，那么一个女孩子，愿意去当姨太太，有什么奇怪？若说到以前闹旱灾的时候，这事就更不用提了。"

北海那一股子火气，跟着慢慢平息下去，无精打采地在他对面的椅子上坐下，垂着脖子偏了头道："不过这件事由我眼里看来，总觉是不对劲。一个很好的姑娘，这样去糟蹋了，太是可惜。像我们这样有热血的人，不应该见事不救。"志前由他进屋子来那番冒失的态度看起，觉得他实在是合于"少不更事"那四个字的批评，便笑道："我们又怎能救她？除非我们出钱把她买过来。然而我和我太太感情很好。"说到这里微微一笑，接着道，"我当然不能再讨姨太太的。至于你，你哪里有那么些个钱，做金屋藏娇之举？"他说着，可就抬了两抬肩膀，表示着这是一桩笑话。

北海一时出于情急，随便叫着要救人，其实怎样的救法，他并不曾打算。这时志前说破了，倒是叫他无辞可措，红了脸，将头来低着。志前道："人类同情心，那总是有的，你刚才这股子义愤，本来不能说错。不过你没有加以考虑罢了。"北海更是没有话说，见桌上放了一叠旧报纸，随便拿起来一份，就两手捧了看。

志前坐着默然了一会儿，就笑道："其实，这也无须过虑，他们这买卖，绝对地做不成。"北海道："那是什么缘故？"志前道："她们三代，两个寡妇，一个姑娘，由甘肃逃难到这地方来，也已经逃过来了。岂有到了这可讨到饭吃的所在再来骨肉分离之理？"北海道："我也是这样想。不过这买卖不成，那个胡小脚家里，也不会再让她三个人住下去的，那时她们到哪里去安身？"他说到这里，真是肯替人家发愁，放下报，背了两手，就在屋子里走来走去。志前也不加以拦阻，尽管让他去着急。

正是这样走着的时候，一眼看到杨浣花匆匆地由窗子外经过，分明是在胡小脚家里已经有了结果，这是向贾多才报信去，那么，这件事算是成功了，突然地转过身来，就要向门外走去，但同时也看到程志前在一边微笑着，又立刻把那要冲出房门去的样子，收拾起来。志前笑道："刚才那位杨小姐由窗子外过去了，你倒是可以去向她打听一点儿消息。"志前说破了，他更显着脸上带了一副踌躇的样子，因笑道："他们的事，也值不得我这样去留心。"

志前笑道："就是留心，也算不得什么坏事。古人说得好，情之所钟，端在我辈。只是现在的时代不同了，一切事情，都逃不了经济问题。老弟台，你自己念书，这经费似乎是已经很恐慌了。假如你有这样一个大累背在身上，那前途的变化，我就不忍去说。"说这话时，志前的态度，非常镇静，将两只眼睛盯定了北海望着。

北海站在屋子中间，简直辩答不出来一个字，垂着两只手，暗暗地去摸衣摆。志前道："你或者有点儿误会，以为我对于这个女子，也是追求着的。我不是刚才对你说了吗？我同我太太的感情很好，我若是娶了姨太太，我夫妻非离婚不可，那我就太不合算了。"北海急忙中找不出一句相当的话来解释，便仰着脖子，答了"笑话"两个字。这两个字说后，他还是站着。

志前笑道："若是那个姑娘，让姓贾的将钱买去了，不但是你不平，就是我也替她可惜的。不过他们在议论这事的时候，我们到屋子外面去偷听那究是不妥。那姓贾的不论对我们抱着什么态度，他都会对了我们红眼睛的。依着我的主意，你暂时在我这里坐一会子。不久，那杨小姐还是要到胡家去讨回信的。那时我把她叫进来问几句话，就知道一个大概了。"北海淡淡地笑道："我们知道怎样，不知道又怎样？"志前笑道："你以为我们除此之外，还有什么法子吗？"

北海道："程先生上次曾劝过她们一回，她们是很接受的。趁着这个时候，她们还没有接洽成功，叫了那个胡小脚来，再劝她几句，劝她不要为了暂时多两个人吃饭，拆散人家的骨肉。她听与不听，我们那是不知道，不过我们总也尽了我们的最后的忠告。"志前道："倒也无所不可。只是我们派茶房去请她来，那又是太显着痕迹了。"

北海说着话的时候，也已慢慢地在椅子上坐下，这时又忽然地站起来，点头挺胸地道："我去我去！而且我去了，她还是一定会来。"志前笑着向他道："那也好。"北海在一点头绪没有的时候，忽然得了这个机会，很是欢喜，掉转身就向后去了。志前隔了窗子望着，见他走路的时候，脸上就带着很深的笑容，自己也就笑着点点头，接上还叹了一口气。

果然，还不到十分钟的时间，北海就引着胡嫂子来了。这时天色已经昏暗，茶房在廊子外捧了煤油灯向屋子走来，见胡嫂子走了来，他就在窗子外站着，没有进来。那意思是可以不言而喻，无非是避嫌疑。胡嫂子跟着北海进来了，还是那老样子，一跨过房门，手就扶了墙站定，笑道："这位王先生说，程老爷叫我有话说吗？"志前想了一想，望着北海笑道："对了，王先生自己当了一回茶房，把你请来了。你坐着，我们谈谈。"胡嫂子坐下，志前道："我们是多事，并非有什么要紧的事和你商量。据我们所听到说的，那朱家姑娘的事已经谈妥了。"

胡嫂子这就眯了眼睛，笑道："老早要说给你老爷，你又不要，现在你老爷又想了。"志前连连摇着头笑道："不不不，不是那么回事。我们听到说，有人要把这姑娘买了去，对于她的祖母和她的母亲，并不养活，让她们骨肉分离，是有这件事吗？"胡嫂子道："还不是那贾老爷出的主意吗！他说，姑娘他是要讨去做姨太太，为的是自己好开心。这两个年纪大的女人，他要去有什么用？所以他只肯出一百五十块钱把这姑娘买去。"

北海是坐在靠墙一张茶几边的，听了这话，立刻举起拳头，在茶几上捶了一下，扑通一声，把上面一个茶杯震得跌落地上，倒砸了粉碎，吓得胡嫂子哎呀连声，不敢再说。茶房捧了灯进来，也就连问怎么了。志前笑道："并没有什么事，屋子里有点儿暗，这王先生把茶几撞翻了。"北海到了事后，才觉得自己有些鲁莽，也就不再说什么了。

志前道："这样大一个姑娘，人又很好，一百五十块钱就卖了，未免太可惜。说起来，总也是你一个外甥女。你那出嫁的姐姐，就只有这一点儿骨肉，上面还有一个白发老婆婆，也无非望着这姑娘做一条生路，死了呢，也靠这姑娘抓一把土埋起来。若是照你这样子打算，一百五十块钱，就把她们活割了，这两个寡妇女人将来靠谁？这姑娘跟了姓贾的到江南去，也不知是怎样结果。她举目无亲，受了屈，也没有地方找人做主。说重一点儿，这一百五十块钱，恐怕是三条人命，人生在世，哪里不好积德，而况这还是你的至亲骨肉。"

志前说时，胡小脚脸上是慢慢地变色，最后她鼻子耸了两下，塞塞窣窣地，哭起来了。她掀起一片衣襟，擦着眼泪道："你老爷说的，不都是实情吗？我也就想了两天，拿不出一点儿主意来。那个杨小姐又会说，她说得处处都有理，我让她说动了心，就说试试看，也没有说一定就可以办得成。"志前道："你且不要哭，她说些什么呢？也许她说得是对的，你说给我听听。"

胡嫂子把眼泪擦干了，这就微摇了两摇头道："你老爷一说破，我也就不信她的话了。她说，姨太太总是老爷喜欢的，只要姑娘嫁过去了之后，在老爷面前撒撒娇，不怕老爷不养活丈母娘。就是老爷把她带南方去了，也可以常常写信来，只要有钱，把她娘和奶奶接去也可以，自己回西安来看看也可以。不久，火车就要通到西安了，火车来往，那是很便当的。她这样说的，是很好听的，不过我想着，恐怕没有这样容易的事。现在程老爷一说，人心都是肉做的么，我又哪里舍得呢？不过那杨小姐也太会说，她一说，我就糊涂了。"北海自打碎了那只茶杯，怪难为情的，许久没有作声，这就插嘴道："我虽不能像程先生那样说得周到，可是我也觉得你不至于等着卖人过日子。你回去商量商量，你走别的路吧。"他说话时，脸可不向着胡嫂子，似乎他心里很有些不安。

志前隔了灯看看他的颜色，回过脸来向胡嫂子笑道："你就替那姑娘在本地找个婆婆家不好吗？"胡嫂子道："穷的，哪个人养活得起三口人？有钱的，我又认不得。你老爷若是要了多好。"志前啊哟着，连连摇手。胡嫂子斜瞟了他一眼道："你老爷心肠好，不用像杨小姐那样苦劝我，我也愿意。"茶房在这时，拿了扫帚进来，扫那碎碗片，向胡嫂子道："你回去吧，杨小姐到你家去了。"胡嫂子踌躇了一会子道："我不干了，我去回断她。"于是起身走了。

北海作狠声道："这个姓杨的女人也太可恶，为什么一定要鼓动人家骨肉分离。"茶房笑道："她也不是好人啊。她困住在西安走不了，想借这事情弄几个钱也好回江南。前面院子里那个茶房老李，很帮她的忙，统共能得了几个钱，做这样损德的事。唔！"说着又带了笑眼向志前低声道，"程老爷，你弄来不坏。我去和你一说就成。我不在收你的赏钱多少，也算是做一桩好事。"志前叹着气笑道："人家一个逃难的姑娘，不要大家都在人家身上打主意了。"茶房道："并不是打她的主意，她娘舅都愿意的嘛。"志前将下巴颏向北海一伸，笑道："你看，他不是和那姑娘年貌相当吗？你若说是做好事，给他们凑合起来了，那才是做好事了。"北海伸了嘴角，皱了脸皮子，做出一个极不自然的苦笑，道："还拿我开玩笑。"茶房也就向北海望着，抿嘴微笑。

北海低了头，却把手去抹刷茶几上刚才泼的茶水。等茶房走了，他才抬起头来。志前笑道："那位杨小姐会说，天下事，总没有至情话更能打动人的，这总算我们，把朱姑娘又救出了一个难关，也就不负你这一番热心了。"北海听了，也就有了得意的颜色。志前道："我还告诉你一个好消息，那位周县长，非常之热心。他说，假如你可以娶到这位姑娘的话，他在金钱上也可以帮你一点儿忙。"北海好像并没有听到，忙着在茶几下面找出一张纸来，擦了两擦自己的手。

志前斟了一杯茶喝，望了他道："假如你真有这个决心，你应当回去对家长说一说，然后引来和我谈谈。"北海静默了一会儿，然后，站起来笑道："哪里谈得到。"只说了五个字，他又寂然了。彼此默然地坐了一会子，北海觉得无意思，因问道："程先生叫我今天来，有什么话说吗？"志前道："我要说的，就是刚才所说的这些话。一来我声明我没有什么念头。二来我劝你考量考量。"北海道："我并没有什么……"说到什么，声音很是细微，终于也是将话停止，说不下去了。志前微笑道："有什么话，今天我们也是不便对人提，改一天再说吧。"北海也就说天色已晚，告辞回学校去。志前坐在屋子里，心中生着很大的感触，手扶了头坐在桌子边，只傻想，也不知经过了多少时候，却有一种叮当当的洋元扑跌声，送入耳来。

志前醒悟过来，想着这旅馆里，什么人都有，怎好在这种地方，卖弄家私。于是静心听去，却是由张介夫屋子里放出来的。这其中虽还隔了李士廉一间屋子，但是他不在寓，所以那边声息，听得很清楚。听到杨浣花嘻嘻地笑着说："真便宜了你，得着这样一个做老爷的姑爷，还有这些金钱到手。"志前心里一动，便走出房来，在走廊子上慢慢地踱着，向张介夫屋子里看了去。

隔了玻璃窗子，看到里面灯火通明，坐了一屋子男女。张介夫口里衔了一截雪茄烟，架腿坐在床上，脸上也带了微笑。但是在志前看来，觉得他两只转动的眼珠里面，却带了一种凶焰。杨浣花同月英的母亲，夹了一张桌子对面坐着。桌子上正摆着白花花的几叠洋钱。小脚胡嫂子站在桌子南边，正拿了一叠洋钱，在手上盘弄着，洋钱打得呛呛作响，那朱胡氏两只眼睛，只管跟了胡嫂子手上的洋钱翻转。直等她把洋钱盘弄完了，放到桌上，而后她的眼睛才向桌上看去。

杨浣花向着她望了道："你还有什么可说的吗？"朱胡氏咳嗽了两声，又牵牵自己衣服，才道："我说啥呢？有这些大洋钱，日子还不好过吗？只是我朱家，就是这一点儿骨肉，贾老爷不带走，我们不敢说啥啊！贾老爷要带走，我是舍不得的啊。贾老爷要说我们不像样子，我们也不敢来，只是我这孩子，你可要放她回去看看我们。"贾多才对于这个要求，却没有答复。张介夫就插言道："这当然可以。假如贾老爷在西安租了房子住下，只要你们穿得干净一点儿，也可以让你们去走走的。这都是后话，你急什么？钱一百五十块，你们当面点清了，现在你该在那张字上画押。"说着，他已走了过来，手向桌上一指。

志前站得远，也遥遥地看到，桌上放了一张字纸，朱胡氏道："纸上可是写明了做二房，没提别的吗？"张介夫道："诺，我来一句一句指着念给你听。"于是他伸了一个食指，点着字纸上的句子念道："立字人湖南朱胡氏。今凭媒说合，愿将亲生女朱月英许与贾老爷为姿。收聘礼一百五十元整。又凭媒言明，贾老爷暂不携朱女南回。即万不得已携女南下，亦许娘家做亲戚来往。空口无凭，立字为据。"朱胡氏眼睛向字定住了看着，静心听了下去。张介夫念完了，将手连连地向纸上点了几下道："这还有什么话说？这上面写得清楚，愿意你们做亲戚来往。"胡嫂子点头道："话是很好的。不过这字纸是我们写给贾老爷收着，我们自己可没有凭据。这话，我们将来凭着谁说话呀？"

贾多才抱了两手在胸前，冷笑着，鼻子里哼的一声。杨浣花也就板了脸道："胡嫂子，你也太不会说话，人家老爷花钱讨姨太太，难道还倒写一张字纸给你不成？当了贾老爷的面，我要揭底子说一句，只要姑娘过了门，得了贾老爷的宠，那有什么事不好办。这位朱嫂子，你就画押吧，天色不早了，你该早早地回去，替姑娘收拾收拾的了。"在这张字纸边，放了笔砚全份。杨浣花扶起笔来，蘸饱了墨，交给朱胡氏。她拿了笔，只管抖颤。杨浣花道："你画一个十字就行，只管抖颤些什么？"朱胡氏道："唉！杨小姐，我这一下笔，我那孩子……"她说到这里，突然咽住。在窗子外的程志前觉得这话十二分可怜，不忍听下去，也不忍看不去，自回房坐着去了。

约莫有十几分钟，有脚步由廊子上经过，正是胡嫂子和朱胡氏说话过来。朱胡氏道："她舅娘你看这贾老爷以后让我们往来吗？要不，那是今天把我的孩子杀了。她虽说是个女孩子，我守一辈子寡，跟前也没有第二个。"她口里啰啰唆唆，就走过去了。志前听着这可怜的妇人所说的话，实在不忍。接着笑嘻嘻的声音，张贾杨两男一女也都过去了。

志前心想，上海旅馆里，类乎这样的事，也不知道有多少，何必对这件事放心不下，于是在网篮里抽出一本书来，放在灯下看。刚看了两行，自言自语地说了一句不行，便高声叫着："茶房。"茶房提了开水壶进来，问是要开水吗？志钱道："我不要开水，我问你一句话。那张先生屋里，刚才围了许多人，又弄着洋钱响，他们闹些什么？"茶房微笑着没有答复。

志前道："好像那朱姑娘已经卖给那姓贾的了吧？"茶房笑道："也不算卖，就算给一百五十块钱礼金，把人收过去。若是卖，贾先生还可以多出几个钱的。因为朱家人只不肯断了来往，贾先生说，以后的拖累一定很多，所以就不加钱。不过他也总要图一头，因此说好了，今日晚上，一面交钱，一面就要交人。贾先生有的是钱，只当把这一百多块钱嫖掉了，也不把这当回什么事。"志前道："今晚上就把人送了过去，为什么这样快？"茶房道："人家已交出钱来了，人不送去，他怎么肯答应？他那样痛快，交钱出来，不就为的是……"茶房说着话见志前的颜色不好看，自走了。志前呢，明觉得这件事与自己无干，可是心里头总觉得喝醉了酒一样，非常地不自在，书是不能看了，睡又睡不着，只是在灯下闷坐着。约有一小时之久，远远地听到这小西天的后门，有人敲着响。随着这院子里的茶房，就向后门走着去了。

志前将屋里的灯拧得火焰小小的，也就走出院子来。这空地里正有一堆盖房子的青砖，就向砖堆里一闪。看时，一团手电筒闪闪的白光，在空场里射着。接着茶房引了几个人走过去。正是杨浣花、胡嫂子陪了朱月英来了。胡嫂子道："月英你什么都要听贾老爷的话，你不是个娃，你不要闹啥脾气。我们不是穷么，有饭吃，哪会要你这样定了终身大事！"志前等他们过去，立刻在后面悄悄跟着。

杨浣花道："这就很好了。贾老爷多有钱，将来你吃不尽，穿不尽。"那朱月英由她们去说，却只是低了头走。到了前面第二重院子，是贾多才屋外边了，月英才站住了。那院子里还有一盏汽油灯没有熄，志前在墙角边站住，遥遥看到那姑娘的脸色，有点儿苍白。她回转头对胡嫂子道："你不必送我进去了，你回去劝我娘和我奶奶不要哭。我自己的事，我自己知道，我们不是穷吗？我的命该如此，我……"杨浣花立刻向前握了她的手，又将手绢在她脸上按了几下。于是她牵着这可怜的姑娘进了那房门。不多久，杨浣花出来了，带上了房门，随着那窗户上的布帘子也遮住了灯光。志前在墙角落里，只看到那引路的茶房，向这两个妇人，做了一个鬼脸，好像是戏台上的扮戏人，在闭幕的时候做个表情一样。

第十六回

帘幕隐啼痕难逃冷眼
衣冠夸幸运曾到权门

在这种情形下，程志前是很明白，绝没有权力，可以干涉这些人。既不能干涉人家，眼睁睁地看着，也就说不出酸甜苦辣是一种什么滋味，老是在这里看着，可叫人老大不忍。于是悄悄地身子向后一缩，退回到自己屋子里去。看到自己桌上，只有一盏光焰不怎样大的煤油灯，那模糊的黄色灯光，照着旧的白板壁，在心中有所感触地看起来，只觉得这一切，加强了心里一种凄凉的调子。坐在桌子边，向床上望着。这就联想到月英在下雨的那天，借床睡觉的这件事。觉得她依然不失天真，很自然地在被里蜷缩一团。便算是她有些害羞，然而那也是做女孩子的人应有的现象。被还是在床上，这条被，那个曾经睡过这条被的女孩子，到现在，不能像以前那样纯洁了。心里在这里下着批评，眼光可就只管向那叠的被卷出神。不过是一百五十块钱的价值，那个姓贾的市侩，就把这一个可怜的女孩子给毁了。一百五十元的数目，虽然，不十分小，但在自己行李箱子里，还决计拿得出来，为什么不拦着那胡嫂子，不把这姑娘送了去。现在是来不及了，现在……

他想到了这里，就感到这个世界不但是丑恶而已，实在是残忍。于是情不自禁地伸手在桌上一拍。恰好这桌上的煤油灯，已有了相当的年龄，灯芯的转扭已经很是松动，在这一下桌子震动的当中，灯芯辫子突然向下一落，几乎熄灭。志前这才醒悟过来，自己为这事，已经动了气了。这真有些奇怪，朱月英的事和自己有什么相干，要这样地生气？难道真个要白舍一百五十块钱，免得这姑娘出卖不成？那样一来，不但和贾多才彼此之间要结下深仇大恨，就是王北海也会更种下了误会。而且这一百五十块钱，也仅仅只能维持朱月英的现状，在她那种恶劣的环境之下，恐怕迟早还是要被卖掉。白舍一百五十块钱，又有什么用？自言自语地说了一声睡吧，这就上床展被睡觉了。

这很让人感到奇怪，天天晚上所盖的被，这时展动着，仿佛有一阵微微的脂粉香气，送到鼻子里面来。为了这种香气，自然又会联想到朱月英身上去。所以头靠到枕上以后，眼睛虽然闭上，心里头反是极其慌乱。似乎听到前面大客堂里的挂钟，打了两下响。心里想着，像月英那女孩子，虽然是很柔懦的样子，只管让人去欺侮。但是看她的一种潜意识，却是很能抵抗，也许她对于贾多才这种恶魔，这个时候，还在做最后的挣扎，要摆脱开来。那么，这个时候，她正需要着人去帮助她了。小西天里，除了我，还有谁肯管这种闲事？我去，只有我去！

想到了这地方，那是什么也顾不得的了，这就披衣下床，开了房门向院子里走着。在没有电灯的世界里，到了晚上两点钟，什么地方也是漆黑一团。志前摸摸索索地走到屋子外走廊上，不知道脚下碰翻了一种什么瓦器，便听得柱子边呛啷一下响。立刻站定了脚，向四周旅客的屋子看着。这也只是那玻璃窗里，放出那昏黄的灯光，此外除了一两个客人酣睡的鼻呼声，并无其他的声响。

志前退了两步，靠墙站定，静静地想了一想。他自念着，我这不是有些傻吗？我这个抱不平，却是怎么样子去打？就算月英在那里抵抗着他，然而他已经把银钱买了她的身子，他自然可以支配她，一个同住旅馆的人，就是别人嫖赌抽大烟，也没有法子干涉，何况人家还是堂堂正正地娶姨太太呢？自己这样地转弯想了一想，便向屋子里退了去。好在这样夜深，便是十进十出，也不会有人感觉。也幸得有了这一番举动，这才把枕头上那些胡思乱想，做了一个结束，然后倒上床安然睡觉。

本来在次日早晨，是不能够起来得早些的。无如隔壁住的那位张介夫一早就大声说话，没有停止，这就让他吵醒了。蒙眬中就听到他连连称了好几声厅长。及至清醒过来，把话听得清楚。他道："高厅长在南方生长大的，像我们南方人一样。说话很客气，并不搭官牌子。无论什么有地位的人，你在没有见着他以前好像是碰头很不容易。其实等你见过他以后，你就知道以前是神经过敏。自然也就为了这神经过敏，误事不小的。"

这又听到一个人插言道："这样看起来，你今天去的结果很好，一定有事情发表的了。"张介夫带了笑音答道："在公事没有送到以前，我也不敢说这句话。不过高厅长对我表示很好，我起身告辞的时候，他还送我到了房门口，又对我点了两点头，从来求事之人，很不容易得着长官多看一眼的，他这样对我客气，自然是有了欢迎的意思在内，我想，大小总要给我一个位置吧。"

志前不能干涉他不要说，也就只得起了床。心里随着转上一个念头，我纵然不能救一救那女孩子，我到前面院子里去看看，她究竟是怎么一回事，这总是无碍的。于是脸也来不及洗，就向前面院子走来。看看手上戴的表，还只有八点钟。那么，在贾多才这称心如意的时候，恐怕还是没有起床。这时候去观察他们，未必看得出什么形象来。不过茶房们喜欢闲谈旅客行动的。也许装着不在意的样子，可以在茶房口里，打听出来一些情形。

因之背了两手，慢慢地走向那天棚底下，做个向大桌上找报看的样子。始而走来，径直奔桌子，去拿桌上的报，偶然将头回过来时，不由他不吃一惊，便是贾多才那屋子的窗户，已是两扇洞开。靠窗户，本来是有一张桌子，两把靠背椅子的。这就看到月英背对窗户外边，面朝着里，用手撑在桌子上托住了自己的头。志前觉得她是一个名花有主的人了，朋友的资格在昨晚已经丧失，现在招呼是不妥当的。于是拿了一张报，就坐在对面，向这边看了来。报纸虽然是捧着挡住了面孔，可是眼光还由报头射过，直看到窗子里面去。

许久的时间，月英居然回转头向窗子外面看了来。她眼光四散，好像是被一种什么声音惊醒过来，正在找着什么呢。志前仔细看她的脸色，似乎带些苍白，尤其两只眼眶，带了一片红晕，这红晕并不是什么平常喜色，干燥而不发润，配上那呆呆的眼神，那是可以看出来，她内心却是怎么样子难过的。在志前这样打量她的时候，她也就发现到外面坐的一位看报人，正在向她打量，原来也只认为是个看报的，经过了两分钟的注意，那就看出来了是谁，立刻脸上由苍白变到紫色，猛地扭转头去。

志前倒有些后悔，人家本就极端地难受，何苦又给人家加上一种刺激？过了一会儿，月英很沉闷地咳嗽了两声，将手提了桌上的茶壶柄，要斟茶喝，随着转过脸来，她的头本是低的，先只看到她的头发，似乎有些蓬松。她慢慢地扬起脸来，正好向志前这里看了来。就在那鼻边眼角落里，有两行眼泪顺着颧骨里的两道直斜纹滚了下来。

她这时并不回避着志前的眼光，反是向他呆看着，好像是在她那一副呆脸，两行眼泪里面把无数的难言之隐，都给表现出来。志前放下报，也向她看呆了，不过这地方，是最后几层院子来去的要路，来来往往的人那是很多。当有一位旅客由这里经过的时候，志前立刻想到月英已经是人家的家眷，自己凭了什么，可以和人家表示这种凄怨的态度呢？于是只当没有看到这个人，将报纸向桌子心里一推，低着头微微地叹了一口气，不想这样极细微的动作，月英也是看得很清楚。就在这个时候，只见她放了茶壶一下响，猛地将手伏在桌子上，人就俯伏下去，枕在手臂上，不必看到她的脸，已经知道她会哭出来的。若是贾多才看到了，说是撩拨他的新宠，这可不是儿戏的事，一秒钟的时间也不敢耽搁，扭转身躯，就向后院里走了。

到了自己屋子里，茶房送进茶水来，笑道："程先生，我告诉你一件新闻，那个朱家姑娘，已经卖掉了。"志前道："昨天晚上，你不是告诉了我吗？"茶房笑道："昨晚上虽然说了，那姑娘若是半夜里逃走了，交易还不能算成就。现在人是交到了贾老爷怀里睡了一晚，洋钱也在胡嫂子家炕头上睡了一晚，不卖也算卖，不成也算成了。"志前正在洗着脸，这就淡淡地笑道："你们愿意天天有这样的事情发生哩，无论怎么样你们总可以弄个块儿八毛的喜钱。"茶房笑道："娶这样的黄花闺女做太太块儿八毛的，我们也不至于去要。"志前道："那么，贾先生给了你多少？"茶房笑道："不能个个茶房都有。总要是经手人才可以沾一点儿光。我总算很好，捞了三块大洋。"说着露了大半口牙齿，笑将起来。

志前道："你们在一边分肥的人，笑得很合适，你可知道卖身子的本人，已经是哭得不得了。"茶房倒愕然了，站着问道："程先生，你看见那新娘子哭了吗？"志前道："没有没有，我不过是这样猜想。"茶房倒也没有把他的话放在心上，早晨事忙，自去料理别间屋子的旅客去了。过了一会子，那茶房却是匆匆地走进房来，向他低声道："程先生，你实在是猜着了，那女孩子可不是在哭吗？现在有饭吃了，有衣穿了，家里两代人，也不至于饿死了，这应该欢喜才是。我倒不明白，为什么反是要哭起来？"

志前道："人生在世，不能光是为了穿吃，还有比穿衣吃饭更重大的事在那里呢。可是你这只知道和人家要喜钱的人，又哪里会明白？"茶房笑道："这有什么不明白，报纸上如今常登着，就是我们这里客人，嘴里也是常说着，不就是爱情两个字吗？只是她那样由西边逃难来的姑娘，也不配谈这个。"志前只是带了笑容向他点着头，并不和他再说是非。

洗过了脸，斟了一杯茶慢慢地喝着，不知不觉地，放下茶杯，又去沉沉地想着。最后他想到，只有暂时出去，找个朋友谈谈，才可以把心事撇了开去，因之吩咐茶房锁上房门，表示着必定出门去的决心，然后慢慢地向前面院落走了来。当他快到贾多才门口的时候，也不知是什么缘故，心房自然地会卜卜然乱跳起来，因之两只脚，也不能叫人做主，只管慢慢地踱着。这时本日的报纸，也是刚放到桌上，旅客们将桌子围了个圈子，正在天棚底下看报，志前也就挤到人丛里，胡乱找了一张报，站着看。偷眼看贾多才屋子里时，以前洞开的两扇玻璃窗户，现在却紧紧地关闭上了。虽然隔了玻璃，还看得到里面，却是不大清楚，仿佛只露出了一角床帐，却看不到人影子。不过房门口垂下了门帘子却不曾关上房门，似乎屋子里人也并不曾出去。看了一会子报，再抬头向那边看时，这又不能不让他心里难过一阵。

那位新娘子，这时可露了面了，手挨了门帘子，有大半截身子，在门帘子缝里。而同时也就看到她的脸色，似乎由黄瘦方面，带了一份憔悴。两只眼泡，仿佛都有些浮肿。于是就想到她脸上那憔悴的颜色，和若隐若显的斑痕，都好像是眼泪所沾染的了。她倒不是在这里偷看志前，却是在两边张望着茶房。及至发现了志前也在人丛中看报以后，她立刻身子向里一缩，将门帘放下来了。

志前想着，这倒不须在这里只管去窥探她。于是放下报不看，走出小西天大门外去了。到了下午四点钟，差不多吃晚饭的时候，他方才走回去。可是一到那最后一进的院子里，没有进得房去，就让张介夫截住来谈话了。他今天格外穿得端整，在长衫外面再加了一件马褂。那顶铜色的呢帽，也不像往日七颠八倒地戴在头上，四周的边沿非常地整齐，绕着脑袋转了个圈。帽子顶上那一道折缝和鼻子成了一直线，脸上虽不必说，更是正正当当地向人看着，没有一些子不严肃的颜色。本来志前也不注意到他的颜色上去，只是他把人拦住，不能不理他。他站得定了，然后举了马褂袖子，作了两个揖。志前这可有些茫然了，他为什么施上这一礼？便只好站定了，也回他一个揖。

他笑道："程先生，有一件事，颇对不起你。"志前笑道："笑话。彼此是新交朋友，并没有多大往还，这对不起三个字，从何而说起？"介夫笑道："这话我不说，我想你也知道，就是……"说着，声音低了一低，因笑道，"就是那位朱姑娘，已经让多才兄藏之金屋了。本来这个人儿是很属于阁下的，这倒有点儿让阁下割爱了。"

志前始而是气向上冲，脸都变紫了。转一个念头，可笑了起来，把脸上的紫色平了下去。因道："这话说起来可就远了。贾先生纳宠，本来就不干我事。就算干涉到我身上，也不能要张先生来和我道歉。"介夫道："不，我和贾先生至好，我是可以代表他道歉的。"志前想了一想，笑道："这是出于贾先生的意思呢，还是出于张先生的意思呢？"介夫道："贾先生意思是有的，不过他不便说出来。我刚才由财政厅、建设厅两处回来，和多才在一处谈了许久。"志前道："那新娘子很快乐吧？"介夫道："那是自然。你不看我穿马褂？就是为了见两位厅长的缘故。要不然，加上一件马褂，究竟也是嫌热。"志前道："那姑娘由穷得要饭，一变而做银行家的姨太太，当然是快乐的。她说了什么吗？"说话时，茶房已是替他开了房门。

介夫却是不必他引路，先走着进了他的房子，一面说道："做新娘子的人，总是有些害臊的。不过她听到我是快有差事的人，向了我微笑，倒有向我恭喜的意思。"志前因他已是走进屋子来了，这就让他坐下，而且斟了一杯茶，又递烟卷过去。他这才揭下帽子，脱下马褂，都放在旁边茶几上，笑道："见上司虽是一件乐事，也是一件苦事。不见他，哪里有差事到手？可是真去见他，那一份拘束也就不是言语可以形容的。唉！做官难啰。"说着，表示十分叹息的样子。一低头，看到桌上放了一根烟卷，笑道："现在衙门里的风纪很对。都讲新生活，并不预备烟卷待客，就是一杯清茶而已。我认为这是对的，一年要省下好些个钱。比如我今天去见高厅长，是为了求他给差事，怎么样子放肆，也不能当了他的面抽烟，何必预备呢？今天我到建设财政两厅，都没有烟卷，财政厅而且不要茶，用白开水敬客，这更显着讲求卫生。"他口里说着，就不知不觉地衔着那支烟卷，点上抽起来了。志前在他对面斜坐着，望了他道："假使张先生将来做了厅长，抽烟不抽呢？"他说着这句话，却带了一份笑容，把眼光射到张介夫身上去。

他不慌不忙，笑着答道："这件事是很好解决的。常言道是做此官，行此礼。假如兄弟有做到厅长的那一天，新生活运动，还是很热烈的话，我当然不抽烟，就是现在高厅长给了我一个差事，我也一定提倡道德，讲起仁义礼智信来。"志前笑道："对于讨姨太太这一件事呢？"介夫这倒感到有点儿困难，抬起手来，搔了两搔头发道："这倒是新旧思想一点儿冲突，在旧道德上说，连圣人都讨妾的，这并不是坏事。可是新道德上，又说的是一夫一妻制。叫我说，我是不好说。我是个现代的人，可是赞成提倡旧道德。所以我的话是很难说的了。"说着话，依然是不住地搔头发，那可以看出他措辞虽很难，到底还是很得体。

志前道："本来见仁见智，各有不同。"说着淡淡地一笑，好像在这一笑之内，似乎也有些批评，介夫倒也是不曾去理会。嘴里斜衔了烟卷，坐着向外直喷出来，许久才微笑道："程先生在西安，情形是比兄弟熟悉得多，不知夹袋里有当勤务的这种人才没有？若是有，可以介绍一个给兄弟。"志前本来是有些不愿意和他谈话，不过他谈到了想用听差，倒猛地想起一桩心事。那个老瓦匠，不是十分重托着，想把他的侄儿子找一项工作吗？这就两好凑一好，正可以介绍给他。便答道："提到这个我倒是有个人可以介绍，张先生等着要用吗？"

介夫笑道："暂时不忙。这话说在程先生心里，大概六七天之内，兄弟有个小小的位置要发表。这都是多蒙了贾多才先生八行吹嘘之力。在外面交朋友，谁也不知道什么时候用得着，什么时候用不着，总以多交结为妙。比如这位贾先生，我是不认得的，还是李士廉先生的介绍。可是李先生所图谋的事，还没有什么消息，我的事倒很有希望了。贾先生为人，慷慨之至，不失银行家风度。将来，西安要办分银行的时候，他一定是分行经理。李先生若是在西安多候一些时间，我想总也会有办法的。"

志前本是不抽烟卷的，也就只好偏了头取了一根烟卷抽着。这屋子里，由喧噪到沉寂，介夫没法子赞扬贾先生了，沉思了一会儿，正想开口再说什么，可是那位杨浣花小姐，就穿了一件新的绿绸旗袍子，由窗子外经过。介夫立刻哎哟了一声，颇有失惊的样子，浣花听了这话，就站在窗子外，停留了没走。张介夫也顾不得一切，很快地就向外面迎上来，浣花笑道："张先生，我明天一早就走了。你答应和我写的介绍信呢？"介夫拱拱手笑道："真是对不起得很，今天早晨六点多钟，我就到建设厅去了。回来了一趟，不到三十分钟，接了财政厅的电话，我又到财政厅去，恰好主席有事，请了厅长去谈话。厅长留下一句话，约我三点钟再去。他见了面，说上许多对不住，我又怎能怪他？所以今天只是忙了伺候两位厅长，没有理会到和你写信的这一件事。"

浣花笑道："那么，恭喜你，快要有差事了。"介夫道："我也恭喜你，你现在可以回江南了。靠着我这封信，多少钱不说，由南京到上海的一点儿小火车费，我那朋友总可以送你的，到我屋子去，我这就和你写信。"说着，伸了一只手，到浣花身后去，做个要扶她的样子。浣花道："写信呢，那忙，还是贾先生许了给我的川资，现在还没有拿出来，我想请求请求张先生去催一声，晚上我再到张先生房间里来辞行。"介夫瞅着她笑道："你准能来吗？"浣花道："那我怎敢骗你？"介夫哈哈发笑，于是走了。浣花向志前点个头，并不进来，也自走了。

不到两分钟的时候，却听到隔壁屋子，啪的一声，拍了桌子响，李士廉接着骂起来道："这个年月，只要不要脸就有饭吃，为了求人家一封八行，带马拉皮条的事，全都做了，贾多才也太不念交情，太不长眼睛，这样的人给他也写介绍信。"说着，又听到重重地放下茶杯子。

志前也是出了神，就不知不觉地笑了。李士廉隔了墙壁道："程先生，你听到张介夫那一番吹的工夫吗？开口厅长，闭口厅长，我真替他肉麻。人家买小老婆的事，他也要夹到里面去巴结巴结，这才求得贾多才于八行之外，昨晚上又给打了两个电话，居然把事情弄得有点儿眉目。他是小人得志便癫狂，穿了马褂，戴了帽子，走来走去。这种人，在我眼睛里，实在看不下去。从今天起，我不和他说话了。"志前笑道："那又何必？在外面混事，各有各的手腕。"李士廉道："什么手腕，下流罢了。这样下流的事，也做得出来，王八羔子……"

志前不等他说完，故意高声哈哈大笑。不先不后，张介夫是回来了。他因为帽子和马褂，都在志前屋子里，笑着进来道："一个人没有机会，等三年也许等不到一丝道理来。有了机会，机会就涌了来。这是哪里说起，蓝在田先生来了。"志前道："哪个蓝在田？这名字很耳熟。"介夫两手一扬道："鼎鼎大名的人，怎么忘了？他是中央调查机关的西北调查专员，潼关来了电话，叫小西天预备下三间屋子，我和这里账房说，中央专员到了，那是小西天一个面子，他们应该在大门口贴上几张欢迎标语，费事有限，作用很大。账房究竟是个买卖人，他不开窍，不想办，我就告诉他，这专员和我有点儿瓜葛亲……"

一语未了，李士廉在隔壁屋子里，先叫了一声介夫兄，说着，跑了过来，向他拱手笑道："介夫先生，你和蓝专员沾亲吗？什么亲？"介夫笑道："这倒不必宣布。知者说我是说实话，不知者以为我攀龙附凤，胡扯一阵，我是不如不说为妙，不过他明天就要到的，等他来了就可以证明我的话了。"

李士廉道："介夫兄向来不说谎的，用不着证明。但不知蓝专员到这里有什么任务？"张介夫将放在茶几上的马褂，向胁下一夹，抓了帽子，向头上戴下去，虽是歪了大半边，却也不理会，昂了头向外面走着道："谁知道他是来干什么事的？不过据我猜想着，在这里总要耽搁十天半个月。他是个中央专员，若是能得着他的允许，向任何机关写上一封八行，哼！一定希望不小。茶房，给我开房门，泡茶。"说着那话时，声音是非常高昂，其实茶房早已开门泡茶了，他走进房去。

李士廉也随着跟了进房去，笑道："我刚才还同隔壁的程先生说呢。说是张先生的才具，实在比任何人高出一头。和他同路到西安来的人，一丝一毫消息没有，他可眼看有好差事到手了。"张介夫昂着头淡笑道："我也不敢说怎么样有才，运气这东西，倒是随人而定。若不是蓝先生自己会来，我也不能说找出路有把握呀。"李士廉道："我是久已想请你喝一壶，有许多话要谈谈。明天蓝专员来了，恐怕你是更没有工夫，能不能这时同我出去，到小馆子里去来个一醉方休？"介夫笑道："叨扰我就不敢当。"李士廉笑道："说什么话，自家兄弟，你扰我一顿，我扰你一顿，那都算不了什么。你若是不赏光，你就说我是王八蛋。"张介夫还不曾答复，门外已有个人笑了进来道："李先生怎应承认是这东西呢！"这句话的误会，李士廉是难堪得可以的了。

第十七回

莫问女儿身难言隐痛
争看贵人脸共仰高风

当李士廉说出那句王八之词，本来是激将法，想激得张介夫非吃他一顿不可。事情是那么凑巧，恰好杨浣花这时由外面进来，只把那句话听了半截，她以为李士廉就算很开通，也不该自己承认是那东西。张介夫在得意的时候，却也来不及和别人去打算，笑道："要不要李先生当那东西，那权在于我。"他说这话时的院子里正有好些个人远远地站着，都微微地笑了。其实张介夫这几句话若是好好地加以解释，倒也不见有什么侮辱之处，唯其是这样含混地说着，李士廉是无地缝可钻，假使有地缝可钻，他也就钻到地缝里去了。

杨浣花看到他脸上由红变紫，皮肤被血涨着，几乎眼睛都要睁不开来，这就不便把这笑话，只管说了下去，因道："李先生，我明天走了，在这里许多事都蒙你帮忙。"李士廉也正是找不着梯子下台，听了这话便笑道："那恭喜你，算是跳出火坑了。盘缠拿到手了吗？"浣花笑道："火车票有了，一路零用的钱还不够，我想……多找几位老财翁帮帮忙吧。"说时，瞟了介夫一眼，介夫却望了院子门外。

李士廉道："求佛求一尊，何必去东拉西扯，现在张先生阔起来了，你让他随便帮你一点儿忙，那就行了。"杨浣花笑道："我是有耳朵的，早已听到有个中央大员要来。和他沾亲呢。"说着便把眼珠斜转着，看到介夫的脸上去。介夫扬着眉毛道："若论替你想一点儿小法子呢，过了明日，或者不难。"浣花道："为什么要过了明天呢？明天就是个大发财源的日子吗？"介夫道："你没听见说蓝专员明天要到吗？他是我的亲戚，他来了，少不得有许多事要派我去做，自然叫我做事，当然有银钱由我手上经过。那时，我在大批的款项里面，移动一点儿小款子给你用，那是不值什么的。"

浣花道："你不知道我明天一早就要走吗？若是等你明天给钱，带我到潼关去的汽车赶不上，我又得拿出好几块钱来买车票，那还是不合算。"介夫淡淡地笑道："我也不过处于朋友的地位，帮帮忙。天下事哪里有面面都到的，那就只好听凭你自己去挑选了。"浣花听他说话的口音，并不能有什么切实的表示，这给钱的事似乎没有什么多大的希望，因之站着呆了一呆。

张介夫好像是很忙，并没有工夫说闲话，扭转身体，就向他自己屋子里走去。李士廉紧紧地跟随在后面，也去了，这廊子下面，就剩了一个杨浣花。她能够弄到一张火车票钱，还是张介夫说的好话，要不然贾多才把朱月英已经弄到了手，他就过河拆桥，也没有她的法子。所以在表面上，张介夫再不帮忙呢，他不负责任。好在自己在这里，还有一夜勾留，也许再去敷衍敷衍他，可以得着他一点儿好处。

浣花出着神，呆了一阵。偶然回过头来，却看到程志前隔了窗子，向她微笑。便点头道："程先生今天没有出门去。"志前随便地答应着没有出门去。这句话说完，心里可就想着，人家心理正在难受，何必这样冷冷地对着人家，便点头笑道："恭喜你，现在可以回江南了。"她答道："嘻！这哪里谈得上恭喜。这好比一个坐牢的人，快要出牢门。可是出了牢门以后，究竟怎么样，一点儿也不知道，也许不过三天，我就活活饿死了。"她口里说着，人向屋子里走了来。

志前和她相识了许久，人家既走了进来，没有将人家推了出去的道理，便笑道："请坐吧。由这里分别了，再到南方去，就不知道是否能会面了。"浣花倒不料志前能这样表示好感，假使用好言语和他谈谈，也许他能够助一臂之力，便笑道："你看，像甘肃逃难来的那位朱家姑娘，她会嫁了贾先生做姨太太，这不是人生悲欢离合，都很难说吗？"志前笑道："杨小姐的意思，以为那位朱姑娘，很是得意吗？"

浣花听说，倒是顿了一顿，又一句话答复不出来，因为志前，已经斟了杯茶放到她面前，她就拿起茶杯来喝了一口。在喝茶的时候，她眉毛动了两动，这就放下茶杯来笑道："据程先生看，这件事怎么样？"志前道："我有一个笑话，可以打比，听说冤屈死了的鬼，一定要找一个替身，然后……"浣花不等他说完，就红了脸笑道："是的，为了把她的媒做成功，贾先生才帮助我一笔火车费，我得以回江南去，好像捉

173

住了这朱姑娘当替身。其实这朱姑娘是非嫁不可的，我就不做媒，她也要嫁人。而且我在西安，干的是什么？现在有了主子，不愁穿，不愁吃，和我的情形，那可又大不相同了。"

志前眼看她许久，没有作声，觉得她那不沾脂粉的皮肤上，今天却透出了一片红晕，便想到了月英的脸子，却在健康的颜色中透出了一丝苍白。天下事就是这样，永远地相反而相成。浣花见他老是这样看着，倒有些不好意思，勉强地镇定着道："我也知道程先生是喜欢那姑娘的，但是我们出来做媒的时候，你总不肯说要。"志前连连摇着手笑道："差之远矣，差之远矣！说到这里，我们就放下这件事不谈吧。"浣花又喝两口茶，眼睛注视了茶杯子里头，因道："我还不能算走得了呢。明天这里有一辆到潼关去的汽车，贾先生说好了，让人家带我去。另外给了十几块钱，也就只够刚刚买三等车票，说不定，还是不够，路上就算不吃不喝，若出一点儿什么小事，我零钱都拿不出来，这怎么敢放胆走？"

志前道："好像那位张先生，已经答应和你帮忙了吧？"浣花手扶了空杯子。呆着眼珠不动，眉头微微地蹙起，似乎心里很难受。志前道："这也难怪他，在外面作客的人，无非想挣几个钱带回家去享受，哪里有许多钱帮助别人？"浣花很低的声音道："那是当然。只是……只是……他不该骗我。"一个我字，抢着说出来，立刻两行泪珠在脸上滚着。她来不及用手绢来擦眼泪，就用手指在眼睛上抹着。志前看到她哭，又听到她说受了骗，这下文如何，是不必问的，便道："我看这位张先生，今天是大忙而特忙，也许他来不及帮你的忙。"浣花道："程先生，你没有听到吗？刚才他说了，要到明天才能帮我的忙呢。他知道我归心似箭，故意这样说的。其实我真的等到了明天，他也未见得能帮我的忙。"志前道："你以为这样，就是他骗了你吗？"

浣花又垂着泪道："程先生是个聪明人，还用我细说吗？一个飘零的女子，还有什么让人家骗？无非是……在前天晚上，他喝醉了酒，很高兴，许我十块钱，在火车上零用。又说他有个亲戚在南京做官，介绍我去找他，他可以送我到上海的火车票，还可以送钱，我自然是相信。昨天大家又混在一起，忙这朱姑娘的事，我在他屋里坐到晚上一点多钟，他说今早有客来，要我回去，我也只好回去。今日来找他，不但他说的写介绍信给钱的事没有了影子。那位贾先生答应的钱，也说要等他经手，好容易把他找到了，才把火车票钱弄到了手。至于他本人的，他一字不提。我几次用话去探他的口气，他总是含糊着，我这就看出来了，他是存心骗我。"说着，这才在衣袋里掏出一方小手绢，慢慢地擦着眼睛。

志前在猜透了她的遭遇而后，也替她可怜，便叹一口气道："杨小姐，不是我到现在还说你，你也有错处，你自己也是落魄的女人，你就不该图了人家的谢媒，把朱姑娘硬卖掉了。她果然做姨太太，救活自己和母亲祖母三条命，那还罢了。不过我看那位贾先生也是一时性欲冲动，花个百十来块钱，找这么个女孩子解解闷，他有一天不高兴了，他还要她吗？不过这话又说回来了，他果然五七天之后不高兴，把朱姑娘丢下来了，那还不要紧，至多是糟蹋了她的身子，她的性命还在。就怕他带出潼关去了，他还真能让朱姑娘的祖母母亲跟了去不成？那时候他要把朱姑娘一丢，这位没有见过大局面的姑娘到了那个时候，成了叫天无路，入地无门，那岂非走入了死地？"浣花听说，依然没有作声，许久才答道："我想贾先生现在这样地喜欢她，就是将来变心，总也会给她一个下台的地步，绝不至于丢了她就不问。"

志前淡淡地笑着，鼻子里哼了一声道："将来的事，那有谁能知道呢？"浣花又低头玩弄那个茶杯子，不能说话，她向志前的脸色看看，才低声道："程先生，说明了，我也觉得这事是做错了，不过这也只有我心里难过，要我想法子来救她，已经是来不及了。我知道，程先生是一颗佛心，绝不会对她还想什么事，无非是念她可怜。这时候，大概那位贾先生出去了。我可以到她那里看看去，这倒可以问问她，她觉得心里痛快呢，还是心里难受呢？"志前道："不必问了，我一个事外之人，何必管那些闲事。"刚说完了这句，又做了一种沉吟的样子，因道，"假使你不提起我，去找她谈谈心呢，那倒也无不可。"浣花就收起了愁苦的样子，笑道："我当然不能说是程先生要我去的。"说着这话，自向贾多才屋子里边来。

可是到了那里，却见房门紧闭，便是连月英也出去了，正想掉转身去问茶房，却听到月英连连地在里面咳嗽了两声，便笑道："贾太太，开门吧，我要进来和你谈谈。"月英将门开着一条缝，向外张望了一下，才放了浣花进去。浣花见屋子并没什么异样，只是桌子上有两小件纸折的玩意儿，因笑道："我以为你在屋子里睡觉呢。好端端地坐在屋子里，关着门干什么？"

月英皱了眉道："贾老爷出去的时候，他还要把门锁起来呢。我说，若把我锁在屋子里，倒好像是怕我逃跑，让别人看到了，我难为情。他想了一想，才让我关着门在屋里坐，有朋友来，只说他出去了，不必开门。你来了，是女人，我才敢放你进来。请坐吧，有什么事吗？"说着，也知道倒一杯茶，放到桌上待客。

浣花见她坐在床上，也就挨着她坐下，摸了她一只手到怀里，轻轻地抚摸着道："妹妹，你说实心话，你这样嫁了人，你觉得很好吗？"月英猛然地看了她一眼，好像是想不到她会说这句话，因道："那还用得问吗？我现在不饿肚子了，衣服也有得穿。"浣花依然握住她的手，更注视到她的脸上，觉得她脸皮子绷得紧紧的，并不曾带有笑容，于是将手按了她的肩膀道："你说谎话呢。我看你的样子，并不怎样地高兴呀。"月英低了头，自看着自己的手，却没有答复。浣花道："啰！我说怎么样？心里又难过起来了不是？"月英又抬头看了她一眼，才低声答道："我也没有别的事心里难过，就是看不着我的娘，也看不到我的奶奶。"浣花道："贾先生不许你回去，难道你家里人也不能来看你吗？"

月英道："贾老爷说他们穿得破破烂烂，不会说话，又不懂规矩，若是在这里碰到了熟人，很难为情，所以不让她们来。"浣花站起来，走到桌子边，端起一杯茶慢慢地喝着，眼睛却在月英全身打量，问道："就是为了这个心里很难过吗？还有别的事情不顺心的没有？"月英道："我才是跟着贾老爷过了一天，这些哪里说得上。"浣花笑道："在做新娘子的时候，丈夫总是用许多好话来哄着的，贾老爷也用了什么话哄你没有？"

月英红着脸，略微开了一点儿笑容。但是这笑的时间非常之短，立刻就收止住了，又绷了脸皮子坐着。浣花想了一想，笑道："你喜欢贾老爷吗？"她依然绷了脸皮子。浣花道："你恨他吗？"月英道："我恨他做什么？他也不是霸占了我，他是花了钱买我的。"浣花道："你总有点儿怕他吧？若不是怕他，为什么他叫你关上门坐着，你就关上门坐着呢？"月英光是微微一笑，随后又叹了一口气道："我吃人家的穿人家的，能够不听人家的话吗？"她说毕，竟是眼圈一红。在这种情形之下，浣花也就观透了八九分了。于是两人对面坐着，各自无言，约莫有二十分钟之久，谁也不曾说话。接着有了脚步响走到门口，就问道："咦！门怎么没有关呢？"随着这话音，就是贾多才进来了。

他一走进门，月英立刻站了起来，身子是紧紧地靠了床，将头低下去。贾多才回头看到浣花坐在这里，才笑道："我说怎么样开了门呢，原来你在这里。"浣花站起来笑道："我看到贾老爷不在家，特意地来和你陪新太太，那还不好吗？你既回来了，那自然是用不着我。"说着她就起身向外边走去。贾多才根本就不愿意她来，站在屋子里说了一声再会，并不相送。

浣花把月英的情况，调查得有了八九成清楚，这就向后院走来。刚转过墙角，却见跟程志前补习功课的那个王北海呆呆地站在一旁，笑脸相迎地鞠了一躬。杨浣花流落在西安，只有给人赔笑脸，给人鞠躬的份儿，哪里有人这样和她客气？现在王北海对她微笑着一鞠躬，她倒突然呆住，不知说什么是好。北海道："杨小姐，你不是由姓贾的屋子里来吗？"浣花眼珠一转，心里早就明白，笑道："她现在已经做了人家的姨太太了，你还念她？"北海强笑道："不是，不过，我想你总和她谈了一些话。"浣花道："谈了的。她那贾先生在屋子里呢，我也不过和她说几句平常的话。"北海道："我想她心里总是很难过的吧？"浣花笑道："做新娘子的人，有什么难过？"北海说一句，就被她碰回来一句，也就不能再有什么话好说，因是靠墙站定，沉吟了一会儿。

浣花点着头道："再会了。"这也就顾不到他站在这里怎么样，掉头自进去了。到了后院，远远就看到程志前隔了玻璃窗子向外面张望。于是收住了笑容，也带一种沉郁的脸色，走进房去。志前笑道："杨小姐事后又热心起来，少不得已经是到那里去了一转的了。"浣花叹了口气道："程先生，你实在是个好人，我越想你的话，我越是后悔。这个媒，我做的是十二分后悔。"说时，两手按住了桌沿，向志前望着，似乎在静等着志前的安慰。

志前便笑道："说起来呢，这件事也不能要哪一个人去负责任，而况她家里人，原也是自己愿意的。"口里说着，已是斟了一杯茶，送到浣花面前。她笑着道了谢谢，就坐下来，将月英的形状说了一遍，自然都是在同情的一方面。后来志前说到意志薄弱的女人，末路无非如此，浣花默然着，随着就流下眼泪来。许久，才一面擦着眼泪，一面低了头道："要是男子都像程先生这样的心肠，女人就走遍天下，也不会上人的当了。"志前笑道："杨小姐说这样的话，我可不敢当。不过我是穷文人，什么享受也是谈不到的。我很知道安分守己，不敢做什么妄想，一个人安分守己，自然就不会去害女人了。假使我有个十万八万，在家里住着皇宫式的房子，出去坐着最新式的汽车，那我自然也会娶上三房四妾的。"

浣花道："程先生肯说这话，就难得。谁就是跟着程先生做姨太太，也是福气。"她说到这句话的时候，居然在泪痕满面的当中，带出一些笑容来。自然，随着笑容，还有些红晕。志前本就觉得这女人的面容，有些憔悴，而且又在哭中带笑，那简直觉得是一份凄惨。自然是随着一呆，也就无话可说。浣花又默然了一会子道："我并不是因为有事要求程先生，才向程先生说好话，我实在觉得程先生这个人是位忠厚长者，不能不佩服。因为如此，所以我想求程先生，我也只好直说出来，对与不对，都请你原谅。"

志前对她脸上注视了一番，便笑道："果然，你要觉得我有什么力量可以帮助你的话，你就实说，不必这样客气。"浣花又在那满布泪痕的脸上，苦笑着，因道："也没有什么要紧的事，不过……我想你先生也知道，我真是说不出口来，因为我们的交情太浅了。"志前道："你的意思，我明白了，是不是为了川资问题？"浣花道："程先生自然是聪明得很的人，我还说什么？说句不害羞的话吧，只有求程先生恩典恩典了。"志前沉吟着一会儿道："大家都在作客中，你总也知道，这银钱不是怎么容易的。"浣花那张略红晕的脸，便有点儿苍白了。志前接着道："若说帮点儿小忙，我也不能说不行，这样好了，我送你一点儿小款，在路上买些点心吃吧。"说着，在身上取了一张五元钞票，交到浣花面前桌子上。

浣花的脸上，实在不能不突出笑容来了，手扶了桌子，站着道："多谢多谢！我也是没法。"说着，便低头看了那张钞票。志前道："你只管收起来得了，我拿出来了，当然不会是假意。若说嫌少……"浣花摇头道："那可千万不敢。"这才慢慢地将那张钞票，收到袋里去了。好像还有什么事，不大顺势的样子，又坐下来了，强笑道："我真不好意思，和程先生一点儿关系没有，倒要程先生破费。"志前笑道："唯其是我在超然的地位，我才好帮点儿小忙。要不然，为图着什么，才掏出这点儿款子，那也太难了。"浣花又是低头坐着。

志前怕她还有什么要求，只好把敬客的烟卷，点了一支，很无聊地抽着。浣花缓缓地抬起头来，问道："程先生在西安，大概还要耽搁一些时候吧？"志前道："却也说不定。"浣花将手理着鬓发，微笑道："你太太一定在家里很念你的。"志前道："我是常常出门的人，那倒也无所谓。"浣花低了头将手抬起来，两面慢慢地翻着看，问道："晚上程先生有客来吗？"志前正色道："杨小姐，我已经说了，我是干干净净帮你一点儿小忙，你不必多心。我也该出门去看朋友了。"

浣花红了脸站起来道："那么，我实在多谢。"说着鞠躬而去。她走出房门，还听到志前叹了一口气，至于他是哪一种叹息的意味，却不去管他。正一扭转身子，要向外走，忽然后面有很急的脚步声赶了前来，接着被人一把扯住了衣襟，回头看张介夫又换了一副笑嘻嘻的样子站在面前。他笑道："我仔细想了一想，你要我帮忙，我一点儿也不答应，那好像太对不住你。"说着把声音低了一低道，"你今天晚上十二点钟来，我送你一点儿小款子。"浣花淡淡地笑道："小款子？这小到什么程度呢？"张介夫也笑道："两三块钱，我也总要送你。"浣花鼻子里哼笑道："留着你买饭吃吧。"说着一扭身子就走开了。

张介夫呆站在这里，半天动不得。浣花哪里管他，自向外院走了去，自然也是高兴地回家。可是到了饭店门口，却见一位年轻的妇人，随着两件行李，笑嘻嘻地走了进来。她一面走着一面操着南京腔笑道："这里的房钱，倒也是不怎么贵，还抵不了在南京住小客栈的价钱呢。我就住下去三四个月也不要紧。"在她说话的当中，那高跟鞋子嘚嘚作响，充满了她那份得意的情形。浣花这就想着，当年我到西安，何尝不是这样高兴，可是到现在，是把小西天当了火炕，很不容易得有明日的机会，总算可以跳了出去了。然而还有这样的人，愿意在这火炕里住上几个月呢。

她这样地自幸着走了，那个不幸的女子却是一直地送到了后院子里居住。张介夫发呆之后，本也抽身向屋子里走了去了。然而那高跟鞋的响声，却是最容易触动他的神经，就立刻回转身来相迎着。但是他看到这妇人面孔不熟，又是在后面跟着两捆行李，他就联想到必是蓝专员有关系的人，可不能胡乱地触犯了，因之板正了面孔，闪到一边去。那妇人道："这里就是这几间屋子吗？"她说着，露出一口南京腔来。介夫更是不敢胡来，料着所猜很对。

正好在这时间，前面的账房拿着一卷红纸进来，笑道："张先生，你不是答应了和我们写欢迎标语吗？"介夫将胸脯一挺道："那是我义不容辞的，明天来的蓝专员，是我的亲戚。"说到是我的亲戚这一句，那声音是非常的响亮，而且同时将眼睛向那女人偷着射了一下。果然地，这蓝专员三个字，送到那妇人耳朵里去，那妇人似乎也冲动了一下。只是介夫不便多看，也就引了那账房进屋子写标语去了。介夫对于这件事是特别努力，早已就倒好了一碗墨汁，调和得不浓不淡。桌子是摆在屋子中间，将白纸铺着，大小笔发开了许多支，架在桌沿边。地下堆了一大堆报纸，都是写上了大字的，墨汁淋漓。

账房笑道："张先生真细心，事先还练习了许多呢。"介夫将大拇指一伸，昂了头道："我的字蓝专员一抬眼就认得的。我歇了两个月没有写大字，笔力有些退回去了。明天蓝专员到了，若是说起字是我写的，他见我的字写回去了，我一定要受申斥的。有道是不怕官，只怕管，谁让我的官比他小呢。"

那账房听他说出这种话来，更觉他和蓝专员有了密切的关系。于是伺候他写完了标语，立刻到前面店里去宣传，说是怪不得后院住的那位张先生，他要写标语欢迎蓝专员了，原来他就是蓝专员手下的属员呢，前天倒不该开了账单子和他要钱。不过账单子已经开过去，他还没有给钱，以后对他放松一点儿就是了。论到小西天这旅馆，是常住着高级官吏的，来一个阔一点儿的人，倒算不了什么，不过这次蓝专员来，似乎他自己就宣传了一阵，由南到北的报纸，都已登载过，西安本地的报自然也是登载的。有知识的人，觉得这不过是二三等要人，并不十分注意。这账房先生，究竟对做官还是外行，经不得介夫一再地说他是中央大员。平常来了中央大员，都住在省城唯一的华贵招待所，新城大楼。这次大员来，不住新城大楼要住旅馆，他也像包文正私访，要来查民间善恶的，倒是恭维一点儿的好。

账房又和东家商量，东家说："做买卖人，和气生财。欢迎欢迎，也没有什么使不得。"只因有了他这句话，立刻大事铺张，先打扫了几间干净屋子，帐被枕头，连痰盂子，都挑了干净的放在屋里。大门口两边墙，横贴着丈来长的红纸标语——"欢迎蓝专员"。在大字下，添了两行小字，乃是"小西天谨制，张介夫敬书"。账房看到标语上落了私人的下款，觉得这在西安，还没有见过，不知可有这办法，本打算问一问张介夫的，恐怕南京方面，根本就是这样的，倒反是不妥，也只好罢了。这是大门口，在大门以内，各进屋子的墙上，也贴有欢庆蓝专员的直条子小标语，上面也写着下款却是一个人的名字，张介夫敬书。

小西天饭店里的客人见标语上写着下款，都引为奇事，若说这是张介夫的私宅，这样铺张那也没有什么奇怪，无如这小西天是个大旅馆，住下的旅客很多，何以能让他一个人满墙满屋贴标语，大家纷纷议论，这蓝专员有了什么大权，引得姓张的这样恭维，而对于蓝专员威仪怎样，也就在各人心上种下了一个疑问，不知怎样，为了账房先生一种揣测，说这位蓝专员像包文正。因之以讹传讹，茶房们传说出来，这位大员，面如锅底，眼似铜铃。更有人说，他脸是蓝的，所以叫蓝专员，要不然饭店里用不着欢迎了。

这标语在小西天饭店里外贴了一天，又有神话一衬托，总算收到了效果，许多人都要看看蓝专员，也就有许多要知道张介夫，他既用个人的资格来欢迎，想必是他有些地位，要不然，就犯不上做这种事了。于是大家要认识蓝专员之余，却也愿意认识这位张介夫先生。

不过介夫本人，却不知道全旅馆的空气有这样紧张，当晚预备了两块钱，静等杨浣花小姐前去取用。他想着杨浣花这种环境里，多得一毛钱，有一毛钱的帮助，她一定会来的，殊不料直等到深夜一点钟，还不见女人的影子。他想着，白天她在程志前屋子里勾勾搭搭，恐怕是姓程的出钱多，她到程志前屋子里去了。心里有些不服，于是悄悄地走出屋子来，站在志前的屋子外，静听了许久，不想里边仅仅只有志前的鼾呼声，并不曾配着别的响动。但是虽然没有响动，心里依然也宽解不下来，回得房去，半夜不曾安睡。预备的两块现洋，原是放在小衣口袋里的，自己睡不着，在床上未免翻来翻去。于是小口袋两块钱，呛啷一声

181

响，滚了出来。这一下子，可把张介夫惊醒过来了。她不来算不了一回什么事，这倒很好，省下两块钱了。这两块钱留到明天，请问干什么不好，于是心里安然着，就睡过去了。

到了次日早就起来了，穿上了长衣马褂，有时由里跑到外，有时由外又跑到里，好像掉了魂一样，没有了主张。因为他老是这样进进出出，身上又有一件马褂，这惹得全饭店的人，都有些注意。后来茶房说，这就是贴标语的张介夫。大家这也就随着明白了，他这样忙进忙出，乃是忙着筹备欢迎事宜。可是只除了看到他跑来跑去而外，却也没有布置什么欢迎的仪式，倒不知道他用意安在。这是旁观者的意思。其实介夫自己，关于这样跑来跑去，也想不到是为了什么。在十二点钟以后，可以说是盼望汽车到了没有。十二点钟以前，明知汽车是不能到的，何必探望呢？

好易盼到了下午两点多钟，前面一阵乱，有两辆汽车开到，介夫赶快到前面打听，知道是省城到潼关去欢迎的人，押着专员的行李先到了。据说，蓝专员同了两个代表，在华清池温泉洗澡去了，还有一两个钟头才能赶到呢。这一下，倒很合了介夫的意思，立刻找着那押解行李的听差，含笑道："请问，你们蓝专员带了一位裴书记来了吗？"听差说："不错，有一位裴书记，也在临潼呢。"介夫道："嘻！他先来了就好了。"他口里说着，也就陪了听差指点安顿行李。听差以为他是本地官署派来的招待员，自然也就由他招待，并不拦阻。

旅客们有些好事的，当那搬行李的听差经过身边的时候，也就因话答话，问专员到西北来有什么公事？听差很随便地答应一声查案。有了这种话，大家由面如锅底，人像包文正这一节上面猜着，这个人一定是笑比黄河清，铁面无私值得一看，于是都在路口上眼巴巴地望着。大家也都想着，像西安这地方，旱灾兵灾之后，元气还没有恢复，似乎没有什么大案子要中央大员来查办，不过中央大员毕竟是来了，也就不能说绝对无事，因之大家除了好奇心而外，实在也要瞻仰瞻仰贵人的颜色如何。

到了下午四点多钟，饭店门口，有汽车喇叭声响，这算是那蓝专员已经到了，先到的那几个欢迎人员，都跑到饭店门口去迎接，张介夫头上汗如雨下，也随着到大门口去接。这时，张先生欢迎的热狂，也传到了志前耳朵里去。他觉得这事有点儿异乎平常，虽然不屑于去赶这种热闹，也是情不自禁地，随了这议论纷纭的势子，缓步走了出来，到了前面店门口时，也恰好那蓝专员由汽车上下来。

这里瞻仰专员的人，心里多想着，那份包老爷的大黑脸，虽不至于出现，然料着他必是身体魁梧，文带武相的一位大员，乃至几位代表散开，将蓝先生现了出来，却是一位五十多岁的老者，尖削的脸儿，撑出两个颧骨，帽子下的两鬓都斑白了。身上穿了一件古铜色的绸夹袍子，高高地拱起了他的脊梁，走起路来步迈不了一尺，其缓也就可知。倒是他身边，站着一位太太，不过三十来岁，烫着头发，穿着高跟鞋，旗袍瘦瘦地拖平了脚背，很是摩登。

大家看到了这种情形，都不免失望，殊不料大事铺张的欢迎，不过欢迎着这么一位先生来了。可是张介夫却与普通人的心理相反，他是更加着一层热烈，远远看到专员汽车到了，便是红光满面，手上取下帽子，站在大门边，垂手直立，见蓝专员快到了门口，不敢怠慢，立刻抢步向前，正对了他，深深地三个鞠躬。那专员忽然看到有人抢来行礼，也有些愕然，不过心里猜着，总也是本地的欢迎代表，绝不能够跑出一个拦舆告状的，因之在百忙中站定，也就连连点了两个头。

介夫见他站定，而且又点了两个头，不由得心花怒放，于是弯着腰，笑嘻嘻地由身上掏出一张名片，举着送了过去。蓝专员接过去一看，是个陌生人的名字，又没有官衔不知道是哪一个机关的，只得哦了一声，点头道："回头再详谈吧。"介夫说了两个是，倒退了两步。蓝专员陪着太太，向小西天里面走，介夫也随着向里面。这一下子，仿佛身上的骨头，立刻加重了好几斤，举起步子来走路，非常地沉着。眼睛向两边看热闹的人，胸挺了起来，好像暗示着人，你看我也同着专员在一路走呢。尤其是走进了小西天，看到一班相识的旅客，更是不住地由嘴角上露出笑容来。那意思又是说，我欢迎蓝专员不是偶然的吧？因为如此，别人也就果然相信他是蓝专员的亲戚了。

第十八回

戚党高攀逢迎斥小吏
雌威大作嘈杂恼夫人

蓝专员在几个招待之下，自向特定的房间里去休息，张介夫随着欢迎人员，也不过是止于楼下那个大客厅里。虽是自己十分地把态度装得大方起来，无如这里的欢迎人员，他们都互相认识，只有自己孤零零地坐在一边。那些人，先前也以为他必是和专员有些关系的人物，后来看到他也杂在大家一处，便觉他有些来历不明，都不免把眼睛向他看了去。他抽抽烟卷，喝喝茶，背了两手，在屋子里踱着几个来回。时间久了，这也就缓缓地现出窘状来了。不过他总极力地支持着，不肯将窘状完全露出，却绕了墙基走着，向墙上看那玻璃框子里装的画片。这时有人道，蓝先生说不知道各位还在这里等着，所以径直地上楼去了。各各都有公事，不敢再耽误，都请回，一会儿，蓝先生去分头回拜。张介夫这时回头看得清，正是书记裴则诚。等他把话说完，也不管那些欢迎代表，要如何和他接洽，自己抢上前两步，点头又作揖，笑着叫道："姐夫姐夫！刚才我在大门口欢迎专员，怎么没有看到你呢？"

裴则诚穿了灰哗叽夹袍，套了青马褂，光净的面皮微微地养了一抹上唇胡子，倒不失个官僚样儿。他见了张介夫，立刻在光净的面皮上，泛出了愁苦的样子，两道眉峰，差不多皱成一线。便道："你怎么也到西安来了？"只说了这句话，他已经和各欢迎代表去说话，将介夫丢在一边。介夫并不忙，静随在则诚之后等则诚把代表们都送走了，就低声笑道："我在此地，已经得了银行界朋友的帮助，可以在建设厅方面，找一个位置。"

则诚是一面走路，一面和他说话的。听了这种话，才把脚站定，因道："那就很好了。"介夫扛了肩膀笑道："只是事情大小不能定，能在蓝专员这方面找一张八行，这就大妥了。你看，这墙上的标语，都是我做的。虽然，不过是几张纸，可是替蓝先生增了风光不少。"则诚这才留意到墙上的标语，看到标语下面，全落了张介夫的下款，便将脸色变着，重喝一声道："你简直胡闹！"说着这话时，立定了脚，狠狠地向他瞪了一眼，连他乡遇故知，应该说的几句寒暄话，也一字没提竟径自走了。

介夫走到过路的穿堂中间，却是不免呆上了一呆，身后却有人叫道："张先生，你今天实在是忙得很啊！"看时，却是自己所说帮忙的银行界人。于是满脸放下笑容来道："刚才和我说话的，那是蓝专员的秘书长裘则诚，他是我的胞姐夫，同我像亲兄弟一样。唯其是如此，颇有点儿老大哥的排场，若是在家里，我是不受他这一套的。不过现在我要求他向蓝专员去找一封八行，这就没有法子，只好受他的指挥了。"

贾多才道："我听你说蓝专员和你是亲戚，现在怎么秘书长是你亲戚呢？"介夫红了脸道："大概贾先生没有听清楚。我原来就说的秘书长是亲戚。"贾多才笑道："无论怎么着，你也比我强，你看，我现在弄了两个甘肃逃难来的灾民，当了亲戚。"他们说着话，走近了贾多才的房门口，那位朱月英姑娘也正自掀了一线门帘缝，要看看这迎接中央大员的热闹。听了贾多才这种话，又是当了许多人的面，心里委实不自在，立刻脸上惨白。所以她还是藏身在门帘子里的，不曾让贾多才看见。

张介夫也是心肠别有所在，贾多才的话不怎么留在心上。自己回到房里来，磨墨展纸，行书带草，写了一封信。又把自己昨晚恭楷写好的一封信，一齐用个大官封套着。他将茶房叫了来，正色道："这次和蓝专员同来的裘秘书长，是我的亲戚，我这里有一封信，你给我送了去。"说着，将信交到茶房手上，同时拿了一张二十枚的铜子票，也给了他，笑道，"这算给你买一盒烟卷抽。可是有一层，你把我这封信，必得交到裘秘书长手上。他为人是很谦逊，不愿人家叫他裘秘书长，只要人叫他书记。书记不大好听，你就称呼他裘先生好了。那个中央大员，他也不是要人称呼他先生吗？"茶房脸上，带了淡笑，将铜子票丢在桌上道："我有烟卷抽，不要你的钱。"说着，拿了信向外走。张介夫追到外面来，叫道："我这封信很要紧，你必定交给裘先生手上。"那茶房头也不回，拿了信只管向前走。

介夫呆站在走廊下，很是后悔，心里想着，若是交给他一毛钱，他或者就高兴的，既然慷慨起来，就该慷慨到底，于今省下二三十枚铜子，这倒恐怕妨碍了自己的事情。正如此想着发呆呢，李士廉老远地由房里出来就向介夫深深地作了两个揖，笑道："恭喜恭喜。"介夫正在想心事的时候，被他突然地恭喜着，却有些莫名其妙，睁了两只眼，只管向他望。李士廉笑道："那位蓝专员来了，可以和你找着一个位置了，这岂不是一场喜事吗？"

张介夫把愁闷的样子收起，强笑起来道："其实，就是蓝专员不来，我的事情也可以发表。"李士廉笑道："那究竟会两样吧？官场中一重势力，一重好处，你能得了大帽子戴着，那就很可以压制人。"介夫笑道："大帽子是不敢说戴得起来。不过专员的秘书长是我至亲，他不能不帮我一点儿忙。"说着话时，那送信的茶房回来了。介夫迎上前问道："你把信，送到秘书长那里去了吗？"茶房道："送去了。"他淡淡地答复了三个字。介夫又笑道："你看见他当面拆信来看吗？"茶房道："看见的。他一拆开信，看到第一句他就笑了。"

介夫向士廉笑着摆了几摆头，做出那得意的样子道："亲戚们在故乡，好像没有什么稀奇，到了外乡，就十分亲热了。茶房，他笑了之后，又说了什么呢？"茶房向介夫看着笑笑，却不肯说。介夫道："你怎么不说呢？"茶房想到，他曾给过二十枚铜子这件事，便笑道："他说他的太太，并不姓张。"说毕，茶房一扭身子走了，介夫脸上红一阵，立刻可又镇静起来，笑道："茶房这是只知其一，不知其二。裘先生太太是我姑母生的表姐，而这位表姐呢，我们弟兄，都当姐姐看待的，本来姑母和叔伯一样，表姐和胞姐也没分别，所以我称裘先生作姐夫，这一点儿不勉强。"

李士廉道："这实在不勉强。我对于我的表哥，也就以大哥称之的。这位裘先生来了，你就该直接去见他，为什么又写信去通知。"介夫道："我和他早谈了一个多钟头，写这封信去，并不和他说什么。我另有一个条陈托他转呈给蓝专员。实不相瞒，这里面很有点儿政见。我把到西安以来观察所得，都写在上面。"士廉道："假如你老哥有了办法，千万不要忘了小弟。请到我屋子去坐坐，好不好？我还有上海带来的两个罐头，打开来我们吃吃。"说着，居然伸手就来拖着介夫的衣袖。

介夫在这个时候，却也心惶惶无主，就也跟了他进房去，高谈一阵。自然，说来说去，总少不了请专员代为介绍官职一个问题。谈了一阵子，忽然茶房进来道："张先生，前面蓝专员派人请你过去。"介夫听到这里，那一颗心恨不得随了脉搏，一下子由口腔里跳将出来。两手按了桌子，突然地站了起来，问道："什么，是叫我去吗？"茶房道："怎么不是？他们的听差还在前面等着。"介夫向士廉头一昂道："准是我那封信发生了效力。"匆匆地就向外走。已经走到院子门口了，低头一看身上，没有穿着马褂，这就发了疯似的，跑回房去加上马褂，一面扣着纽襻，一面向外走。

　　可是走到外院楼梯下了，却听得后面有追着跑来的脚步声。回头看时，乃是李士廉，他手里拿了自己一顶呢帽子，高高地举着笑道："你还没有戴帽子呢，我特意给你送了来。"介夫接过帽子，只道得一个谢字，人已走上楼梯。到了楼梯口栏杆边，专员的听差早拦住了他，让他等上一等，自向里面去报告。不一会儿，听差招着手，让他跟了去，随着听差走进蓝专员的房。只见他大模大样地坐在一张木圆椅上衔了烟卷微昂了头看人，张介夫拿了帽子在手，远远地站定，向他就是深深地一鞠躬。蓝专员喷了一口烟，问道："你就叫张介夫？"介夫看他虽不甚客气，这也许是做官人应有的排场，这不足介意，就笑着答应了一个是字。蓝专员道："这饭店里内外的标语，都是你写的吗？"介夫喜欢得心房都要开起花来，然而还是镇定着，又答应了一个是字。蓝专员突然脸色一变，大声喝道："你凭什么资格，贴标语欢迎我？我到什么地方去，也有人欢迎我，要你来臭奉承？"介夫手上的帽子，早随了人家这声大喝，落在楼板上。口里卷着舌尖，啊啰啊啰，说不出所以然来。

　　蓝专员道："你知道我干什么的？我专门就是查办你们这班招摇撞骗之徒的。你好大的胆，敢到太岁头上来动土。"张介夫脸上吓得窗户纸一样的白，两只脚只管弹琵琶地抖颤。蓝专员道："你在外面散谣言，说是我的亲戚，我和你是什么亲戚？你说！"说着，将手在桌上重重地一拍。介夫刚才喜欢得要由口腔里跳出来的那颗心，这时却只管下沉，几乎要沉到和大便同时排泄出来。口里斯斯地道："没有敢这样说。"蓝专员道："我能诬赖你这样一个角色吗？不但有人报告我，而且你刚才和一个姓李的在那里吹牛的时候，我也派了人去听得清楚。"介夫倒

187

不料他有这着棋，只得低声道："介夫是说和裘书记沾亲，并非是说和专员沾亲。"蓝专员道："你和裘书记沾亲吗？那很好，可以叫他来对质。"便向站在房门口的听差道，"把裘书记叫来。"

那裘则诚早在房门外伺候，听了这话，便一侧身子走了进来，看到张介夫站在那里，先就盯了他一眼，然后在一边站定。蓝专员道："则诚，你有这么一个亲戚吗？"说着，向介夫一指。则诚道："我和他不过是同乡，并不沾亲。"介夫道："裘先生，你在专员面前，怎不说实话呢？我的姑表姐，和你太太是表姐妹，那我们不是亲戚吗？"蓝专员道："这样说来，倒是亲戚。则诚，你为什么不承认？难道为怕上司不高兴，连亲也不认吗？那么，你这人也就太势利。"则诚道："并非我不肯认亲，因为他见了我总叫姐夫。这姐夫两个字，岂是可以胡乱承认的？所以我只好根本上否认亲戚关系。"

蓝专员听了这话，那庄严的面孔，也就禁止不住笑了起来，向介夫道："你虽然有恭维人的毛病，你也不该这样不怕上当。怎么胡乱叫人家姐夫？"介夫道："因为这样间接的亲戚，实在不便称呼。我想表姐是自己姐姐一样，表姐的表姐，当然相同，所以称裘先生作姐夫。"蓝专员鼻子里哼了一声，因道："我看你这人，有些势力熏心，只求有官做，什么事都做得出来。本来要把你送公安局，治你招摇撞骗的罪，姑念你也在客边，把你饶恕了。"介夫听说，连道是是，鞠了一个躬。蓝专员道："也不能白饶你。饭店内外标语，都是你贴的，你依然给我撕了去。明天我若看到还有一只纸角在墙上，也不能放过你，你自己去打算吧。"张介夫看看这位专员的气派却是不好对付，只得鞠了一个躬，走了出来。

可是下得楼来，立刻看到了墙上所贴的那些标语。也因为是贴的时候糨糊刷得非常多，把标语粘了个结结实实，满想把这标语贴上去，总要占周年半载的机会。不想专员下了命令，却是一齐都要撕下来，连一点儿纸角都不许留着。这标语贴得是非常之紧，要撕下来，恐怕还是不容易。当他这样向标语看了发呆的时候，在楼下住的旅客也都向他望着，这又让他发生了第二个惶恐。自己贴标语的时候，高高兴兴地张贴起来，这倒不要紧。而且欢迎大员，总是一件体面的事，现在当了许多人的面，把标语一张张地撕下来，这话怎么说呢？张介夫踌躇了一阵，垂头丧气地向屋子里走。

不料走进后院子门，李士廉已经老早地迎上前来，笑着拱手道："你一定是见过专员的了。怎么说？一定赞成你的条陈的。"介夫道："我和他不过点了个头，和那位裘先生谈了一会子。"他说着话，额头上只管冒着汗珠子，猛地向自己屋子里钻了去。茶房随在身后，提着一壶开水进来了，笑道："张老爷，原来和蓝专员这样子熟，我哪知道？有招待不到之处，你还得包涵一点儿。"

介夫那里有什么话可说，只好苦笑了一笑。自己心里只管在那里划算着，这标语究竟得用什么法子把它一张张地撕下来？想来想去，只有一个法子，待到深夜，旅客都安歇了，再去动手。那时就是有茶房看到，也不要紧，就说奉了专员的命令这样办的。自己想了一阵子主意，把房门掩上，心里十分懊丧。巴结阔人，碰钉子本来是一件极平常的事。但是像今天这样，碰了钉子，不能了事，还要亲自去撕掉标语，这实在倒霉极了。本来可以差茶房去办这件事，但是这里茶房十分势利。以前以为我是没什么能耐的人，不肯卖力做事。而今有了和蓝专员有关系的这点儿空气，叫他们做事，他们必定大大地敲一笔竹杠。事到于今，也顾不了什么体面了，到了深夜，还是自己动手吧。

他心里翻来覆去地想着，人却是东来西去地溜着，糊里糊涂地，就熬到了黑夜。好在是预定了计划，到夜深去撕标语的，光阴越快却合他的意，不过天一黑，心定了下来，偏是旅馆里的人声，一时定止不下来，急得自己一会儿工夫在廊子下站了，一会儿工夫又到两进大厅里去看看。可是又不敢和贾多才见面，意思是怕他追问和蓝专员接洽的成绩。

当自己第五次走到前面，由楼下经过的时候，却听到蓝专员在楼上大喊道："那件事究竟办了没有，我不能等了。"这样几句平常的话，别人听了或者没事，然而介夫听到，却只管心里乱跳，立刻溜到楼角下静静地听着，仿佛听到有人说话，这事已经是办完了。介夫这才把一身冷汗摸干了。心里想，这糟透了，我简直弄得草木皆兵，这标语不撕下来，我是坐立不安，管他有人无人，我就动手了。心一横，奔到墙上的标语下去，就要抬起手来撕着，却听到身后连连有人咳嗽了两声。介夫大吃一惊，那手立刻缩了回来。可是回转头看时，人家一行四五个，却是由后面向前面行去的旅客，他们是坦然地走着，似乎不曾注意到谁人身上来。但是经过了这个打击，那要抬起来的手不敢冒昧抬出，只好背了两手在大厅里来回地踱着。

这时，却听到有一种吟吟的哭声，只管向耳朵里送了来。而且那声音吟吟不断，不像是突然有什么感触，分明是很伤心的，继续哭了来的。于是站定了，静静地听下去。这一琢磨，更是可怪，声音乃是由贾多才的屋子里发生出来的。因之悄悄地走到那房门口去，却见门帘子垂下来，窗户也关闭着。里面虽也有灯，火光却不甚大。那吟吟的哭声，仍然继续地发出。

不用细猜，知道这就是朱月英在哭。自己求蓝专员不着，求贾多才的时候还多着呢，可就不敢冒昧地冲了进去。站了一站，听里面并没有第二个人作声，始终是朱月英细细的声音哭着。心想贾多才好耐心，凭她这样地哭，他竟是蚊子大的声音也没有。有个茶房过去，就向贾多才屋子里指指，望了那茶房，他摇了两摇头，微笑道："贾先生不在家呢。"

介夫这才问道："贾太太，你怎么了？我可以进来吗？"月英在里面带了哭音道："房门是由外面锁着的。"介夫道："这也算不了什么。你若是想出来，叫茶房给你开门就是了。"月英道："茶房不敢开门。我听说我奶奶病了，我想回去看看，贾老爷不让我去。"说着，里面的哭声突然先加重，说话声音顿住。张介夫道："你不用哭了，回头贾先生回来了，看到你哭红了两只眼睛，一定是不高兴的。"月英也没有答复，依然哭着。这时，却听到楼上一片大声，叫着茶房。又有人道："是叫楼下去个茶房，楼上蓝专员屋子里有话问。"

这个和介夫答话的茶房叫马三，却是小西天全旅馆里面一个最有心计的茶房。他听到说楼上蓝专员叫楼下的茶房，准是楼上那些同事都没有把事情弄得好。所以要另换一个生手上去，说不定他拿出二十块三十块钱出来买东西，可以大大地从中占些便宜。于是答应了一个哦字，两脚踏了楼梯就向上跑。走到专员门口，先顿了一顿缓过一口气，然后从从容容地进去。只见蓝专员仰坐在椅子上，口里衔了个烟斗，态度却也自然，桌上摆了一个酒瓶子，几只开了的罐头，酒气熏蒸，大概是他用过晚酌之后。

他太太一手按了桌子站定，瞪了眼问道："你是楼下的茶房吗。"马三道："是的，太太叫来有什么吩咐？"蓝太太道："你那楼底下，住了一个什么女人，这样夜深，还在窸窸窣窣地哭？"马三却不料叫上来是问这样一句话，先有三分不高兴，便答道："这是客人的家眷，不知道她为什么哭？"蓝太太道："你们当茶房的，都只会吃饭吗？这样夜深，旅客还在哭，当然有些缘故，怎么不问一声？"马三淡淡笑道："我当茶房的人，怎敢去问人家女客为什么哭呢？"蓝太太将手一拍桌子道："这东西混账，我说一句，他顶一句。"马三心想，我是楼下茶房，伺候不着你，便答道："我是在楼下当茶房的，楼上的客人我不管。"说着，扭了身子就向外走，蓝太太连连地拍着桌子道："回来回来，你向哪里跑？你再跑，打断你的狗腿。"

马三往外走时，房门外已有两个听差拦住，左边一巴掌，右边一拳头，打得他倒跌进屋里来。那两个听差紧跟在后面，也到了屋子里来，板着面孔，挺了腰杆子，站在马三的后面。马三以为暗暗地给蓝太太一个钉子，转身就走，就算完了，不想房门没出，就被人家打了回来。回头看到那两个听差，凶恶十分，贴身站了，只好垂手站定。蓝专员也坐着挺起了腰子道："这东西十分可恶，我们这里和你说话，你为什么理也不理，扭身就走？"

马三只好低了声音道："我以为没有什么话了，所以走的，因为我只管楼下的事。"蓝专员道："我正只要你管楼底下的事，你听听，那个哭的女人，还在咿咿唔唔地哭，你去对她说，这小西天不是她一个租下的，叫她顾全公德，不能再哭。若要再哭，我就要叫警察来了。"马三连连答应了两声是，站着没有敢动。蓝太太道："你下楼去告诉她吧，若要再哭，我连你一齐办。滚！"马三慢慢地退出了房门，一溜烟地下了楼梯，听到月英在屋里更是哭得吃紧，正待张口向里面说话，却看到房门开了，只得顿了一顿。同时，听到贾多才叹气道："你这人怎么劝不信，我若不是念起你初到我身边，使出了我的脾气，你就受不了。"又听到月英带了哭声道："你想呀！骨肉连心，我听到说我奶奶病了，你又不许我回去看一眼，有个心里不难过吗？"

贾多才轻轻地喝道："你才来几天，你又想回去，要是那么着，你家里不该卖你。"说毕，还是轻轻地将桌子拍了一下。这就听到月英有摔鼻涕声，哭声稍微细了一点儿。马三觉得是个说话的机会了，悄悄地走到门边，隔了门帘子向里边道："贾太太，你真不能哭了，楼上蓝专员发了脾气，只追问什么人在哭，他说若是再哭，就把你轰了出去。"贾多才道："什么？轰了出去？你进来说话。"马三巴不得一声，走了进去。见贾多才昂了头衔了烟卷，靠桌子坐。月英却是坐在床角落里，呜呜咽咽地哭个不停。

贾多才道："我是个商人，专员也好，专官也好，他管我不着，他怎么要轰我？"马三见他态度这样硬，噘了嘴道："你看这不倒霉吗？为你太太哭，我倒挨了一顿拳打脚踢。"于是把刚才上楼的事，加分地形容了一遍，贾多才将桌子一拍，叫道："这太岂有此理？小西天自然不是我一个人租下来的，可也不是他专员老爷一个人租下来的，他在这小西天可以摆来摆去，我们在自己屋子里哭也哭不得吗？人不伤心不流泪，哭也是不得已的事，凭他那个身份，人家在哭，就当调查一下，人家是受了什么委屈，怎么说人家吵了他，我们偏要哭，看他把我怎样？"

他越说越生气，声音也大了起来，在这样夜深，自然是楼上也会听到。这又听到楼上好几个人大声叫着楼下茶房。马三听到，走出房来赶快地转告那些同事的千万不可以上楼。在楼上叫了几阵，不见有茶房上楼去，就有两个专员的听差，一路喊着下了梯子来，只嚷茶房不出来，找账房去。贾多才嚷着在先，听差们嚷着在后，早是把旅馆的人都已惊动了出来，群围在过厅里。到这夜深，声音是更显得嘈杂了。

蓝太太吩咐茶房下去，不但没有把环境肃清，而且是更嘈杂起来，就板了脸向蓝专员道："这种情形，也太给你面子上下不来了吧？你能忍受，我不能忍受。"说着，将脚在楼板上一顿。蓝专员道："等账房来了，我来质问他，你不用忙。"蓝太太道："我们在南京，也没有受过人家这种侮辱，到西安我还要受人家的欺侮吗？不成不成！"说着，将手连连在桌上拍了两下。

恰好账房先生被两个听差押着走进房来，远远地站定，行了一个鞠躬礼，蓝太太抢先便问道："你是小西天的账房吗？"账房答应了是。蓝太太道："你们太不够开旅馆的资格了，这样的公众场所，能容得人深夜在这里哭吗？那个旅客是个干什么的？好像他不服，有什么理由，对我们来说，说输了，他捆铺盖行李走路。"账房赔笑道："我们做买卖的，可不敢同客人去说这种强话。"蓝太太喝道："你混账！我们这是说强话吗？"账房淡笑道："夫人！我以前也混过小差使，什么大人物也见过，我怎么混账？"蓝太太连连拍着桌子道："混账混账，偏要骂你混账。"两个听差见夫人嘴唇发抖，知道这气就大了，向账房大喝一声，举拳就打。账房看看敌不过扭身就跑。

　　两个听差追到楼梯边，赶他不上，在他肩上就是一脚。账房本是身体跑虚了势子，更受了这一脚，人就连滚带蹿跌下楼来。早有两个茶房向前，将他搀起。他看时，见过厅里站着几十位旅客，叹了一口气又摇了两摇头。有两个多事的旅客，就追问着他，究竟为了什么事。账房站在过厅中间，向大家望望，才苦笑着道："我并没有得罪阔人，都因为各位，在这样夜深，还不睡觉，声音太嘈杂，怒恼了蓝夫人。也不知哪位客人的家眷，哭了一会儿，蓝夫人说，若这位旅客不住哭，就叫我推他出去。你想，我们做买卖的人，敢吗？"大家听了这话，就不由得哄然一声。

　　这时，那位书记裴则诚，由楼上下来了，向账房道："你这人就不对。刚才你在夫人面前一点儿不客气，说一句顶一句，现在你又在许多人面前，信口胡说。"账房道："我说的都是实话呀，哪有一句不实的呢？"则诚道："蓝夫人还在生气呢。你依着我的意思，同我一路上楼，向夫人去赔个不是，也就算了。"账房道："就算旅客嘈杂，吵了夫人，这也不是我的不是。我打也挨了，骂也受了，为什么还要我去赔礼？"则诚正色道："你还不知道呢，先前楼下有个茶房上楼，对夫人的态度已是不恭敬。刚才我亲自听到你说，你也混过小差事，什么大人物也见过。夫人说你瞧不起专员，非要把你送公安局不可。是我再三相劝，才许你去鞠三个躬赔礼，就饶了你。不然，马上打电话到公安局叫警察了。"账房见则诚从从容容地说着话，自然是当真的，这倒不由他呆了一呆。可是就在这时，不知丛中，谁喊了一声打，立刻群声相和，都叫打，这风潮立刻显着就扩大了。

第十九回

大员惜羽毛敲门有术
新欢离骨肉探病无由

在清朝时代北京城里，有一句俗话，在京的和尚出京的官，于今国都南迁，不知在京以什么为贵；然而京官出京，依然是了不得，所以蓝专员到了西安，气焰却也很大。可是时代不同了，现在的老百姓们，不是以前的老百姓，他们知道来的官，究竟是怎么一回事，在小西天住的旅客，哪一行都有，知道蓝专员是个言责之官，自己根本就应当谦恭廉洁，才可以拿了尺去量别人的大门，现在他自己倚势凌人，居然不许旅馆里的旅客哭，账房说错了一句话，一打二骂，还要送公安局。因之有那不平的，在人丛中叫出来道："这种人，只有打了他，教训他一顿再说。"

这一个打字，人群中听了是格外刺耳。第二个人也情不自禁地，喊着要打，打！几个打字喊出来之后，引着在楼厅里看热闹的人，同声喊起打来。裴则诚究竟来自大地方，态度很镇静，跳上楼梯，向大家立着，摇着两手叫道："各位不要误会，这是蓝先生和饭店里办事人的交涉，与各位不相干。"有人大声答道："怎么不相干？他一个中央委员，欺压良善，中国老百姓全可以相干。而且他的女人，嫌我们嘈杂，才怪账房的。他是什么东西，能管我们旅客？"

则诚道："各位不要开口伤人。"又有人道："你们打人都打了，我们骂人还骂不得吗？"又有人叫打，又有人叫打倒这小官僚下的走狗，随着打声，人就一直拥到楼梯下面来。则诚一看来势不善，一面向楼上走，一面向大家摇手。有两个人便抢上了楼梯。还是这里账房先生，也算在机关上做过事的，一看这事不妙，跳上楼梯，挤着上前，把那两个已经上了梯子的，一手一个将衣襟扯住。因道："各位先生，你们都是敝店的好主顾，请各位原谅我们，这事不能向前再闹，说到这里，就是

194

这里为止。蓝专员面前，我自会去说合，不能有什么事。"

这时，张介夫杂在人丛中，也看了个彻底。想到这里住的旅客，都是有点儿知识的，绝不能真打起专员来。也就挤上楼梯，直到栏杆边下站着，大声叫道："各位，都听兄弟说，和平了结了吧。一定还有什么话，事后，兄弟还可以代为转达。"那些在楼下的人，见裴则诚已经软化了，也就懒得去追究，上了梯子的两个人，一鼓作气地，先未曾冲上楼，而今看到楼下没有一个人跟了上来，势子也太孤零了，随着账房先生的拉扯，也就走下梯子去。

介夫见则诚还在梯子口上站着，这就一钻上前，向他低声道："常言道：众怒难犯，刚才你先生那话，实在不妥。我一听了这话，知道不妙，立刻在楼下把两个激烈分子按住了。至于挤上梯子来了的两个人那倒算不了什么，不足为奇。你没有看到我在楼上向他们大声疾呼吗？这事在目前，总算过去了，料着他们也不好意思再鼓噪过来。只是有一层，怕他们把这消息送到报馆里去了，明天报上登了出来却是专员盛名之累。"裴则诚见他无端挤了过来，明知道他就是借事邀功，但不愿意和他交谈，只把两眼瞪着他。及至他说到报馆这件事，不由动了心，便问道："你何以知道有这一着？"介夫向楼下看着，人还不曾散尽，账房正围着三四个人在一处说话，便低声道："自然是真。怎么他们还没有散，我再去解劝解劝。"

他说着这话，咻溜一下，就下了楼。见着贾多才板了脸站在自己门边，就迎上前，低声笑道："其实一位专员，也没有什么了不得，干吗发这样大威风？"贾多才谈笑道："好在他做哑乌龟，不说一个字了，要不然，请他下不了台。"介夫笑道："你去休息，值得生这闲气，陪着新太太多好。"贾多才笑了。介夫回转头来，又看到周有容也背了手站在一边谈笑，又就着他说话。便也低声道："这样的专员不是替中央泄气吗？西安这地方，不是小镇小县，他可骇不着人。"周有容笑道："算他便宜，今天没碰着武装同志。"介夫又敷衍了几句闲话，回头还看到裴则诚站在栏杆边，这就第二次上楼来。

则诚道："你和他们怎样交涉？"介夫道："你去打听打听吧。和我先说话的，是中华银行的西北调查专员，将来西安分行的经理，叫贾多才。后一个是陕西有名的强项令周有容。他两人都说要把这件事登报，

195

求社会之公判。我再三地说，事情过去了，好在旅店里也不出头，二位又何必和蓝专员过不去。你是看见的，被我三言两语，把他们都说笑了，大概……再能够安慰他们两句，也许就没有什么事了。你如不放心的话，我还可以和你跑两趟。虽然阁下不承认我是亲戚，然而我们究竟是同乡，我愿以同乡的乡谊，和你尽一点儿力。"

裘则诚这倒有些不好意思，便笑着拱拱手道："以前颇有不是，你也不必介怀了，请到我屋子里稍坐一下。"介夫道："专员若是有话和我直说，我也不计较以往的。"则诚道："好的好的，你先请到我屋子里坐一会儿。"他将张介夫引到自己屋里，然后去见蓝专员。这时，那蓝专员不是先前那副样子了，口里衔了雪茄，一手撑了头，靠桌子坐定。脸色只管沉下来，似乎还带点儿苍白。蓝夫人呢，原另有一间屋子，然而她并不在她专用的屋子里，却是和衣躺在老爷床上。

则诚进门来，还不曾开口，蓝专员先就问道："怎么了？怎么了？"则诚道："倒是没有什么事？"蓝夫人一个翻身由床上坐了起来，问道："楼下人都散了吗？我料着他们蚯蚓发蛟，也生不出多大的风浪来。"则诚笑道："倒不能那样说。据我打听，这里有一位县长，有一位银行经理，他们不答应，还要登报。"蓝专员道："是吗？你何以知道？"则诚道："就是那个姓张的，亲自在楼下和他们接洽，我亲眼看到的。我看这些旅客，不少是由南方来的，他们多少有些力量。真是他们打起来了，我们不过吃一点儿眼前亏，那还没有什么要紧，若要他们把这消息传到南京去了，对我们很有些不便。我们原是调查民间疾苦来的，虽不必要老百姓颂我们的德政，可是走来西安，就这样给我们反宣传一下，就算中央不理，或者不相信，在西安也就不容易再做出体面事来了。"

蓝夫人听了这话，心里又软了半截，因道："我倒不想小西天这饭店里，有这样捣乱的人，登报我也不怕，这地方的报纸难道就不归中央管吗，若说归中央管理，他们就不能骂中央来的大员。"蓝专员到了这时，紫色的脸子，可就不能再镇定了，取下嘴里雪茄，连在烟缸子上敲了几下灰，因道："哼！你怕什么？倒下天来，有屋顶着呢，只是我可找谁去？你说报纸不能骂中央大员，他凭什么不敢骂我？我能封西安的报馆吗？你能说大话救命，刚才那么些人要打上楼来，你怎么不出来？倒躺在床上颤抖？"

蓝太太道："你活见鬼？我哪里抖……"一句话未曾说完，只听得楼底下，有人大喝一声，吓得蓝太太面如土色，立刻把话停住。其实倒并不涉及楼上什么事，乃是楼底下的客人叫茶房。蓝专员鼻子哼着，淡笑了一声。裘则诚虽是很恭敬地站着，也是很忍不住笑意的样子，微低了头，将嘴唇皮咬着。等蓝氏夫妻都不作声了，这才低声道："这事情，我们总应当做一个结束。现在那个姓张的，还在屋子里等着回信呢。他的意思，想得蓝先生一句实在的话，就敢负责去做调人。"蓝专员道："什么？难道还要向我提出什么条件来不成？"则诚道："那或者不至于，不过说几句好话，把这风潮息了却也未尝不值。"说时，依然挺立在专员面前，仿佛是等他的最后一句话。

蓝专员把怒气平息过来了，想到今晚上所做的事，实在有些说不过去，便默然地将雪茄用劲吸了两下，才无精打采地点了两点头道："那也好，就叫那个姓张的来，我当面问他两句吧。"则诚受了刚才一番惊恐，自己也是拿不出多大主意来，仿佛请张介夫去见蓝专员，也是一个办法，于是扭转身来，出门就去找介夫。一掀门帘子，一个黑影子闪立门边，眼前突然地有了障碍物，吓得心里猛可跳上两下，那里影子却说出话来道："是专员请我去吗？"

则诚知道介夫站在门外多时，什么话都听到了，心里很是不高兴，可是倒不敢得罪他，鼻子里随便哼了一声，就把介夫引了进房去。他这次见了蓝专员虽然还不免一鞠躬，但是那鞠躬的度数，可不怎样深，若和初次见面鞠躬到九十度比较，现在只好打个对折罢了。蓝专员反是不如初次见他那样有架子，倒是向他勾了两勾头，在凄惶万分的脸子上，还透出了一些笑容来。

则诚便站在一边插言道："专员听说有人把今晚的消息，向报馆里送，觉得这误会那就要因之更深，张君若是能劝劝他们，最好就此完结，要不然，这里的军政领袖，绝不能袒护本地的报纸，反是得罪专员。"他说这话，脸色可是很端正的。介夫道："那当然不会。不过报纸把消息登出来以后，就是查封了报馆，也于事无补。与其闹得军政领袖都来管这事，何如把这事按住了，不让他们发表，省下多少是非？"蓝专员并不抽雪茄，只管在烟缸上敲着灰，许久才点点头道："此言未尝不是，张先生能够劝止他们不必再闹了，那就极好。"说着，他就向介夫脸上望着。

　　介夫听到他叫一声张先生，只觉得周身的筋肉都抖颤了一下，心房也是连跳了十几下。他便笑着微微鞠了一个躬道："帮什么大忙，我是不敢说的。若是专员承认我可以和楼下那几个闹事的人去接洽，还不失一个调人资格的话，我就和他们磕头，也请他们不能把这事去登报。"他说着这话，脸上微微地红着，那一种敢于负责的精神，不免完全烘托出来。蓝专员也笑了，便道："这就很好！你去和他们说过了，请再来回我一个信。在客边，大家都是朋友，总要互相维持。我是个言责之官，根本上就不许可搭架子，什么人都可以交朋友的。"说着又微微点了两下头。

　　介夫这一下子大乐，乐得几乎要跳起来。不过当了这样大人物的面，是不许可的，自己极力地忍耐着，身子还微微地耸了两耸。则诚道："那么，现在你可以去了，太晚了，恐怕他们已经睡了。"介夫连说是是，二次又走下楼来，心里可也默念着，见了贾多才、周有容，却把什么话去说呢？不如回到自己屋子里喝一杯茶，抽两根烟卷，就说是和他们见面了，便算糊弄过去。这样想着，慢慢地便要向后面走去。楼上忽有人叫了一声介夫。回头看时，便见那位书记裘则诚高倚着栏杆，向下看了来，便笑着向他一点头道："我暂时回房去喝口茶。"则诚道："何必回去喝呢？"

　　介夫一看他这情形，料着比蓝专员还急，这就笑道："那么，我就去吧。"说着，就向贾多才这边走。这时真够受窘的，看那裘书记忠于主人翁之事，老在楼上向人看着，不容退后，于是慢慢走到贾多才房门边来，却看到他那屋子里，灯光小得像豆子大，隔了昏黑的纸窗，最易看到这点火光。贾多才没什么声息，却听到那月英小姑娘又在窸窸窣窣地哭。这真不好办，叫起贾先生在这时说话，他第一不高兴。而月英还在哭，若要隔窗说话，更怕人家说是探秘密来了。

　　踌躇了一会子，再看楼上，料着则诚在高的亮处，看不到这里的低处。于是踅到墙角边，自言自语地，故意学着贾多才的口音，低声道："既是你来这样说了，我看你的面子不计较了。"随着又用本音低声道，"多谢多谢，将来我请你吃饭。"说毕，咕噜了一阵，又大声道，"好！我们一言为定了。"这才离开墙角，故意经过楼梯下，又到周有容屋子那边去。他的屋子，在一个小跨院里，则诚虽是站在东楼上，也看不到的。这就大方多了，站在那小跨院中间，向天空看了一回星斗，估量着，也就有十分八分钟了，才回身向院外走来。则诚似乎把这事看得十分重要，他依然还在楼栏杆边站着。介夫忽然心里一动，便有了妙计，放开脚步，一阵快走，跑上楼梯。

还只在半楼梯中，不曾上楼来，这就在身上掏出一块手绢，一面擦着汗，一面向则诚点头，笑道："总算不辱使命，周县长还等着我谈别的事，我不上楼了，请你回复蓝专员一声。"说毕，掉头就下楼了，自己走回房去，由程志前门口经过，见他还在灯下看书，便自言自语地道："我就知道蓝专员非请我帮忙不可！那不是吹。"他虽是自言自语，那声音还是不甚低矮，引得茶房立刻进来和他倒水泡茶，随着裘则诚也就来拜访，问他接洽的结果。介夫夸说了一阵，各事都已经说得风平浪静。只是曾求贾先生介绍过一件事，现在贾先生有点儿不高兴，不愿再写介绍信了，为了蓝专员，颇有相当的牺牲。说着，不住地皱眉头，还带叹气。

则诚坐着默然了一会儿，偷看他的颜色，总有点儿不快，便沉吟着道："专员初到此地，是不是就能介绍人才，这个我不能知道。不过别的地方，也许可以为力。"介夫立刻笑起来道："我并不是什么大人物，谈不上什么开发西北，只要有饭吃，什么地方我也可以去的。"则诚听了，脸上不免带点儿笑容。介夫立刻也正着脸色道："虽然不免有求助于蓝专员，可是我决没有什么要挟的意味。就是不给我想法子，我依然是做调人到底的。我不是说过了吗？我念起我们究竟是同乡。"

则诚听说他不要挟，可就怕他真会要挟，于是向他笑道："好了，你放心吧，这事我总可以和你帮忙的。"说着，站起来还握住他的手摇撼了两下。介夫心里，喜欢得只管跳，可是他的脸色依然沉板得一点儿笑容都没有。等则诚去了，他就老远地向床上一倒，两脚高高地举着，向空中乱伸。

忽听得李士廉在窗子外笑道："介夫兄还会武术呢。"介夫跳起来，将手伸了两伸，笑着向窗子外道："我有规矩的，必定要做十分钟的柔软体操，方才睡觉。"李士廉道："那么，你请安歇，明早再谈吧。"他说着自回房去，心里可就想着，这样看起来，在外面做事，这巴结人的功夫实在不能缺少，张介夫拍蓝专员的马，那是自己亲眼得见的，不也就硬拍上了吗？那么，自己从明天一早起，也去硬拍贾多才去，虽然彼此是多年老友，到了求人的时候，这可说不得了，只好从权。这样转了念头，同时也就想到着手的方法。次日起了一个早，特意跑到西安最著名的南苑门去，买了些雪花膏香水精手绢香皂之类，捆了一大包，就回旅馆给贾多才送去。要说的话，也都想得妥帖。

一到贾多才房门口时，自己先就是一怔，只见他面孔板得通红，坐在临门的一张椅子上，左手撑了头，右手按了腿，似乎那气是生得很大，刚要伸进门去的那一只腿，不由得向后缩了转来。再看时，月英竟是坐在地上，衣服沾了许多尘土，伏在椅子上，哭得两只肩膀左起右落，只管颤动。若不看到她的脸，只听她那呜呜的哭声，也可以想到她是伤心已极。在这个时候，送化妆品给人，这未免是充量开玩笑。可是这化妆品捆扎一大包，正提在手上，事实上又不能把东西抛了，却也急得脸上一阵通红。

贾多才一肚子悲愤，正恨着无可发泄，见士廉这种踌躇不前的样子，便道："士廉你只管进来坐，这算不了什么。哼！我早把丑丢尽了的。"李士廉搭讪着走进去，向桌子上吹了两口灰，把化妆品放下。这才从容地向月英道："我们这位新嫂子。你跟着贾老爷，是一步登天了，哪些不好，为什么你总是哭哭啼啼的？而且你既是太太了，也就该跟着贾老爷学些规矩，怎好赖在地上哭起来？"贾多才听着这话，顿起脚来，就叹了一口气。

月英扶着椅子站起来缩到屋角落里，慢慢地扑去了身上的灰，又在身上抽出一方手绢来，揉擦了一阵眼睛，这就手理着鬓发，向士廉道："李先生，你说这话，我怎么不明白？并非是我自己赖着坐在地上的，我听说我奶奶病得很重，想回去看看，昨晚就哀求贾老爷，哀求到现在，贾老爷总是不肯，后来我就说，贾老爷真是不放心的话，可以同我一路回去看看，好在路不远，这小西天后面就是。我们总也算是亲戚，贾老爷去看看穷人家是什么样子，也许发些慈悲心。贾老爷说我不该认亲戚，将我大骂一顿。我越想心里越难过，所以哭了。贾老爷这就生气，用力一推，把我推跌在地上。这一下跌得不轻，所以我就没有起来，并非我赖在地上。"

贾多才道："不错，是我把你推倒地上的。但是你不想想，你老爷花钱买你干什么的？不是取乐的吗？你白天对我也是哭，晚上对我也是哭，你岂不叫我花钱的人伤心？"月英道："贾老爷，你花了钱，你也知道伤心，我的亲奶奶病了，我看也看不到一眼，那就不伤心吗？你不是要我让你快活吗，你等我看了一回娘同奶奶回来，我放了心，我就尽量地可以陪你乐了。"多才道："一派胡说，你奶奶由甘肃逃难到西安，什么苦都吃尽了，你奶奶也不病，你只到我这里来了两天，你奶奶就病了，天下有这样巧的事吗？我不信，我不信！"月英道："老爷若是不放心，派一个人跟了我去，回头还押了我回来，当然我跑不了。"多才道："不许不许！我说了不许，什么人也扭不转来的。"说着，用脚在地上一顿。月英道："难道说我亲娘亲奶奶死了，也不许我去看一看吗？"多才道："哼！就是你亲娘亲奶奶死了，我也不许你回去，你卖给我了，你的骨头都是我的，我说了不许就不许，你算什么东西，就和我买的一只猫一条狗一样。"

月英哇的一声，就伏在墙角上哭了起来。多才道："这贱东西真可恶，她又哭了。昨天你哭得惊动了楼上的旅客，人家都要轰我们走了。实在讨厌！不说别人，就是我也容不得你了。"

士廉见一个伏在墙角落里，背对着人；一个板了脸子朝门外，也是背对着人，自己站在这屋子中间，可真没有意思，好在桌上有烟卷，自取了一根，搭讪地抽着。在抽烟的时候，自不免向二人偷眼看去。这就看出来了，贾多才虽是口里很强硬，可是还不断地向月英看了去，那意思自然也是未免有情。只要月英不哭，多才必定还是很喜欢她的，这化妆品似乎不至于白送。自己不是打算硬拍人家来了吗？怎么还不进行呢？于是先就近走了两步，向多才微微鞠着躬笑道："多才兄，这件事，我看双方都有误会。我们这位新嫂子，年纪太轻，她不知道你十分疼她，一刻舍不得离开。你呢，又没有想到她年纪太轻，还是个小孩子，所以你不免生气，她也不免哭。这事好办，我有个两面全顾到的法子。"多才回转头来，向他看看，问道："你又有什么法子顾到两面？"说毕，依然回过头去。好像对于他这种建议，并不怎样地介意，月英却是更不留心，依然伏在墙角落里。

士廉道："新太太不是想回去看看，多才兄又不让她走吗？这样好了，我来代表新太太吧。"贾多才不由得啊哟了一声笑道："你怎么可以代表我的新太太？不敢当，不敢当！"月英伏在墙角落里，也禁不住扑哧一笑。士廉红着脸，许久说不出话来，乱搓着两手笑道："你就是要占我的便宜，我也不在乎。谁叫我们是多年的老朋友呢？我的话，可没说完。我的意思，新太太既是抽不开身来，好在她府上路也不远，我就可以到她那里去一趟，看看她祖母身体怎样。好呢，自然我立刻回来给新太太报一个信；不好呢，我也不妨代表你们找一位医生瞧瞧。不闹玩笑，这是一本正经的话。"

月英老想着回去，多才又死不放手只有干着急。现在听了李士廉肯去，这就收了泪容，向他微勾着头，做个行礼的样子，因道："李先生，你有这样的好心，你将来自有好处，一定升官发财。"士廉且不理会她的话，向多才望了微笑。多才道："我没有什么意见。不过她们这种人家，我不说你也可以明了，无非在那个钱字上着想。"月英听了这种话，虽不敢说什么，只撩起眼皮盯了多才两眼，多才倒反是笑了，因道："现在李老爷肯当你的代表，你可以放心了。"月英虽不能不笑，然而想到自己过的什么日子，立刻又收着笑容，把头低了下去。可是她虽然把头低了下去，那颊上的小酒窝儿一旋媚态逼人。

多才就走到她身边，轻轻地拍了她的肩膀道："人家说你是小孩子，你当真做出小孩子的样子来不成？你要不哭不闹，不也是很好的一个人吗？这样就很可以得人的欢喜了。"月英想到骨头都是他的那一句话，还敢多说什么，只有低了头，静静地在他身边站着，将手去抢着自己的衣纽。多才见她是驯羊那般柔媚，也不管有人在这里，又将手抚摸她的头发，还用鼻子尖在她鬓发边嗅了两嗅。

士廉看这样子，知道多才已经高兴起来了，立刻把桌上那包化妆品两手捧着，向月英拱了两拱手道："这实在是不成敬意，不过恭贺二位新婚。"多才笑道："你这就太多礼了。前两天，你不是送过一回礼了吗？"士廉笑道："不，这是应当有分别的。那是送你结婚的礼，这是送你蜜月的礼，实对你说，再过些日子，我还要送新太太有喜的礼呢。"多才道："她有了喜，你怎么会知道呢？"士廉红着脸道："你以为我又说错了话吗？新太太有了喜，迟早总是会露出怀来的，那么，我不就知道了吗？"月英只管让他们打趣着，也不吐出一个字来。

士廉将化妆品依然放在桌上，这就正了脸色道："多才，我们总是多年的知己朋友。你有什么为难的事，只要我可以做的，我都可以替你去做。我马上这就到新太太家里去看看，你有什么事只管吩咐，我是尽力而为。你比我年纪大，你就是我亲哥一般，亲哥叫小兄弟做事，还用得着客气什么，你随便差遣就是了。你若是不差遣我做事，那就是看着我不成材料，不要我这饭桶做朋友了。"多才被他把话弄僵了，倒不好意思不要他帮忙，便拱拱手道："这就只好请你累上一趟了。"

士廉更不等着第二句话，这就很快地向小西天后门走来。还不曾到胡嫂子家里，只望到她的大门，就吃了一惊。一位瘦得像骷髅似的老太婆，就坐在她的大门框上，身子斜靠了土墙。身上的蓝布褂子，总有二三十个大小补丁，盘了腿，将一条青布裤，沾满了黄土。那尖削的脸皮肤是黄黑的，布满了皱纹，眼睛下陷，两只颧骨突撑，银丝似的头发，在脸上披着。加之她那双无神的眼睛，死命地向小西天后面盯着，分外地怕人，因之远远地站住了。

偏是那位老太婆，却不原谅人家害怕她，抬起一只鸡爪似的手，半弯着伸出两个手指头，向士廉指着，慢慢吞吞地道："老爷呀，你不是小西天里的人吗？你看见我家月英吗？我病了。唉！我……想……她！"士廉这就知道她正是月英的祖母。她既是说出话来了，就是一个人，不用怎么害怕她了，便慢慢地靠近了她身边，问道："老人家，你问的是贾太太吗？"老太婆昂头向他看看，合了巴掌连作两个揖，颤巍巍地道："老爷，我是个要死的人，我到了年纪了，可以死了，这样苦的日子，活着做什么？我两代人，就是那点儿亲骨肉，为了那百块银，把她卖了。我……实在不想卖她，她娘哪里又舍得卖，只是我们住在亲戚家，亲戚也穷……"

士廉摇手道："这个你不用说了，我全知道。现在我问你害的什么病？你为什么又坐在大门口？"老太婆摇摇头道："我自己也不知道是什么病。不过心里慌得很，我在炕上躺不住，我要坐在这里望望我那孙女儿。"士廉笑道："这不是笑话吗？她住的所在，到这后门口，隔了好几重院子呢，你怎么看得到她？"老太婆在那毫无神采的眼珠里，竟会流下泪来，颤着声音道："是的，看不到的，不过我在这里坐着，心里好过些。"说着，她左手拖了右手的袖头子，只管去揉擦眼睛。

士廉看了她这种样子，倒也和她难过，站着待了一会儿，又向她家大门里看着，问道："这很是奇怪，你一个生病的老太太，坐在大门外，怎么你们家里人，也不出来看看。"老太婆道："我那媳妇也是坐在这里，陪着我的，我都盼望我的孙女，难道她就不盼望她的女儿吗？她去和我烧水喝去了。我那亲戚胡嫂子，许是生了气吧，不劝我们了。"说到这里，话说多了，似乎感到吃力，就将头靠了墙，微闭了眼。

士廉道："老人家你在这里望了多久了？"她睁开了眼，又把那两个弯曲的指头，向上举了起来。士廉道："啊！你已经在这里坐了两天了？"老太婆点了两点头。士廉道："老人家，你那孙女儿，她很好，本来要来看你，只是……"老太婆连忙接着道："什么？贾老爷放她出来了吗？"说着这话，手扶了墙，猛然地向上站起来。然而她究竟是起来得太快了，只这猛可地向上一冲，那是兴奋起来的，随着也就向下一落，几乎倒在地上。这样一个去死不远的老人家，如何经得起这样一跌？士廉看到，也就周身汗如雨下了。

第二十回

挣命看娇孙抱头落泪
荒年忆往事种麦招殃

　　穷人的生活，是有饭吃的人所不能知道的。自然，穷人的病，也不是有饭吃的人所能了解。李士廉他看到月英的祖母晕跌过去，以为是不治之症，这与自己大有关系，穷人是要钱不择手段的，她家人必定说是自己把她谋害了，趁了她家没有人出来，先溜开吧。这一个念头，算是把他提醒了过来，立刻缩回了身子，就向小西天里面走。心里也跟着在那里不住地想，我是替人家姨太太探视问病来了，现在已经知道了消息，自然是回去报告一下，不过真要说实话来怕惹月英哭，她更要回去。二来也怕她见怪，说是人既在门口晕倒了过去，为什么不去救她，倒跑进来了呢？这一个问题，却是让人不好答复，越想越对，走起来的步子也越来越慢。走着快要到前面那一间屋子了，他就突然地把脚步停住，站在屋角落里只管发呆。后来有一个茶房，由身边经过，看到他站在过路的所在像沉思一件事情的样子，便道："咦！李先生你丢了什么东西吗？想什么？"

　　士廉这才搔搔头发，笑道："我有一件事很为难。刚才我到这后门口去，看到一位老太婆，坐在对过门框下，快要死了。我想着，那就是贾先生那位新太太的奶奶吧。我看见了，自然要去告诉他们才对。"茶房笑道："那为什么不去告诉呢？"李士廉道："我又怕那新太太听到了，心里头要不好过。"茶房笑道："她心里难过，让贾先生去心疼她，李先生担什么心？"茶房说着向前走，李士廉一把将他抓住，问道："你们这西安城里，有借了害病讹人的没有？"茶房道："哪里来的这话？我没有听到说过。"他不曾把话答复得完全，人已经是走去了很远。

　　士廉一想，糟了，他到了前面去，一定把话告诉贾多才去，说不定老贾自己会到后面来看看的。朱家那个老太太，纵然是把死来讹我，有

205

她孙女婿在当面，我也不怕她。而况茶房说了，西安城里并没有这种事情的，如此想着，似乎还是到后门去看看为妥。好在和对门还隔了一条街呢，她要讹我，也讹不上，如此想着，又转身到后门口来。远远看到月英的母亲和那胡嫂子，全在门框上坐着。那位老太太斜靠在儿媳妇身上，还微微地睁了眼睛，那是决计没有死，她儿媳妇同胡嫂子正捧了一碗水送给她喝。

她不但是知道将嘴就着水喝，而且还抬起一只手来，伸着一个弯曲的指头，向小西天的后门指点着。不用猜，知道她的意思，是恋着这里面的孙女儿，至少她的意志是很清楚的。在这样的情形下，想着她是不会血口喷人的，于是慢慢地走近前来，背了两手，向她们遥遥地望着。那胡嫂子猛然一抬头，看到这边有个人望着，却吃了一惊的样子，她道："有人出来了。"那位老太太随着她这话点了两点头，那只枯瘦的手还是颤颤巍巍的，向这边指点着。李士廉想，她们不是要讹诈我吗？想到了这里，立刻脸上青一阵红一阵，心里也随着乱跳。远远地看到那位老太太嘴唇皮，有些开合不定，似乎在说着什么似的。

胡嫂子这就先向李士廉看看，然后对老太太道："这位是李老爷，并不是贾老爷，他是贾老爷的朋友。"于是这老太太将那凹下去很深的眼睛，睁得很大的，向士廉望着。那是不用说的，她对于这后门里面，还带有很浓厚的希望。胡嫂子就丢开了她，迎上前来，向他苦笑道："李老爷，你看看，我们这位亲戚，实在是想孙女儿想得不得了，就是不让她回来，哪怕让我那外甥女在这后门口站上一站呢。你和贾老爷是很好的朋友，你若是肯去对他讲个情，也许是可以做到的。"

士廉道："刚才我到后门来过一次的，你这老太太有了病，可与我无关。"胡嫂子道："我们并不说你老爷的什么事，就是请你老爷做个好事，把那个人引出来见一见。有道是：救人一命，胜造七级浮屠……"士廉耳听她说话，眼睛可是射在老太太身上，见那老太太的头，微偏着只管向前摆动，满头苍白的头发，被风吹着，只管向脸上披下来。眼睛虽然睁着，但是眼皮的力量很小，可以看出她极力挣扎，还不免下垂的惨象。士廉想着，这个样子，她就不死，也为时不久，自己还是闪开为妙，于是向胡嫂子乱点着头道："好的好的，我去和贾老爷通个消息，一定让他放出贾太太来。"

他这样一句话，却是比向病人打了一下强心针还有力量，老太太立刻说出话来道："老爷，若是这样，你好事做大了，我在这里等着。"那枯涩的嗓音，和那断续的句子，士廉听了，殊觉得事情有些不便，于是扭转身来，就向小西天里面走。不料到了贾多才屋子外时，偏是他在会客，谈话的声音牵连不断，由里面传了出来。这就故意地由窗子外面经过，向里面瞟了一眼，就看到月英低了头，缩在屋角落里坐着。心里想着，这个时候，若要去报告这不幸的消息，不但贾多才不高兴，而且那个客人也要嫌着自己不识相。

他于是径直地走了过去，一直走到小西天大门口，才把脚步站定向街上看了一看，可是心里有事，如何站得住，于是复又当着无事的样子重新进来，由贾多才门口经过，意思是让贾多才看到了，叫了进去，这就好说话。不想他和客人说话，说得非常之高兴，目不斜视地，只管向客人看着说话。没有法子，又由他门口走到后面院子里来，只是皱着眉头，不知如何是好，两手捧了手拐子，口里吸着气，这样来去走着，把这后面院子里的程志前引得注了意，也站在房门口，向他看着微微有点儿笑容。

李士廉心里十分没有主张的时候，也是恨不得见菩萨就拜。志前和他笑着，他也就笑着，口里活动着，有几句话似乎要跳了出来。志前便先笑道："李先生忙啊！"士廉道："我不忙，我心里倒为了别人的事很忙。唉！"说着，重重地叹了一口气。志前笑道："我想着，是为了那位张介夫先生和蓝专员的事情吧！"士廉道："唉！他现在是阔了起来，用不着我着急。我倒是为着一桩人命关天的事。"志前看到他焦急过一阵之后，说出这话来，那是不会假的。便道："人命关天的事？怎么了？"士廉于是把刚才在后面所经过的事，都给志前说了。志前跳起来拍着手道："你这人怎么这样大意？这样要紧的事，漫说贾先生不过是在会客，他就是在地上拾洋钱票子，也可以打他一个岔，和他把话说明了。去，我来做这个不得人喜欢的事。我去报告去。"

志前说着，径直地就向贾多才这边屋子走了来，为给贾多才早早一个报告起见，老远地就叫着贾先生。屋子里倒是答应着，她道："贾老爷同朋友出去了，是哪一位呀？"志前听了这语音，先把那一股子豪气矬下去一大半。这是月英的声音，假使向她报告着，她祖母盼望着她快要死了，她立刻会跑了出去的，回头贾多才回来了，倒说自己另外存有什么坏心，徒惹一场是非。因之自己喊出了贾先生之后，倒是停止了脚步，向前不得。

月英在屋子里答应着，因问话的人还没有过来，就伸着头向外看了一看。及至看到志前老远地站定了，心里却是一怔。可是她和贾多才住在屋子里，天天见客，态度已大方了许多，不怎样地怕男人了，于是镇定着微笑了一笑道："哦！是程先生，有什么事吗？"志前吞下去了一口气，装出笑容来道："是有点儿事，不过贾先生不在家，我的话就……"说着，还搔了几下头，就笑道，"也没什么事。贾太太，你请在屋子里坐一会子，我找一个人来和你有话说。"说毕，赶快就向小西天后面跑了去。果然地，那朱家老太太还坐在门框下。胡嫂子看到，首先就向远边乱指点着道："来了！来了！"那老太太战战兢兢地伸出一个手指，向这里指点着，拉了她儿媳的手，站了起来道："她……她……来了吗？"

朱胡氏随着向这边看了来，搀着她皱了眉道："唉！你老人家坐着吧。若是她来了，还不会到你老面前来吗？"于是她一手扯了朱胡氏手，一手扯了胡嫂子，半蹲了身子，向这后门望了道："她又没来，她……没来……"说时，那枯皱的眼皮下，又垂着两颗泪珠。志前看着，心里老大不忍。便向胡嫂子点了头道："这位老太太是怎么了？"胡嫂子道："唉！这位老太太，也不知道是怎样了，只是想她那孙姑娘。假如那女孩子不出来，我真不愿向下说。若是肯来，看这老人家一下子，那就是救命仙丹。"

志前道："贾先生不让朱姑娘回来，你们不会让你们这位老太太到小西天去看她孙姑娘吗？"胡嫂子道："唉！若是能够到小西天去的话，我早就让我们老太太去了。无奈那位贾老爷的脾气，真是古怪，他说我们老太太要去认了亲戚，他就要和我们反脸。我们这穷人有多大的胆子，敢去惹他？"志前道："你们怎么这样想不通？他就是要和你们反脸，大概也不能杀死一个人吧？现在你们老太太去了，病就会好的，你难道情甘见死不救，也不敢得罪贾先生不成？你们只管去，我保你们无事。"说着，伸了大巴掌，在胸前一拍。朱胡氏对于志前，却是十分相信的，听了这话，就向老太太道："娘，那么我们就走了去看看吧。有

208

程老爷做主，不要紧的。"

那老太太抖颤着身体，突然伸出两手，合了掌向志前乱拜着道："程老爷……你你救苦救难，你……救了我……我一条命了。"志前对于这朱家两个飘零的妇人，虽没什么感情，可是看了她这种可怜的样子，心里一番凄楚，也不觉得两行眼泪，为何只管流了下来，便掉过脸来，反着手向她们连连地招了手，叫着道："你们都随了我来。"走了几步路，才停住了脚，回头来望着。因为由心里头冲出来的那股子酸气，在几步路的工夫，已经忍了下去了，于是乎那要落下来的两行眼泪，也就不肯流出来，可以见人了。

这时，那老太太一股精神，也不知道由哪里来的，并不用得要人搀着，只手扶了朱胡氏一只手臂，就跟着走了过来。那胡嫂子便在后面左藏右躲地，只是维护着她。她口里可道："不不……不要紧的吗？不要我那月英，为了这事惹什么连累吧？"志前挺了胸道："不要紧，天大的事，我都和你担着担子。"说着，只管在前面引路。到了贾多才房门前，志前叫道："贾太太，你出来看，你……"月英正在房门边伸头一望，看到老太太，向前正奔了过来，喊道："我的奶奶……"只这一句，她已跑到了老太太面前，两只手抓了老太太的衣襟只管乱摇撼着。以下她说不出一句话，只是哭。

老太太也不说话，将那枯蜡似的左手，一把将她搂抱着，眼泪水如抛沙一般滴了下来。月英呜咽着，朱胡氏扯了她一只衣袖，也呜咽着。胡嫂子站在一边，看了她这三代，那一副凄凉的情形，也不由得心里酸痛万分，随着三人哭了起来。这一下子，将全旅馆里的旅客都惊动了，围着她们看。及至问起所以然来，虽不便公然地就批评贾多才不对，也都点点头，叹着那无声的闷气。

大家围观之间，茶房看得这情形闹大了，这就找着胡嫂子道："喂！你是知道我们这里面情形的，你无缘无故，带了这么些个人到这里来哭，成什么样子？贾老爷回来，我吃罪不起。你们快走吧！"朱老太擦了眼泪道："我不能走，我走就没有命了。好容易看着我们孩子一面，我就走开吗？"茶房道："你不走开，还打算赖在我们这过厅里不成，这可是个来往路头上。"胡嫂子见她们祖孙三代，扭住着一团，若是想猛然地把她们拆开，有点儿不容易，便皱了眉道："立刻要她们走，我没有这样的力量，贾老爷的屋子，我们不敢胡乱进去，我看就在这里找个小房间，让她们坐着谈一会子，把这一点儿意思说完了，她们自然也就散开的。"茶房谈笑道："你倒说得那样轻悄，我们开了房间让她们进去谈话，这房钱归哪个认？最小的房间，我们还要卖八毛钱一天呢。"

朱胡氏道："八毛钱一天，我们总还住得起！你就把屋子打开来，让我们进去。"茶房要把钱的话去僵她，不想她就答应了给钱，这倒没有更好的法子去挟制她们，只管搔着头发，发出苦笑来。志前在身上掏出一块钱来，塞给茶房手上道："啰！这一块钱我代给了，哪里不能做好事，你们这样心硬！"茶房看了一看志前的颜色，叹了一口气道："这是何苦，让我们为难。"于是走到对面屋子里，将一间小屋子的门推开，望了胡嫂子道，"让她们进去哭吧，我去通知账房了。"

胡嫂子也觉得在这过厅里大家围了看着，与人家旅馆里生意有妨碍，这就苦笑道："你们祖孙三代，到那边屋子里去坐坐吧，把话说完了，我们还是回家。免得贾老爷回来了，带累了月英。她究竟是在人家家里的日子长，难道你们不替她想想吗？"胡嫂子口里说着，心里是想得很清楚，这件事全在老太太身上，于是扶着老太太，就向小屋子里去。果然地，大家也都跟了去了。那些看热闹的人，见人家进了屋子，不能跟着也向屋子里追了去，听人家的秘密话，所以大家散了。其实她们三代人，隔开以后，什么事全觉得没有一个交代，及至见面以后，倒想不出来有什么可说的，所以倒反是彼此面面相觑。

可是在这时候，却钻出了一个多事的人，要打听这事的究竟。这就是那位强项令周有容的夫人。她正由潼关外赶了来，陪伴她的丈夫，对于西安城里的事事物物，她都感到一种兴趣。这时，贾太太的事，已经轰动了全旅馆，她也就在人丛里看着热闹。及至她们到屋子里去了，她还不肯罢休，依然坐在过厅里一张椅子上，看着她们可有什么变化。后来许久许久，她们都没有作声，周太太倒反是不耐，推开门帘子，伸了半截身体进来问道："咦！你们怎么不说话呢？再不说话，贾先生回来了，你们又没有了机会了。"

老太太和朱胡氏看到一位东方打扮的妇人走了进来，料着是一位阔人太太，全慌里慌张站起来没有一个放手脚处，周太太就向她二人摇着手道："不要紧，你们只管坐下，我姓周，是那周县长的太太，不过看到你们说得可怜，所以来打听打听你们的情形，你们打算怎么办呢？"月英就向她微鞠了个躬，可不知道让坐，略垂了头道："多谢你关心，我已经把身子卖给人了，还有什么打算？什么都只有听着人家的了。"朱老太坐在床沿上，向周太太望着，想开口说话，但是掀起衣襟，揉擦了两下眼睛，把话打断了回去。

朱胡氏道："你这位太太，你不知道我们的打算啊！我们总说找着一个做老爷的姑爷，风光风光，不想倒是把我这孩子送到监里来了。晓得是这么样……"朱老太可就插嘴道："饿也饿死在一处啊！这有啥好处？换了一百多块洋钱我们干啥事？"周太太见她们不知道客气，也就犯不上和她们客气，自在桌子下面，拖出一张方凳子来坐着。看着月英，穿了一件深灰布的长衣，手脸洗得很干净，头发也梳得清清亮亮地拖了一根长辫子，弯弯的眉毛，大大的眼睛，却不失为一个聪明人的样子。她靠了桌子坐着，只管把手牵扯衣襟，也是很觉得受窘。便向她笑道："不要紧的，我们都是女人，随便谈话就得了。你们逃难到西安来找亲戚的事，我已经听说了。你们为什么不在家里住，要逃到这地方来呢？"朱老太道："在家里吃啥呢？住啥呢？谁愿走哇！"朱胡氏也道："有孩子爹在世，那还说啥？我们怎么也不走啊！"

周太太向她两人看着，身上穿的蓝布褂裤，像破叶一样，全不贴身，飘飘荡荡的。那位老人家是不必说她怎样枯燥了。就是朱胡氏也是脸上黄中带黑，皮肤上微微地起着鱼鳞式的细纹，头发干燥得像枯草一般，红中带黄，可知道这人，始终没有滋养料进肚子去的。这便向她笑道："有什么事，让你的姑娘，慢慢儿地和我说吧。"说着，掉过脸来向月英道，"你只管说，也许我可以帮你一点儿忙。"

月英向祖母看着，因道："奶奶，你就在那床上躺一会子，我们出了钱把这屋子租下，在今天一天，这屋子里什么东西，都是我们的了。"朱胡氏走近前去，扶着她道："娘呀！你身子不大好，你就躺下吧！"朱老太随了儿媳扶着，身子向下倒去，手撑了床心的藤绷子软沉沉的，吓得抓了朱胡氏的衣服，又坐了起来。月英道："不要紧的，你躺下就舒服，哪像我们土窑里的炕哇！"周太太道："你不管她们了，你说你的。"

月英见祖母已经是躺下了，母亲坐在床沿上，于是先叹了一口气，向周太太道："我们也并不是卖儿卖女的下贱人家呀。我们在甘肃种着地，养着牲口，也过得是很太平的日子，我的爹才三十八岁，就丢了我们去了。"朱胡氏听到说她丈夫，立刻两行眼泪犹如两条水晶粗线，直坠下来。哽咽着道："他哪是丢了我们去了呀！他是大兵抓去了，活活地弄死啦。"月英绷着脸子道："娘！你怎么这样不懂事，这位周太太……"说着眼珠带了恐怖的样子，兀自向周太太望着。周太太笑道："不要紧的，我又不是大兵，你只管说，就算我是大兵，你说的那个大兵，也不见得是我，我怪你做什么？有什么话，你只管说。"

朱胡氏左手拖了右手的袖口子，只管在两只眼角上揉擦着。又插嘴道："我是不要他去当兵的啊！可是不要他去当兵，也得成啊！"周太太笑道："我们这位怯奶奶，你就不必说了，让你姑娘一个人说吧。"说毕，掉转身来，向月英注视着。

到了这时，月英已是忍不住她胸中那一份子凄楚，便流着泪道："那我就说吧。是那两年，闹着旱灾，我们那里，荒得吃树皮草根……"朱胡氏道："你爹去的日子，还没有荒到那样啊！"周太太真气了，顿了脚道："叫你不要打岔，她刚说两句，你又插嘴了，以后你不用管。她就是说得不对，也等她说完，你再开口。喂！姑娘，你说。"月英点点头道："是的，是我说错了，还是闹旱灾的第一年呢。先是粮食都涨价，六七斤麦子，卖到一块钱。我家住在到定西县太二十里的李家堡。这里是一个小镇市，镇市上人，有做买卖的，也有种地的，我爹也种地，也做买卖。"周太太道："你们做什么买卖呢？"月英道："我们是湖南人，我爹会做湖南菜，开了一家小饭馆子。"周太太道："哦！是了，我听这一条西大路上，湖南人开馆子的很多，你们是左宗棠平西的时候，跟了来的人吗？"在床上躺的那个老太太答道："哼！她公公，就是那个时候来的。"朱胡氏推了她道："娘！你不要说，说了这太太不高兴的。"周太太微笑了一笑，向着月英一点头。

月英道："早两年，开店还有点儿生意，到了那年荒年，过路的人都是逃难的，做生意的外乡客人一个月也看不到一个。不是外乡人，是不进湖南人开的店的。我爹这就歇了买卖不做，专门种地。"周太太道："不是天旱吗？种地哪里来的粮食呢？"月英道："是啊！第一年全没有收到粮食，存粮还有的，地方上的人，因为这年没有了收成，就不像往日那样吃东西了，十天也没有一天吃一回锅块馍，总是用面对了水做糊喝。日子多了，稀糊喝得人有气无力，只好做一回锅块吃，不过在面里要加上麦麸。后来到了春初，就是加上麦麸，也觉吃得太多了，就在山梁子上挖了一些草根回来，用刀割得碎碎细细的，一齐和在面里做得吃，面粉越来越少，草根越加越多。后来吃什么锅块，就是吃草根的团子罢了。到了三四月天，天上还是不下一滴雨点下来，大家整日地抬着头向天上望着，不但心里难过，而且也很害怕，若是地上再没有粮食，地方上人不都要饿死了吗？我爹就说，若是这样再干下去，就是草根，也恐怕吃不着，这只有一条路，赶快地回湖南老家去。可是湖南老家，到甘肃有好几千里，这样一家人，就是一路吃饭，也非二三十块钱不能到，这又只有一个笨法子，自己带着干粮，一面吃，一面走路吧。我们听到说回老家去，心里都十分高兴。就是我奶奶，那么大年纪，也喜欢得张着口合不拢来。我爹看到家里人全是这样欢喜，自己就下着苦力，每天都由井里挑着水，送到麦地里去泼。"

周太太笑道："那是笑话了。靠着人挑水到地里去浇得了多大的地方呢？"月英道："可不就是这样啊！但是我爹也有我爹的意思。他说能浇多少麦来，就浇多少。先是浇了一小块地，后来看到力量还有余，又把浇的麦地放大了些。周太太，你没有到过甘肃，不知道那地方打水的难处。那里的井，深到十来二十丈，打起一桶水来，要用转车转着很久很久的。听说我们东南方，井水满了的时候，手里拿着铁勺子，都可以舀到水，那就相差很远了。所以我爹每日半饿了肚子，由井里打起水来，浇到地里去，那就苦得不得了。我娘和我，看了不过意，也帮着我爹挑水去浇。那李家堡的人，起先看到我爹挑水，都很好笑，说是傻人做的傻事。但是有了一个来月的工夫，不但我们地里的麦苗，长得很清秀，就是地边上长的青草，也比平常年成要长得多。堡子里人看看天气，依然还是很旱的，倒不如我们能种着一块麦，就是一块麦，大家也都跟着学起样来。我们这堡子里，共总只有两口井，这就闹得整天全是人打水，一刻也闲不下来。我爹因为白天打水，总要和人家你抢我夺，而且也打不了多少水，我爹又变了一个法子，就是白天让人家去打水，到了半夜里，大家都睡了，他就从从容容去动手。由四月到六月，我们的麦长得很好。我们估计，可以打五六百斤。别人种的麦，虽是比我们浇水要晚一点儿，但是也有些收成，全堡子里靠了这两口井，总是比别的地方都要好些的。"

周太太道："我虽不明白你们西北的事，但是南方的庄稼我是知道的，庄稼最苦的事，是青黄不接，你们新种的麦子，虽是长得很好，可没有收割到家。据你说吃的粮食，早就搭了草根在里面了。这又过了几个月了，你们都吃的什么呢？"月英道："你问得很对。我们虽是种了有几百斤麦，也只是眼睛里看得好过，肚子里可是一天比一天难受。粮食呢，有钱的人家，或者还有些，像我们这样穷人家，借也借不到，买也买不起，只有多多地吃些草根。这也可以说是一分气力一分财，因为我们麦地里，常是不断水，野草长得也不少，我们就把这野草弄了回来，用水煮着吃。那草让我挖去了一回，地上又长出来一丛，就这样煮野草吃，过了两个月。我们还打起了十二分的精神，总指望麦子熟了，我们割了麦子做出干粮来就可以远走高飞。眼看到麦秆上结了稀稀的麦穗子，粮食是要到口了，我们真把它当宝贝，白天我们在麦地里看守着，晚上换了我爹到麦地里去看守着。这不光是我一家，种了麦的人家，都是这样看，为的是免了有别处的歹人，抢了我们的粮食去。就在这个日子，有一班大兵，开到了我们堡子里，有空房子他们住下了。这个日子，我们那里出去逃难的人很是不少，空的屋子也很多，他们来了，我们起先也是很害怕的。他们的头子，到了我们庄子上，就把我们堡子里人，全找在一个空地里站着，他就出来说，他们的总司令最是爱老百姓不过的，他们到了这里，绝不欺侮老百姓，土匪小偷全不能让他们来。因为这样，所以我们的麦地，他叫我们也不必去看守。一来大家也怕兵，不能不听他的话。二来有兵在这里料想也没有那样大胆的人，敢来抢粮食，所以我们就放心在家里睡觉了。过了七八天，麦子熟了有八成了，我们也就指望着粮食可以到口，心里跟着欢喜了一阵。不料就在这个时候，那个长官就对大家说，所有这堡子里的人，每个人要纳五块钱人头捐。"

周太太道："人头捐，没有这个名目呀，难道不给钱，就把人头割了下来吗？"朱胡氏道："原不叫人头捐，是什么名目，我说不上了，仿佛是叫有用捐吧！"周太太昂着头想了一阵子，因道："我想着，是叫义勇捐吧？"月英深深点着头道："对了对了，是这样一个名字。但

214

是请您老想想，我们穷得吃了整年的草根，哪里还有力量拿出这些个钱来做义勇捐？我们一家有四口人，四五得二十，就是二十块钱人头捐了，我爹听了这话，真吓出了一身冷汗。不过那军官虽是说出了这话，倒不马上就要钱，只派了人到各家去搜粮食。说是搜出了粮食，照平常的粮价，双倍给钱，就把这粮食充当人头捐。我们见了大兵就不敢说话，他们到我们家来搜粮食，我们也只好由他们搜去，充当人头捐不充人头捐，我们哪里敢问？不想在各家搜了两回，共总算起来，也不到两百斤粮食。那军官就生气了，说是堡子里住了一百多人，怎么只这一点儿粮食，难道你们都是吃土长大来的不成？你们都是些刁民，非重办两个不行。他在堡子里许多人里头，看来看去，就看定了我爹是一个坏人……"朱老太在床上哼着道："你爹是一个顶老实的人，你怎么倒说他是一个坏人呢。"月英道："我不过这样比方说，说那军官当时的意思。"周太太道："你只管说吧，后来怎样呢？"

月英道："后来他就把我爹带到军队里去了，堡子里，另外还有一个种麦种多些的人，也是让他带了去了。我奶奶、我娘、我，看到把人带了去了，都在后面跟着。那些大兵先是拿了枪把子拦着我们，不让我们去。后来那军官说，让我们去看看也好，就让我们去了。堡子里人不放心，也都跟了去。不想他们把人带了去，话也不多问一句，就把我爹和堡子里同去的那个人一齐拷吊起来。"

周太太道："怎么叫拷吊？"月英道："就是把人两手两脚，一齐绑了起来，吊在屋梁上。"周太太："自然人是悬空的了，那怎样受得了？"月英道："那还是好的呢，平常拷吊，还是用皮鞭子抽的。"周太太道："你既是知道这么一件事，这甘肃地方，常拿皮鞭子抽人吗？"月英道："县老爷催款，就常常拷吊的。"周太太道："那么，你们也就把拷吊这种刑罚，不当一回事了？"

月英道："这个刑罚，虽是常有的，到底人是肉做的身子，无论是谁，也受不了这种苦楚。别人看着罢了，我们亲骨肉，看到这样吊起来，魂都吓飞了，只有跪在地上求那军官开恩。他们真是铁打心肠，把我爹吊起来以后，只把四个兵守了那空屋子，我们跪着哀求，他不听到，也不看见。偏偏他们吊拷我爹的那间屋子，倒了两面墙，我们在外面，也是看得很清楚的。我爹两手两脚吊在背后脸朝下，挂东西一样，

215

挂在梁上。我爹先是熬了不作声，后来就喊大老爷开恩救命，再到后来，连开恩救命也喊不出来，脸上由红变到灰白，只管是哼。我们一家人，还有那个同堡子的一家人，都跪在屋外院子里，一齐哭着。那个军官这才走出来，手里还拿着一根鞭子，他瞪了眼喝着说："你们哭些什么？没用鞭子来抽，就算便宜了他们。老实告诉你们，你们不拿粮食出来，我不能放他们下来.'那家人跪在地上，还有个男人，到底比我们聪明些，他说家里实在没有粮食，一向都是吃草根过日子，除非是等我们麦地里那些新种的麦子，收起了的时候再交了上来。那军官见了我们，从来没有开过笑脸，听了这话脸上就好好儿的，露出笑容来了，这就用鞭子指着我们说：'这话可是你们说的，你们能具结吗?'我们原不知道具结是什么意思，后来那军官说：具结就是要我们写一张字据。我们不会写，他说可以替我们写，写好了，只要我们在上面按一个手指印。这事并没有什么难办，我们就答应了。他立刻拿出一张字纸来，放下了吊着的人，听着大兵，拿了墨盒子来，捉住人的手指，在墨盒子里按一按，接着在纸上按了一按。他就说没有事了，把我爹放了回来。可是我爹哪里走得动，是堡子里人抬了回来的。我们都是傻子，只说这样一来，大事就完了。我爹睡了一晚，缓过那一口气来，想到地里的麦，明后天可以动手割，起了个早，就到地里看去。不想那一块地的麦，已经割了个精光，几个大兵打着麦捆，正用担子挑了走呢。我爹……我爹……"她说到这里，就哽咽住了。

216

第二十一回

婉转依人过庭怜月貌
激昂训婿隔室听狮声

　　朱家母女们，把话说到了这里，她们家那一页惨史，是怎样开始，这就很明了了。周太太点点头："这些事，伤心也够伤心的，不过事情已经是过去了，空伤心一阵子，也对你们的事情无补。你们现在还是应当想想，怎么去和贾先生商量，让你们可以来往。"胡嫂子在一旁就摇着头道："这是不能开口的，因为我们把姑娘给贾老爷的时候，已经是说妥了的，他叫我们来往就来往，他若不开口叫我们来往，我们是不能去找他的。"周太太道："你们去找他一趟，要什么紧？难道他能够打你们一顿不成？"朱胡氏左手拖了右手的袖头子，只管去揉擦着眼睛角，撇了嘴道："姑娘给了人家，总指望人家夫妻和和气气的，我们若是和贾老爷闹上脾气，不是同我们姑娘添上罪吗？"她说着这话，虽是还在揉擦着眼角，然而那两行眼泪已经是偷偷地流了下来。周太太虽是个妇人，然而为了她个性的不同，她是不愿意听人家哭声的。看到这种样子，便把话剔了开去，因道："贾太太你还是说你以前的事吧？我是愿意听人家说过苦日子的事情的。"

　　月英在心里一阵难受之后，自己停顿了有些时，把那要流出来的眼泪，自然又收回去了。这就向她继续着道："我爹看到那样子，自然不敢去拦着他们。可是硬让人家把满地里的麦全割了去，也不能不难过，因之大叫了一声，就倒在地上了。那军官也跟着在麦地里，看守了大兵割麦呢，看到我爹倒在地上，他倒是发起慈悲来了，就对我爹说：你不用难过，将来我们的饷款到了，赏你一些钱就是了。我爹躺在地上昏晕过去一会子，就醒过来了，因道：'你们要等着将来有饷赏我的钱，不如现在，赏我一点儿粮食吧。我辛辛苦苦种了这么些个麦，一粒也没有尝到，你想我心里委屈不委屈？'那军官笑说：'既是那么着，你到我

217

营里去当兵吧。我们有的吃，你自然也有的吃。'我爹说，'我家好几口子，都靠我一个人养着呢，你若把我带去当兵，我一家人都靠谁呢？'那军官倒说得好，当兵的人，哪个没有家，就是你有家吗？军官这样一说，他手下的大兵，就以为他要定了我爹当兵了，不容分说，拉了我爹就走。那时我们都在家里，并不知道有这件事。等到下午，还不见我爹回来，我们才有些奇怪。这些大兵，住在我们堡子里，那是不断进进出出的，有那快嘴的和我们送一个口信，我们知道粮食没有了人也没有了。好在我爹当兵去了，还在我们堡子里，每天总可以见着一面的，先还不十分难过。有一天早上，突然军队开走，把我爹也带了去。满堡子里人都欢天喜地，轻了一身累，只有我一家哭得死去活来。从此以后，就没有得我爹一点儿消息。后来过了两年，有附近乡下人，和我爹同营当兵，他逃回家了，对我们说，我爹在半年以前就阵亡了。我一家三个女人，苦巴苦熬过了这几年，我们往后一想，哪一天是出头之日呢？就舍死忘生，到西安来，不想到了西安来，就弄成这样一个结果。"说着，就流下泪来。

朱老太道："我一路上走来，都听到人说，到了西安，就到了天堂了，什么也不用发愁了。我们到了这里一看，天堂倒是天堂，不过这是有钱人的天堂，不是我们穷人的天堂呀。小西天里边，什么都好，但是我们这穷人，望着后门，想进来也是不行。"周太太笑道："你们看到这里是天堂，还有人看到这里是地狱哩。不过这话说给你们听，你们也是不肯信的。贾太太你也在小西天住了几天了，你觉得这里是天堂还是地狱？"

月英苦笑着道："你这位太太，你这样地称呼我，我怎么敢当呀？我自从到这里来以后，人就糊涂了，虽是吃的喝的穿的，全比我家里好，但是我在这里，总是像做梦一样地过着，而且我时时刻刻，都挂记着我奶奶的身体，肉汤煮的白面条子，那样好的东西，我吃到嘴里，常是不知道是什么味。"周太太笑道："怎么说是常常不知道什么味！难道他们总是煮面条子给你吃吗？"朱老太太可就在床上插言了，她道："能够常常给面条子吃，那是好事呀。"

周太太手扶着下巴颏，想了一想，笑道："我倒想起了一桩笑话。我有一个同乡，在甘肃公路上做工程的事，也是常常住在乡镇上。他借住的那个房东，是个小生意买卖人，日子自然是很苦的。有一天，为了在公路上帮忙，挣扎了几个外花钱，就把本地的土面，撑了好几斤面条了，用盐加到开水里，煮给家里人吃，就算开了荤。他家有两个孩子，一个五岁，一个八岁，自锅里煮着开水起，直挺地站着，望了面下锅，就没有离开灶头一步。他们的母亲，看到孩子巴巴地望着，有些可怜，面熟了，就先盛一碗给孩子们吃。不料两个孩子还是站在灶边，捧了筷子碗吃，他们可不是向口里吃，简直是向肚子里倒，吃一碗又吃一碗，这一顿面，全家人没有吃完，你猜怎么样？这两个孩子，肚皮胀得像大鼓一样，都倒在灶脚下，一动也不能动，原来是胀死过去了。好容易，静静地让孩子们睡了两天，才活转过来。我当时听了这句话，以为我那同乡是形容过甚，可是他赌咒发誓说这是真事，现在照着你们的话看来，那果然是把吃面条，当一回新鲜事了。"

朱老太道："周太太，你是天堂里的人，哪里会知道我们穷人过的苦日子，在我们那里的人，两三年不见着白面的人，也是很多很多呀。"周太太道："那终年吃些什么东西呢？"她说到这里，就想由这一点，又问到她们的生活上去。可是就在这个当儿，听到茶房突然地叫道："贾先生回来了。"只这一声，月英脸上，早是一阵由红变到苍白，瞪了两只眼睛，两手扶了桌沿站立起来，只管向窗户外边呆望着。周太太道："不要害怕，贾先生也不是老虎可以吃人，你就是得罪了他，至多也不过是彼此撒手罢了，他也绝不能把你吃下，何必怕他？万一他要和你为难，有我在这里，我可以和你做主，你放心吧。"月英的声音，有些带了抖颤，向周太太苦笑着道："是的，我要请你帮着我一点儿忙，要不，我不不……不得了的。"

周太太看了这样子，真有些替妇女们叹气，便挺身而出，走到过厅里站着。正见贾多才由房里伸出一颗头来，满脸怒容，瞪了眼叫着问道："茶房，我屋子里面这个人到哪里去了？你知道吗？"周太太就向他点了一个头道："贾先生，你回来了。你的新太太在和我说话呢。女人和女人说话，你还有什么不放心的吗？"贾多才和周有容很有来往，所以对周太太也很熟识，这就不能不跟了她也笑着点个头。

周太太走近两步挺了胸道："我告诉你一句实话，贾先生可不要生气。我在南方的时候，很做点儿妇女运动，所以看到妇女有点儿可怜的时候，我的脾气就要叫我来过问。你的那位……"贾多才便接着笑道："周太太，你有点儿误会吧？我对于她，不能不说是仁至义尽，她本是一个灾民，我把她提拔了起来，穿衣吃饭，一律和我平等，还有说我什么坏话？"周太太摇着手笑道："你不用多心，我说的是令亲，说的不是你太太。刚才我到后门口去，遇到你的令亲老太太坐在她们自己门口，向小西天后门口望着，哭得眼泪水直流，说话都说不出声音来，看看要死了。我问她什么事，她说望她孙女儿望不到，快要想死了，孙女儿不能出去，她又不敢进来，只有坐死在那大门口。是我出钱做主，在这里开了一个小房间，让她们祖孙见面，这样一来，你太太没出门，她们可又见着面了。"

贾多才虽不说什么，可是他的脸色却十分地难看。向对过屋子里看了一看，见窗子里好几个女人影子，就把鼻子左右，两道斜纹伸出，向周太太苦笑了一笑。周太太道："我知道贾先生一定不高兴，可是这和你太太并没有什么关系，你要见怪就怪我吧。"周太太说到这里，本来还想和月英遮盖几句，可是月英在窗子里早是远远地向这边瞟了一眼，看见贾多才小胡子翘了起来，瞪了两只荔枝眼睛，脸皮红红的。心里就怦怦乱跳个不停，料着就是有周太太保镖，这事情也和缓不下来，倒不如早早地出去，认一个错下场。于是右手抡着衣襟上的纽扣，左手挽着放到背后，将牙齿咬了下嘴唇，斜侧了身子，挨着房门出去。到了过厅里，又把脚步站住了，闪在周太太身后。因为她走出来的脚步，是非常之轻，她直到了身边，周太太还不听到。

这时，贾多才的眼睛，只管向周太太身后看来，她也就随着回头一看，见月英低了头站着，便向两边都看了一看，于是握了月英垂下去的手道："你就是要做贤妻良母，也犯不上见了先生，吓得像老鼠见了猫一样。"说着，牵了她，只管向前送。就在这个时候，王北海夹了一个书包，匆匆忙忙地向里头跑，他是只管这样猛力地冲着，却不理会到身边有熟人，及至到了面前，彼此一躲闪，才把脚停住了。

北海看到了月英这种样子，自然是脸色一动。月英自从嫁了贾多才以后，始终不曾和北海站得这样的近，而且眼面前就是贾多才站在这里，相形之下，说不出是惭愧是悔恨，只觉这地面上有缝的话，自己一定把身子一蹲，钻了进去。北海向她看了一眼，见她面皮红中透紫，眼皮子都抬不起来，眼角上似乎还有两汪眼泪水流了出来。急忙用手去握了嘴，发出两声不自然的轻咳嗽。再回头看到她身前还站了一位太太，自己可不敢多看一秒钟，立刻向后院钻了去。到了后院以后，又不知道什么缘故，两只脚竟是不由人去指挥，已是停止下来，而跟着这个时候，第二个思想便命令他回转身来，他又踅到了墙角上，把身子藏在墙下，伸出头来向前面过厅望着。

事是那么样子凑巧，周太太和贾多才在说话，眼睛自不向别处张望，月英退后一步，斜侧了身子，回头向后面看了来。显然地，是来看北海后影的，因之两个人对看了一眼。月英这一度回头看人，她自己实在没有这种用意。没有这种用意，还回转头来，这是她自己所不可解的一件事。可万料不到北海不曾走开，依然还在这里迟留着，这是她出乎意料之外的，在惭愧悔恨之外，又加着一份感激。不但脸上发红，而且心里头卜卜乱跳。

贾多才偏在这时笑向周太太道："既是周太太出来说了，我就饶恕她这一次。并非我对她虐待，实在因为她出身不过如此，我要把她培养出一个人来。"说着，将两个指头，钳了月英一只衣袖角，瞪了眼道，"现在你可以进去了吧？"月英哇的一声，似乎要哭了出来似的。北海老远地站着，不由得大吃一惊。假使贾多才追问起缘由来，不要把旁观人牵连在内了。可是他这种思想有点儿过虑，月英又是两手握住了嘴，低着头乱咳嗽了一阵，就借了这个岔，走进屋里去了。

北海只觉心里有一把怒火，要由口腔里直喷出来。假如不是怕法律管着的话，一定抢步向前，打贾多才两个耳刮了。只是月英进屋子去了，贾多才也跟着进屋子去了，自己在势不能再追到人家房门口去，就情不自禁地顿了两下脚，然后才回转头来，慢慢向程志前屋子里走来。

志前背了两手，靠了房门站定，向天上望着，有点儿出神，不知道正研究着一个什么有趣味的问题，偶然一低头向前看看，见北海面皮紫中带黑，分明是藏了十分的气愤在心里，便带了笑容，和缓着语调道："北海，今天功课完得很早啊！"北海道："程先生，我要左倾。这种社会，不走极端，没有办法。"说着，左手伸了巴掌右手捏个大拳头，在手心里捶了一下，同时咬着牙，将脚重重地顿了两下。

志前笑道："北海为什么这样子生气？"北海走到他面前，还不免喘了两口气，摇了头道："到现在，我相信宇宙里什么事情，全是以物质为转移，我有了政权在手，我首先要解决奴隶制度。这奴隶两个字，不光是指着实行当奴才丫头的人来说的。还有那名义上不是奴隶，事实上他们是做了奴隶的，那也当加以解放。因为他们做那无形的奴隶，比做那有形的奴隶，还要痛苦十分。"他像游行演说一般，说着话，走进程志前屋子里去，把书包重重地向桌上一放，打得很响。接着他又用手在桌子上一拍，拍得很重很重。头一偏道："哼！岂有此理！"

志前坐在一边椅子上，右手指尖，微微摸着脸腮，只是看了他微笑。直等他不作声了，才问道："北海，你说谁岂有此理？是我得罪了你吗？"北海这才醒悟过来，不由得笑了，回道："我怎么敢说程先生的话，不过我说的是小西天里面的高等旅客。程先生呢，总也是高等旅客之一，这一点，或者是我对不住程先生之处。"他说着这话时，虽然，还带了许多苦笑，然而他的脸皮依然还是红红的。志前见他是由前面来，而小西天的旅客，让他不能满意的，那程度也不能超过于贾多才，这就很可以知道他是什么意思了。便笑道："我知道了，又有什么新消息吗？"北海站在屋子中间，把刚才的事连比带做，一齐说了出来。自然，那形容之间，是比实在情形，还要过分一些的。

志前听他说过之后，背了两手，只管在屋子里溜来溜去，微笑点点头道："恐怕你还不知道这里面的详细情形呢？人为了钱，什么都得屈服。就是那位姓贾的，你看他耀武扬威地端着架子，很了不得。可是有一日为了钱的缘故，人家要压迫他的时候，他一般地得承受着，我举一个例，"说着，把声音低了一低道，"隔壁屋子里，新搬来了一个小局长，也是个买办之流的人物，在江南是非常之舒服的，为了钱，他跑到甘肃去，就在一个很苦的地方，当了一年的税捐局长，他去吃苦不要紧，在江南的一位摩登太太，打电报，把他叫到西安来，彼此会面，那局长先一日到了此地，昨天，太太也来了，晚上因为没有电灯，两口子就吵了一场。太太先说，要他解钱到西安来，局长说，来得匆忙，来不及筹款，假使她要钱，可以同到甘肃去。太太预料着苦，还没有答应呢。不过，我想着，她一定会去的。原因十分简单，就因为那个地方有钱。"说着就笑了一笑。

正在这时，就看到一个穿西服的少妇，高跟鞋踏得地面，嘚嘚地响了过去。她的上装是粉红色，外罩了青色薄呢短大衣。下面宝蓝色的裙子，走得飘飘荡荡的，风韵十分好。西安剪发的女子就不多，而她的头发呢，还是烫着弯弯曲曲的。虽不曾看到这个人的脸子，她是很漂亮的人，那是可以断言的。立刻这就听到那女子在隔壁屋子里，生气说话了。她道："我已经打听清楚了，这里可以汇款到上海去的，不过多出一点儿汇水就是了。"

这就有一个男子，缓缓地答应说："款子我自然筹出来给你，只是西安城里我没有法子筹款。"那女人喝道："你胡说！这是陕西的省城，省城筹不到款，什么地方可以筹到款？"那局长低声道："太太，你低声一点儿，这个小西天，全是政界上的旅客，你嚷出去了，我固然是没有面子，你也不见得有什么面子吧？"随了这一句话，就听到隔壁屋子，咚的一声响，分明是有人拍了桌子了。接着就听到那女人道："我为什么不说？我偏要说。你还知道顾面子吗？你若是知道顾面子，你就不靠我父亲的势力，到西北来混小差事做了。哼！你还知道要面子，你不要给我说出好的来了。"

那位局长，立刻发出央告的声音，低低地道："左右前后都是人，你饶了我，不要再吵了。至于你所要的钱，我回到甘肃去办，你要多少钱，我给你多少钱就是了。"那妇人狠着声音道："要我到甘肃去，那也成，你给我三千块钱。"那局长带了笑音道："这样大的数目，恐怕不容易吧？"那妇人道："这数目就大了吗？我不走，我在西安等着，你明天就回甘肃去，给我拿三千块钱来。你若少拿一个，我打电报给我父亲，叫你这小官僚做不成功。你是什么有本领的人，写一封八行，也写不通。至于经济这一类的事，那更是笑话，恐怕什么叫币制，什么叫金本位，你全不明白。你就知道有货物由你局子面前经过，多多地刮人家几文钱。我根本就瞧不起你，不为了要钱，十年不通音信，我也不会来找你。"

这一番痛骂，北海也听得呆了，有一个做太太的人，这样地骂老爷的吗？志前听着，也是连连地摇了几下头，向北海微笑了一笑。北海正想说着什么，志前向他摇摇手，又向隔壁屋子努努嘴，意思是叫他向下听了去。于是两个人对看了一眼，又向隔壁听着。

那局长受了这一番痛骂，似乎不能忍受了，更听到一种短促的声

223

音，答道："这是你说我的话吗？我这次请假到西安来接你，就十分勉强的。现在要我去拿钱，拿了钱，还要我送来，这来往三四次，要耗费多少工夫，假若上司知道了，把我的差事撤销，我自然是完了，你又能占着什么便宜？假如你还打算整千块地要钱，就打死我，我也拿不出来吧？你要拿钱，那就得跟我到甘肃去。"这说话的声音由远而近，和那妇人发言点很相近，说着就听到那妇人不知放搁什么东西，很重地在桌面子上碰了一下响，接着道："好的，只要你拿得出钱来，我就陪你到甘肃去。不要这鬼样子，滚开些。"一阵脚步声跟跄声，那男子又拖着声音道："那个地面，可比不上西安，吃黑馍，喝泥水，连青菜萝卜，都没有的……"

那妇人就喝了一声道："不用得你胡扯，我没有到过甘肃，我在书上也看到过的，绝不能像蒙古一样，满地都是沙漠吧？算是沙漠，我也要去。"那局长就用极低的声音，答应了三个字，那很好。这一幕隔壁戏，到了这时，才算告一段落。

过了许久，程志前才干了一身汗，带着微笑坐了下来，向北海点了两点头。北海笑道："这就是那句时髦话，一切都以经济为背景。大家都是为了经济而屈服。"北海再要向下说时，隔壁屋子里，吱咯吱咯，咳嗽了许多声。两个人就不再提到这件事了。

北海沉默着坐了一会儿，便又想到前面院子里那个月英，因道："程先生，不是我多管闲事，前面院子里那位朱姑娘，我想总还可以想一点儿法子吧？"话说到这里，脸也跟着就红了，伸手摸摸头，伸手又摸摸脸，好像不知手足放到什么所在才好的样子。志前觉着他已经是很难堪的，不能再叫他难为情了，便道："有是有法子想，不过我们事外之人，怎好干涉到人家的婚姻问题上去？"志前随口说了这样一个答案，意思是给他敷衍面子的，实在说不出一个具体办法来的。北海很是高兴，望了他笑道："程先生说是有办法，那一定是有办法的，但不知道是怎样一个办法？我们就是不能干涉人家的婚姻问题，私人提出来研究研究，那似乎也不怎么要紧。"

他说着，又是向了志前微微地一笑，期待着他那具体的答复。志前想了一想，笑道："虽然有一个法子，我暂时不便宣布。"北海放下来的手，又不知不觉地，伸到头上去搔了几搔，问道："不便宣布吗？"

志前索性给他一个闷葫芦去猜着，微笑着点了两点头。

就在这个时候，得了一个转圜的机会，都听到茶房，一连串地在隔壁屋子里低声说话。他所报告的，正是前面院子贾多才夫妇的事，志前这就瞅着板壁，微笑着望着北海，于是二人又听了下去，却听到那妇人答道："什么？那姓贾的这样欺负人吗？他花多少钱，把人家的家庭买断了？"茶房答道："听说是一百五十块钱。"那妇人道："一百五十块钱就拆散人家的骨肉，这姓贾的太狠心。不过这出卖女儿的人家，也太没有出息，不过是一百五十块钱。"茶房没作声，又一声微笑，那局长慢声慢气地道："不过一百五十块钱？那是小数目吗？甘肃地方，有一块五毛钱的事，卖儿卖女的也很多哩。"那妇人发出很严厉的声音道："有这样便宜的人，怎么不和我买两个丫头？"那局长答道："那是前两年闹灾荒时候的事。"妇人道："前年的事，你鬼扯什么？"局长默然了。那妇人道："茶房，你把那女人的娘家人叫一个来，我有话和她说。"茶房笑道："胡太太，你何必问她们的事。她们都是没有知识的人，一句话不顺头，就要哭了起来的。"那妇人道："人不伤心不流泪，不是受了委屈，人家会哭吗？我不怕哭，你只管叫一个人来，我还有要紧的话问她呢。"接着脚步响，那茶房是由窗子外面带了笑容过去。

志前轻轻地对北海道："你看吧，不用我们多事，这位太太会替她想法子的。你没有听说，她和老爷要钱，一开口就是三千吗？有这样大批收入，她花几个钱，帮一帮苦人的忙，那简直算不得一回事。"

北海停了声音，就向窗子外面看着，不多大一会子工夫，就见那个茶房，把胡嫂子引了进院来，向隔壁屋子里走去。先是听到胡嫂子叙述了一会儿，随后就听到那局长太太道："你们真是不开眼，一个银行界的人，随便在箱子里摸摸也是钱，你怎么把那么漂亮的姑娘，才换他一百五十块钱？"接着便是胡嫂子咯咯的一声笑。分明是她答复不出来这句话。那妇人道："你们真是老实人，女孩子虽然卖给人了，但是还住在旅馆里呢，大家见一面，不见得就撅了她一块肉走。"这就听到胡嫂子接嘴道："是啊！不是那位周太太，也是这样替我们撑了腰和姑娘见了面吗？面是见了，话也说了，我就怕那贾老爷生气，要和姑娘为难哩。"那妇人道："哼！这是你们内地人，没有见着什么大来头的角儿。像我们在南京、上海，在什么地方，也可以遇到他们，不过是一种生意人罢了，他有什么权力，可以压迫人？这位周太太，倒是我的同志，那位贾先生，若是欺负朱家姑娘的时候，你只管来报告给我，我也可以出一臂之力。"顺了这篇话之后，接着，就是唉的一声长叹，是那位局长接言了。他说："你这不是多事多过分了吗？别人家夫妻……"

那妇人喝道："我偏要管，姓贾的若是虐待了她，我还要和他打官司。好在这小西天里面，住了有一位专查人间善恶的专员，要告状在本饭店告他就行。"那局长道："喂，这位嫂子，你不必在这里打搅，你去吧。"随了这句话以后，就见那位胡嫂子，手扶了墙壁，由窗子面前经过，低了头是慢慢地走着的。可是那个穿西装的女人，立刻跑得高跟皮鞋，嘚嘚地响，顺手一把将胡嫂子拉住。

这时，可以看清她的脸了，像石灰一样的，敷了一层厚粉。可是在那厚粉之中，凸凹不平的，布满了紫色疙瘩。两道眉毛都钳干净了，却还剩了两道粗的肉痕，在肉痕上再画了一道墨线，两只胡桃大眼，右眼皮上，还有一个萝卜花儿。鼻子倒是很高，可是鼻子下面，两个大厚嘴唇皮，向外翻了出来，由那翻嘴唇里，露出两排乱七八糟的牙齿来。她道："你怕什么？我不叫你走，什么人也不敢叫你走。你以为他是一个老爷吗？那算不得什么。假使他没有我，他那老爷也做不成的。你只管跟我进来说话。"那胡嫂子是有名的小脚，如何受得了她这样有力的拉扯？所以颠倒着身体，就跟她到屋子里去了。

北海听到那太太问胡嫂子的话时，本来脸皮绷得很紧的，及至胡嫂子跑了出来，倒不由得泄了一口气。脸上自然也带了几分失望的样子。这时胡嫂子又进去了，他把那沮丧了的脸色重新又振作起来，这就向志前笑道："这样子，她倒是可以想一点儿法子的。"

志前向他笑着，还没有答复出来这一句话呢。只听隔屋子哄咚一声，好像是有人用力在椅子上坐下去，椅子靠背便打了板壁一下响，接着那妇人重声道："你不用吓成这个样子，闯出什么祸事来，有你太太出来负责，不关你的事。"那局长很和缓地答道："算我怕你了。我又没作声，尔还生什么气？"那妇人道："虽是没作声，你那种样子，也很是难看。"这一句话之后，那边屋子里寂然，什么声音都没有。先是擦火柴声，随着茶杯倒茶声，接着茶杯碰桌面声，还是那妇人开口说："我要喝凉的，你和我叫茶房来。这位嫂子，你坐下，你那小脚哪久站得住？"

于是那位局长的叫茶房声，接二连三地发出来。接着茶房发出很平和的问话声就出来了。太太说："你和我拿几瓶荷兰水来。"茶房说："辣水没有，只有辣椒油。"局长说："嗜！要汽水。"茶房说："啊！汽水。平常是一块钱两瓶，现在恐怕……"太太说："你拿来就是了，一块钱一瓶我也要。"茶房说："不，恐怕现在郑州还没有来货。要到端午节以后，才有得来。"太太说："你去吧，没有还说什么？回来，这里有什么水果没有？"茶房道："现在也少有呀，除非是梨。"太太说："就是梨也好，一块钱能买多少？"茶房说："一二斤吧？"太太说："喂！不要装傻，拿两块钱出来，交给茶房去买梨。"于是洋元当啷响了几下，茶房由那边走出去了，接着她又说，"喂！你也出去，我和这位大嫂说几句话。"局长说："你只管说你的，我不打岔就是了。"太太说："你不打岔也不行，反正我不要你在屋子里。你走不走呢？"说到这里，她的语音可就重得多了。

这就没有了什么声息，只听到楼梯踏踏的脚步声，局长又走出来，挨着窗台过去了。这就听到那妇人笑说："你看，我们这老爷，多听话，我叫他走，他就走了。女人要怕男人做什么？越怕他他越会显威风的。"胡嫂子说："这是我们那位姑娘出身不同，她们哪里敢和你太太打比呢？"太太说："这倒也是，不过做女人的总要抬高自己的身份，只要自己想着，我无论到什么地方，也可以找得着男人的，那就对男人毫不在乎，要闹就闹，要散就散。男人另外还有什么法子可以欺负女人？你把我这话去对那位姑娘说，用我这法子就不错。大不了，不过是他不要那姑娘，那倒很好，那姑娘算逃出罗网了，他一个做老爷的人，总不至于和穷人去追问身价钱吧？"胡嫂子随着她的声音笑了一阵，没有什么答复。那太太说："女人的心，都是一样的，你把我的话仔细想想，对不对？"接着就是胡嫂子味味的笑声。

北海在这边屋子里，听了这样子久，也就感到沉闷，就在桌子边坐下。因为桌子上有现成的纸笔，便拿起笔来在纸上写着："这个女人虽是对她丈夫不好，但是站在女子的立场上，她总算是一位提倡女权的。"志前站在远处看到这纸条，微笑着点了两点头。这就听到那太太说："既是这里的女孩子，为了没有饭吃，不得不卖身子，想必要卖身的人

227

也很多。你路上还有这种人吗？我倒想在西安收买两个丫头。"北海听到，抬起头来，和志前眼光对照着，也笑了一笑，笔还拿在手上呢，就蘸饱了墨把所写的几行字完全涂抹了。

第二十二回

侠语动脂唇群姝集议
虚情惊玉腕苦女逃囚

这个宇宙里面的人，似乎都有两副面孔，一副面孔是为了争名而用的，一副面孔是为了争利而用的。这两副面孔同时拿出来，往往就生着很大的冲突。程志前隔壁屋子里那位教训老爷的太太，这时就是把两副面孔一同拿出来的人了。王北海怔怔地听过了一阵子，却不由得怒从心起，恨不得跳到那边屋子去，打那女人两个嘴巴。志前却笑着望了他的红脸，没有作声。

过了一会子，那胡嫂子却由隔壁屋子里走出来，似乎也在脸上带了一种笑容走过去。北海实在是不能忍耐了，并不先知会志前，起身就向外面走着，直抢过后院子门口，把过路的地方给拦住。胡嫂子对于他的面孔倒是很熟的，这就站住着，向他笑了笑。北海脸上还红着呢，把喘气的样子按捺下去，然后向胡嫂子笑道："大嫂子，你又可以分一笔媒钱了。"胡嫂子向后退了两步，手扶了墙，微咬了嘴唇向他望着。笑道："听你先生说话，也是本地人，我是哪种人，你还有什么看不出来的吗？"北海两手插到裤袋里，随着又抽了出来，两手互相搓了几下，因笑道："我怎么不知道你是哪种人。我要说一句你不大爱听的话，是你自己的亲戚，你还介绍着卖出去呢，别人的儿女你有什么不能介绍的呢？"胡嫂子被他这话一顶，倒愣住了，说不出个所以然来。

北海见她不作声，索性把眼睛瞪着，因道："我告诉你吧。当年西安城里饿死人的时候，官府里还不许卖人，卖出去的，为了逃命起见还是偷偷摸摸地出去呢。现在地方太平多了，穷人找饭吃，只要不偷懒，总有法子的。你若是再做卖人骨肉的事，我一定去报警察。"

胡嫂子吓得脸上由红中透出青来，强笑道："哟！先生，我们一不认识，二也无冤无仇，你为什么这样子对待我？"北海道："我若认识你，就不会让你做出这种事来了。至于有仇无仇，你不用问我。你们那亲戚，同你又有什么仇，你为什么要把她的骨肉给卖了？"胡嫂子呆站了一会子，这就笑道："先生，你倒为的是朱家那孩子的事，这不和我相干，她自有奶奶和娘做主，把她卖给人做小去了。假使你也像贾老爷一样有钱，也早给你做了媒了？他们家得姑爷救穷，救不了她的穷，就做不了她的姑爷，这有什么客气。"她说着，把嘴角还撇了两下，北海听了这话，不由得心里也是一动，身子呆着不会动了。

胡嫂子冷笑了一声，侧了身子，也抢步奔了过去。等北海回想过来，她就跑得很远了。北海碰了一鼻子灰，要追人家也追不着，只好垂了头，悄悄地走回屋子来，志前向他注视了一会子，便道："你见那妇人，说了些什么？"北海苦笑了一笑道："同这种无知识的妇人，有什么话说，只有把法律来治她。"说着，捏了一个拳头在桌沿上重重地捶了一下。志前看了这样子，就知道他碰了一个大钉子，微笑道："年轻的人，总是热心的。其实社会上不平的事也很多，我们也只好看一点子不看一点子。"北海两手又插在裤子袋里，在屋子里打了几个旋转，就低了头坐在椅子上，轻轻地叹了一口气。

志前望了隔壁屋子的板壁，将嘴努了一努，低声微笑道："你实在不该打断她们的兴头，让她再引一个女孩子来看看，难道这地方有许多穷人，总是非卖身不可的吗？"北海道："卖身的人不多，可是人贩子太多。宇宙里的事，当事人无所谓，总是中间人把这事情弄坏的。"他越说话，声音就越大，把颈脖上的青筋都暴露出来。

志前只好站了起来，向他连连地摇着手。同时可就眼望了后墙窗子外，不住地努嘴。北海向那边看时，正是月英的祖母和母亲，抖抖擞擞地由这里走向后门去。在她们后面，还跟了一个男子汉，正是那蓝专员的听差，他一面在后头跟着，一面叽咕着。北海道："程先生看这情形，又生出什么问题了吗？"志前笑道："当然有点儿什么关系，要不然，那听差已犯不上这样跟着了。"北海两只眼睛盯住了窗子外看着，丝毫也不转动。直到不看见这三个人的人影子，才向志前道："蓝专员到这里来，就是要来找事情做的，像贾多才这样蹂躏女权，正值得他们追究。"志前笑道："就着你的立场说话，大概是无论什么人，你都认为是和你一样同情的了。"这是一句淡话，倒叫北海不能有什么话跟着向下说了。他在这话里强自镇定着，坐了一会儿，便道："程先生有什么事吗？"

志前想着，今天是你突然来找我的，你自己又突然地要走，有事没事，你心里明白，问我有什么用？便笑道："我没有什么事，不过我劝你遇事冷淡些，不要太热心了，为人心越热，钉子就碰得越大。"北海道："我也不怎么热心，不过好说公道话罢了。这事与我有什么相干，我倒去白操心。"他说着这话，已经是拔开脚步，向外走了去。这次不走前门了，径直地走到后门口来。

果然地，那个蓝专员的听差，正靠了门框子，在那里向对过小门洞里望着。那两个妇人，还是在院子里走着呢。北海站在门口，也向那边门里头望去。那听差看到这种样子，只管向他周身上下看了一个够。北海倒有些难为情，如若自己走了开来，恐怕是更让人家疑心。于是向那听差笑了笑道："你先生看，这两个女人不是很可怜吗？"那听差从来没有听到人叫他作先生，见一个学生样子的人这样向他称呼着，不由得心里大为高兴。他就向着北海笑道："可不是？我们太太在楼上听了她一家人在楼下又哭又说，闹得很可怜，就叫我跟着她们来打听究竟。"

北海道："她们说了什么呢？"那人笑着摇摇头道："老实人说话，没有办法，说得牛头不对马嘴，我也没有法子向下问。我们夫人的意思，叫我到她家里去看看。可是我看她们家那样脏，我真不愿进去。"说到这里，就回头看了一看，低声笑道，"这是昨日在这里和饭店里人闹了一回意见，太太不能不慎重一点儿了，所以先派我来看看。"北海举起手来搔了两搔头发，笑道："假如蓝专员能在暗里做主的话，我我……"说着，极力地搔着头发，接住道，"我就出面来告一状也肯。只是……"他眼望了听差，那听差猛可地做了一个无声的微笑。

北海这就想着，这句话也许有点儿冒昧，便笑道："你先生贵姓？"那人更是得意，立刻在身上掏出一张名片，交给了北海。北海看时仅仅是方大德三个字，同时，他自己也就看到了，立刻把名片抽了回去，另外却给予了一张名片，这上面就有了官衔了，乃是国民政府西北考察专员随从员工友。北海原是觉得无话可说，借着问人家姓名，这样转了一转，现在看到了人家的名片，就觉得不恭维不妥当，要恭维更不妥当，便笑着哦了一声。

方大德道："你先生很好，像那位周县长的太太一样……不，不，我的话，有些说愣了。那位周太太，非常之热心，她刚才亲自上楼去见我们夫人，说这个女人可以救一救。两个人谈得一高兴起来，说了很久，我们夫人老早就叫我和这两个女人说话。说了许久总是不接头，到了后来，也不知道什么缘故，她们口里叫着老爷，就向这后面跑。直等我送着她们到了这后门口了，她们才说，惹不起做老爷的人，只好逃回去。我要追到她家里去问话时，又觉得男女有些不便，只好站在这里傻望。其实问她们不问她们，那全没有关系。我们夫人已经在这里面大客厅里请了许多女客开会，商量这一件事。"

北海一跳脚道："真的吗？那好极了。"说着，他就不再和方大德说话，立刻掉转身来，就向大客厅外面跑了去。只走到廊子下，就听到有一位娇滴滴的女人声音，在那里演说着。她说："我们站在妇女的立场上，不能挽救这样一个女子，那是我们的羞耻，无论如何，我们必定要首先树立女子的人格，要树立女子的人格，又必定不让女子做人家的玩物。"北海听着，觉得这位女宾说话，实在有劲，赶快地绕了个大弯子，绕到大客厅后面，伏在窗台上，隔了玻璃，向里面看去。

只见一张大餐桌子四周，全围坐着女人。那个说话的女人，依然在人群中站了起来。看她穿了那窄小腰身的砖红绸旗袍，胸面前挺起了两块，屁股后面，撅起了一块，曲线美是非常之明显的。这西安城里虽然也有少数烫发的，可是那样子，总是剪得非常之难看的。这位女士的头发却烫得很好，顶上平坦，在头发梢上，却曲卷了许多层云钩子。她的脸上，有很浓厚的胭脂粉，尤其是在那嘴唇上，浓搽着胭脂膏，就在这红的嘴唇里发出声音来。

她继续着道："女人被人家看成了玩物，原因虽很多，但是女人爱慕虚荣，甘心做人家的奴隶，这也是原因之一。要不然，男子们就能欺侮女子吗？现在这位朱女士，就是这么样一个人，靠她自己跳出火坑来，那是不可能的。"说着，托住面前的茶杯托子，三个指头，做了兰花手的形式，夹了茶杯的把子，送到红嘴唇边，呷了一口香茶，将杯子放下，然后又在衣襟下面，掏出一方花绸手绢来，两手捧着，在嘴角下按了两下，把茶渍擦干。

她接着把胸脯子一挺，又道："我们若是要为全妇女界求解放，我们就必须把眼面前这个不能自立的女子挽救起来。要不然我们只管是口里唱唱高调，更让人听了笑话了。那为了省事一点儿，从此以后，我们还是免开尊口吧。"她说完了，还把她的高跟鞋子顿了一顿，表示她那份愤懑的意思。全场的女人，这就鼓起掌来。

北海看到，心里就想着，像这位女太太那份激烈的样子，那是可以压倒贾多才的气焰的。只是她这份打扮，好像这几句话，是不应当由她嘴里说出来，下文如何，倒是不能得知哩。只说到这里，那个摩登女人已经坐下，另有一个中年妇人站了起来。她还不曾开口，四座的太太们，就都鼓起掌来表示欢迎。北海看那态度，知道就是专员夫人。她道："既是各位先生都赞成我的提议了，现在就推两位当代表，去和那位贾先生交涉。我们交涉的原则，第一是姓贾的要立刻恢复朱女士的自由。第二，朱女士恢复以后，我们设法和她找一份职业，贾先生不能再干涉她。"她说着，四座的人又噼噼啪啪鼓起掌来。她很得意地向大家望望，笑道："关于这件事，虽然问题很小，但是我想着，这也许是西安城里妇女运动第一次表现，我们务必做到。若是有什么困难的话，我们蓝专员可以相当地帮忙。在这种是非不明的社会里，政治的力量总是不可少的。"

她说着，又把眼珠转着，向大家看看，这里面有几位女宾，是知道她的专员在这里闹过一次笑话的，这政治的力量似乎不能再用。其中的周太太便笑道："我们还是靠我们自己吧，难道离开男子，我们就做不了事。"蓝夫人向她看了一看。便道："我不过是这样一个建议，并不一定就照办，现在我的话说完了，各位有什么意见马上就说出来，不必再拖延时间了。"她坐下去，还是先前那个女人站了起来。

她道："还有一件事情，我们也得预备的。那个姓贾的，对这件事，听说花了一百多块钱，假使他要退回聘金才肯放人，我们也不能完全拒绝。既不能拒绝，那就要筹备款项了，这一笔款项，似乎要大家捐出来才好。"她一提到了捐钱，这就把各人的声浪都压了下去，有的太太在捧杯子喝茶，有的太太在掏出粉镜子来向脸上扑粉，有的同邻座的太太交头接耳地说话。这把发起人倒塞住了嘴，站在那里，一点儿办法没有。

蓝夫人是在主席地位坐着的，这就站了起来，向她招了两招手道：

"刘太太请坐下吧。至于这一款项的事，那倒很好办，我们大家商量着来筹划就是了。"刘太太有了这话，把面子盖住着，就不怎样地难堪了，这就红着脸坐了下来。蓝夫人道："既是说到捐款，口说无凭的，我就先用张纸来记上吧。"于是告诉茶房，立刻取了一份纸笔墨砚来，自己先行取过，提笔便写道：蓝专员夫人捐款，写到这里，忽然把笔横搁下，摇了两摇头笑道，"我怎好一个人先写，还是请大家先酌定个数目，然后我来凑尾数。"说着，就把纸笔向右边一移，移到第一位黄太太身边去。

这位黄太太是个胖胖儿的人，穿了一件蓝软缎绸夹衫子，紧紧地缚在那肥猪肉似的身体上，把胸面前肌肤挤得鼓鼓包包，突出许多层次来，看到了纸笔送到面前，立刻把脸上两块肉泡向下一落，表示出一种不慰快的样子，将一只戴着金镯子雪藕似的手，抓起笔来，文不加点地写着"无名氏捐洋两角"，她写毕，将纸笔向下手一位太太面前移了去。那太太看着，点了两点头笑道："这就对了，我们也不必把做好事摆在脸上，写无名氏就对。"于是也跟着后面写了一行字，"无名氏捐洋一角"。

主席向这两人看着，做个沉吟的样子，微笑道："这虽是听凭各人自由捐助，可是多少总要凑着像个数目。若是照这样子写，恐怕……"她两手按住了桌沿，向合座的人一一看去。看完了之后，她就道："关于筹款的事，我看就不必办了，那位姓贾的，出了一百五十元的代价来蹂躏女性，已经是天理不容。现在我们只要他恢复朱女士的自由，并不要他受什么处分，已经是二十四分对得住他，还能退回聘金给他吗？若是真退钱给他，倒显着我们没有办法，不过是拿钱把人赎回来的罢了。说出来了，也有些叫人笑话。所以我的意思，老实说一句，就是和姓贾的要人，没有什么条件。若是有条件，就是我们的失败。这件事很明白的，若是公道战胜了，我们就不必出钱，出钱就是公道失败，纵然替朱女士争得自由，那也是我们的羞耻。"她说完了，全座的人就不约而同地，怒潮也似的鼓起掌来。

蓝夫人道："既然大家都赞成我的主张，这就不必再讨论，就请周太太、刘太太两个人去当代表。我们不必散会，就在这里等候回信。说得成那就千好万好，说不成，你二位回转来报告，我们一定同去和他交涉。"周、刘二位听到都站起来，向各人看看，问着还有什么话说没有？大家全说就是照蓝夫人的意思办就是。周太太便笑道："照说，这个代表，我是不能当的。因为我和贾先生很熟，我去了，倒疑心我和熟人为难。不过站在妇女的立场上，我又不能不去。所以我折中两可，只有说平和一些的，激烈的话可要请刘太太说了。"北海伏在窗户台上，静静地向下听着，连气也不曾透得出来。这时看到要由那位鲜红嘴唇的刘太太去做说激烈话的代表，怕是有点儿不称职。可是他虽如此想着，那位刘太太可不留难，已经是挺起了胸脯子，将高跟鞋走得嘚咯嘚咯响着，走出大客厅里了。

这一下子，让北海着了迷，不能不跟着她们到后面去看看。于是飞跑到前面过厅里看报的桌子边坐着，手上翻了桌上的报纸，眼睛可向着那个屋子的窗户射了过去。只见那位周太太和刘太太，全斜侧了身子，在窗子边坐着，贾多才坐在床上，脸正斜向了窗子外，只看他脸腮下，斜斜地皱起两道深纹，就可以知道，他心里十分地不受用，不住地在面子上，表示出一种极力敷衍客人的微笑来。那小太太月英，坐在哪里，却看不见，只听到刘太太说："固然是你两方面都是愿意的。可是女家愿意，不过是表面上的事吧？"贾多才笑道："各位能够这样说，那就很好，横直我不是逼迫她成婚的。"

刘太太那尖嗓子，跟着又提高了一点儿了，她道："虽然你不是逼迫成婚的，可是她嫁了你以后，你把她当了一个囚犯。甚至于她的祖母，望孙女儿望得快要死，都不让她出来见一面。这还是刚刚到你家来呢，你就是这样对待她。将来你把她带着离开了此地，岂不把她活吃下去吗？以我们为了人道起见，不能不挺身出来，救她一条性命。"贾多才笑道："太言重了，我和朱女士也无仇无怨，何至于就要她的性命。"刘太太道："若是照着你这样办法，比一刀杀了她还要厉害。你这简直是零零碎碎地割她的肉。"只这一声，却听到呜的一声，有人哭了出来。可是这哭声不久，立刻又停止住了。周太太道："你不必哭，我们既然出来和你说话来了，总会和你想一个结果的。"刘太太道："贾先生，你看，说到这种地方，她就忍不住要哭了，这绝不是假装得出来的。她跟着你，那完全是出于无可奈何。你若不放她出来，她会在你手下闷死的。"贾多才没有说什么，只是沉住了一张脸子，在那里坐着。

刘太太道："贾先生，你坐着不作声不行啦，我们在这里等你一个答复，还要去报告开会的人呢。"贾多才坐不住了，背了两手，就在房子里来回地走着。周太太也就站了起来，用很和缓的声音，向他道："贾先生，你果然地要给我们一个答复。或者你接受我们的要求，或者拒绝我们的要求，都全凭你一句话。"贾多才在屋子中间站定，向两人看了一看，偏头微咬了牙，做个沉吟的样子，那两道眉毛头子，越沉思越连到一处，可以知道他要找一个答复，还是很不容易。周太太道："贾先生，你还有什么为难？我们劈头一句就声明过了，只要你把朱女士解放了，我们对你并没有别的要求。"贾多才道："好吧，我接受你二位的话，以后我对于她的行动，并不干涉。只要她若有不正当的行为的时候，我可不能不过问。"

刘太太站起来道："贾先生，你这话说得太远了。我们的意见是要你放人，你不把人放出去倒罢了，还要相当地干涉她。这太不像话，我们去请大家来一同开谈判吧。"说着，身子一挺，首先走了出去，周太太随后也就跟着走了。

贾多才两手叉了腰站在窗子里，向外面望了道："哼！你们自己还要人家来解放呢，谈什么解放别人？我就不睬你们，看你们有什么法子？一不是抢劫，二不是拐骗，三不是强奸，花钱讨小，在法律上并不犯罪。你们就是上法院里去告我一状，也想不出我的罪名。"口里叽咕着，两只手还是叉了腰，挺了胸站定。在一边看报的北海，这倒替那些女代表出了一身汗，他表示得这样强硬，有什么法子可以把月英救出来呢？就在这个时候，客厅那一群女宾，她们全拥出来了。并不去征求贾多才的同意，大家就向他屋子里鱼贯而入。

北海远远地望着，已经看到贾多才的脸上变了颜色，也不解什么缘故，好像这和自己出了一口很大的闷气，不由得心里大大痛快了一阵。这些太太们进房以后，就听到叽叽呱呱，乱叫了一阵。最后有一个人叫道："我们不必乱，还是让刘太太和贾先生说吧。刘太太的话若是有要补充的时候，我们再来补充几句就是了。"

这就听到刘太太道："贾先生，我现在单刀直入地和你谈几句。我们这些同志，以为你花一百五十块钱，买一个女人来当奴隶，这不是现代社会上能容忍的事。"贾多才道："各位到现在怎么还不明白，我是娶她做女人，并不是买她做丫头。"刘太太道："你娶她做女人，在哪里结婚的？你家里还有太太没有？"贾多才道："我是娶她做侧室，要结什么婚呢？"刘太太道："什么叫侧室，我们不懂。"贾多才道："我就说明白了吧，我是娶她做姨太太，你们以为这就是我的错。可是现时娶姨太太的人，那就太多了，难道就是我姓贾的一个人娶姨太太犯法吗？"

只这一句姨太太不要紧，立刻砰砰啪啪桌子椅子茶杯茶壶，响成了一片，同时便听到那些太太们乱叫起来。贾多才吓得向外直跑，口里喊道："你们只管打只管砸。砸坏了东西，怕你们不赔。哼！"说着话，人已是跑到房门外过厅里站着，这些太太们，早有三四位跟了出来，将他包围着。贾多才向大家望着，因道："你们讲道理不讲道理？你们在屋子里和我办交涉，我让了出来，已经是表示退步了，你们怎么又追到外面来？"刘太太在屋子里招着手道："你只管进来，话说不通，还有个商量，你躲开来就能了事吗？"

刘太太本来是那么摩登，抬起一只雪白的手臂向他招着，不由他不因之动心。而且人家的态度，已经和软了，有话商量，怎好不去，便带了笑容走进去，笑道："那算什么，我也犯不上躲。"于是他走进屋去叉了腰，坐在床沿上，架了两只腿，瞪了双眼将人望着。刘太太却把两只玉臂抱在怀里，向他也看了去。贾多才道："现在我进来了，各位有什么话就说吧，我在这里洗耳恭听，反正我没有什么罪。"

刘太太把那白手伸出来了，向他指点着道："你把女人关在屋子里，剥夺人家的自由，你还要说你没有罪。"贾多才道："她是我的小老婆，我不把她关在屋子里，我把她放到大路上去不成。"他也是气极了，说出小老婆三个字，可招上了大忌，所有女太太们都上了火，全伸出手来指着他。有一个道："这人说话，这么侮辱女性，非重重地教训他一顿不可！"只这一声，大家全哄了起来，有的人拿身子挺前一点儿，把手臂直指到贾多才脸上来。他心里一想，假使让她们伸手打了一个耳巴子，和谁去算这一笔账去。于是扭转身子向外面跑，在过厅里跳着脚道："你们只顾管别人的事，却不管你们自己。你们谈女人解放，先解放你们自己吧，为什么你们脸上擦胭脂，烫头发，穿高跟鞋，做那当玩物的样子呢。"

这一句话刚刚说完,早有一件光华灿烂的东西,带了几条瑞气,向头上飞奔过来。回头看时,早觉得是身上有什么东西鞭打了一下。同时,就听到哗啷啷一声,是一把带水的茶壶,由头上飞过去,在地上砸了个粉碎。贾多才心里想着,纵然说错了话,何至于用这样强硬的手腕来对待。这个疑问还不曾打破,又是漆黑一个东西兜胸打来,正是皮鞋。自这里起,许多东西,犹如雨点一样,向身上打着。贾多才这时就是长了一百张嘴,有话也无从说起,只将两手到半空里去乱摇。北海越是要看这场热闹,态度是越加镇静,只管铺了一张报在面前,两手伏在桌上来看着。偷眼看到贾多才将头向前乱钻,钻到小西天大门口去。那些太太们站在过厅里全指手画脚地喧嚷起来。

这里面有一件很奇怪的事,便是那位事主月英姑娘,始终在屋子里藏着并没有出来,好像这样一场大热闹,与她无关似的。那周太太在过厅里人丛中,向四处张望了一会子,便道:"这位朱女士呢?怎么到了她本人,倒是不肯露面。"只这一句话,就有两位女宾带推带拉,把她拥了出来,那月英姑娘倒是难为情似的,低了头,不肯抬起来。周太太道:"朱女士,你不用害怕。你不看到我们这样和他吵嘴吗?他果然有理,我们和他这样大吵大闹,他早也就把我们推走了。你看,现在他不但不能推走我们,我们反是把他推走了,趁了这个机会你就快快地走吧。"

月英抬起头来扑哧一笑,立刻把脸色正住了,因道:"这样我怎么敢走?我们是穷人,又住得近,假使他报了官,把我一家人都关了起来,我们到哪里去申冤?"周太太就指着蓝夫人道:"这是专员太太,告到官里,自有他专员出来做主。"月英听专员的,闹了一天一晚,脑筋里已很有印象了。不就是昨天晚上,在楼上听到哭声,大发脾气的那个女人吗?怎么今天又大发慈悲,放出好心肠,倒来替人帮忙呢?心里这样想着,眼睛可就不由得向蓝夫人连连瞟了一眼。只看她站在一群太太后面,脸上放出一种得意的样子,轻轻地拍了胸道:"他要把你告到官去,你就说是我把你拖了出来的,官要办人,办我们就是了。"月英向大家看看,没有作声。可是那眼神由这群太太脸上,横扫了过来,就扫到在报桌上翻报的王北海脸上来。北海自也不免微微抬头,向她身上瞟了两眼,就不期在这个当儿,两个人对射了一下。月英想不到北海还会在这里等着，因之那两片脸腮，红出了两片大血晕。这里一群太太谁也不会想到她另外还有一个少年男子在心眼里，所以依然众星拱月一般把月英包围着。

周太太道："朱女士，你若是不敢回家去，我倒有个办法，你就搬到楼上去，住在蓝夫人隔壁屋子里，无论如何，你不要出来。他不和我们要人，我们还要他交代出一句话来。他若是来找我们那就很好。我们要把他推出这旅馆去，方才了事。你只管躲开，天倒下来，还有屋头顶着呢，你还怕什么？"月英靠了一根厅柱立着，手上掐起一只衣襟角，放到嘴里去咬着。低了头，望着自己的脚尖，正在沉吟着这个问题。刘太太将她身子推了一把道："你这人怎么这样过分胆小，有我们这些人帮你的忙，你还怕什么？你住在蓝夫人隔壁，他来找你，先就找着蓝夫人，蓝夫人可以把他打发回去。青天白日，朗朗乾坤，谁也不能把人活吃下去，你就是让他找着了，他又能把你怎么样？你这傻孩子，自己得想开一点儿，那姓贾的有什么本领，你不见我们刚才拿茶壶砸他，他拼命地逃走。"

刘太太说话时，牵了她的手，交给蓝夫人手上。蓝夫人带了她，笑嘻嘻地就上楼去，在楼梯上低声向她笑道："谁知道昨晚上呜呜咽咽哭着的就是你。你这份委屈，实在是够人难受的，那也难怪你要哭了。"她携了她的手，絮絮叨叨地走上了楼去。这却把楼上旁观的王北海看出了神。两手按了桌子，半抬了身子，站不站，坐不坐的，只管向楼口上望着。直等月英走进了房去，他才回过头来，这一下子却看到贾多才正了面孔，摇摇摆摆，由外面进来。他在进屏门的地方，似乎想到了什么事情，站了一站。后来看到在过厅里那一群女太太，都拥到客厅里面去了，他却认为是一个机会，立刻向自己屋子里奔了去。站在一边的王北海看到，这就不由得哈哈大笑一声，叫起来道："来晚了，来晚了。"贾多才听到身后有了这种奇怪的言语，就回头向北海看着，北海也板了脸，对着一个过路的茶房道："照着公道说话，到哪里去，这条路都是通的。"这句话分明是对贾多才说的，多少是有点儿挑战的意味了。

第二十三回

绕室发高谈奋将起诉
倾壶联旧好利可忘嫌

　　贾多才今天被这些女英雄包围了，使出生平硬打软骗的法子，也不奈她们何，这一腔怒气恨不能把脑袋砍下来，才透得出去。现在看到王北海站在一边，也用话来讥讽着，这就忍不住那一阵肝火了，于是瞪了眼向他问道："你是什么人，敢用言语来冒犯我？我告诉你，我不是好欺侮的。"北海似乎是预备了一种步骤来说话的，扯扯自己的衣襟，依然是笑着，因用很和缓的音调答道："贾先生，我认得你，我知道你是银行界的人，我决不和你斗口。我也许是好意，用话来提醒你。你若是要到我头上来找是非，那我就让了你，你说我怕你，也未尝不可。我希望你拿出这种大无畏精神去对付那班太太们吧。"说着，一阵呵呵大笑把右手抬着一扬，把身子一缩，就退到后院去了。

　　贾多才站在过厅里，倒不免呆了一呆。不过他回想到北海来晚了的那句话，忽然明白过来，莫不是那位冤家走了。立刻跑到屋子里去张望时，哪里有人？坐在椅子上想了一想，就连连拍了桌子叫茶房。茶房见月英走上楼去了，正觉得这事有些扎手。现在听了贾多才这样乱叫，就脸红着走了进来。贾多才手按了桌子，直跳起来，问道："我的太太呢？"只这一声，却听到窗子外面，哄然一片笑声。他就两手叉了腰，瞪了两只大眼，向茶房望着。茶房低声道："你太太到楼上蓝专员夫人那里去了。"他答复着还是很小心，直垂了两手，微低了头。贾多才道："你到楼上去，把她叫了回来，你告诉她，这里是是非之地，我要搬开这里了。"茶房却不肯走开，低声答道："怕是请不动吧。听蓝夫人说，就是怕贾先生要她回来，所以把她留着。"

　　贾多才道："难道她敢霸占人家的妻室不成？她若不把人送回来，我要请小西天里面的客人出来，和她讲一讲这个理。"茶房回头看着窗户外，就走近了一步，低声道："你是我们的好客人，你老待我们茶房也很好，我们不能不顾着你，那蓝夫人就因为前天得罪了全饭店的人，今天故意这样做女侠客，多这一回事。我听听这些客人的口气，大概都说蓝夫人做得不错。你若是和她讲理，恐怕你不见得会赢吧？"贾多才定了一定神，将下巴直藏到怀里去，忽然把头昂了起来，向茶房望着道："她们那些女流……"茶房急得只将两只手乱摇，轻轻地道："贾先生，你可不能这样乱说，她们的消息灵通得很，不到半个钟头，她们就全知道了。"贾多才道："她们也不是梁山寨上下来的，她们要是胡来，我就到法院里去告她们。"茶房笑道："她们早就料到了你有这么一层，那蓝夫人已经说了，你若是告状，她就去当你的被告。你以为她们还怕事吗？"

贾多才将桌子一拍道："浑蛋！你小看了你老爷了。你老爷什么大场面都看过，到了西安来，我会在阴沟里翻了船吗？谁告诉你的主意，叫你用这些大话来吓我。浑蛋！浑蛋！"茶房一番好意，却不料引得他这样大骂起来，只得将身子向后连连退了两步，直退到房门口去。贾多才又拍桌子道："还有什么话，你只管说出来，老爷全不含糊。哼！我若是拿出手段来，叫你们认得我。"他虽是把话来骂茶房的，可是扬了脸朝着窗子，直把这话，隔了玻璃窗子，送到楼上去。茶房趁他一个不留神，溜到房门外去，看看过厅里，站了不少的旅客，都嘻嘻地笑着。茶房伸了一伸舌头，将头向前一钻，钻到茶房屋子里去了。

屋子里的贾多才，却是越骂越起劲，在骂的当中，还不住地夸着自己是不怕事的。可是他尽管骂，并无人理会他，他骂完了，反是感觉到这旅馆寂寞下来。心里这就想着，她们对我，完全用那不理会的手段，那么狠毒，我若跑到楼上去追着要人，专员不专员，不必怕他，只是那些妇人们，不容分说，又打又闹，叫人没有法子对付她们。可是不去追问的话，难道就让这些不相干的人，把自己女人霸占去了不成？在这种进退两难的当儿，只管背了两手，在屋子里来回地走着。先是在床面前一线空地上，踱个四五步上下，后来不知不觉，把这地方放宽，由那边桌子角落，踱到这边床角落，仿佛这踱着步子的地方大些，心里也跟着宽慰些，就在这一点上，可以想出法子来。

然而他踱了很久很久的时间，依然不知道要怎样着手。后来索性不想了，向床上横倒下去，把枕头叠得高高的，仰着身体睡觉。眼睛望了帐子顶幻想着那上面出了个美人脸，又幻想着不是美人脸，是个狮子头。停一会儿，那狮子又幻成了一幅倪云林的山水了。自己忽然一转念道：我这人到底有些傻病，丢了正经事不去想法子，我当小孩发痴病干什么，于是一个翻身，倒了睡去，不去看这帐顶。帐顶是看不到了，一切知觉，也跟着消失了。等到自己醒了过来，桌子上已经放了一盏煤油灯，赶快一个翻身跳了起来，便见桌子上放了两张名片，一张是公安局人员的衔名，一张是法院人员的衔名，自己拿到手上看了一看，却不由得一怔。只管望了名片沉吟着，不能够放下。探首向窗子外张望着，却见茶房由楼上下来，于是向他点着头又招着手。茶房走进来，贾多才就摸着名片道："有这样两个人来拜会我吗？"

茶房道："这两个人是去拜访蓝专员的，谈了很久的话，就打听贾先生在家不在家。我因为贾先生睡着了，不愿意惊动你，就说你老出去了，没有回来。他们也就没有说什么，各丢下一张名片，叫我交给你老。"贾多才道："可是这个人，我并不认得，他们拜访我做什么？"茶房微笑道："他们是什么意思，贾先生你自己还能够不知道吗？我给你老打盆水洗脸吧。"说完了这话，他笑着一扭身子，端了脸盆，就笑着出去了。

贾多才看他那样子，就知道这里面另有文章，心里就在那里忖度着，不要他们真干我一下子吧？人财两空之外，自己还要闹一场官司，这未免不值。于是坐在椅子上，将五个手指头轮流地在桌上敲打着，表示那镇静之中，还带一份愉快的样子。等茶房进来了，他还带了笑容，轻轻地唱着戏道："'我本当，不打鱼，家中闲坐，怎奈我的家贫穷，无计奈何。'喂！茶房，西安城里，怎么除了听陕西梆子，就没有可以去玩的地方。"

茶房放下脸盆，向他望了望，笑答道："你先生今天晚上还去听戏吗？"贾多才道："为什么不去听？这样一个女人，我不过一百五十块钱买来的，丢了就丢了，哪里放在我的心上。不过我虽不放在心上，社会上这样诈欺骗财的事，断不能容忍，必定要处罚她一下子，才免得社会上的人学样。茶房，你看我这种官司，还有打不赢的道理吗？但不知道那女孩子倚靠着什么，有这样大的胆，居然敢不回来？"茶房微笑着，没有答复，自走了出去。

　　贾多才又站起来，左手握住了右手的拳头，反在身背后，在屋子里打了几个旋转，一顿脚，自言自语地道："打官司也好，反正我不能再受什么罚吧？"那茶房又进来了，手上可有一张名片，递给他笑道："外面有一位新闻记者要见贾先生。"贾多才接过名片看了一看，踌躇着道："我也并不是什么要人，新闻记者访问我干什么？"

　　只他这一句话，门帘子一掀，一个穿学生装的人走了进来，取下帽子，向他点头道："贾先生，我冒昧得很！但是新闻记者的职业，就是这样，请你原谅。"贾多才这就皱了一皱眉头子道："交朋友总可以，不过兄弟是个买卖人，恐怕没有什么材料可以供给你访问吧？"访员笑道："找新闻材料，不是一定要拜访要人的，我相信贾先生能够和我们说实在的话，那就材料很多了。"他说着话，搓搓手来坐下，似乎是表示有点儿踌躇。可是当他坐定了，他就在衣服口袋里掏出一册小日记本子来。一面掀开着，一面笑道:"刚才会到了蓝专员的夫人，她提到在贾先生身上，有一个问题发生。"

　　贾多才当他进来的时候，已经是知道他的命意的了，总想混赖过去。现在人家老实地把日记本子掏出来，这倒不便说是绝对没有这事，便强笑着道："一个在外面做事的人，娶一房临时家眷，总也算不了什么，把临时家眷取消了，这也更值不了什么！"访员笑道："贾先生的意思，是不要朱女士回来了吗？"贾多才想了一想，笑道："她哪里能够就称为朱女士，你先生也未免把她的人格提得太高了。"访员笑道："这是我们随便的一种称呼，你倒不必介意。如若她这样离开了先生回家去了，先生对于她，取一种什么态度呢？"贾多才摇摇头道："我不愿意发表什么意见，请你原谅。"访员笑道："大概贾先生预备提起诉讼。不过这件事已经牵涉到妇女问题上了。那些太太小姐们，不把先生的婚姻问题，当为个人的私事，已经当作了整个妇女界的荣辱关系。法律也不外乎人情，有了这些妇女们出头，法院里裁判起来，总也要慎重考虑的。"说毕，就淡笑了一笑，望了贾多才，等他的回话。

　　贾多才就像很不在乎的样子，微笑答道："一个人告我，我是被告。一群人告我，我也不过是个被告。反过来，我是一个人，大家认为是很严重的妇女问题，告一群人，也无非是一个妇女问题。我就这样想破了，还怕什么?"他说得高兴起来了，不顾一切，只管把那牢骚之意，陆续地发表。那访员看到他是毫无忌惮地说着，当然是可以公开的，于是也就把他最要紧的几句话，都在日记本子上做了一个记号，暗记下来。

贾多才分明是看到了，却向他笑道:"兄弟这不过私人说闲话，把阁下当一个朋友，才这样随便地说。我想你先生心里头很明白的，总不至于把我这些话，到报上去发表的。"那访员笑道:"我看这也没有什么关系。反正贾先生是预备和她们起诉的，还怕得罪她们不成? 而且贾先生是位有身份的人，说话绝不至于不兑现的吧?"说着，把日记本子一夹，收到衣袋里去了。随着，也就站起身来，要告辞了。

这倒苦坏了贾多才，拦着不便，放任着在势又有所不可，于是笑着抢到房门面前去，笑道:"我还有很多的话，要和你先生谈。"当新闻记者的人，对于新闻材料，虽然是多多益善，可是对于被访问的人，却也要知道一个擒纵有术。那访员就笑道:"贾先生还有话告诉我，我是十分欢迎的。不过兄弟的工作时间已经到了，来不及写了，我想，贾先生允许我把所有的谈话，都到报上去发表，那我们就十分感激了。"他口里说着，人已经侧了身子挤出门去，手扶了帽檐，笑着点头道，"再会再会。"等不及贾多才再说什么，他已经走得很远了。

贾多才在房门口站着呆想了一想，刚才是自己太兴奋了，给了那新闻记者许多材料，明天发表出来，这些女太太们，必定有很大的反感。这小西天是她们的大本营，也许明天她们又跟着今日的样，再闹一场。可是这话说回来了，这件事除非自己完全退让了，不然总要找一个正当解决的法子的。那除了起诉，就也不必怕得罪她们。这时却听到楼上哈哈的笑着，有女人说话声，那女人可不就是专员夫人吗? 她笑道:"假使这里官司打输了，上高等法院，高等法院再输了，上南京最高法院，到了南京最高法院，就算输了，也是一年以后的事。你是个闲人，还有什么怕和他纠缠的吗? 这一年里头，你的吃喝穿，全不用愁，有我们大家帮你的忙。"那声音传到楼下来，还是这样清清楚楚。说话的人，似乎有几分故意如此的。

贾多才回到屋子里，点了一根烟卷，斜躺在床上抽着，两只腿架在板凳上管想着需用什么手腕来对付她们。他忽然自言自语地道:"什么风浪也见过了，难道受她们的恐吓吗？"于是跳了起来，就把桌上现成的纸墨笔砚，起草了一张稿子，写的是："编辑先生大鉴：弟为个人人格计，决定聘律师，正式起诉，关于鄙人记载，请根据此点着笔，不必顾虑也。即颂撰祺，贾多才顿首。"把信写好了，便向门外看看，有茶房没有，预备叫茶房把信送了去。这就看到茶房引了两个人，向隔壁屋子里走去。其中有个大胖子，穿了长而且大的蓝湖绉夹袍子，口里衔着大半截雪茄，手上把一顶草帽同一支手杖，一同拿着，颇有点儿东方资本家风度。茶房替他开门，送他进去，却听到他带一种发牢骚的口吻道："哪个说西安人不会做买卖？比我们东方人做买卖还要高明得多呢。"随着有个本地人答道："我们还不老实吗？我们要是调皮的人，就把这地皮再留几个月，等火车通了再卖，不更要多卖一些钱吗？"贾多才对这种言语，是最听得进耳的，便缩到屋子里坐着，侧了脸，听了下去。

只听到那个操南方口音的人道："你不要妄想，火车就是再过三年，能不能通到西安，还是问题，你指望着目前，那是笑话了。这也难怪你，你们全不看报，哪里知道外面的情形。修铁路不是修汽车路，挖挖地就行了，这是要铺石子要铺枕木和钢轨的。由潼关到西安，还要上千万工款呢。观音堂到潼关，不过是那一截路，总修了上十年，这才得通。现在车子到潼关，不过是一年，你想马上就能够通到西安来吗？现在收买西安地皮的人，都是押宝一样，猜中就算中了，猜不中只好拉倒。像我们都是大公司，收买地皮，有的是钱，丢了就丢了，那毫不在乎。你不卖，我可要找别家了，整万大洋钱，你可不要后悔。"在这一套言语说过之后，那隔壁屋子里，却是寂然。

接着便是那个说南方话的人，连连咳嗽了两声。在这几声咳嗽之后，让贾多才想起了一件事。这个人姓金，是预备到西安咸阳开打包公司的，听他这话音，必是骗本地的地主，来卖他的地皮。自己受银行之托，也要在这两个地方，买两块好地皮，而且也打算投资到打包公司去。现在这个姓金的，在上海方面，彼此很有来往，他虽说是要到西北来办实业，可是并没有说什么日子着手，不想他是偷偷地来了，这倒可以和他拉拢拉拢。索性把性子按捺下去，再在靠墙的椅子上坐着听下去。

这就听到那个本地人道："西安这块地，是我一家的，我倒没有什么为难。咸阳那块地皮，是好几姓的地皮，我一家人做不了主，你若是再和我打折扣，我只好另找别个主顾了。"姓金的道："既是这样说，我们先把西安这块地皮生意做好了，咸阳的地将来我们再商量。"那本地人道："先生，你是个聪明人，还有什么不明白的，我们就是为了等着钱用，才把这两块地同时出卖，假使可以把一块地后卖，我们就索性等两年了。无论如何，两年的利钱，总是等得出来的。"

姓金的道："两年？两个两年，火车也不准通到西安。你是个老实人，我才和你说这种实话，若是你一定要等两年，你会后悔的。"那本地人笑道："你先生倒是很公道，肯替卖地人说话。好吧，明天我们再谈吧。"姓金的也笑道："喂！喂！你又何必忙着走，买卖不成仁义在，我们依然是很好的朋友啦，请你抽一支烟。"接着又有擦洋火声，似乎是主人翁在擦火柴替客点烟呢。

贾多才做生意的手腕，可是比对付女人的手腕，要灵敏得多，立刻把茶房轻轻地叫了进来，递给他一张名片道："你到隔壁房子里去，问问那位客人，是不是金子强先生，若是不错的，你就说我立刻来拜会他。"茶房笑着低声道："是姓金。他有钱着呢。去年年冬，就到西安来过一次，要收买地皮。这回他又来了，还是收买地皮。他是一个有手段的人，已经让他买下了好几块大地皮。你先生认识他吗？听说他要在西安开大工厂大公司，局面非常之大，我想托一托贾先生在金先生面前介绍一件事情做做。"贾多才道："你先去问问，我究竟认不认得这人，你说上许多，我若是不认识他，那有什么用？"

茶房去了，只听到隔壁屋子里嚷起来道："是贾先生住在隔壁，这就好极了。快请过来，我们先谈一谈。"贾多才听到说请，口里答应着来了，人跟着这声音来了，也就到了隔壁屋子里。金子强抢过来和他握了手，笑道："我正愁着没有帮忙的人，听说贾兄在西安，很想找你谈一谈，不想你就住东隔壁。这机会太好了，我想我买地的事情，有你这有力的朋友出来说句话，事情就大妥了。王先生，来，我替你介绍介绍，这是贾多才先生，是位银行家。他们在东方做的买卖，那是大极了。只因为火车究竟哪一天可以通到西安，全没有把握，所以他们在陕西就不肯投资。贾兄，这位是王实诚先生，是位忠厚长者，为人十分诚

246

恳，我们正谈着一件地皮买卖呢。"

他把二人这样大背了一阵子历史，方才落座。贾多才看那王先生时，穿一件蓝布夹袍，头上秃了一个光头颅，长圆的黄脸儿，蓄了许多短茬胡子。虽是衣服很朴素的，可是他两只眼睛，英光灿烂，还不失为一位练达人情的人。金子强说他是一位忠厚长者，这可有些不解了。于是向他点了一点头道："王先生在这西安城里，地皮很多吗？"王实诚向金子强先看了一看，才笑着答道："我有什么地皮，不过是族人公有的，我是这里面的一人。族下人因为我到过一次下江，就以为我和东方人说得来，推我来和金先生接洽。"

贾多才道："但不知是什么地方一块地？"王实诚道："就在北门外，这是大家都知道的，那个地方，不久要成火车站。我们那块地很大，据内行估价，那里要值两万块钱。"金子强就抢着打了一个哈哈道："哪里值许多钱，也许那是十年以后的话了。王先生，你不要听别人的闲话，那无非是骗你的。我这个人你总知道，是非常爽直的人。"说着，将桌上的茶递了一杯到他手上。因笑道："你先喝杯茶润润喉咙。"说着，又到床头边去，在网篮子里取出一个纸匣子放到桌上，笑道："这是上海带来的鸡蛋糕，虽然干一点儿，却还是可以吃，请尝一点儿。"说着，两个指头夹了一块鸡蛋糕，送到王实诚手上，笑道："我们这样好的朋友，你还客气什么？以后我们共事的日子，就多着啦。"

贾多才在一边看到这情形，心里就十分了然，于是向金子强淡淡地问了一声道："金兄已经出了一定的地价了吗？"王实诚是刚刚地咬了一口鸡蛋糕，立刻答道："连咸阳那一块地皮，金先生只出到一万块钱。"金子强就笑着摇了一摇头道："这样一个大数目，王先生你以为还是很少吗？"

王实诚道："一万块钱是不少，可是我们那块地，可也不小。"说着，就在身上一摸，摸出一张棉料纸画的图样，双手送给贾多才来看。那图上地多大，四界如何，全写得清楚。而东界一块地，写着是唐姓地，计两亩七分，那正是银行所委托要买的一块地皮。照着现在的地价说，至少可值一万七八千。而金子强是连咸阳那一段在内，只给人家一万块钱，这便宜就大了。于是点了两点头道："货卖识主。照着你阁下的意思，要多少钱呢？"王实诚道："不能算是我的意思，只可以说是我一族人的意思，他们共要一万五六千呢。"

贾多才微笑了一笑道："若论讨价的话，可也算不多，不过货卖爱主，若买主要也可，不要也可，对于这块地并不怎样看重的主儿，你还要卖大价钱，那当然是不可以的。"金子强听到贾多才说这些话，那简直是打破他的买卖，心里自是十二分不高兴。可是自己很欢迎地把他请了进来的，到了现在，又轰人家出去不成？便把嘴里衔的雪茄取出，慢慢在桌沿上敲着，向贾多才望了道："我兄此言一出，这位王兄，就更不要卖了。并不是我一定要贪图王先生家里的产业，不过我想着王先生这地面太大了，又是要连着咸阳那一块地皮，才肯卖的，请问在现时火车还是相隔得这么样子远的时候，无论做什么生意，大家全没有把握，谁肯丢下大把的洋钱，买一块空地在这里闲着？"

那王实诚喝完了那杯茶，缓缓地把茶杯子放下，脸上呆呆的，似乎在想着什么事，随后他就慢慢地站起来，淡笑着道："我先告辞吧，有话改天说。"他说完了这话，随后又站起来，就有个要走的样子。贾多才把手一伸，将他拦住，因笑道："山不转路转，做这样大的买卖，不是大门口买小菜，随便三言两语就把交易定妥了，你不卖给金先生，难道还没有别人要吗？"

金子强听了这话，脸上就红了，强笑着道："贾大哥，你这是什么意思，开玩笑呢，还是真要夺我这块地皮呢？"贾多才抬起手来，搔了几搔头发，这就笑道："你说这话，倒让我不好答复，因为可以说是开玩笑，也可以说真想这块地皮。我想着，假如金翁不收买的话，我就接手了。"王实诚听到这种话，不免呆了一呆，立刻就向贾多才望着。意思是以为他，必有什么生意话，接着向下说去。可是贾多才说到这里，站起身来，向金子强拱了两拱手，笑道："我给你闹着玩的。有道是君子不夺人之所好。我走了，你二位谈买卖吧。"说罢这话，连连地点着头就走开了。

金子强就把熄了的雪茄烟，又衔到嘴里吸了几口，又擦了火柴，慢慢地抽着，见王实诚坐在那里微偏了头不作声，这就向他身边走来，低声道："我们已经把买卖说到这种程度了，再要把生意打散了，显见得我们不够朋友。这样吧，明天下午，我到你府上去谈谈吧，你总也能知道，我这个人，说一是一，说二是二，不是拿人寻开心的。"王实诚也不说什么下文,抓起了放在床上的一顶呢帽子,拱拱手就走了开去。他心里可就有些明白了,大概这地皮的价钱,又有一点儿向上升涨,他们两个人都抢着要买,有这样的机会自己倒不可轻易放过了,应当多多地去请教别人。低了头想着,却一径地朝前走着,黑暗的屋角里,却有人轻轻地问道:"王先生,你这就要回府去了?"他猛地倒吓了一跳,站定了看时,贾多才满脸是笑容,由转弯的屏门边走了出来。在过厅梁上悬的汽油灯送来的余光,可以看到贾多才手上捧住了一张纸条。他低声笑道:"你阁下所要的那种地价,虽然多一点儿,但是金先生所还的价,也未免少一点儿,你若是觉得我这人还够得上交朋友的话,这笔生意,不妨同我谈谈。"

王实诚笑道:"我们卖产业,只要人家给到了价钱,我们就可以卖出去,这倒并不认定什么人。"贾多才拱拱手道:"那就很好。我那纸条上写得有地点时间,明日一早,我们当面谈吧。"王实诚道:"不过既要调换买主,兄弟一个人不能做主,还得请我一位同族的先生出来共同负责。"贾多才道:"那就请那位先生,同你一块来好了。我虽不认得他,一回相识,第二回见面就是朋友了。请你对那位贵本家说,我欢迎他来谈谈的。"王实诚道:"柴先生有这样好的意思,我一定把他拉了来。"

贾多才听到他把名字末了一个字,当了姓喊将出来,本想去更正的,可是那王实诚匆匆忙忙地走开,要更正也来不及了。他心里计划着,假使这件买卖成功了,至少在大批款项里,可以捞起三千块钱。有了地皮,也就可以把建筑公司的工程,捞到手里来办,在这上面又可以发一笔大财。真是财运来了,门板也挡不住。早就想在未来的火车站旁边找一块地皮,想了什么法子,也买不着一方地,不料事出偶然,竟有这样的大地皮出卖,只几句话,就把这件事拉到手了。心里一高兴起来,立刻把月英的事扔到脑后面去,自由自在地躺到床上去。

他虽是个爱睡早觉的人,到了西安,也就不能不跟着本地人,提前地起来。本地人是五点多钟就起来的,贾多才到了七八点钟,也只好起来了。每天上午在家里,喝喝茶,吃些点心,到了十点以后方才出门。可是到了今天,这就不同,和西安人一样,五点多钟就起来。看看隔壁屋子里金先生的房门是紧闭着,匆匆地洗过一把脸,喝了一杯茶,来不及等本地日报送来看，这就走出门去。心里不免笑着，金子强还在梦中，他费尽了心机的一笔买卖，不知不觉，就由我抢夺过来了。他起来之后，见不着我，也就不会提防什么的了。

贾多才在外面混了几小时，到了十点钟，也就回到小西天的饮食部来。刚刚进门，就看到王实诚由一个单间的门帘缝里伸出头来，连连地招着手笑道："我同我们的本家先生，早在这里候着你了。"贾多才很高兴地走到这单间里来，要和那另一位王先生见面。可是一进房门之后，却不由得让他大大吃上一惊，原来所谓另一个王先生，正是在昨天下午，曾经正式冲突过的王北海。这些日子，总是看到一位学生装束的青年，不断地在窗子外窥探自己的新夫人，而且也就打听出来了，这一位学生就是常到程志前屋子里去的人，早就料着这位学生不是一个好人。现在却不想冤家路窄，竟是在这里和他会面。

当他看着一愣的时候，王北海坐在桌子正面也是一愣，只管瞪了两只眼睛，随后就站起来，把挂在墙钩子上的帽子取到手里，有个要走的样子。贾多才这就立刻脸色一变，变得满脸全是笑容，然后深深地向他拱了一个手道："哈哈，原来就是这位王先生，我们是熟极了的人，请坐请坐。"口里说着，还是走向前来，伸着手和王北海握手。北海真想不到他这样地客气，见他老远就伸出一只手来，自己是被请的客人，却不能置之不理，也就只得伸出一只手来，和他握了一下。

贾多才取下帽子，又和北海抱了一下拳，这才回转头来向实诚笑道："这位王先生，我早就认得，天天都到小西天来的。"实诚笑道："既然大家全是熟人，这就好极了，有话总可以商量。老实说，我们卖公产，争多争小，私人利害关系，究竟少得很。沾光也好，吃亏也好，这都没有什么关系。只是谁想买我们这块地皮，那就老老实实地说要买，不必绕上许多弯子。可是那位金先生，总是把我们当小孩子，说是火车通不到西安，我们这地皮将来卖不起价钱。既是卖不起价钱，火车不会通到西安，无论金先生贩卖地皮也好，买去设立打包公司也好，全是多余的，难道他们贵公司洋钱涨得难受，运到西安来砸人不成？所以为了这一点，实不相瞒，我不愿意和他成交买卖。"

贾多才见桌上已经有了茶壶茶杯，先就斟了一杯，两手捧到北海面前放着，然后又斟了一杯，捧给王实诚。他才笑道："两位王先生都是正人君子，我这不过是受人之托，出来做这一件事，又不是地皮贩子，当然买地皮的人，要用另一副眼光来接洽。若是像金子强先生那样相待，当然是……哈哈！他是我的朋友，我也不便说什么。不过二位王先生请放心，我决不欺骗人。火车通到西安，大概还要十个月左右，通到咸阳，那就难说了。不过火车通到了西安以后，说是商业立刻发达起来，那也不见得。商业虽是千头万绪的事情，总不外乎两个原则：其一是把外面的货物，运到陕西来推销；其二是把陕西的物产，向外面运出去。陕西的情形，你二位比我明白一万倍。人民是连饥寒两个字，都免除不了，哪里有钱买外来的东西。至于本省的物产，陕北和汉中的东西，都没有法子运到关中来，关中出的物产，也不过是棉花大麦吧？似乎也经不得火车几天搬运。至于烟土，倒是一种大宗出品，你想能用火车装运吗？所以在进出口两方面，都没有振兴商业的理由，既是商业不容易振兴，说是在这里开公司，能够大发其财，那似乎也是一句揣想的话。"

他口里这样说着，眼睛是不住地看二王的颜色，见他们都有些动容，心里就很是高兴，便叫店伙来商量了几样菜，吩咐快快做。实诚笑道："统共三个人，贾先生把菜要得太多了，五个菜一个汤，我们怕吃不了。"北海听他这一番话，觉得他也不是不能讲理的人。而况他又十分地客气，也就不能只记着他的坏处，顺便就和他说了几句应酬话。

贾多才更是笑容收不住，只夸他是个有为的青年。一会子工夫，店伙送上酒菜来，他就先把北海面前的杯子取过来，斟了一杯酒，起身弯着腰送了过去，笑道："今天不恭得很，只有随便的几样菜，不过彼此早已认识，总没有交谈，却是憾事。现在我们成了朋友，我是十分痛快，别的不用说，我们先痛饮三杯。"王北海见他这样恭敬，实在不忍太给人家脸子来看，便笑道："我不过是代表同族的人出来接洽一种买卖，要不然，一个当穷学生的人，对于你这样的资本家，我是攀交不上。"贾多才笑道："我们既然是成了好朋友，谁都不该用话来俏皮谁，你这应该罚酒三杯，来！"说着，把面前斟满了的一杯酒，高高地举了起来。

北海本是不愿受他的款待，只是看到人家这样特别客气，却不能再去给人家脸子看，便笑道："我实在不会喝酒，三杯不成，我陪一杯吧。"贾多才笑道："王先生是讲新生活的人，不喝酒，不抽烟，这很好。今天大家很快乐，总得喝一点儿，才可以表示心里的痛快，现在请你喝一杯，我来陪三杯吧。"他交代过了之后，右手提壶，左手拿酒杯，连连地斟了三杯，都是一仰脖子喝了，然后拿起空杯子来，举着向北海照了一照。北海微笑着，望了他那空杯子的时候，他就始终举起空杯子对照着，不肯放下。北海迟疑了一会子，也就只好把杯子端了起来，一口喝干。

贾多才点了头，连连说多谢。随后又向北海拱了一拱拳头，因道："王先生太赏面子。说句过分的话，彼此早已见面，总也算是一位老朋友。不是靠了老朋友的关系，你是不会这样给面子的。来来，再给王先生满上一杯，有道是酒逢知己千杯少。"他口里说着话，手里提酒壶，只是要向北海斟酒。北海心里头是不肯承认知己这两个字，可是人家斟来的第一杯酒已经喝过了，难道人家斟来的第二杯酒，又要接受不成？于是将一只手盖住了酒杯子，笑道："我实在不能喝了。"贾多才提着酒壶的那一只手，依然不肯收回来，笑道："斟上好了，先摆一摆样子，难道还能够勉强灌了下去吗？"说着，手提了小铜酒壶，还摇上了两下子。

北海笑道："贾先生实在是一位能劝酒的人，叫我真没法子拒绝了。"于是伸出酒杯子来，接满了一杯酒。贾多才放下酒壶来，站起身向北海远远地作了两个揖，笑道："王先生这样子说法，真叫我无以克当。以后我不敢强请王先生喝酒了，权请随便吧。"北海笑道："我随便就是，贾先生可不必再客气了。"贾多才一伸大拇指道："好好！这就是好朋友。"

说完了这句话，回过头来，才看到把王实诚冷落在一边，他正扶了筷子，表示着一种要拿起不拿起的样子。心里立刻醒悟过来，还不曾敷衍他两句话，于是笑向他道："王先生的酒量怎么样？"实诚笑道："我不会喝酒。"贾多才又一伸大拇指道："王先生刚才所说的那一番话，是爽快之至。凭这点爽快，我也要请你喝上两杯。"他不坐下，就站着把酒杯子举了起来，因道，"我一饮而尽，不留余滴，请你瞧着。"说完了，把所有杯子里的酒举到口边唰的一声响着咽了下去。然后手翻了杯子，向外对照了一下。王实诚也是无法可以推诿了，随着站了起来，举起杯子来干着。

　　贾多才弯腰放下杯子，向二人乱点着头道："多谢多谢。只凭二位这样痛快地赏脸，我一定也要对东家说，在地价方面多多地让步。"说毕，坐了下来，正赶着茶房把茶送到，他就向二王面前连连敬了几箸菜。北海向他不住地打量，觉得他为人并不是怎样好说话的人，他今天这样地下功夫张罗，真正出乎意料，言语之间，还是要格外地慎重些，因之对他开始注意起来，在贾多才问话的当儿，总不做一个肯定的答词。那贾多才把酒喝到半中间，这就向北海笑道："那位朱月英姑娘，王先生认得吗？"这句话在贾多才口里，是轻轻地问出，北海红了脸，可就吓得心里乱跳了。

第二十四回

利重美人轻怆夫割爱
志高双足健壮士投荒

王北海对于朱月英，只是那怜惜的一念，原是说不上爱情，及至在那怜惜一念的当中，慢慢地加深，也就慢慢地添上一点儿关切的心事。这种情形北海是不愿人知道，也想不会有人知道。现在就是贾多才自己，把月英的事来见问，仿佛自己所为多才已经十分清楚，这倒叫自己不知道答复什么话是好。红了脸子，口里啰唆不清地答道："那……那……啊！我并不认识她，不过有一位程先生和她……也不算认识，同住一家旅馆，眼熟而已。"贾多才笑道："这是没有关系的。于今男女社交公开，大家交个朋友，这有什么要紧？"北海臊得低头，举起杯子喝了一口，因低声笑道："想不到贾先生为人，倒是这样地开通。"贾多才笑道："这无所谓，在潼关以内，大家看到这种情形，或者以为有点儿出奇。可是在上海呢，女人是不必和前夫把婚姻关系脱离干净，这就可以同另一个男子同居。而另一个男子，大可以同那女人公然同进同出，并不避人的。"

北海真觉得他这话过于露痕迹，在举了筷子的时候向他偷看着，只见他神色自若，筷子放到碗里，慢慢儿地去挑拨着菜，左手扶了酒杯子待举不举的，脸上只是堆出笑容来。因笑道："我今天是受了敝同宗之托，来接洽买卖的，这种开玩笑的话，留着将来有工夫的时候再谈吧。"贾多才拿起酒壶，在各人杯子里全斟了一遍，笑道："买卖得做，笑话也得说，这是没有什么关系的，我们先谈买卖吧！我看你两位所要的价钱，老实说恐怕不容易得着受主。至于我们这里呢，那可不同，是银行投资，这一投下去，不见得一定挣钱，可也不至于失败到哪里去。这话怎么说，因为办商业，总是资本越大，挣扎的工夫越久，挣扎得越久，自然也就挣钱越多。"他说到这里，似乎很得意，只是摇头晃脑，接着向下说。

可是他尽管说了这样一大段，北海还不知道他什么用意，只是喝酒吃菜，专听他的。王实诚更不会研究什么经济，现在听他这样发了一段子理论，他只是挺了胸坐着，用手扶着放倒的筷子头，把筷子比齐来，或端着杯子碰了嘴唇边，微微呷着一点儿酒。贾多才看到人家全是静静地听着，他又道："做生意的人，既是预备大量的投资，只要办的事是他所合意的，那自然就不会爱惜钱。所以你们这两块地皮，如果能够卖到我们手上来，你们所需要的数目，那总是好商量的。"北海看到杯子里面还有大半杯酒，于是端起来一饮而尽，笑道："我们若是把贾先生的话，照实地告诉了那一批卖主，恐怕他们不但不肯落价，反而要涨价起来呢。"贾多才将手上的筷子向桌上一按，微偏了头向北海望着道："这是什么缘故？"北海笑道："一件破衣服，若是有两个人抢着要，那衣服还得涨钱呢，何况是一块地皮。"贾多才道："二位王先生的意思，是不愿意卖给我们吗？"北海笑道："我们出卖地皮，只挑有钱的主儿上，谁多给钱就卖给谁。"

贾多才沉吟了一会儿，笑道："那也好，让二位先回去问问。我现在假定一个数目吧，无论是谁，只要他出了准价钱，我们这里，一定比他再加上一千元。比如人家出一万二，不能再加了，我们这里就是一万三。"北海摇摇头笑道："贾先生这个办法，有点儿不妥。倘若我和别人做好了圈套，把价钱讲得大大的，贾先生也能照样地加上一千块吗？"贾多才又抬起手来，在耳朵边连连地擦了几下，笑着微微地摇了几下头道："我想着，总不至于如此吧？比方说吧，你真是把价钱定得高高的，出乎人情以外，你想我也能再加上一千块吗？你王府上人，若是真打算卖了这块地皮，腾挪几个钱来用，自然愿意把生意做成，也不至于把地价抬到不可收拾的。"北海淡笑了一声道："那也不见得，有道是业不卖谋主。"

贾多才端起酒杯子来连喝了两口，接上又斟了一满杯，端起来，做个要喝不喝的样子，微笑道："此话诚然。可是有那脾气古怪的人，有产业偏要卖给谋主。那为着什么呢？就为的是需多挣几个钱。"说完了，突然地把笑容更加大起来，对着北海摇了两摇手道，"我说这话，并非劝你把产业卖给谋主。我是说我这个人的脾气就是如此，王先生，假如我有什么东西，是你所图谋的，我就肯卖给你，你相信不相信？"他说了这句话，就瞪大了眼睛向北海望着。

北海也说不出来，是受了一种什么刺激，只觉得脸上一阵发热，连眼皮都有些抬不起来。贾多才这就不向他说话了，掉过来对王实诚笑道："这位王先生，你可别多心，买卖不成仁义在，纵然这地皮交易是拆散了，我们还是朋友，在社会上做事，不能处处瞧着钱说话，更不能处处瞧着生意说话，你老哥将来如有用得着兄弟的时候，兄弟一定还是帮忙。来来，王先生，我给你满上一杯。"他说着话，可就把酒壶提起，向王实诚杯子里斟了去，笑道，"只管喝，喝醉了就到小弟房间里去躺着。"

王实诚见他招待得十分客气，面子上倒不能怎样去驳回，便拿起杯子来先喝了一口，嘴唇皮吧唧有声，笑道："虽然贾先生想得到我们这一块地方，但是买主这样联络卖主的，倒也是很少，我们看在贾先生这一份交情上，我们总也要设法进行这件事。"他口里说着，眼睛可就向北海看了去。北海手扶了酒杯子，脸上泛出淡笑来，无疑地，他对于实诚这话，有些不以为然。

贾多才默然地喝了两口酒，向实诚笑道："我想这块地皮虽然不是你二位的，但是你二位果然肯拿出两分主意来，我想这块地皮也就可以成交了。我不说假话，我实在是想这两块地皮，我希望你二位多多帮我一点儿忙。"实诚对北海望着，微笑了一阵，可又没说什么。贾多才笑道："我很想知道这里面的关键，全在北海兄一人身上。假使北海兄肯担一点儿责任，这事准是十拿九稳的成功。"说着，右手按住了酒壶，左手拐弯过，伏在桌子上瞪了眼向北海出神。自然，脸上总还是带些笑容的。

北海夹了一块带壳的盐蛋，放到面前。将左手一个食指，按住了盐蛋壳，将筷子慢慢地挑蛋白吃。可就微笑道："贾先生给我这高帽子戴，也是不行，我是个尖头，高帽子戴上去，会晃动着下来的。"贾多才竟忘了招待客人，自己提起酒壶来，斟了一杯酒，仰起头来喝了，似乎要借这杯酒壮一壮胆，因而酒下肚去，随着把胸脯挺了起来。先正着颜色，随后又带些笑容，沉着声音道："北海兄，你现在还没有结婚吧？我告诉你一个好消息。那位朱月英姑娘，我决计解放她了。假如北海兄有意思，这倒是一段很好的姻缘。"

北海把面前酒杯子一推，红了脸站起来道："贾先生，你这是什么话？你以为……"贾多才立刻抢了过来，将他按住了，笑道："我多喝了两杯酒，未免有点儿说酒话。可是我对于你阁下，认为是一位好青年，极愿意作为朋友。现在算是兄弟失言，买卖不必谈了，玩笑也不必开了，我们专喝酒，谈些别的事。我既是说错了话，应该罚酒三杯。"于是取过酒壶酒杯，就站在他面前，连连斟了三杯酒，自己举起来喝了，笑道，"该罚该罚。原谅原谅。"

北海对于他这话，本来有些怒意，见他喝了三杯酒，就没有什么可说的，因也笑道："我并非生贾先生的气，只因这话让别人听去了，很容易生出一种误会。"贾多才看他那情形，已经不会生什么气的了，脸上的笑容又复加深了一层，回到自己位子上，随着敬酒敬菜起来。

果然，在这一餐饭过后，贾多才始终没有提到过地皮和月英的一句话。这么一来，到叫北海心里有些过意不去，只得和他道谢而别。他心里，同时也就拴了一个疙瘩，非见着程志前不能解除，因之出了小西天的饮食部，一直就向后面院落里走了去。

只在程志前房间的窗户外站定，就看到张介夫穿了马褂，在对襟纽扣上，正正当当地垂了一块黄色徽章。自然，他满脸都是笑容，远远地就听到他道："厅里这些人我全混熟了。薪水可真不少，六十块钱，还要打个八折。不过我的意思，并不在此。厅长也对我说了，不妨在厅里先混上两个月，外面有好缺，再放我出去。我想不就吧，一来介绍人的面子，有些磨不开，二来呢，有了一个差使在手，到底一个月有点儿收入，贴补贴补旅馆开销，也是好的。厅长虽是北方人，他在南方多年，和我们南方人说话，是非常之投机的，仿佛也是同乡一样，所以他对我说话，十分客气。"

志前在屋子里背了两手在身后，踱来踱去，把眉毛头子紧紧地皱着。看那样子，他心里也就烦腻到所以然了。北海跳着到屋里来，笑道："程先生，我有一件很有趣味的新闻报告给你。"志前笑着点了两点头道："报上登得很详细了，不就是贾多才的婚姻问题吗？"北海道："这件事真登报了吗？"

志前道："你忙一早上连报也没有看到，你都干什么去了。"北海望了张介夫一眼，笑道："这事情……回头我再来报告吧。"张介夫看了这情形，点着头也就走了。志前笑道："你们的谈话，我已经知道了。刚才我也在那边吃午饭，听到老贾那一番话。你这孩子未免有点儿傻气，为什么拒绝他的贡献？"北海红了脸道："程先生倒听见了，这有些不像话。"

志前斟了一杯茶，站在桌子角边，将手捧住，慢慢地喝，眼睛可由茶杯的热气圈子里，向北海脸上看了来，笑着摇摇头道："你所说的有些不像话，也许正是有些像话。"北海偏了头向志前回看过去，两手按住了大腿，将脚不住地在地上打着点笑道："程先生以为这件事是有些可能的。"志前道："老实说，那位贾先生娶这位朱姑娘，目的也不过是暂时取乐，因为在小西天的旅馆生活太枯寂了，把朱姑娘找去和他做伴。可是为了这点儿小事，引得妇女界对他群起而攻，爱情损失事小，叫他在西安进行的事业受着打击，那关系太大。他是代表银行在这里投资的，假如弄得声名狼藉，事情办不成功，他在西安失了面子不要紧，回到上海、南京去，也没有了面子，这就和饭碗问题发生密切关系了。你要知道，这年头，一切问题都是以经济为背景的。大概他先是为了面子过不下来，少不得感情冲动着，和人吵了起来。事后自己仔细一想，到底不能逞那一时之勇坏了饭碗，还是忍耐一时的好，让朱姑娘离开了吧。这个人既是他不能把持住，何如和你做个介绍人。你感激他，也许会在地皮上，帮他一些忙的，把主意想透了，这还是与他有益的，所以他有那一番话。"志前是带呷着茶，带把话说，眼睛自在北海身上打量着，看他脸上只管把笑容逐渐地加深，似乎他已经回想过来了，于是走过来，拍拍北海的肩膀道，"假使你肯信任我，听我的话去办，我可以让你们有情人终成眷属的。"

北海笑道："程先生也未免误会我的意思。假如我有那份能力，我不谈什么婚姻问题，就硬出一笔钱，救了她一家三口了。"志前道："正因为钱的关系，已经过去，现在不过是爱的问题了。"北海坐着是和桌子相近的，侧了脸看到桌子上的报纸，这就顺手把报拿起，双手捧着看。

志前因他不答复，向他偷看着，见那举起来的报纸，兀自有些抖颤，是他由心里乐出，笑得太厉害了。因笑道："我告诉你，你趁着这卖地皮的中间人资格，大可以从中捞一笔结婚费的。"北海却不答复这句话，呀了一声道："报上把老贾的事登了这样一大段，所幸没有把名字登了出来。"志前道："呀什么？又是你一个莫大的便宜，这样留一线地步，让老贾去和缓各方面，你是这方面里面之一面，他也是敷衍敷衍你的。只要他肯敷衍，你就好进行了。"北海也没说什么，将报按在膝盖上，昂头对窗户外望着，只管微笑出神。

就在这时，却见胡嫂子抢着她那小脚步子，乱撞乱跌地由窗子外经过，一会儿工夫，她在张介夫屋子里叫起委屈来了。她道："我们并没有请那些太太们多事呀。姑娘才嫁给人家几天，就要送了回来，那不是一桩大笑话吗？靠那百十块钱，我能养她一家三口多少天？求求张老爷去对贾老爷说，还是把那孩子收留了吧。"又听到张介夫道："那位蓝夫人要把这姑娘救出来，与贾老爷有什么相干？"胡嫂子又说："这蓝夫人还说是一位贵人呢，连一点三从四德全不知道。一个姑娘才嫁几天，哪有又退回娘家的道理。我胡家虽穷，也不是那样不懂好歹的人家，她要回头，她到别家去歇着，我家里不能容留她。"程志前这就向北海低声笑道："你看这又是困难问题来了，她舅母不让她回去，这小西天里面，又不能容留她。"北海道："她现在在蓝专员夫人房子里，不很好吗？"

志前笑道："无论什么地方的旅馆，总是集合着四面八方人物的，所以就是这小西天里面，也就产生了无数的妙闻。据茶房来说，那蓝专员在晚上叫了朱女士报告她的痛苦，他是表示着无限的同情，满口表示，她的生活不成问题，一定和她想法。只这两句话，引起了夫人的疑心。昨晚整宿地看守着朱姑娘，眼皮都没有眨。今天一早，给了两块钱，就把这姑娘送回去了。可是她叮嘱了胡家人，不能让她回到贾多才那里去。贾多才一早就出去了，大家找不着人，全没有了办法，这位胡嫂子，已是来了两次，看来情形是很着急。"北海红了脸道："若是把这位姑娘重新送到老贾那里去，不但是这些女太太们全没有了面子，而且他对于这位姑娘，更要虐待，那倒不如一刀把她杀了，还痛快得多呢。"志前两手插衣裤袋里，在屋子里一步一步地踱着，脸上兀自露着浅笑，不肯收下。

北海道："看程先生的样子，好像是很高兴。"志前笑道："是的，我很高兴，到了今天，你可以知道我究竟是怎么样一个人了。"说着，连连地耸动了一阵肩膀。北海情不自禁地站了起来，只管向他脸上看了去。志前笑道："你当然是疑惑的，过了一会子，你也就明白了。"说着，昂起下巴来，向外面院子里看去，就连连地拍手道，"说曹操，曹操就来了。"北海向外看时，一个工人模样的老头子，匆匆地走了进来，只看他身上溅了许多的泥点水渍，可以知道他是一位泥瓦匠了。他走进屋子来，将只裂成龟板纹的粗手举起来，抱了拳头，连连地拱了几下拳头。

志前指着北海道："这就是那位王先生，你看，是一对儿吗？"北海听了，倒有些愕然，向这两人看着。志前笑道："我告诉你一件好消息吧。这位老汉姓张，为了从前在做工的时候，害了病，我对他说过两句安慰的话，送了两碗干净水给他喝，因之我们彼此成了朋友了。这位张老汉，他有一件事托我，我们常有往还，对于朱姑娘的事他也知道了。今天早上，他又来了，他听说朱姑娘没有地方驻脚，他就自告奋勇，说是他家里有破屋子空着，可以容纳她娘三个在里面住。至于饮食呢，这也另有了法子，不至于为难她们，你想，这不是一个好的转圜机会吗？这个消息，你愿意听不愿意听呢？"

北海听说，真不由得兴奋起来了，跳了两跳，上前握了张老汉的手道："我真想不到的事，有你这样一位老汉出来帮忙，可见天下好人，全都是出在穷人里。感谢感谢！"志前笑道："你是怎么回事，这件事和你有什么密切的关系？要你去感谢人家？"北海这就红了脸，说不出所以然来。

志前这又轻轻地拍了他的肩膀道："这不相干，我不过和你说着笑话罢了。"张老汉又拱了两下拳道："这不要紧。我们都是贫寒人，是要和贫穷人帮忙的。难得这位程老爷大发慈悲，肯把我那无用侄子带上新疆去，又给我找了一份轻闲的事做，我全家都有饭吃了。程老爷叫我死，我死了也闭眼睛。"北海望了志前道："什么？程先生要到新疆去？"

志前微笑道："你觉得这件事我是出于突然吧？实对你说，我到西北来，并非像别人那样着想，要到沙漠里去捡宝物。我只是要找出一点儿矿苗来，让别人去开矿。唯有如此，我又想着，由西安到兰州，也就成了旅行家一条熟路，在这一条路上，不会更找到什么好东西的。现在要找东西，必得走向那没有人到的所在，远远地向新疆去。"北海笑着将身子耸了两耸道："那好极了。向来旅行家的目的，只是供着自己山水风景的欣赏，并不是去帮着别人。现在程先生去游历的出发点，就是寻出了矿苗，预备别人去开矿，这种精神实在是可以佩服！"志前向他看着，微笑道："暂且不必讨论我的事，你说句切实的话，对于婚姻问题，能不能够完全自主？"

北海学了志前的样，也是把两只手插在衣裤岔袋里，低了头站着，只是微笑。当他笑的时候，把两只脚尖不住地在地上点着。然后把脚后跟落下地，在地上打板似的点拍。张老汉在一旁看到，倒没有了主意，只是向他两人呆望着。

志前笑道："你若是不答复，我就认为你对这件婚姻无意进行，这位老汉当面，我要把原议推翻了。"北海急得由袋里扯出手来，将口袋扯得吱喳一下响，似乎是扯破了一块。他也顾不得去看衣服破了没有，两手同时乱摇着道："程先生何必这样急？"志前笑道："我急什么，我们知道有一个人很急呀。我告诉你吧，那位朱姑娘和她祖母母亲，都可以脱离胡家，搬到张老汉家去住，他不要房钱。据茶房说，那贾先生的一百五十块钱，她们还分着一点儿呢，眼前吃锅块的钱，我想是不成问题。这样一来，至少有三个月的犹豫工夫，你在西安，不能想一点儿办法吗？我刚才亲自到胡家去了一趟，同她三人都商议好了。只是这位胡嫂子失了这样一个财神爷亲戚，心里很是难过，她还在托人转圜哩。"

北海听了，微笑低着头，倒没有说什么。沉思了一会子，忽然两手连连鼓了几下道："这事我完全明白了，老贾那很容易对付。我要去找我本家一趟，程先生，有什么话，我晚上找你来请教吧。"他抓起在桌上的帽子向头上一盖，跳了出去道："晚上再见，晚上再见。"他所说的话，不是重叠了两句，就是重叠了三句，在再见声中，他不见了。张老汉看了这情形，他是另一个世纪的人，却是有些不懂，只是呆站着。志前笑道："老汉，你看这位青年，不是很有希望的吗？"他点点头道："是的，他将来一定要做官。"志前道："为什么一定要做官，才算是希望呢？"

张老汉笑道："你这样一个聪明人，为什么问我们这样的话？请问啊！不是做官的人谁能够在小西天里面住下。小西天的房子是我们经手盖的，盖完了房子，就不许我们这破衣服的人进来了，不是人应当做官才好吗？"志前望着他，点了两点头，因道："你果然是说得对的。这位王先生要做了官的话，你帮过他的忙，他一定要报答你的，你希望他怎样地报答你呢？"

张老汉抬起手来，搔了搔头皮，笑着摇摇头道："我叫他怎样报答我呢？我这么大年纪了，还想图个什么舒服吗？我想，王先生将来做了官，给我们泥木匠做订一条会规，过了五十岁的人多给一毛两毛的工钱，那就功德无量。程老爷，你是不知道，年纪大的人出力，可和小伙子不同，当时出力，已经是有些咬牙切齿。把工做过了，回到家里去，真会连话都不愿多说一句，晚上在炕上躺着，害了大病一样，只管发哼。"

志前点点头道："你这是仁者之言。人生在世上，总是互相帮忙的。只要你把王先生的事办得好好的，我想王先生不会亏负你的。就是我从中做个说合人，看到你这样地卖力，也不能不感谢你。老汉，你只管去做你那预备好了的事。"说着，他走近他的身边，用手轻轻地拍着老汉的肩膀，表示两个人那一番亲近着不分阶级的意味。

这一下子，直鼓动得老汉眉飞色舞起来，他挺着胸脯子道："程老爷，你不要看我年纪这样大，我这一腔子热血，只要卖给识货的。"说着，伸开巴掌连连地拍了几下胸。程志前道："你这一份仗义，提起了我的精神不少。"张老汉道："程老爷，你就说吧，还有什么事交给我去做，我若是有一点儿含糊，叫你程老爷算白认得了我。"志前望着他脸上，微笑了一笑，然后点点头道："我倒没有别的事，还是为了别人。你不听听那位胡嫂子，还在那里哩哩啰啰，想出卖人家的骨肉，这还只有你这种本地老汉，可以说几句公道了，把她压了下去。"

张老汉站了静静地一听，果然听到那胡嫂子在院里喊叫，她道："钱会咬人的手吗？这年月，有了钱就是贵人，没有钱就是贱人，做姨太太要什么紧？一不偷人家的，二不抢人家的，只凭了自己这条身子去投靠人家，混衣食饭碗，这有什么要不得。哼！扛枪杆子当土匪去，将来还可以当司令呢。"志前听了，连连地点了几点头，还不曾留意，这位张老汉已不在面前，只听到他在远远地嚷道："我们西安人的脸，都给你丢尽了。你再要把那位姑娘弄走，我就去告你贩卖人口。"同时，也听到胡嫂子回嘴，那声音就越走越远了。

志前把社会上的动态，向来是用客观的眼睛去观测，因为如此，向不把人家的得失，放在自己的心上。可是今天的情形，有些奇怪，对于北海的事，总觉得有些不能妥帖。因之张老汉走了，张老汉的声音听不到了，他兀自背了两只手在身后，不住地在屋子中间徘徊。走了一会儿，把背在身后的手放到前面来，却用右手的拳头去打左手的手心。偏着头，或者沉思一会儿，点点头，或者又细想一会儿。有时也不徘徊，坐下来倒一碗茶喝。可是，他把茶斟在茶杯子里，并不端起来喝，只是空望着而已。

这样地踌躇不安，约莫有两小时，倒有一个好消息来安慰他一下子，便是这院子里的旅客李士廉，他笑嘻嘻地走了进来了。志前对于他，向来持着一种看不起的态度，也就不欢迎他到屋子里来谈天。但是这时候他匆匆地进来了，也拦阻不得，只好照了平常的客套，对他笑说请坐请坐。李士廉刚是在椅子上坐下，却又站起来，连连地作了两个揖道："我实在有一件事要和程先生商量，不得不来。要不然，我也就不来打搅了。"志前听了这话，两道眉头子，恨不得就凑到一块儿去，可是立刻也想到不应当得罪人家，便笑道："兄弟不懂得什么，和兄弟商量事情，就怕得不着要领的。"

士廉笑道："这并不是讨论什么问题，也不是要求程先生帮什么忙，这是我们有点儿意思贡献给你先生，你先生听不听就是一句话，倒没有其他的什么麻烦。"志前这就更有一些不懂了，好端端的，要他们贡献什么意思？也就笑着点了两点头道："你先生说话，未免太客气了，贡献两个字，如何承受得起？"李士廉沉思了一会儿，就笑道："也不是有什么意见贡献给程先生，乃是有点儿意思，贡献给那位王北海兄。"志前听了这话，却不由得心里一动，因道："那是什么事呢，他不过是个穷学生，还不大谈交际呢。"

李士廉笑道："难道程先生还不知道这件事吗？实对你说吧，就是这两天在小西天闹得最热闹的贾多才先生，他要收买一大块地皮。"志前抢着笑道："我明白了，这一块地皮，北海是卖主里面代表之一。贾先生要求他减价吧?"士廉见桌上有烟卷,取了一支来抽着,抽了两口烟之后,然后三个指头,夹着烟灰放到一边去弹了两弹,先是微笑了一笑,然后把右脚跟提了起来,把脚尖按着地,自己颠上了一阵子,这才笑道:"贾先生为了那位朱女士,这几天闹得几乎在小西天不能立脚。他有他的正当职业,不能为了玩笑,耽误大事,因之他在今天中午,已经悄悄地搬了出去。他写了一张字据,交在我这里,说明男婚女嫁,以后各不相涉。"说着,便在口袋里掏摸一阵,掏出一张折叠着的字纸来,两手递着要给志前看。志前摇着两手,向后闪着身子道:"事关男女问题,旁人是不便参与这种秘密的。"李士廉红了脸,只好把那张稿子纸复又收了回去。但是在这一会子工夫,志前却把这意思回味过来了,因笑道:"王先生大概不久会到我这里来的。李先生愿意在我这里等一等,我可以引着北海和你谈一谈的。"

李士廉伸手到怀里去,似乎探摸着他怀里的稿件一下,又抬起来手,搔了几搔头发,这就笑着答道:"与其我在程先生这里等,又吵闹程先生,倒不如我到自己屋子里去等着王先生,可以畅谈一会子。"志前笑道:"假使北海来了,我一定叫他去拜访你。不过我有一句题目外的话奉告。就是王北海这个人的脾气,我是知道的,他究竟是一个青年,要他帮忙,就要他帮忙,只要是在情理之中的,我想他不会拒绝。可是你千万不可借一件什么事去运动他,做交换条件。"

李士廉听到这句话,就不由得脸皮一红,接上还牵扯了两下衣襟,似乎志前这一句话,正触着了他的痒处。程志前笑道:"我的报告是如此。不过你要做月老的话,那是你一番好意,北海接受不接受,那是另一问题,不过你不把这两件事合拢到一处去说,我想北海绝不能见怪于你的。"李士廉脸上,虽不断地现出踌躇的样子,但是还静静地向下听志前的话。等他把话说完,这就站起来拱了两拱手道:"我明白了,我明白了。将来事情成功,各方面都要请程先生喝一盅的。"说完,他很高兴地笑着去了。

志前在屋子里转了一会子,就写了一张字条放在桌上。写着北海兄来了,快到李士廉先生屋子里去有事接洽。自己却半掩了房门,到前面周有容屋子里来闲坐。他屋子里另坐有两位穿西服的人,只看他们那衣服,虽是深青的,外面加上了一层不红不黄的颜色,那正是在大陆上奔走惯了，罩上一片灰尘的记号。周有容首先站起来笑道："我正打算去请你，你就来了，这可好极了。"因介绍着那两位说，一位是西陲旅行团长郭卓然，一位是团副成石公。郭先生是稍觉尖削的面孔，两腮全有短短的胡楂子，因为那胡楂子也带了黄红的颜色，仿佛那也是沾上了灰尘的。不过他那高鼻梁旁边，那只闪闪有光的眼睛，却很可以代表他那份冒险精神。

成先生却矮小一点儿，没有胡子，但是黄黑的面皮，秃着一颗圆头，也是神气很足的。郭卓然首先握住了志前的手道："周县长说，程先生愿意加入我们这团体，我们十分欢迎，决计把行期展长半年。"志前笑道："这就不敢当了。我上次西行，只到兰州为止，是不无遗憾的。听了人说，真要看西方的情形，非出玉门关不可，因之我迟留在西安，不进不退的，就是等着这样一个机会。现在有了你二位组织旅行团到西边去，那正是完全适合了我的意思。"

郭卓然直待他把话说完，方才放开了手，坐到一边去，向志前点头笑道："我一听到周县长说，程先生是到过一次甘肃的，我们就非常欢迎。因为不是旅行趣味十分浓厚的人，他不能第二次再向那边去。上次由宁夏那条路到迪化，只觉得那不过是新疆的一角，不能算是认识了新疆，这一次我们重新西去，是预备向南疆去。"志前十分高兴，仿佛心里头那种痛快无法可以表示出来，只是坐在一边，把两只手不住地搓着。

成石公笑道："看程先生这情形，实在是我们一个同志。听说程先生愿意到青海去，我们一定可以奉陪。听说甘肃西南角，还有个拉卜楞族，我们打算去看看。"志前道："我在兰州，遇见过这一族人的，穿了紫色布的皮袄，袖子长到三尺多，衣长也只有三尺多，头戴尖顶帽子，倒有些像戏台上的皂班。一双高勒靴子高平了膝盖。但是他们很强健，都能跑马打枪。"成石公笑道："谈到人民的模样，是新疆最有意味了。看到缠回，我们误认为是印度人。看到南疆回人，我们误认是土耳其人，其实是我们的同胞。一个人只要不辜负这两只腿，宇宙里面，到处是知识的宝库，只怕我们自己不肯去寻找。"志前拍了两腿笑道："别的什么，我不敢自负，若说这两条腿，那倒是相当结实的。"

周有容插嘴笑道:"那还不如我。心既结实,皮肉也结实;心结实,是不接受老百姓的哀告,皮肉结实,那是好经受皮鞭子。"志前笑道:"周县长又发牢骚了。"有容道:"我若不是为了内人一个在西安,我也跟了各位到西边去。我的目的不同,只想到敦煌去看点儿东西。"卓然笑着摇摇头道:"周县长还是迷恋那石室里会出文字之宝吧?若是还有石室文件,早也就弄得纸角都没有了,还能等我们去搜罗吗?不过谈到敦煌县,却是有趣味的地方,那里每一条街,是甘肃每一个县名,每一个县名的街上,就住的是那一县的人,不但语言是那一县的,而且婚嫁风俗,始终保持着那一县的习惯。"

有容笑道:"这倒奇了,为什么那里的居民,界限分得这样严哩?"卓然道:"敦煌向来是个边县,并无人民,那里的人民,全是甘肃各县调去驻防的。换句话说,那里也就是甘肃缩小的一省。"志前拍着手站起来道:"我这回到新疆去,可以去看看了。"卓然道:"到迪化去,是不经过敦煌的。不过我们为了增加程先生的兴趣起见,可以绕道到敦煌去看看的。"

志前越听了这话,越是感到兴奋,笑道:"别人到西北来,都怕吃苦,但是我的理想不同,觉得是越能吃苦,越能增加兴趣。但不知道二位决定哪一天启程?"卓然道:"因为没有了日子了,所以特意来到周县长这里来,请程先生过来商量。我们打算明天上午就动身,不知道程先生可来得及?"志前倒想不到行走得这样子快,不觉口里吸了两口气,现出踌躇的样子,伸手摸了两摸腰。石公道:"假使程先生要展期一半天,也可以的。因为我们和平凉一个朋友,商量好了,在那里会面。"

志前又沉思了一会子,忽然跳了起来道:"我也没有什么了不得的事,不过我有许多朋友,应当告辞一番。其实我真走得匆忙,朋友也可以原谅的。我回头拟一条告别的启事,到报上去登几天就是了。"有容道:"对了,大丈夫做事,要举得起放得下。既是程先生决定了做这长途的旅行,这些应酬小节目,那就放到一边去吧。现在郭成两公在我这里谈天,程先生可以回到自己房间里去料理自己的私务。你们还有什么要在行期前接洽的,今天晚上可以畅谈一番,有未了的事,明天一早去办,还是来得及的。"他说话时,倒是挺住了胸,面皮绷得紧紧的。那样子，倒是叫别人跟着，不能不精神一振。

志前站起来，又连连地互相搓了几下手，笑道："大丈夫三字，我是不敢自负，不过周县长'提得起放得下'这六个字的教训，我是应当接受的。"说着，他很高兴地跳跃着走了。

过了十八小时以后，是次日的中午了。在小西天的门口，停了一辆长途汽车。车上罩了黄帆布的软棚，棚上插了一面长方小旗，上写着"两陲旅行团"一行字。小西天里面正有几个短衣服人，背了箱子网篮向车上运送，在行李后面，跟着一大群人出来。志前换了旅行的短装，盖着呢帽子，一手提了藤杖，一手提了照相匣子，满脸是笑容，随在人丛中走了出来。李士廉、张介夫还有那教育厅的常秘书，都紧随在身后相送。

李士廉一路走着，一路向志前低声道："在西安混不到一点儿门路，回江南去，又不好意思。假使有机会的话，我想也到兰州去一趟。听说那边对于江南去的人，多少总有些法子可想的。我不及张先生，到底还得了一个职务。"介夫道："唉！我们来的目的，也不仅是如此呀。"志前听了这话，没有作声，只是微笑。看到有容同成、郭二人站在车边说话，也就迎上前去。

有容指着这长途汽车前面另一辆车子道："你们路上不寂寞了，那一辆车子，也是到兰州去的。"志前向前面看时，正是那两位德国人培尔同威廉，那德国通赵国富，也站在一处，他看到志前，远远地点了一个头。志前低声道："这不用说，他们是到兰州去兜揽卖汽车的。这可见交通到了什么程度，外货也就推销到什么程度。"常秘书微微地晃着头，抖了一句文道："我能往寇也能往。"郭卓然道："我们走吧，我的意思，今天还想赶到邻县。"志前于是手上取了帽子，走上车去，向四周拱着手，道是再见再见。相送的人，也都脱帽子摇着相答。

正在这时，有一辆长途车子也停在小西天门口，车门开了，穿西装的，穿长衫马褂的，还有穿小袖子旗袍的太太，纷纷下来。有人说，到了西安了，这就是小西天。志前正打量着他们，石公在他身边坐着的，却笑道："程先生出什么神？旅馆和人生一样，去的是去，来者也正来呀。"志前抬起头来，正想答复他这句话，却看到南边路沿白杨树下，站了对男女，男的是王北海，女的是朱月英。志前笑着，向他们点了一个头，他们已是深深地同鞠了一个躬。志前点头道："好，一幕喜剧完了。"那汽车喇叭，呜的一声，好像答应一声"不!"可是车子随了这声喇叭，向一百零八站的大道迈进，以后完与不完，谁知道呢?

图书在版编目（CIP）数据

小西天／张恨水著. — 北京：中国文史出版
社，2018.3
（民国通俗小说典藏文库·张恨水卷）
ISBN 978-7-5205-0002-9

Ⅰ. ①小… Ⅱ. ①张… Ⅲ. ①长篇小说-中国-现代
Ⅳ. ①I246.5

中国版本图书馆 CIP 数据核字（2018）第 010533 号

责任编辑：卢祥秋
整　理：澎　湃

出版发行：**中国文史出版社**
网　　址：http://www.chinawenshi.net
社　　址：北京市西城区太平桥大街 23 号　邮编：100811
电　　话：010-66173572　66168268　66192736（发行部）
传　　真：010-66192703
印　　装：廊坊市海涛印刷有限公司
经　　销：全国新华书店
开　　本：720×1020　1/16
印　　张：18　　　　　字数：282 千字
版　　次：2018 年 3 月第 1 版
印　　次：2018 年 3 月第 1 次印刷
定　　价：51.00 元